Ursula Neeb

ELVIS
und die Tote im Amischlitten

Ursula Neeb

ELVIS und die Tote im Amischlitten

Kriminalroman

GMEINER

Personen und Handlung sind frei erfunden.
Ähnlichkeiten mit lebenden oder toten Personen
sind rein zufällig und nicht beabsichtigt.

Im Ehnried 5, 88605 Meßkirch
Telefon 07575/2095-0
info@gmeiner-verlag.de

1. Auflage 2024

Lektorat: Claudia Senghaas, Kirchardt
Herstellung: Mirjam Hecht
Umschlaggestaltung: U.O.R.G. Lutz Eberle, Stuttgart
unter Verwendung eines Fotos von: © Martin Debus / stock.adobe.com;
Innenklappen: Fotograf: Horst Schüßler, Originalfotos Beatrix van Ooyen/ Initiative Elvis in Bad Nauheim
Druck: GGP Media GmbH, Pößneck
Printed in Germany
ISBN 978-3-8392-0585-3

Meinen Großeltern Karl und Gertrud Neeb in Liebe gewidmet. Gleichermaßen meinem Freund Gerold Hens, der mir geholfen hat, die Elvis-Idee auszuspinnen, und meiner geliebten Twiggy, die am 13. Januar 2023 in den Hundehimmel gegangen ist.

»Take my hand
Take my whole life, too
For I can't help falling in love with you
For I can't help falling in love with you.«

(Strophe aus dem Lied »Can't Help Falling in Love«, der letzte Song, den Elvis Presley am 26.06.1977 in seinem letzten Konzert in der Market Square Arena in Indianapolis gesungen hat.)

PROLOG

»I Put a Spell on You«

(Screamin' Jay Hawkins, 1956)

Für ihn war sie die schönste Frau, die ihm jemals begegnet war – *meine Rosenkönigin*, wie er sie insgeheim zu nennen pflegte. Ihr Anblick, damals, auf dem Steinfurther Rosenfest, als er sie zum ersten Mal gesehen hatte, auf ihrem über und über mit Duftrosen geschmückten Festwagen, die Rosenkrone auf dem hochgesteckten rotgoldenen Haar, hatte ihn so überwältigt, dass ihm buchstäblich die Luft weggeblieben war. Seitdem liebte und vergötterte er sie – aus der Ferne natürlich, auf seine scheue, zurückhaltende Art.

Hatte alles über sie herausgefunden, was auf irgendeine Weise von Bedeutung war, und war ihr im Laufe der Zeit immer nähergekommen, unmerklich, versteht sich, zumindest für sie, denn sie hatte ihn bislang noch gar nicht wahrgenommen. Blickte durch ihn hindurch, als wäre er überhaupt nicht vorhanden.

Doch heute Abend war es ihm zum ersten Mal gelungen, ihre Aufmerksamkeit zu erregen, als er die *Wurlitzer* Musikbox im *Rheingold* immerzu mit Groschen gefüttert hatte, um ihre Lieblingslieder zu spielen. Er wusste ja, dass sie begeisterter Elvis-Presley-Fan war, und so hatte er alle Elvis-Songs gedrückt, die auf der Musikbox verfügbar waren, und das waren nicht wenige, vor allem die neuesten und beliebtesten, wie »Love Me Tender«, »Jailhouse Rock«, »Heartbreak Hotel« und »Blue Suede Shoes«.

Als eben die bekannte Liedstrophe »Well it's a-one for the money / Two for the show / Three to get ready now go, go, go ...« erklungen war, war sie nicht mehr zu halten gewesen und hatte so wild getanzt, dass man ihren gelben Petticoat und das rosafarbene Rüschenhöschen sehen konnte, als ihr Tanzpartner sie durch die Luft wirbelte. Denn die Halbstarken mit ihren pomadisierten Haartollen und schwarzen Lederjacken standen alle Schlange, um mit ihr zu tanzen. Schon kam es unter ihnen zu einem richtigen Gerangel, wer als Nächster an der Reihe war. Manch einer ließ sogar sein Mädel an der Bar sitzen, um bei der schönen Rita zum Zuge zu kommen, während die solcherart Verschmähten traurig in ihre *Bluna*- oder *Coca-Cola*-Gläser starrten oder gar laut weinend aus dem Lokal stürzten.

Auch wenn sie ohnehin nicht mit einem wie ihm getanzt hätte, so hätte er sich doch niemals getraut, sie aufzufordern. Er konnte ja gar nicht tanzen, erst recht keinen Rock'n'Roll, wo er eigentlich viel lieber Jazz hörte.

Immerhin hatte sie ihn vorhin doch wenigstens einmal angesehen, wenn auch nur ganz kurz und mit einer Mischung aus Herablassung und Spott, die schließlich wieder in Desinteresse umgeschlagen war.

Vor lauter Aufregung hatte er einen ganz trockenen Mund bekommen und bei Helga, der blondhaarigen Bedienung, noch eine *Cola* bestellt. Er mochte die junge Kellnerin mit dem hübschen herzförmigen Gesicht und den veilchenblauen Augen. Sie war immer so nett zu ihm – und machte sich nicht über ihn lustig wie die meisten anderen Gäste im *Rheingold*.

Dann trat ein ganzer Trupp GIs, denn die amerikanische Housing Area war ja gleich um die Ecke, ins Lokal und wurde von der Wirtin Elfi, die gerade aus der Küche kam, höchstpersönlich begrüßt. Sie sprach fließend Englisch und war selbst mit einem Ami zusammen. Ihre langen, knallrot lackierten

Fingernägel standen in bissigem Kontrast zu ihrer dreiviertellangen pinkfarbenen Nylonkittelschürze, die ihre weiblichen Rundungen vorteilhaft betonte.

Elfi, die wie immer eine Hochfrisur trug, ließ ihre Blicke aus von schwarzem Eyeliner umrandeten dunklen Augen, denen nichts entging, durch den Schankraum schweifen. Sie hatte für jeden, auch für ihn an seinem kleinen Ecktisch, ein freundliches Lächeln, das er verlegen erwiderte.

Die GIs platzierten sich an den freien Tischen unweit der Musikbox und der kleinen Tanzfläche und bestellten bei der Wirtin, die für ihre Kochkünste bekannt war, Rippchen mit Kraut und German Snitzel.

»See you later, guys«, empfahl sie sich und verschwand wieder in der Küche.

Die tanzende Rita in ihrem vom Petticoat gebauschten mintgrünen Perlonkleid mit einem Muster aus himmelblauen Federballschlägern und Federbällen, das wunderbar zu ihrer erdbeerroten Lockenpracht passte, zog sogleich die Blicke der jungen Amerikaner auf sich. Einer von ihnen, ein gut aussehender Bursche mit schwarzem Bürstenschnitt, eilte mit federnden Schritten zur Musikbox, drückte geschäftig etliche Knöpfe und streifte Rita, die ihn zu kennen schien und ihm eine Kusshand zuwarf, mit begehrlichen Blicken.

Dann hielt er sich bereit, um Sexy-Rita, die große Ähnlichkeit mit Rita Hayworth hatte, um den nächsten Tanz zu bitten, was von den Halbstarken mit Argusaugen beobachtet wurde, da es nicht selten vorkam, dass ihnen die Amis die Mädels ausspannten.

Auch Ritas Tanzpartner, ein großer, muskulöser Typ mit einer verwegenen Visage aus dem benachbarten Schwalheim, der Anführer einer Motorradgang war, war über die Avancen des GIs nicht sonderlich erfreut und musterte ihn feindselig.

Und es kam, wie es kommen musste. Als die ersten Takte

des neuen Songs »Only You« von den *Platters*, momentan der absolute Hit für verliebte junge Leute, erklangen, stürmten nicht nur etliche Pärchen die Tanzfläche, sondern Ritas GI-Verehrer forderte sie mit unwiderstehlicher amerikanischer Coolness zum Tanzen auf – was Pit aus Schwalheim keineswegs hinnehmen mochte.

»Ami go home!«, zischte er seinem Kontrahenten zu. »Die tanzt mit mir, damit das klar ist!«

»Shut up, you Kraut, it's my turn«, belehrte ihn der Amerikaner eines Besseren, und die beiden Platzhirsche, beides wehrhafte Burschen und ebenbürtige Gegner, waren nicht weit davon entfernt, aufeinander loszugehen, als Rita ein Machtwort sprach.

»Ich entscheide immer noch selbst, mit wem ich tanze, Pit!«, verkündete sie kalt lächelnd. »Und nur, weil ich eben mit dir getanzt habe, heißt das noch lange nicht, dass es dabei bleiben muss.«

Ehe Pit sich's versah, ließ sie ihn einfach stehen und eilte mit dem GI Hand in Hand zu einem freien Platz auf der kleinen Tanzfläche, um sich mit ihm eng aneinandergeschmiegt im Blues zu wiegen.

»Dann hau doch ab, du Amiflittchen!«, fluchte Pit, was Rita jedoch wegen der lauten Musik nicht hörte oder einfach ignorierte, da war Pit sich nicht sicher.

Er hatte es jedenfalls gehört, dabei saß er hinten am Ecktisch, ein ganzes Stück weiter weg. Das war ziemlich hässlich von Pit, Rita als Amiflittchen zu beschimpfen, und eigentlich hätte dieser Rüpel dafür eine ordentliche Backpfeife verdient gehabt, doch ein Hänfling wie er hatte gegen einen Schlägertypen wie Pit natürlich nicht den Hauch einer Chance.

Er sah, wie Pit sich zu seinen Kumpels trollte, die ihm kameradschaftlich auf die Schulter klopften und aufgeregt gestikulierten. Helga brachte ihnen ein ganzes Tablett mit bis zum Rand gefüllten Schnapsgläschen, die sie herunterstürzten, um sich noch weiter anzustacheln. Da braute sich gewaltig was zusammen, es brodelte förmlich vor Aggressivität, das konnte er, der als Prügelknabe und Außenseiter ganz besonders feine Antennen für Gewalt entwickelt hatte, förmlich riechen.

Am besten, man verkriecht sich ins nächstbeste Mauseloch, ehe man dazwischengerät und die am Ende noch ihr Mütchen an einem kühlen, überlegte er unbehaglich, als Helga unversehens ein Schnapsglas vor ihn hinstellte. »Das ist von Pit«, erklärte sie knapp und hastete wieder davon.

Er fiel aus allen Wolken. Wie kam dieser Typ, der ihn stets als Brillenschlange und Weichei zu hänseln pflegte, dazu, ihm einen Schnaps auszugeben? Die Antwort ließ nicht lange auf sich warten, denn zu seiner großen Verwunderung stand Pit plötzlich an seinem Tisch und prostete ihm zu.

»Nix für ungut, Alter, wir Deutschen müssen doch zusammenhalten gegen diese verfluchten *Amerigarkaner*, oder?«

»Hm, hm!«, stimmte er ihm zu und nickte verlegen.

Pit beugte sich verschwörerisch zu ihm herunter und raunte ihm mit gesenkter Stimme ins Ohr: »Wir veranstalten nachher ein Amiklatschen, und da wollte ich fragen, ob du dabei bist?«

Er war über das Ansinnen so verdutzt, dass er anfing zu stottern. »Ich … ich soll mit … äh … bei euch mitmachen?«, fragte er unsicher und zog unwillkürlich den Kopf ein wie ein geprügelter Hund.

Pit, der offenbar nicht der Schnellste im Vermitteln von Zusammenhängen war, grinste. »Doch nicht in unserer Schlägertruppe, du Depp! Dass du nix draufhast, sieht doch ein Blinder«, feixte er hämisch. »Nee, wir könnten noch jemanden gebrauchen, der Schmiere steht und die Amis ausspäht, wenn du verstehst, was ich meine.«

Doch er stand noch immer auf der Leitung und kapierte nicht so richtig, was Pit wollte, der langsam ungeduldig wurde. »Also pass auf: Wir machen bald den Abflug und beziehen in der ausgebombten Villa an der Frankfurter Straße Stellung, bis die Amis vorbeikommen, und die müssen da ja langkommen, weil das auf dem Weg zur Amisiedlung liegt. Du bleibst so lange im *Rheingold*, bis die bezahlen und abziehen. Dann spurtest du zu uns auf das Bombengrundstück und gibst uns Bescheid, damit wir die Säcke auch gebührend empfangen können«, raunzte er mit tückischem Grinsen. »Und wenn die Prügelei dann losgeht, stellst du dich unauffällig auf den Bürgersteig und guckst, ob nicht die Bullen anrücken, falls die so ein Simpel aus der Nachbarschaft angerufen hat. In dem Fall gibst du ein Zeichen, damit wir rasch die Fliege machen können.« Pit musterte ihn argwöhnisch. »Und, geht das klar? Können wir uns auf dich verlassen?«

Selbstredend traute er sich nicht, Pit eine Abfuhr zu erteilen. »Ja, ich denke, das kriege ich hin«, murmelte er mit belegter Stimme.

Pit hob schwungvoll seine Pranke, bekräftigte die Zusage mit einem Handschlag, von dem ihm Hören und Sehen verging, und stieß mit ihm an.

»Wir passen in Zukunft auf dich auf, Brillenschlange, und wenn dich nur einer schief anguckt, dann kriegt er es mit mir zu tun, darauf kannst du einen lassen«, ließ Pit ihn mit gönnerhaftem Lächeln wissen und wurde mit einem Mal ernst. »Und wenn ich dir noch einen guten Rat geben darf, Kumpel: Lass die rothaarige Schlampe da vorne sausen, das sieht doch jeder, dass du bis über beide Ohren in die verknallt bist – und da bist du weiß Gott nicht der Einzige. Aber lass dir gesagt sein, die taugt keinen Schuss Pulver! Die macht doch mit jedem GI rum, der ihr was aus der *PX* mitbringt, diese verfluchte Aminutte. Manchmal könnt ich das Weibsstück glatt umbringen!«

»Ich auch!«, brach es unwillkürlich aus ihm heraus. Er war selbst ganz perplex, was ihm da gerade über die Lippen gekommen war. Ihm war, als spräche ein anderer aus ihm – einer, der es schon längst satt hatte, von Rita keines Blickes gewürdigt zu werden, während sie anderen schöne Augen machte – oder noch ganz andere Sachen mit ihnen trieb. Sein Blick richtete sich auf die Tanzfläche, und er musste zu seinem Entsetzen erkennen, dass sie mit dem Ami wild herumknutschte.

»Ich hasse sie!«, entrang es sich ihm mit einer Heftigkeit, dass selbst Pit, der nicht so leicht zu erschüttern war, zusammenschreckte wie vom Blitz getroffen.

»Mach mal halblang, Alter, lauf doch nicht gleich so heiß«, suchte ihn Pit zu beschwichtigen. »Du musst sie ja nicht gleich verteufeln, es reicht schon, wenn du endlich aufhörst sie anzuhimmeln …«

»Das schaff ich nicht, das ist ja das Problem«, gab er mit kehliger Stimme von sich und war mehr als überrascht, dass er plötzlich so offen war – gegenüber einem Hackklotz, den er kaum kannte. *Trau keiner Menschenseele*, so lautete normalerweise sein Lebensmotto. *Fide, sed cui, vide! – Trau, schau, wem!* Diese lateinische Lebensweisheit hatte er sich auf die Innenseite seines linken Unterarms tätowiert, und in seinem noch recht jungen Leben war ihm jedenfalls noch niemand über den Weg gelaufen, zu dem er je Vertrauen gefasst hatte – selbst zu der eigenen Mutter nicht.

Denn Frauen, so wusste er, konnte man im Allgemeinen nicht trauen, dazu waren sie viel zu flatterhaft und wankelmütig. Und so treulos und undankbar noch dazu: Man tat alles für sie, und als Dank dafür betrogen sie einen mit dem Nächstbesten!

Aber irgendwann würde sie ihm gehören, da war er sich sicher. Ihm ganz allein – für immer und ewig.

Er spürte wieder diesen ungeheuren Druck im Kopf, der sich auch mit dem Schnaps, den er in einem Zug hinunterkippte, nicht lockern ließ.

KAPITEL 1

»Your Cheatin' Heart«

(Hank Williams, 1952)

Wetterauer Zeitung, Montag, 13. Oktober 1958: *»Der King of Rock'n'Roll, Elvis Presley, der am Abend des 1. Oktober 1958 auf dem Industriegleis des Friedberger Bahnhofs angekommen war und für die ersten Tage wie jeder andere Soldat ein Mannschaftsquartier in den Ray Barracks in Friedberg bezogen hatte, ist am gestrigen Sonntag ins* Hotel Villa Grunewald *in Bad Nauheim gezogen. Gemeinsam mit seinem Vater Vernon, seiner Großmutter Minnie Mae und den beiden Freunden und Leibwächtern Red West und Lamar Fike bewohnte er vom 6. bis 11. Oktober 1958 einige Zimmer des Luxushotels* Hilberts Parkhotel *in Bad Nauheim. Dann mußten er und sein Clan weichen, da König Ibn Saud von Saudi-Arabien das ganze Hotel für sich und seinen 70-köpfigen Hofstaat gemietet hatte. Seit dem Eintreffen von Elvis Presley herrscht in Bad Nauheim der absolute Ausnahmezustand, Fans aus ganz Deutschland sowie die landesweite Presse belagern rund um die Uhr Straßen und Bürgersteige an seiner Unterkunft.«*

Elfi legte mit gerunzelter Stirn die *Wetterauer Zeitung* beiseite. »Was für ein Wirbel um den gemacht wird, ein hübsches Kerlchen, das gut singen kann, ja, aber die tun ja alle so, als wäre er das siebte Weltwunder«, murmelte sie kopfschüttelnd auf Englisch an Brian gewandt, der in der gleichen Panzerdivision diente wie Elvis Presley und ihn daher persönlich kennengelernt hatte.

»He's the King of Rock'n'Roll!«, protestierte Brian nachdrücklich und streifte Elfi mit einem nachsichtigen Lächeln, da er diese grobe Fehleinschätzung ihrem Alter zuschrieb. Denn »Ölfi«, wie er sie mit seinem unwiderstehlichen amerikanischen Akzent zu nennen pflegte, war zwar auch mit fast 50 noch eine Frau, nach der man sich umdrehte, mit ihrer tollen kurvigen Figur, dem aparten Gesicht und der modischen kastanienbraunen Hochfrisur, doch sie war eben auch kein Teenie mehr wie Karin, sein 20-jähriges Baby Doll aus Friedberg, mit der er seit Kurzem ein Techtelmechtel angefangen hatte, und für die als begeisterte Rock'n'Roll-Tänzerin Elvis der Größte war.

»And he's also a nice guy«, fügte Brian, der Sohn irlandstämmiger Eltern, verhaltener hinzu.

»Nice guy«, wiederholte Elfi, der die Worte gefielen, versonnen. Sie trug noch ihr lachsfarbenes Negligé mit Spitzen und Rüschen, das auch einer Diva gut zu Gesicht gestanden hätte. Es war ein Geschenk ihres zweiten Ehemanns Alfons, der vor vier Jahren gestorben war.

Elfi hatte Kaffee gekocht und ein opulentes Frühstück bereitet, damit Brian nicht mit leerem Magen in den *Ray Barracks* seinen Dienst antreten musste.

Es war gerade erst 7 Uhr, weiß Gott keine Uhrzeit für eine Kneipenwirtin, um aufzustehen, und Elfi war hundemüde. Aber was tat man nicht alles für seinen Liebsten – und Brian hatte es ihr mit seinen grünen Katzenaugen, der rotblonden Haartolle und dem sexy Waschbrettbauch halt ganz schön angetan. Außerdem war er 15 Jahre jünger als sie.

»Von einem Extrem ins andere«, hatte ihre Schwester Gerti gelästert, in Anbetracht der Tatsache, dass Alfons 20 Jahre älter gewesen war als Elfi.

»Wo die Liebe hinfällt«, hatte Elfi etwas verschnupft erwidert und sich angesichts von Gertis Singledasein seit nunmehr 13 Jahren nicht verkneifen können hinzuzufügen: »Hauptsache, sie fällt überhaupt.«

»Im Gegensatz zu dir habe ich einen Sohn, und da kann ich mich eben nicht gleich jedem Kerl an den Hals werfen«, hatte Gerti giftig entgegengehalten.

»Karl-Heinz ist 27, und dass er in dem Alter noch bei seiner Mutter lebt, ist auch nicht ganz normal«, lautete Elfis Kommentar, und wie so oft hatten sich die Schwestern mal wieder so richtig in die Wolle gekriegt und sich alles Mögliche an den Kopf geworfen.

Anschließend waren sie sich heulend in die Arme gefallen. Gerti hatte ihrer Schwester gestanden, dass sie sich halt einfach Sorgen um Elfi mache, da sie das Gefühl habe, Brian nutze sie aus.

»Für den bist du doch nur was fürs Bett und obendrein noch das *Hotel Mama*, wo er verwöhnt und gehätschelt wird, bis zum Gehtnichtmehr. Was will er denn mehr? Wenn er deiner überdrüssig geworden ist und sich sattgefressen hat, wischt er sich den Mund ab und zieht zur Nächsten, die ihn schon mit offenen Armen empfängt, so gut wie der aussieht, und du heulst dir wegen dem die Augen aus dem Kopf. Mensch, der meint es doch gar nicht ernst mit dir, oder glaubst du denn, der würde eine heiraten, die bald in die Wechseljahre kommt? Entschuldige, Elfi, du bist immer noch eine Schönheit, aber halt eine, die schon auf die 50 zugeht.«

Caterina Valente sang im Radio gerade das wehmütige Lied »Spiel noch einmal für mich, Habanero«, das Elfi so mochte, als ihr die Worte ihrer Schwester durch den Sinn gingen – und das nicht zum ersten Mal.

Ihr Blick fiel auf Brian, der mit gutem Appetit sein Rührei mit Speck in sich reinschaufelte, zwischendurch ein »delicious« von sich gab und hinzufügte, Elfi sei die beste Köchin in »good old Germany«.

»Thank you, baby«, erwiderte Elfi geschmeichelt, die ihrem Süßen einfach nicht lange böse sein konnte, beziehungsweise nur allzu bereit war, ihren Argwohn fahren zu lassen, wenn »Baby« ihr ein charmantes Lächeln schenkte – und auch wenn Gerti bestimmt in mancherlei Hinsicht recht hatte, was Brian betraf, der Sex mit ihm war überwältigend, und Elfi war regelrecht verrückt nach ihm.

Immerhin hatte sie nach dem Tod von Alfons vier Jahre lang keinen Mann angerührt und eigentlich gar nicht mehr damit gerechnet, dass ihr das Liebesspiel noch solche Höhenflüge bescheren würde – im wahrsten Sinn des Wortes.

Die biederen Leute aus den benachbarten Gründerzeitvillen, alteingesessene Bad Nauheimer, die Anfang der 50er-Jahre wieder in ihre von den Besatzern freigegebenen Häuser zurückgekehrt waren und nach den Schrecken des Krieges alles dafür taten, sich ihre mühsam erkämpfte heile Welt durch nichts mehr erschüttern zu lassen, streiften Elfi zuweilen mit scheelen Blicken, wenn sie Arm in Arm mit Brian durch die Stadt schlenderte.

Für diese selbstgerechten Äffchen mit ihrem ausgeprägten Standesdünkel bin ich doch sowieso nicht gesellschaftsfähig, dachte Elfi bei sich und lächelte die feinen Herrschaften souverän in Grund und Boden, wie sie es von Anfang an, noch ihren weltmännischen Alfons an der Seite, getan hatte. Sie wusste nämlich nur zu gut, was diese Aletters, Kissels und Kuhns so von ihr dachten: Aus einfachen Verhältnissen stammend, hat sie sich als Witwe eines kleinen Taxifahrers hochgeschlafen und einen reichen alten Knacker geheiratet, der dann bald den Schirm zugemacht und ihr die schmucke Villa *Rheingold* vermacht hat.

Natürlich hatte sie Glück gehabt, sogar ein riesiges Glück, dass sie Alfons kennengelernt hatte. Die sechs Jahre mit ihm würden ihr immer unvergesslich bleiben, und sie hatte jede Minute mit dem klugen, humorvollen Menschen genossen, durch den sie, eine einfache Frau aus der hessischen Provinz, die große Welt kennengelernt hatte.

»Bleib nur so, wie du bist, Frieda, du bist so herzerfrischend echt und ungekünstelt, das solltest du dir unbedingt erhalten, denn damit kannst du dich auf jedem Parkett behaupten«, hatte Alfons zu ihr gesagt, als sie einmal wieder aufgrund ihrer einfachen Herkunft gewisse Selbstzweifel plagten – und als Mann von Welt, der er war, musste er es ja schließlich wissen.

Es ging auf 7.30 Uhr zu, Zeit für Brian, sich auf den Weg zu machen. Er trank noch seinen Kaffee aus, tupfte sich mit der Serviette den Mund und gab Elfi einen heißen Abschiedskuss. »Love you, honey«, murmelte er begehrlich, während seine Hand sanft über Elfis üppigen Busen strich.

»Love you, baby«, säuselte Elfi glückselig und ließ es sich nicht nehmen, Brian hinunter zur Haustür zu begleiten – obwohl ihr die Schlafzimmertür deutlich lieber gewesen wäre. Bevor ihr Prachtkerl in seinen rosafarbenen Cadillac mit den geschwungenen Haifischflossen stieg, den er unweit des Eingangs geparkt hatte, warf er Elfi noch galant eine Kusshand zu, worauf sie ihm gurrend wie ein verliebtes Täubchen gleich mehrere hinterhersandte.

Dennoch fragte sie sich auch jetzt wieder, warum der Schlawiner sie gestern, am Sonntag, ihrem einzigen freien Tag, versetzt hatte und nicht, wie vereinbart, um 14 Uhr nachmittags, sondern erst gegen 21 Uhr am Abend mit der fadenscheinigen Entschuldigung, er sei kurzfristig zum Wachdienst eingeteilt worden, weil ein Kamerad krank geworden sei, bei ihr eingelaufen war?

Das mit dem Wachdienst glaubte sie ihm nämlich nicht so richtig, denn soweit ihr bekannt war, gab es auf dem Kasernengelände genug öffentliche Telefonapparate, sodass er ihr rechtzeitig hätte absagen können. Angeblich hatte er keine Zeit gehabt, sie anzurufen.

Außerdem roch er so seltsam, das war ihr gleich aufgefallen, als sie sich zur Begrüßung geküsst und umarmt hatten. Gewöhnlich, wenn er vom Wachdienst kam, hatte er frisch geduscht, da er großen Wert auf Körperhygiene legte, und verströmte den herben Duft der amerikanischen Herrenseife *Barbados*.

Doch heute umwehte ihn eine süßliche Note, die Elfi, die dank Alfons' großzügiger Geschenke eine ganze Sammlung edler Duftkreationen besaß, an ein billiges Damenparfum erinnerte – durchmischt mit dem Moschusaroma gewisser anderer Ausdünstungen.

Kurzum: Brian roch nach einer anderen Frau. Doch Elfi war viel zu diskret, ihn direkt darauf anzusprechen, und außerdem fürchtete sie sich vor der Wahrheit, die, da lag Gerti mit ihren Unkenrufen ganz richtig, tatsächlich äußerst schmerzhaft für sie gewesen wäre.

Denn für Elfi gab es nun mal keine halben Sachen. Das galt für ihr Leben und für die Liebe. Sie gab immer alles, mit vollen Händen und von ganzem Herzen, anders kannte sie es nicht und wollte es auch gar nicht kennen.

Natürlich war sie realistisch genug, um zu wissen, dass die Lovestory mit Brian irgendwann ein Ende haben würde. Spätestens dann, wenn sein Militärdienst in Deutschland vorbei sein und er wieder in die Staaten versetzt werden würde.

Zurückhaltend hatte Brian verlauten lassen, dass das wohl 1959 in der zweiten Jahreshälfte der Fall wäre, es sei denn, sein Dienst werde verlängert – wozu er sich aber nicht weiter geäußert hatte.

Obwohl Brian vor seinen Kameraden kein Geheimnis daraus machte, dass er mit Elfi zusammen war, er schien im Gegenteil stolz auf seine »Lady« zu sein, war es doch für beide von Anfang an klar, auch wenn es nie offen ausgesprochen wurde, dass eine Heirat für sie nicht infrage kam – nicht zuletzt auch wegen dem nicht unbeträchtlichen Altersunterschied von 15 Jahren.

Elfi fröstelte es in ihrem hauchdünnen Seidennegligé, und sie hatte es plötzlich eilig, wieder in die warme Küche zu kommen, wo im Küchenherd ein behagliches Feuer prasselte. Sie überlegte kurz, ob sie wieder in ihr Bettchen zurückkehren sollte, um noch etwas zu schlafen, damit sie später fit wäre für den anstrengenden Tag, der noch vor ihr lag, oder ob sie sich von ihrer knapp bemessenen Zeit ein Stündchen abzweigen sollte, um an ihren Memoiren zu arbeiten. Denn immerhin war Anfang des Jahres ein renommierter Frankfurter Verlag mit dem Vorschlag an sie herangetreten, ihre Erinnerungen an die Ehe mit dem berühmten Künstleragenten Alfons Kunz niederzuschreiben, ihrem zweiten Ehemann, der vor vier Jahren gestorben war und ihr die *Villa Rheingold* vermacht hatte. Nach einer ausführlichen Besprechung mit dem Verlagsleiter und ihrer zukünftigen Lektorin im vornehmen Frankfurter Westend einigte man sich schließlich darauf, dass die Biografie auch viel Lokalkolorit aus dem Bad Nauheim der Nachkriegszeit sowie lebendige Schilderungen von Elfis eigenem Werdegang enthalten, etwa 200 Seiten umfassen und Anfang nächsten Jahres fertig sein solle. Sie hatte sogar einen Vorschuss von 1.000 DM erhalten, den sie natürlich ins *Rheingold* gesteckt hatte. Und jetzt war schon Mitte Oktober, und sie hatte gerade einmal 20 Seiten geschrieben! Weil sie den Großteil ihrer Zeit ins *Rheingold* investierte – und seit drei Monaten war sie mit Brian zusammen, was auch zeitraubend war, wenn auch auf eine höchst angenehme Weise. Da war es doch nur allzu verständlich, dass sie lieber mit ihrem Süßen zusammen war, als sich an Alfons' alter Schreibmaschine die Finger wund zu tippen.

»Genau das wirst du jetzt aber machen!«, entschied Elfi streng, sich noch gut daran erinnernd, dass es ihr eigentlich großen Spaß gemacht hatte, ihre Memoiren aufzuschreiben. Sie goss sich noch eine Tasse Kaffee ein mit einem ordentlichen Schuss Kaffeesahne, verschwand im Wohnzimmer, um den Schreibmaschinenkoffer mit der alten Vorkriegs-*Olympia* aus dem Schrank zu holen. Nachdem sie Papier eingespannt hatte, ging sie das Manuskript noch einmal durch, ehe sie mit dem neuen Kapitel begann, dem sie die Überschrift *Als die Amerikaner in Bad Nauheim einmarschierten,* gab. Nach kurzem Nachdenken schrieb sie einfach drauflos und kam erstaunlich gut voran:

Ich erinnere mich noch ganz genau an den Tag, an dem die Amerikaner nach Bad Nauheim kamen. Es war der 29. März 1945, einer der ersten Frühlingstage mit blauem Himmel und strahlendem Sonnenschein. Die Osterglocken, Tulpen und Sträucher blühten um die Wette, und die Vögel zwitscherten so frohgemut, als hätte es nie diesen schrecklichen Krieg gegeben.

Bei mir herrschte totaler Weltuntergang, ich war gerade einmal 35 Jahre alt und schon verwitwet. Erst kürzlich hatte ich die Mitteilung erhalten, dass mein geliebter Fritz, der bei der Firma Henrici als Chauffeur und Taxifahrer gearbeitet hatte, an der Ostfront gefallen war.

Wir kannten uns schon als Teenager, und Fritz war meine erste große Liebe. 1932 heiraten wir, 1934 wurde unser Töchterchen Ursel geboren, und wir waren unsagbar glücklich miteinander, bis Fritz 1939 an die Front musste, Richtung Osten, von wo er niemals zurückehrte.

Im Winter 1942 erlebte ich dann den schwersten Schicksalsschlag meines Lebens, als unser über alles geliebtes Töchter-

chen an Diphterie starb, ein Verlust, über den ich nie wieder hinwegkommen werde – und jetzt auch noch Fritz.

Ich fühlte mich so leer und entwurzelt, daß es mir fast egal gewesen wäre, wenn mich ein Geschütz getroffen hätte – doch nur fast, denn obwohl ich meine liebsten Menschen verloren hatte, hing ich aus unerfindlichen Gründen trotzdem noch am Leben. Und so ganz alleine war ich ja auch nicht, denn immerhin hatte ich noch meine ältere Schwester Gerti und meine beste Freundin Lottie, denen es auch nicht sehr viel besser ging als mir, außer dass sie noch ihre Buben hatten.

Elf Kriegstote hatte es in Bad Nauheim gegeben, 43 Häuser, einschließlich des Kurhauses, waren beschädigt worden. Schäden, die sich im Vergleich zu anderen Städten deutlich in Grenzen hielten. Statt Bomben warfen die Amerikaner Flugblätter, auf denen »Bad Nauheim wollen wir schonen, denn hier wollen wir wohnen« stand, über der Stadt ab. Was die Bevölkerung ein Stück weit in einem trügerischen Sicherheitsgefühl wiegte, denn Kälte, Brennstoff- und Lebensmittelmangel verschafften dem Sensenmann auch bei uns reiche Ernte. Ganz zu schweigen von der blanken Todesangst, wenn im nahe gelegenen Frankfurt ein solcher Bombenhagel niederging, daß der Nachthimmel taghell erleuchtet war und man das Gefühl hatte, die Hölle tue sich auf und drohe uns alle zu verschlingen.

Beim Einmarsch der Amerikaner standen die Menschen aufgereiht an der Bahnhofsallee und winkten den Truppen mit dankbarem Lächeln zu – dankbar, daß unser Teil von Deutschland der amerikanischen und nicht der russischen Besatzungszone zugeteilt worden war. Von verschiedenen Seiten erreichten die einzelnen Truppenteile das Stadtgebiet. Etwa 200 Panzer rollten, von Ockstadt kommend, über die Homburger Landstraße in die Stadt. Die Einheimischen hängten als Zeichen ihrer Kapitulation weiße Betttü-

cher aus den Fenstern. Die Panzer nahmen alle umstehenden Häuser genau ins Visier, andere Panzer, die die Hochwaldstraße heruntergerollt kamen, trieben eine Gruppe zerlumpter deutscher Soldaten mit erhobenen Händen vor sich her, was mir vor Mitgefühl mit den Gedemütigten die Tränen in die Augen trieb.

Vor der Dankeskirche parkten die Panzer in Reih und Glied. Gingen die Erwachsenen angstvoll auf Distanz zu den Besatzern, drückten sich dort Kinder und Jugendliche neugierig herum, auch mein Neffe Karl-Heinz gehörte dazu. Da reckte sich ein Soldat aus einer Panzerluke und schenkte Karl-Heinz ein wasserdichtes Rationspäckchen, das eine Dose Corned Beef, Kekse, Schokolade, Kaugummis und ein Päckchen Zigaretten enthielt. Für den Jungen war das wie Ostern und Weihnachten zusammen. Am Abend lud mich Gerti zu sich ein, und die Kostbarkeiten wurden genau unter uns dreien aufgeteilt. Nie würde ich die Scheibe Corned Beef vergessen, die für mich nach dem langen Darben der Kriegsjahre das Köstlichste war, das ich jemals gegessen hatte. Auch die Zigaretten waren für mich, die ich, wie die gesamte Bevölkerung, Zigarettenkippen sammelte, um die Tabaksreste zu Hause zu neuen Zigaretten zu drehen, denn im Tausch mit der »Zigarettenwährung« war fast alles möglich, ein wahrer Schatz.

Während des Tippens durchlebte Elfi ihre Erinnerungen noch einmal und vergaß dabei die Zeit. Als sie erschrocken merkte, dass es schon auf 10 Uhr zuging, beschloss sie, es einstweilen mit dem Schreiben bewenden zu lassen, denn sie hatte noch eine Menge anderer Sachen zu erledigen.

*

Es ging schon auf 13 Uhr nachmittags zu, als Elfi alle Einkäufe und Besorgungen abgearbeitet und sämtliche Bestellungen aufgegeben hatte, die für die neue Woche getätigt werden mussten, damit das *Rheingold*, ihr absolutes Herzenskind, mit Waren, Getränken und allem anderen bestens versorgt war.

Gleich um 17 Uhr, wenn das Lokal öffnete, würde der Automatenmann kommen, der für die Wartung der *Wurlitzer Jukebox* zuständig war, einer Musikbox, in der sich 120 Single-Schallplatten beliebter Interpreten befanden.

Da die Musikbox, die bei Elfis älteren und jüngeren Gästen gleichermaßen sehr beliebt war, immer die neuesten Hits enthalten musste, wurden die Single-Schallplatten regelmäßig ausgetauscht. Die Jukebox stand neben einer kleinen Tanzfläche, die vor allem von den jüngeren Gästen mit großer Begeisterung zum Rock'n'Roll-Tanzen genutzt wurde.

Die original *Wurlitzer* Konsole aus Amerika war eine kostspielige Investition gewesen, die sich aber inzwischen voll und ganz ausgezahlt hatte, denn viele Gäste waren höchst erpicht darauf, im Rheingold ihre Lieblingsschlager zu hören und dazu zu tanzen.

Die meisten hatten immer eine Handvoll Groschen für die Musikbox einstecken, und falls nicht, ließen sie sich bei Elfi Geld wechseln, die stets ein Kontingent an Münzen zur Verfügung hatte.

Außer den Superstars des amerikanischen Rock'n'Roll wie Elvis Presley, Bill Haley, Chuck Berry, Buddy Holly und Little Richard waren auch Peter Kraus, der sogenannte »deutsche Elvis Presley«, mit seinem neusten Song »Hula Baby«, oder Freddy Quinn mit »Die Gitarre und das Meer« zurzeit sehr beliebt.

Auch die Spielautomaten in dem kleinen separaten Spielsalon mussten vom Automatenmann überprüft werden. Es handelte sich um einen Münzspielautomaten, der sehr angesagte *Rotomat Monarch* sowie der neuste aus den USA kommende

Flipperautomat, die *Williams Satellite Pinball Machine*, an der sich bevorzugt die Halbstarken tummelten.

Im Spielzimmer, das sowohl von deutschen als auch von amerikanischen Gästen rege frequentiert wurde, gab es außerdem noch einen Billardtisch und einen Zigarettenautomaten mit deutschen und amerikanischen Marken.

Als Elfi die Treppe zum zweiten Stock hochstieg, wo Asta Lagrin und Renato Schmidt zwei Zimmer bewohnten, stieg ihr von dort schon ein köstlicher Duft in die Nase, der ihr das Wasser im Munde zusammenlaufen ließ.

In den zehn Jahren, seitdem die ehemalige Zirkusartistin und der Opernsänger hier lebten, hatte es sich eingebürgert, dass die beiden die Pensionszimmer des Künstlerhotels *Rheingold* in Ordnung hielten, das Ein- und Auschecken der Gäste abwickelten, das Frühstück bereiteten und sich auf sonstige Weise nützlich machten.

Dafür erhielten sie eine angemessene Bezahlung und freie Kost und Logis. Da beide die 60 bereits überschritten hatten, waren sie für ihre künstlerischen Tätigkeiten, in denen sie einst überaus erfolgreich gewesen waren, schon zu alt und froh, bei Elfi im Alter ihr Auskommen zu haben.

Nach der Flucht aus Ostpreußen waren sie nach vielerlei Umwegen schließlich in Bad Nauheim in dem heruntergekommenen *Kurhotel Sieglinde* in der Lindenstraße 18 gelandet, das ursprünglich als Kurpension für Bedürftige gedacht war und am Ende des Zweiten Weltkriegs der Aufnahme älterer Flüchtlinge aus Ostpreußen, Schlesien und dem Sudetenland diente.

So hatte es sich gefügt, dass sich die beiden Paradiesvögel im *Kurhotel Sieglinde* kennengelernt und auf ihre alten Tage noch einmal richtig ineinander verliebt hatten. Das Wenige, das sie hatten, teilten sie miteinander, – auch den Alkohol, mit dem sie in den Kriegswirren versucht hatten, ihre angespannten Nerven zu beruhigen, und der sie seither nicht mehr losließ.

Als Alfons Kunz davon erfahren hatte, dass zwei seiner Künstler, die wunderbare Asta Lagrin, die als Angehörige einer berühmten Artistenfamilie als »Prinzessin Wanda« auf dem Hochseil triumphale Erfolge gefeiert hatte, und der berühmte Startenor Renato Schmidt in Bad Nauheim gestrandet waren, kümmerte er sich um die beiden Kriegsflüchtlinge und verschaffte ihnen eine Anstellung in seinem Kurhotel. Seither gehörten die zierliche Asta mit ihren pechschwarz gefärbten Haaren, die in ihren Bewegungen immer noch über die Anmut einer Balletttänzerin verfügte, und der beleibte Kammersänger mit dem markanten Charakterkopf längst zur Familie. Sie hatten Elfi nicht nur in der schweren Zeit nach Alfons' Tod liebevoll zur Seite gestanden, sondern unterstützten sie auch sonst bei allem, was sie tat, und hielten der wunderbaren Frau mit dem großen Herzen unerschütterlich die Treue.

Renato, der ein gutes Essen stets zu schätzen wusste und sehr gut kochen konnte, ließ es sich nicht nehmen, ein tägliches Mittagessen zuzubereiten, damit »Elfchen«, wie die beiden sie zärtlich nannten, sich vor der anstrengenden Schicht im *Rheingold* noch einmal richtig stärken konnte.

»Heute gibt's dein Lieblingsessen, Königsberger Klopse«, flötete er mit seiner vollen, wohltönenden Stimme aus der Küche, als Elfi durch die Wohnungstür trat.

Elfi musste sich beim Gedanken an Königsberger Klopse unwillkürlich schütteln, da sie gegen die wabbligen Hackfleischbällchen in der streng riechenden mehligen Kapernsoße eine ausgewachsene Aversion hegte – was Renato auch sehr wohl bekannt war, der es daher tunlichst vermied, die Spezialität aus seiner alten Heimat auf den Tisch zu bringen, wenn Elfi mitaß. Dennoch liebte es der alte Scherzbold, sie damit zu hänseln, wenn sich die Gelegenheit dazu bot.

Der Geruch, den Elfi so liebte, da er sie an ihre Kindheit erinnerte, und der inzwischen das ganze Stockwerk erfüllte, war einfach unverkennbar und weckte in ihr eine unbändige Vorfreude auf die Mahlzeit, die schon von Kindesbeinen an ihre absolute Leibspeise war: Kartoffelpfannkuchen und Apfelmus – Äppelbrei, wie man im Hessischen sagte. Als Kind hatte Elfi gejubelt, wenn sie aus der Schule gekommen und der verheißungsvolle Duft der gebratenen Reibekuchen schon im Hof zu riechen war.

»Du bist ein Schatz, Renato!«, rief sie begeistert, schloss den korpulenten Opernsänger, um dessen vorgewölbten Bauch eine karierte Küchenschürze gebunden war, herzhaft in die Arme und drückte ihm einen Kuss auf die Wange, dankbar, dass Renato es sich nicht nehmen ließ, Elfis Leibgericht nach einem Originalrezept ihrer Mutter zuzubereiten, damit »Elfchen« rundherum zufrieden war.

Asta Lagrin, die ebenfalls eine Schürze trug, da sie beim Kochen stets als Renatos »Küchenjunge« fungierte, kam auf Elfi zu und umarmte sie innig.

»Ist ja doch noch gekommen, dein Süßer, freut mich für dich, Schätzchen, wir haben sein Auto vor der Tür stehen sehen, als wir gestern unsere Nachtrunde gedreht haben«, rief die schlanke Frau, deren hageres Gesicht mit den ausgeprägten Wangenknochen von herber Schönheit war, mit dunkler rauchiger Stimme.

Die von fein geschwungenen schwarzen Lidstrichen umrahmten dunklen Augen musterten Elfi verschmitzt. In der einen grazilen Hand mit den langen rot lackierten Fingernägeln hielt Asta ein Küchenmesser, in der anderen qualmte die unvermeidliche Zigarette.

Elfi, die vor Asta und Renato keine Geheimnisse hatte und vor allem der lebensklugen Artistin Dinge anvertraute, die sie ihrer gestrengen Schwester geflissentlich verschwieg, ließ Asta seufzend wissen, dass Brian allerdings erst gegen 21 Uhr bei ihr eingetroffen sei.

»Ich habe gar nicht mehr damit gerechnet, dass er noch kommt, und mich grün geärgert, dass ich nicht mit Lottie ins Kino gegangen bin. – Um 19 Uhr lief nämlich im Viktoria Theater *Spiel mit dem Feuer* mit Rita Hayworth, Jack Lemmon und Robert Mitchum – den sehe ich doch so gerne mit seiner fiesen Gangstervisage. Ich war ja ziemlich niedergeschlagen, weil Brian mich versetzt hat, und da hat Lottie am Nachmittag, als wir telefoniert hatten, vorgeschlagen, später zusammen in den Film zu gehen, damit ich auf andere Gedanken komme. Ich habe ihr auch zugesagt. Anschließend habe ich mich aufs Sofa gelegt, Radio gehört und in dem *Jerry-Cotton*-Heftchen gelesen, *Dynamit in schwarzer Seide* aus dem Stapel mit Krimiheftchen, die du mir am Samstag gebracht hast, und dabei muss ich eingeschlafen sein. Als Lottie an der Tür geläutet hat, um mich abzuholen, war ich noch total verpennt und habe ihr schweren Herzens abgesagt. Sie hatte ihren Karl-Otto dabei, der ein Fan von Rita Hayworth ist, und sie sind dann alleine ins Kino gegangen. Im Laufe des Abends bin ich mehr und mehr ins Grübeln geraten wegen Brian, dass er einfach nicht gekommen ist, wo wir doch fest um 14 Uhr verabredet waren und er noch nicht mal den Anstand hatte, mir abzusagen. Habe versucht, den *Jerry Cotton* weiterzulesen, weil der Krimi doch so spannend war, aber ich konnte mich einfach nicht mehr richtig konzentrieren. Und je mehr ich gegrübelt habe, desto mehr war's mir auf einmal zum Heulen zumute …«

Asta streichelte mitfühlend Elfis Wange. »Warum bist du denn nicht zu uns gekommen, dummes Kind? Du weißt doch, dass wir immer für dich da sind, wenn du Sorgen hast.« Die ehemalige Hochseilartistin, die niemals eigene Kinder gehabt hatte, hatte auf ihre alten Tage so etwas wie Muttergefühle für Elfi entwickelt, was Elfi, die Asta liebte und bewunderte, rührend fand und ohne Murren über sich ergehen ließ.

»Na ja, und um 21 Uhr abends hat es plötzlich an der Tür geläutet, und Brian stand da und hat mich angestrahlt, als wäre nichts gewesen. Da bin ich gleich schwach geworden und hab ihn reingelassen, und dann sind wir natürlich im Bett gelandet, und alles war so schön wie immer. Mensch, ich kann doch auch nichts dafür, dass ich so verliebt in den Kerl bin«, platzte es aus Elfi heraus, als sie Astas empörte Miene sah, die durchaus berechtigt war, wie Elfi wusste.

»So etwas darfst du dir nicht bieten lassen, Kindchen«, erwiderte Asta entrüstet und zog indigniert die hauchdünnen halbkreisförmigen Augenbrauenbögen in die Höhe. »Das hast du doch gar nicht nötig, dich mit einem Mannsbild abzugeben, das dir so wenig Achtung und Respekt entgegenbringt. Der kommt und geht, wann er will, dein Brian, und du lässt es dir gefallen und nimmst ihn sogar noch mit offenen Armen auf. Womöglich hat er auch noch andere Weibergeschichten am Laufen, das würde mich bei dem gar nicht wundern. Wenn du mich fragst, schick ihn in die Wüste, Elfchen, das wäre das Allerbeste …«

»Sie fragt dich aber nicht, Haselmaus«, mischte sich nun der Kammersänger ein und bat die Damen zu Tisch. »Die Liebe hat nun mal ihre ganz eigenen Gesetze«, bemerkte er neckisch, lüftete mit pathetischer Geste seine Schürzenzipfel und stimmte die Strophe aus *Frauenliebe und Leben* von Robert Schumann an:

»Seit ich ihn gesehen,
Glaub ich blind zu sein;
Wo ich hin nur blicke,
Seh ich ihn allein;
Wie im wachen Traume
Schwebt sein Bild mir vor,

Taucht aus tiefstem Dunkel,
Heller nur empor.«

Wenn auch nicht mehr so kraftvoll und voluminös wie in seinen besten Jahren als gefeierter Operntenor, so war Renatos Stimme immer noch so wohltönend, dass Elfi und Asta vor Ergriffenheit die Tränen in die Augen traten.

»Liebe macht zuweilen blind, das ist wohl wahr«, murmelte Elfi nachdenklich. »Aber so blind nun auch wieder nicht«, erklärte sie mit grimmigem Lächeln. »Das nächste Mal trete ich ihm in den Hintern, wenn er mich noch mal so versetzt«, fügte sie entschlossen hinzu und schob sich ein großes Stück Reibekuchen in den Mund.

KAPITEL 2

»Sugar Baby«

(Peter Kraus, 1958)

Am Mittwochabend, dem 15. Oktober 1958, fühlte sich Elvis zum ersten Mal nach den rund zwei Wochen, die er nun schon in Germany weilte, so erleichtert und guter Dinge, dass er kurzerhand beschloss, noch auszugehen und mit seinen beiden Kumpels Red und Lamar darauf anzustoßen, dass er endlich wieder frei war.

Heute Morgen hatte er nämlich seinen Vater und seine Großmutter zur Air Base nach Wiesbaden-Erbenheim gebracht, wo sie mit einer Militärmaschine zurück in die Staaten geflogen waren. Wenngleich er seine Großmutter von Herzen liebte, so war es doch für ihn eine regelrechte Wohltat, nicht länger unter der Fuchtel der ebenso überfürsorglichen wie dominanten alten Dame zu stehen, die noch zehnmal gluckenhafter war als seine verstorbene Mutter Gladis – und das wollte was heißen.

Auch wenn Minnie Mae es mit der Familie ihres Sohnes Vernon nur gut meinte, »viel zu gut«, wie ihre Schwiegertochter Gladis oftmals beklagt hatte, so war es doch für alle Beteiligten ein offenes Geheimnis – selbst Außenstehende kamen schnell dahinter – dass »Dodger«, wie Elvis seine Oma scherzhaft zu nennen pflegte, eine ziemliche Kratzbürste sein konnte.

So war es dem Weltstar auch ausgesprochen peinlich gewesen, wie sie sich im vornehmen *Hilberts Parkhotel* in Bad Nauheim aufgeführt hatte. Obwohl die Speisen dort den höchsten Ansprüchen genügten und nichts zu wünschen übrig ließen, hatte Dodger darauf bestanden, die Mahlzeiten für ihren Augapfel Elvis selbst zuzubereiten, weil ja diese Krauts sowieso keine Ahnung von gutem Essen – will heißen, der gehaltvollen amerikanischen Küche – hatten.

Denn der Tag hatte mit einem »full American breakfast« zu beginnen, stapelweise Pancakes mit Ahornsirup, Bagels, Cornflakes, Bohnen, Würstchen, Speck und Eiern, nach dem man so pappsatt war, dass man den ganzen Tag nichts mehr zu essen brauchte außer vielleicht ein Sandwich. Und zum Abendessen gab es dann deftige Burger, gefolgt von Hot Dogs, Buffalo Wings, panierten Hähnchenflügeln, und fetttriefenden Spareribs.

Bedauerlicherweise hatte der Küchenchef in *Hilberts Parkhotel* nicht mitgespielt und Minnie Mae mit allem Nachdruck den Zugang zur Hotelküche verwehrt, worauf sie tätlich gegen ihn geworden war. Zum Glück war dem Manager des Luxushotels ebenso wenig wie Elvis daran gelegen, dass der Vorfall nach draußen drang und am Ende noch die Zeitungen davon Wind bekamen – ein gefundenes Fressen für die Aasgeier von der Presse.

Obwohl Dodger nicht im Traum daran dachte, sich bei Maître Hasenfranz aus dem Elsass für ihren Gewaltausbruch zu entschuldigen, wurde das Vorkommnis dennoch rasch untern Teppich gekehrt, das Küchenverbot für die alte Dame jedoch aufrechterhalten.

Daher war Minnie Mae gezwungen, sich zurückzuhalten, was die Verköstigung ihres Enkels betraf, und konnte erst wieder nach dem Umzug in die *Villa Grunewald* so richtig loslegen – sehr zum Unmut der Eigentümerin, die über den permanenten Presserummel und die Belagerung der Villa durch Heerscharen von Fans von früh bis spät ohnehin erbost genug war.

Für den solcherart schon genug geplagten Elvis war es nur eine Frage der Zeit gewesen, wann sich die beiden Frauen in der Küche der *Villa Grunewald* die Augen auskratzen würden, denn die Hotelinhaberin, Frau Schmidt, war eine streitbare Gegnerin, die sich von Minnie Mae nichts gefallen ließ.

Das Gezeter aus der Küche war ihm derart auf die Nerven gegangen und hatte ihn beim feierabendlichen Musizieren gestört, sodass er häufiger, als ihm lieb gewesen war, geflüchtet war, um sich in der nahegelegenen *Auguste-Viktoria-Bar*, in der hauptsächlich GIs verkehrten, noch ein paar Drinks zu genehmigen.

Kurz entschlossen schickte Elvis seine beiden Kumpels durch die Hintertür in den rückwärtigen Garten, der von Reportern und Fans nicht einsehbar war, um den am Kurhaus geparkten Jeep zu holen, der deutlich unauffälliger war als der weiße BMW. Inzwischen schlüpfte er rasch in seine Militäruniform, stülpte sich die Schirmmütze auf den Kopf und setzte eine dunkle Sonnenbrille auf, damit er aussah wie jeder x-beliebige amerikanische Soldat und nicht wie der »King of Rock'n'Roll«, dem die ganze Welt zu Füßen lag – was ihm manchmal ganz schön auf die Nerven ging.

Es klappte alles erstaunlich gut, und im Nu saß er neben Lamar und Red im Jeep und instruierte Red, runter zur Frankfurter Straße zu fahren, dort gebe es ein Lokal namens *Rhinegold*, in dem man die besten »German snitzels in town« kriegen würde. Den Tipp hatte ihm Brian O'Shaugnessy, ein Sergeant, gegeben, der in der gleichen Einheit diente wie er, und darauf hatte er heute Lust.

»Guten Abend, Madam. Gestatten Sie, ich bin Red West, der Freund und Leibwächter von Elvis Presley«, stellte sich der rothaarige Mann mit dem muskulösen Oberkörper unter der amerikanischen Armeeuniform Elfi mit einer höflichen Verbeugung vor. »Mister Presley kommt auf Empfehlung eines Armykameraden hierher, der sagt, bei Ihnen gäbe es die besten German Snitzels in ganz Bad Nauheim. Er wartet draußen im Wagen und möchte gerne inkognito bleiben, wenn das möglich ist. Daher möchte ich Sie um einen ruhigen Tisch bitten, der etwas im Hintergrund steht, wenn das machbar wäre?« Er blickte die Wirtin, die ihn aus großen Augen ansah, fragend an.

»Es ist mir natürlich eine große Ehre, Mister Presley in meinem Lokal als Gast begrüßen zu dürfen«, erwiderte Elfi in fließendem Englisch entgegenkommend. »Doch einen ausgesprochen separaten Tisch kann ich Ihnen leider nicht anbieten. Sie können sich aber gerne an den kleinen Tisch neben der Küchentür setzen, dort sind Sie etwas abseits von den anderen Tischen. Das ist normalerweise der Personaltisch, wo meine Kellnerin und ich uns kurz hinsetzen, wenn wir mal eine ruhige Minute haben.«

Elfi wies auf den kleinen Tisch mit den zwei Stühlen unweit der Tür mit der Aufschrift »Privat«, auf dem ein Aschenbecher und zwei Gläser standen. »Für zwei Personen sollte er reichen«, fügte sie hinzu und zog skeptisch die geschwungenen, sorgfältig gezupften Augenbrauen in die Höhe. »Ich kann Ihnen allerdings nicht garantieren, dass Mister Presley auch inkognito bleibt. Was mich und meine Bedienung betrifft, können Sie sich natürlich auf absolute Diskretion verlassen. Ich werde Herrn Presley behandeln wie jeden anderen Gast und mir in keinster Weise etwas anmerken lassen und auch meine Angestellte entsprechend instruieren.«

»Danke schön, Ma'am«, bedankte sich der Leibwächter charmant und eilte hinaus, um dem »King of Rock'n'Roll« Bescheid zu geben.

Elfi war verblüfft, als sie die Bestellungen von Elvis Presley und seiner beiden Begleiter aufnahm. In der frisch gebügelten Ausgehuniform, der tief in die Stirn gezogenen Schirmmütze und der dunklen Sonnenbrille war der Superstar aus Memphis, Tennessee wirklich kaum zu erkennen und sah aus wie Bill aus Iowa oder Tom aus Ohio. Er erkundigte sich bei ihr, welches Schnitzel sie besonders empfehlen könne, und entschied sich auf ihren Tipp hin für Jägerschnitzel mit Bratkartoffeln, während seine Leibwächter Zwiebelschnitzel bestellten. Elvis hatte sich extra so hingesetzt, dass sein Rücken dem Gastraum zugekehrt war, während Red und Lamar das Geschehen unauffällig im Auge hatten.

Während er seine Blicke über den gut besuchten Schankraum schweifen ließ und die jungen Leute beobachtete, die auf der kleinen Tanzfläche tanzten, stieß Red beim Anblick der hübschen Fräuleins in ihren von Petticoats gebauschten Röcken und den hautengen bonbonfarbenen, den Busen betonenden Rippenpullis einen gedämpften Pfiff durch die Zähne aus. Vor allem die Rothaarige in dem flaschengrünen Lurexkleid mit dem tiefen Dekolleté hatte es ihm angetan. Zu den Klängen des Schlagers »Hula Baby«, von Peter Kraus bewegte sie ihre Hüften in der Tat so aufreizend wie die legendären Hulamädchen auf Hawaii – es fehlte nur noch das Baströckchen und der Hula-Hoop-Reifen, der zurzeit in Deutschland, das völlig im Hawaiifieber schwelgte, schwer in Mode war. Untermalt von Ukulele und Hulaklängen sang Kraus mit kuriosem amerikanischem Akzent:

»Hula, hula lula Baby,
Du weißt ja noch nicht,
wie glücklich die Hulaliebe macht …«

»Who's that singer?«, erkundigte sich Elvis mit amüsiertem Grinsen bei der jungen Kellnerin Käthe, die ihm mit vor Aufregung bebenden Händen, einen Weltstar wie ihn bedienen zu dürfen, ein Henkelglas mit frisch gezapftem *Licher*-Bier hinstellte.

»It's the Austrian singer Peter Kraus, he's very popular in Germany, his fans call him the ›German Elvis Presley‹«, gab die junge Frau mit den wasserstoffblonden toupierten Haaren schüchtern von sich, worauf Elvis und seine beiden Kumpels sich vor Heiterkeit kaum noch einkriegten.

»›The German Elvis Presley‹ – God, that's unbelievable!«, feixte Elvis, wischte sich die Lachtränen aus den Augenwinkeln und bat die Blondine, noch mehr Lieder von dem Sänger auf der Musikbox zu spielen, was sie auch umgehend tat. Der nächste Song »Tutti Frutti«, war die deutsche Coverversion des bekannten Welthits von Little Richard, was Elvis und seine Freunde mit einiger Entrüstung kommentierten.

Elfi, die den Text des häufig gespielten Schlagers schon längst auswendig kannte, summte launig mit, als sie ihrem illustren Gast und seinen Begleitern die Schnitzel servierte und ihnen guten Appetit wünschte.

»You like this singer, Ma'am?«, erkundigte sich Elvis Presley bei Elfi, die das lächelnd bejahte.

»Is he a good-looking guy?«, fragte der King neugierig.

»Oh yes, he is a real ladies' man, the same as you«, gab Elfi, die gerne sagte, was sie dachte, unumwunden von sich, worüber der King etwas verschnupft zu sein schien.

»Natürlich nicht ganz so wie Sie, Mister Presley, Sie sind doch der einzigartige Elvis Presley, the King of Rock'n'Roll«, stieß Elfi, die ihren Fauxpas bemerkt hatte, hervor und presste sich sogleich alarmiert die Hand vor den Mund. Zum Glück waren ihre Worte in den lauten Musikklängen untergegangen. Außerdem waren die Gäste viel zu sehr mit sich selbst beschäftigt, oder besser gesagt: miteinander – die Girls mit den Boys und die Boys mit den Girls, um die drei GIs in ihren Uniformen, die an dem kleinen Tisch neben der Küchentür Platz genommen hatten, besonders zu beachten.

Elvis, der genussvoll sein Schnitzel verspeiste und sein

zweites Bier trank, fühlte sich pudelwohl dabei, wenigstens für eine Weile nicht der Superstar sein zu müssen, auf den sich alle stürzten wie die Fliegen auf das Aas, sondern ein ganz normaler amerikanischer Soldat, der in einer deutschen Kneipe sein Feierabendbier trank. Uniformen hatten also auch etwas für sich: Sie boten eine gewisse Tarnung – der Begriff »Camouflage« für militärische Tarnkleidung kam ja nicht von ungefähr.

Als die Herren zu Ende gespeist hatten, ließ es sich die Wirtin nicht nehmen, die Teller persönlich abzuräumen, um sich bei den Gästen zu erkundigen, ob es ihnen geschmeckt habe.

»The best German snitzel I ever had«, äußerte Elvis begeistert und fügte hinzu, tausendmal besser als in *Hilberts Parkhotel*, die Schnitzel bei denen wären so dünn wie ein Blatt Papier.

Elfi lächelte geschmeichelt und fragte, ob sie die Herren noch zu einer Runde Bier auf Kosten des Hauses einladen dürfe.

»Kommt gar nicht infrage, Ma'am«, kam es prompt vom King. »Ich möchte Sie und Ihre Kellnerin gerne zu einem Drink einladen, und vielleicht haben Sie ja Lust, sich ein Weilchen zu uns zu setzen.«

Elfi mochte die freundliche Einladung des Weltstars nicht abschlagen und orderte bei Käthe ihren Lieblingsdrink: *Kikeriki*, Orangenlimonade mit Eierlikör, während sich die junge Frau für einen *Cuba Libre* entschied.

Nachdem Käthe noch drei Bier und Elfis Drink an den Tisch gebracht und zuvor einen weiteren Stuhl für ihre Chefin von einem der anderen Tische geholt hatte, nahm Elfi Platz und stieß mit Elvis und seinen beiden Leibwächtern an.

»Cheers«, prosteten sie einander zu, und Elfi bedankte sich bei Mister Presley für den Drink, während aus der Musikbox ein weiterer Schlager von Peter Kraus erklang, zu dem die jungen Leute einen Rock'n'Roll aufs Parkett legten, der schon zirkusreif war.

»Die Comfort-Bar, die ist toll
Dort tanzt man Rock'n'Roll
So geht's jede Nacht bis morgens um acht
Rock'n'Roll hat uns verrückt gemacht ...«, tönte es aus der *Wurlitzer* Musikbox, und die Paare vollzogen auf der kleinen Tanzfläche die gewagtesten Tanzfiguren: doppelte Salti vorwärts und rückwärts, die sogenannten Propeller, Taucher, und sogar der gewagte Todessturz wurde ausgeführt – von der verführerischen Rothaarigen im grünen Glitzerkleid – und sowohl Red als auch Lamar konnten ihre Augen kaum noch von ihr wenden.

Währenddessen kamen Elfi und Elvis ins Gespräch miteinander, und der King fragte die attraktive Wirtin, wo sie so gut Englisch gelernt habe.

»Ich habe im Krieg als Zimmermädchen im *Hotel Bristol* gearbeitet, wo ausländische Diplomaten und Journalisten interniert waren. Dort wurde überwiegend Englisch gesprochen, was ich mir dann nach und nach zu eigen gemacht habe«, erwiderte Elfi und fügte hinzu, dass sie in der Nachkriegszeit in der amerikanischen Offiziersmesse des *Grand Hotels* als Kellnerin tätig gewesen sei, was ihre Englischkenntnisse noch verbessert habe. »Außerdem habe ich einen amerikanischen Freund«, ließ sie Elvis mit verschmitztem Lächeln wissen, dem das zu gefallen schien.

Auf ihre Frage, ob er sich denn inzwischen gut in Bad Nauheim eingelebt habe und wie es ihm in der Kurstadt gefalle, äußerte Elvis, dass er sich in Bad Nauheim überaus wohlfühle. Die Leute seien sehr freundlich und entgegenkommend, und er habe selten ein schöneres Städtchen gesehen. »Nur eine Sache geht mir erheblich auf die Nerven«, gestand er der Wirtin in gespielter Zerknirschung.

»Was denn?«, erkundigte sich Elfi mit unverhohlener Neugier.

»Ich habe mir doch einen weißen BMW gekauft, kurz nachdem ich in Bad Nauheim eingetroffen bin. Ein tolles Auto, ich liebe die deutschen cars«, schwärmte der Musiker. »Jedenfalls vergeht kein Tag, an dem das Auto nicht über und über mit roten Herzchen und Liebesschwüren überzogen ist, die meine weiblichen Fans mit Lippenstift auf den weißen Lack schreiben. Meine Bodyguards müssen das Auto jeden Tag zur Autowäsche bringen, damit es wieder sauber wird, doch am nächsten Morgen ist es schon wieder von Lippenstiftherzchen übersät ... Was soll ich denn nur machen?« Elvis schüttelte ratlos den Kopf, und Elfi, die ihm aufmerksam zugehört hatte, kam eine Idee.

»Dann lassen Sie es doch rot lackieren«, sagte sie spontan, »denn auf rotem Untergrund sieht man die Lippenstiftherzchen nicht mehr, die Mädels lassen die Finger von dem Auto, und dann hat sich das Problem erledigt.«

Kaum dass sie zu Ende gesprochen hatte, klatschte Elvis begeistert in die Hände und dankte Elfi überschwänglich für ihren famosen Einfall. Auch Red und Lamar waren von ihrem Vorschlag tief beeindruckt, Lamar äußerte, er werde gleich morgen in der Werkstatt einen Termin ausmachen.

Elvis wollte gerade in den Jeep einsteigen, der vor dem *Rheingold* parkte, als er hinter sich eine weibliche Stimme vernahm. Er wandte sich um und gewahrte eine rothaarige junge Dame in einem grünen *Lurex*kleid, die verblüffende Ähnlichkeit mit Rita Hayworth hatte und ihn schüchtern um ein Autogramm bat. Einerseits war er verärgert, dass er doch noch erkannt worden war, obgleich er sich den ganzen Abend in Sicherheit gewähnt hatte, andererseits war er wie geblendet von der ungeheuren Attraktivität des Mädchens und ihrer reizenden Art, scheu und ehrfürchtig zugleich, die ihn schlagartig entwaffnete. Mit fliegenden Händen nestelte sie aus ihrer Geldbörse eine Fotografie von ihm hervor und bat ihn, auf der Rückseite zu signieren – unterhalb der Aufschrift: »Elvis, I love you forever!«, die höchstwahrscheinlich von ihr selbst stammte.

Routiniert zückte der King einen Kugelschreiber aus der Brusttasche seiner Uniformjacke und erkundigte sich bei der rothaarigen Schönheit nach ihrem Namen.

»My name is Rita«, entgegnete sie mit geröteten Wangen, ergriff spontan die Hand des Rock'n'Roll-Stars und küsste sie mit einer Inbrunst, die Elvis, der einiges bei seinen Fans gewöhnt war, besonders bei den weiblichen, tief berührte.

Lamars breiter Rücken diente wie häufig als Unterlage, als Elvis mit schwungvollen Buchstaben seine persönliche Widmung auf die Rückseite der Fotografie schrieb:

»To Rita
Best of luck always
from
Elvis Presley«

Als er das Foto anschließend der jungen Frau reichte, brach diese vor Glückseligkeit in Tränen aus.

»Thank you so much, Mister Presley, this is the happiest moment in my life«, schluchzte sie ergriffen, während der King in den Jeep stieg und sich schon mit einem »God bless you, young Lady«, von ihr verabschiedete, als er es sich plötzlich anders überlegte und die junge Frau fragte, ob er sie noch zu einem Drink in die *Auguste-Viktoria-Bar* einladen dürfe.

Rita war völlig aus dem Häuschen über die spontane Einladung.

»Sure, Mister Presley«, lispelte sie glücksstrahlend, zwängte sich neben den King auf den Beifahrersitz, und der Jeep setzte sich in Bewegung.

Da die junge Frau noch immer schier überwältigt davon war, ihrem Idol so nahe zu sein und dadurch auch entsprechend befangen, kam das Gespräch zwischen ihr, Elvis und den beiden Leibwächtern eher schleppend in Gang. Elvis fragte sie, wann sie ihn erkannt habe.

»Beim Hinausgehen, als Sie an der Tanzfläche vorbeigegangen sind. Sie tragen zwar eine Sonnenbrille, aber ich habe Sie trotzdem erkannt. Die vollen, sinnlichen Lippen, die wohlgeformte Nase – das ist doch Elvis, wurde es mir da bewusst. Ich habe mir aber vor den anderen nichts anmerken lassen, weil ich ja nicht wollte, dass Ihnen das ganze *Rheingold* auf die Pelle rückt«, erklärte Rita, die im Laufe ihrer Schilderung etwas lockerer geworden war. »Nein, ich wollte Sie ganz für mich alleine haben«, gestand sie lachend und präsentierte dabei ihre makellosen weißen Zähne.

»Sie sind nicht nur schlau, sondern auch eine aufmerksame Beobachterin, Rita«, mischte sich Red ein, der ohnehin ein Auge auf die Rothaarige geworfen hatte – auch wenn diese natürlich nur Augen für Elvis hatte, aber das war er schließlich gewohnt und ließ sich davon nicht größer verdrießen, da erfahrungsgemäß trotzdem etwas für ihn abfallen konnte.

»Das liegt wohl daran, dass ich mir die Fotos von Elvis, die alle bei mir über dem Bett hängen, so oft und so lange angeschaut habe, dass ich jedes Grübchen in seinem Gesicht kenne – und manches Mal habe ich sogar von ihm geträumt.« Sie warf Elvis einen verzückten Seitenblick zu.

»Wird Ihnen das denn nicht zu viel? Immer nur Elvis, das wird doch mit der Zeit langweilig, ich meine, es gibt doch auch noch andere interessante Männer«, mokierte sich der am Lenkrad sitzende Lamar – was Rita energisch verneinte.

»Elvis wird mir nie zu viel, ganz im Gegenteil, ich kann mich gar nicht satt an ihm sehen. Ich liebe ihn!«, brach es aus dem Mädchen heraus, das sich gleich darauf errötend bei dem King für ihren Gefühlsausbruch entschuldigte.

»It's okay«, sagte Elvis mit nachsichtigem Lächeln. Ihm wäre es niemals in den Sinn gekommen, sich über einen seiner Fans lustig zu machen. Er war glücklich darüber, dass sie ihn liebten, ihnen verdankte er seinen Erfolg, daher hatten sie es auch verdient, mit Achtung behandelt zu werden, selbst wenn sie ihm mit ihrer Aufdringlichkeit zuweilen erheblich auf die Nerven gingen.

Elvis musterte Ritas Profil mit Wohlgefallen. Sie sah umwerfend gut aus und hätte ihm durchaus gefallen können – wenn sie ein paar Jahre jünger gewesen wäre, denn er stand nun mal auf Baby Dolls. Doch um den angenehmen Abend bei ein paar Drinks gebührend ausklingen zu lassen, war diese reizende Lady genau die Richtige. Fürsorglich erkundigte er sich bei ihr, ob sie noch bei ihren Eltern wohne, denn es sei ja schon nach 22 Uhr, und wenn sie noch in die Bar gingen, könne es gut Mitternacht werden, nicht, dass ihre Leute sich Sorgen machten.

Rita schüttelte den Kopf mit der rotblonden Lockenpracht.

»Nein, nein, ich stehe längst auf eigenen Beinen. Ich arbeite in der Zahnfabrik und habe in der Nähe ein möbliertes Zimmer.«

»Ist Ihr boyfriend nicht böse, wenn Sie mit mir ausgehen?«, wollte der King wissen.

»Ich tanze mal mit jenem, mal mit diesem, aber ich habe keinen festen Freund«, gab Rita zur Antwort und warf Elvis einen Blick zu, der beredter war als alle Worte.

Der King verstand die Botschaft ihrer grünen Katzenaugen, in denen ein verzehrendes Feuer schwelte. Sie lautete: »You are my one and only!«

»Schade, dass ein so schönes Mädchen wie Sie noch keinen Bräutigam hat«, äußerte er bedauernd.

»Das ist nicht schade, das ist wunderbar, sonst säße ich jetzt nicht hier – *neben Ihnen*«, kam es von Rita glückstrahlend. Die beiden letzten Worte hatte sie leise hinzugefügt, aber laut genug, dass er es hören konnte.

Er wollte doch nur ein wenig Spaß haben, aber nicht, dass sie sich in Bezug auf ihn falsche Hoffnungen machte.

Dennoch sprach er offen aus, was er in jenem Moment dachte:

»You're so wonderful!«, – und Rita wähnte sich im siebten Himmel.

KAPITEL 3

»Dark Moon«

(Gale Storm, 1957)

Gegen 20.30 Uhr an diesem turbulenten Samstagabend hatten die Essensbestellungen langsam nachgelassen, und Elfi konnte endlich mal ein Päuschen einlegen. Sie ging zum Tresen, um sich ein Glas *Coca-Cola* einzuschenken, und spähte angespannt über den Schankraum: Brian war noch immer nicht auszumachen.

Wenngleich er keine genaue Uhrzeit genannt hatte, so hatte er sich doch eindeutig für den heutigen Abend angekündigt, und Elfi hatte nicht nur sein Lieblingsgericht – Kartoffelsalat mit Frikadellen – für ihn bereitet, sondern war am Vormittag extra zum Friseur gegangen, um für ihren Schatz gut auszusehen.

Die Friseurmeisterin Hermine Langer hatte ein wahres Wunderwerk an ihr vollbracht und mithilfe von reichlich Haarspray und aufwendigem Toupieren Elfis dichtes kastanienbraunes Haar zu einer kunstvoll verwobenen Bienenkorbfrisur aufgetürmt, die ihre Trägerin gute zehn Zentimeter größer machte.

Zu allem Übel hatte es gegossen wie aus Kübeln, als Elfi aus dem Salon herausgekommen war, und obgleich die Chefin ihr einen Schirm geborgt hatte, den sie mit hochgerecktem Arm über den Kopf gehalten hatte, um ihre Hochfrisur nicht zu zerdrücken, so hatten doch der Wind und der Regen ihr Übriges getan, und Elfi sah ziemlich zerrupft aus, als sie zu Hause ankam. Doch Asta hatte mit dem Stielkamm und einer halben Dose Haarspray des altbewährten *Taft* wieder alles soweit gerichtet, dass Elfi halbwegs zufrieden war.

Wenn er mich heute schon wieder versetzt, dann war's das, dachte sie bei sich, goss sich grimmig einen ordentlichen Schuss kubanischen Rum in die *Cola*, trank durstig das halbe Glas aus und steuerte auf die Musikbox zu, um verschiedene Lieder zu drücken, die sie momentan gerne hören mochte. Gerade eben begann der bekannte Song von Elvis Presley, »Don't be cruel«, zu dem auf der kleinen Tanzfläche rege getanzt wurde. Na, das passt ja, ging es Elfi in Bezug auf Brian durch den Sinn, und ehe sie sich's versah, stand plötzlich Max Caspers von der Military Police, Elfis Spezi bei der MP, den sie immer anrief, wenn es zwischen den GIs und den Deutschen mal wieder zum Handgemenge kam, vor ihr und forderte sie zum Tanzen auf.

Elfi mochte dem Kraftpaket mit den blonden Stoppelhaaren, der eine Eliteausbildung bei den legendären Ledernacken durchlaufen hatte und bei der MP als echter »Teufelshund« galt, Elfi gegenüber aber stets ein Gentleman war, keinen Korb geben.

»But just this one dance, Max, cause I'm tired from cooking«, ließ sie den Pitbull wissen und überließ sich gleich darauf der Führung des wendigen Tänzers.

Max, der schon länger ein Auge auf Elfi geworfen hatte, machte ihr ein galantes Kompliment zu ihrem Aussehen, wofür sich Elfi freundlich bedankte. Flüchtig kam ihr sogar der Gedanke, mit Max zu flirten und sich mit ihrem Verehrer, der es sichtlich genoss, mit ihr zu tanzen, ein wenig zu amüsieren, doch das wäre Max gegenüber nicht fair gewesen. Denn da sie trotz alledem noch in Brian verliebt war, wäre ihm nicht mehr als die Rolle des Lückenbüßers zugekommen, und solche miesen Geschichten gab es bei ihr nicht.

Elfis Blick fiel unwillkürlich auf die schöne Rita, die ehemalige Steinfurther Rosenkönigin. Sie stand am Rande der Tanzfläche, schlürfte genüsslich ihren Cocktail und sonnte sich wie immer in den glühenden, begehrlichen Blicken ihrer Verehrer, die ihr von allen Seiten zugeworfen wurden.

In ihrem nachtblauen Samtkleid mit dem tiefen Hals- und Rückenausschnitt war sie eine echte Augenweide, wie sich Elfi, die in jungen Jahren selbst eine Schönheit war und immer noch gut aussah, neidlos eingestehen musste. Doch im Gegensatz zu Rita, der es offenbar Vergnügen bereitete, reihenweise Männerherzen zu brechen, hatte sie nie mit den Männern gespielt, die in sie verliebt gewesen waren. Während Rita zuweilen ein ganz schönes Biest sein konnte, das die Männer nur ausnutzte.

Im Grunde genommen hatte Elfi aber nichts gegen das Mädchen, das blitzgescheit war und mit dem sie sich schon oft gut unterhalten hatte. Rita, die in der Schule die besten Noten hatte, hatte Elfi anvertraut, dass sie gerne aufs Ernst-Ludwig-Gymnasium gegangen wäre, doch ihre Eltern waren dagegen. Sie solle heiraten und Kinder kriegen, wie sich das für eine Frau gehöre, und dazu brauche man nicht auf die höhere Schule zu gehen. Sie arbeite jetzt in der Zahnfabrik und verdiene ihr eigenes Geld. Von zu Hause sei sie ausgezogen und stehe endlich auf eigenen Beinen, und das wäre auch besser so. Denn ihre Eltern wären Rosenbauern, und da hätte sie von Kindesbeinen an auf dem Rosenacker schuften müssen.

Rita hatte mit Elfi sogar über ihr Vorhaben gesprochen, das Abendgymnasium in Frankfurt zu besuchen, wenn sie sich genug zurückgelegt habe, um in Frankfurt Fuß zu fassen, worin Elfi, der Ritas Plan imponierte, die junge Frau noch bestärkt hatte.

Nach dem Tanz bestand Max darauf, Elfi einen Drink zu spendieren, was sie dankend annahm und bei der mit einem

Tablett voller Gläser vorbeieilenden Käthe einen *Cuba Libre* bestellte. Nachdem Elfi mit Max angestoßen hatte, ging sie zur Musikbox, warf Münzen in den Schlitz und drückte den Schlager von Dalida »Der Tag als der Regen kam«, der eines ihrer Lieblingslieder war und außerdem, wie ihr die Regentropfen auf der gläsernen Eingangstür verrieten, zum Wetter passte.

Einmal mehr hatte sie sehnsuchtsvoll zur Tür geschaut in der Hoffnung, Brian würde endlich kommen, doch dem war nicht so. Elfi spürte einen Kloß im Hals und beschloss, hinauszugehen, um unter dem Vordach ein wenig frische Luft zu schnappen. Der wahre Grund war jedoch der Liebeskummer, der immer machtvoller in ihr wurde, dem sie sich gleichzeitig aber keinesfalls ergeben mochte.

Als Elfi aus der Tür trat und im Licht der Straßenlaterne plötzlich Brians rosafarbenen Cadillac gewahrte, der am Bürgersteig unweit der Eingangstür parkte, jubelte sie innerlich. Beim genaueren Hinsehen musste sie jedoch enttäuscht erkennen, dass von Brian nichts zu sehen war – weder im Auto noch in dessen Umgebung. Vielleicht ist es ja gar nicht sein Auto, überlegte sie und eilte zu dem Fahrzeug hin, um es genauer in Augenschein zu nehmen. Anhand des Medaillons mit dem heiligen Christophorus, dem Schutzpatron der Autofahrer, welches am Innenspiegel befestigt war und das sie Brian kürzlich geschenkt hatte, bemerkte sie jedoch sofort, dass es sich tatsächlich um Brians Auto handelte. »Das Auto ist da, nur er nicht. Wo in des drei Teufels Namen ist er denn abgeblieben?«, fragte sich Elfi aufgelöst und sah sich verwundert auf dem regennassen Bürgersteig nach Brian um, während ihr der Regen zunehmend die Frisur ruinierte, doch das war Elfi in diesem Moment egal.

»Elfchen, was machst du denn hier draußen? Du wirst ja ganz nass«, riss sie plötzlich die dunkle, rauchige Stimme von Asta aus ihrer Versunkenheit, die gerade aus der Haustür kam.

»Ich wollte mir bei dir Zigaretten holen und Geld wechseln lassen, ich habe nämlich … wieder mal kein Kleingeld«, fügte die ehemalige Artistin hinzu und presste betreten die rot geschminkten Lippen zusammen.

Elfi ahnte, was das zu bedeuten hatte: Asta war wieder einmal blank. Denn immerhin war heute schon der 18., und obwohl sie ihr in regelmäßigen Abständen das Gehalt aufstockte, kam Asta mit ihrem Lohn erfahrungsgemäß nur etwa bis zur Monatsmitte hin. Die notorische Kettenraucherin verbrauchte den Löwenanteil ihres Geldes für Zigaretten und Alkohol und hatte außerdem ein Faible für teure Kosmetika, ein Überbleibsel aus ihrer Zeit als berühmte Hochseilartistin, die es gewohnt war, in den exklusivsten Parfümerien einzukaufen. Ihrem Lebensgefährten Renato erging es ähnlich. Was Asta für Zigaretten ausgab, gab er für Süßigkeiten und Lebensmittel aus – wobei dem ehemaligen Operntenor in Erinnerung an bessere Zeiten nur das Beste gut genug war. Das galt auch für Renatos Trinkgewohnheiten, dessen Schwäche für exquisite Tropfen weit über seine Verhältnisse ging und für leere Taschen lange vor dem Monatsende sorgte.

Elfi sprang immer wieder in die Bresche und lieh den beiden Geld, das sie ihr am Monatsanfang auf Heller und Pfennig zurückzahlten – um sie in der zweiten Monatshälfte erneut anzupumpen.

»Was brauchst du denn?«, fragte Elfi die zierliche Frau mit den pechschwarz gefärbten Haaren mit schiefem Lächeln.

»Ach, eine Mark reicht, dann kann ich mir eine Packung *Gloria* ziehen, da sind zwölf Stück drin«, gab Asta verlegen zur Antwort.

»Zwölf Zigaretten? Das reicht dir doch nie und nimmer bis morgen früh, einer Nachteule wie dir, und der Abend hat ja erst angefangen«, erwiderte Elfi skeptisch und holte aus ihrer Kittelschürzentasche eine Handvoll Münzen hervor, die sie für die Musikbox immer bei sich trug. Sie wollte Asta vier Fünfzigpfennigstücke in die Hand drücken, doch diese begnügte sich verschämt mit der Hälfte.

Während es die beiden eilig hatten, rasch ins *Rheingold* zu gelangen, um dem Regen zu entkommen, dem Elfi schon viel zu lange ausgesetzt war, murrte Asta mit Blick auf Elfis aufgeweichte Hochfrisur, aus der sich schon etliche Strähnen gelöst hatten, dass Brian das nächste Mal gefälligst selbst zu seinem Auto gehen solle, wenn er etwas vergessen habe, und nicht Elfi rausschicken solle.

»Erst recht nicht bei so einem Sauwetter!«, fluchte sie ungehalten und fügte hinzu, ein Kavalier sei Brian jedenfalls nicht.

»Der Kavalier glänzt durch Abwesenheit, er ist nämlich gar nicht da«, kam es von Elfi trocken.

Asta musterte sie begriffsstutzig. »Jetzt kapier ich gar nichts mehr«, entgegnete sie kopfschüttelnd. »Das ist doch Brians Auto, oder täusche ich mich da etwa?«

»Ja, es ist Brians Wagen, daran besteht kein Zweifel, ich habe mir das Auto eben genauer angesehen«, grummelte Elfi missmutig. »Aber es ist mir ein Rätsel, wo der verdammte Kerl steckt. Bei mir hat er sich jedenfalls noch nicht blicken lassen, obwohl wir für den Abend verabredet waren.«

»Das ist ja wieder mal typisch für diesen Windhund«, entrüstete sich Asta.

»Spar dir deine Unkenrufe«, fauchte Elfi die ehemalige Zirkusartistin an, die wie immer einen ihrer zahlreichen, bunt gemusterten langen Röcke trug, wie es die Tradition für eine »Romni«, ein weibliches Mitglied einer Roma-Familie, vorsah.

Auf Elfis hoher Stirn mit den fein geschwungenen Brauen war eine Zornesfalte zu sehen, und Asta wusste aus Erfahrung, dass es besser war, sie momentan nicht anzusprechen.

Daher verkniff sie sich weitere Kommentare – außerdem war sie auch etwas verschnupft über Elfis harschen Tonfall, die den Schlawiner immer in Schutz nahm, egal was er sich erlaubte, und eilte mit reservierter Miene in den separaten Spielsalon, wo sich auch der Zigarettenautomat befand.

Die Halbstarken, die sich um den Flipperautomaten tummelten, grüßten die zierliche Frau mit dem gepflegten Makeup und den langen rot lackierten Fingernägeln freundschaftlich.

Asta, die eine echte Spielernatur war und nahezu jedes gängige Spiel meisterhaft beherrschte, hatte sich ihren Respekt verschafft, da sie schon häufig mit den Jungs gezockt und beim *Skat*, *Poker* oder *Billard* meistens haushoch gegen sie gewonnen hatte. Außerdem war die »Zirkusprinzessin«, wie die jungen Leute sie nannten, ausgesprochen trinkfest und trank bei den Hütchenrunden, um die sie spielten, alle untern Tisch.

Obgleich Asta alleine schon von ihrer bunten, exotischen Kleidung her ein Paradiesvogel war und perfekt dem Stereotyp der Zigeunerin entsprach, das folkloristisch-verkitscht in ihren Köpfen spukte, versehen mit einer gehörigen Portion alter Vorurteile gegen Sinti und Roma, die sich trotz des eigentlichen Endes der nationalsozialistischen Rassenpolitik noch gehalten hatte, hätte keiner von ihnen gewagt, Asta deswegen anzupöbeln. Denn das hätte seitens der gestrengen Wirtin den sofortigen Rauswurf und ein Lokalverbot auf Lebenszeit nach sich gezogen – wie es vor längerer Zeit einem Kumpel aus dem benachbarten Dorheim widerfahren war, der »Zick-Zack-Zigeunerpack«, gemurmelt hatte, als Asta ins Lokal gekommen war.

Astas Blick fiel auf den Münzspielautomaten an der Wand. Sie überlegte kurz und entschloss sich kurzerhand, den *Rotomat Monarch* mit einer der beiden Fünfzigpfennigmünzen zu füttern, in der Hoffnung, den Einsatz zu vermehren.

In wenigen Minuten waren die fünf Spiele zu Ende, und Asta war es nicht gelungen, einen Gewinn zu machen. Jetzt blieben ihr also nur noch 50 Pfennig für Zigaretten. Verdrossen ging sie zum Zigarettenautomaten und zog ein kleines Päckchen *Lux* mit fünf Zigaretten. Das würde in der Tat sehr knapp werden. Da gab es nur noch eine Möglichkeit: Wenn sie die Packung leer geraucht hatte, würde sie sich durchschnorren müssen – und im Schnorren hatte Asta Übung.

»Spielste 'ne Runde *Billard* mit, Zirkusprinzessin?«, fragte der junge Gerd-Peter Scheibel, der in der Kohlenhandlung Etzel die Briketts und die Eierkohlen austrug – was ein echter Knochenjob war, den Kohlemännern aber muskulöse Oberkörper bescherte, um die sie selbst ein Johnny Weissmüller noch beneidet hätte.

Asta schüttelte bedauernd den Kopf. »Nee, ich kann nicht. Renato wartet oben auf mich. Wir wollen zusammen unsere Lieblingsradiosendung hören, die kommt jeden Samstag um 21 Uhr: *Wer war's? Wie geschah's? Was war los? Das Wort hat Kriminalrat Obermoos.* Heute kommt die 75. Folge, *Im 13. Stock*, die will ich auf keinen Fall verpassen«, erwiderte Asta begeistert. »Aber wir sehen uns sicher später noch.« Später, wenn ich keine Zigaretten mehr habe, dachte sie bei sich und wünschte den jungen Leuten noch einen schönen Abend.

Der junge GI Ebeneezer Crant, von seinen Armeekameraden kurz und knapp E.C. genannt, was sich wie »easy« anhörte – »leicht« – und zu dem mit reichlich Babyspeck bepackten Hünen so gar nicht passen mochte, senkte verlegen den Blick, ehe er sagte: »Sorry Ma'am, but I don't know where Brian is.«

Elfi hatte für einen flüchtigen Moment das Gefühl, dass Brians Zimmernachbar aus der Friedberger Bergkaserne etwas vor ihr zurückhielt. Denn normalerweise war E.C., der ebenso wie Brian aus dem Bundesstaat Pennsylvania stammte und ein guter Kumpel von Brian war, immer darüber im Bilde, was Brian an seinen freien Tagen so vorhatte.

»Ich wundere mich nur, weil sein Auto draußen vor der Tür steht und wir ja für heute Abend verabredet waren«, erläuterte Elfi irritiert. »Wo kann er denn nur sein?«, fügte sie seufzend hinzu, da sie bereits anfing, sich Sorgen um Brian zu machen. Sie bedankte sich bei E.C., der nur ratlos mit den Schultern zuckte, und ging wieder zurück zur Theke, wo Käthe am Bierzapfen war.

»Und du bist dir sicher, dass Brian nicht hier war?«, erkundigte sich Elfi noch einmal bei ihrer Angestellten.

Käthe, die aus dem benachbarten Dorf Nieder-Mörlen stammte, einen kranken Mann und drei Kinder zu versorgen hatte und zusätzlich noch Heimarbeit für die *Kronkorken-Fabrik Jungwirth* erledigte, bei der die ganze Familie mithalf, musterte Elfi unsicher.

»Ich kann nur sagen, dass ich ihn hier drinnen nicht gesehen habe, Chefin. Aber es kann natürlich sein, dass ich ihn in dem ganzen Trubel übersehen habe, was aber eher unwahrscheinlich ist, weil Brian nicht so leicht zu übersehen ist. Außerdem hätte er sich doch bemerkbar gemacht und hätte bei Ihnen in der Küche reingeschaut, um Ihnen zu sagen, dass er da ist, wie er es sonst auch immer macht«, wandte die Frau mit den wasserstoffblond gefärbten Haaren und den dunklen Augenringen ein – ein Zeichen ihrer Erschöpfung, da sie eine erhebliche Last auf den Schultern zu tragen hatte und nahezu rund um die Uhr am Arbeiten war, um sich und ihre Familie über Wasser zu halten. Elfi hielt große Stücke auf Käthe, die eine fleißige und zuverlässige Kellnerin war, und machte ihren Kindern zum Geburtstag und zu Weihnachten immer Geschenke, da sie wusste, wie knapp bei Kasse die Familie war.

»Das war zeitweise so ein Hochbetrieb hier drinnen, dass ich mit dem Serviertablett kaum noch durchgekommen bin«, erläuterte Käthe ächzend, während sie die gefüllten Bierkrüge auf ein rundes Tablett stellte. »Erst gegen 20 Uhr ist es dann ein kleines bisschen ruhiger geworden, da habe ich zwei Taxis für die GIs bestellt, und dann waren es gleich sieben Mann weniger. Ich glaube, die wollten nach Frankfurt, ins Äppelwoi-Viertel Alt-Sachsenhausen, worüber sich der Taxifahrer natürlich gefreut hat.«

Käthe wollte schon mit dem vollen Tablett wieder davon hasten, als Elfi sie am Arm zurückhielt.

»Ich löse dich jetzt mal ab«, erklärte sie resolut. »Du sagst mir, wo das hinkommt, und dann gehst du in die Küche. Dort habe ich dir einen Teller Kartoffelsalat mit Frikadellen zurechtgemacht. Iss erst mal in Ruhe und hol dir was zu trinken.«

Käthe lächelte ihre Chefin dankbar an, zeigte ihr, an welche Tische die Bestellungen gingen, und entfernte sich in Richtung Küche.

Es kam Elfi sehr gelegen, sich durch das Kellnern gewissermaßen unters Volk zu mischen, denn während sie den Gästen die Getränke brachte, erkundigte sie sich beiläufig, ob jemand von ihnen vielleicht Brian gesehen habe – was jedoch alle Befragten verneinten.

Lediglich Rita, die zu Elfis Befremden mit einem First Lieutenant aus der benachbarten Housing Area am Flirten war, von dem Elfi wusste, dass er verheiratet und seine Ehefrau guter Hoffnung war, äußerte Elfi gegenüber, sie sei sich nicht ganz sicher, aber sie glaube gesehen zu haben, als sie vorhin gekommen sei, wie Brian mit anderen GIs in ein Taxi gestiegen sei.

»Aber als ich dann sein Auto bemerkt habe, das ein Stück weiter geparkt war, habe ich mir gedacht, da musst du dich wohl getäuscht haben, denn wieso sollte sich denn einer, der so einen tollen Schlitten fährt wie er, in ein volles Taxi quetschen?«, erklärte Rita, die bereits erheblich angeheitert war, kichernd und nahm noch einen tiefen Schluck von ihrem Lieblingscocktail, dem *Blue Hawaii* zu sich, worauf ihr Verehrer, der ihr wie gebannt auf das üppige Dekolleté starrte und ebenso beschwipst war wie sie, noch eine weitere Cocktailrunde bei Elfi bestellte.

»You're welcome, Lieutenant Scherzberg«, erwiderte Elfi gedankenversunken und fragte Rita, wann das etwa gewesen sei.

»So gegen 20 Uhr, glaube ich«, gab diese zur Antwort.

»Danke für deine Angaben«, erwiderte Elfi stirnrunzelnd, die sich noch immer keinen Reim auf Brians Abwesenheit machen konnte.

»Machen Sie sich doch keine Sorgen, Frau Kunz, wenn Brians Auto vor der Tür steht, wird auch er früher oder später aufkreuzen, da bin ich mir sicher«, erklärte Rita im Brustton der Überzeugung. Als gleich darauf der Schlager »Am Strande von Waikiki« von den *Kilima Hawaiians* erklang, fragte sie ihren Verehrer übermütig, ob er Lust zum Tanzen habe.

KAPITEL 4

»Pink Cadillac«

(Johnny Todd, 1956)

Rita schäumte vor Wut, als sie gegen Mitternacht unter ihrem aufgespannten Regenschirm nach Hause eilte. Die hässliche Szene, die ihr diese hochschwangere Amerikanerin mit dem dicken Babybauch soeben vor den anderen Gästen im *Rheingold* gemacht hatte, steckte ihr noch gewaltig in den Knochen. Mrs. Scherzberg hatte sie in aller Öffentlichkeit eine »bitch«, eine Hure, gescholten und ihr gedroht, wenn Rita nicht in Zukunft die Finger von ihrem Mann lasse, mache sie sie kalt.

»Fuck you!«, hatte Rita ihr in das hässliche Vollmondgesicht gezischt, es jedoch vorgezogen, so schnell wie möglich das Lokal zu verlassen, da sie fürchtete, die Furie würde noch tätlich gegen sie werden, denn sie hatte panische Angst vor körperlicher Gewalt. Außerdem war es ihr mehr als peinlich gewesen, derart bloßgestellt zu werden.

Mit bebenden Händen zündete sie sich beim Laufen eine Zigarette an und inhalierte tief den Rauch, während die Regentropfen auf den Schirm prasselten und sie zu ihrem Unmut spürte, dass sie in ihren dunkelblauen Wildlederpumps nasse Füße bekam.

»Guten Abend, Ritalein, hast du vielleicht mal eine Zigarette für mich?«, vernahm sie plötzlich wie aus dem Nichts eine Stimme aus dem Hintergrund und schreckte heftig zusammen. Sie drehte sich um und gewahrte hinter sich Asta und Renato, die beiden Schnorrer aus dem *Rheingold*, die notorisch in Geldnöten steckten und sie schon öfters um Zigaretten angepumpt hatten – zumal sie wussten, dass Rita immer gut mit teuren Amikippen versorgt war, mit *Kools*, *Lucky Strikes* oder *Chesterfields*, die sie von ihren GI-Verehrern spendiert bekam. Was ja auch stimmte, aber trotzdem ärgerte sich Rita über die Dreistigkeit, mit der die beiden glaubten, von der Großzügigkeit ihrer Spender mit profitieren zu können – denn schließlich hatte sie sich die Zigaretten und die anderen Luxuswaren aus der PX ja schwer verdient. Doch das ahnten nur die Wenigsten.

Vielleicht war auch das der Grund, warum sie so reagierte, und der Ärger mit der eifersüchtigen Amifrau kam ja noch hinzu, jedenfalls schnippte Rita die brennende Zigarette, die sie sich eben gerade angesteckt hatte, Asta vor die Füße. Genauso wie es die amerikanischen Besatzer in der Zeit nach dem Krieg oftmals mit den Deutschen getan hatten, denen es zu dieser Zeit so dreckig gegangen war, dass sie sich nach allem gebückt hatten, was man ihnen hingeworfen hatte.

Noch während sie es tat, merkte sie, dass sie zu weit gegangen war, doch es ließ sich nicht mehr rückgängig machen. Die Zigarette lag erloschen in einer Regenpfütze.

»Pech gehabt«, raunzte Rita, die sich heute schon genug ärgern musste und nur noch ihre Ruhe haben wollte, zündete sich eine neue Zigarette an und hastete mit fliegenden Schritten davon.

»Der Teufel soll in dich fahren! Die Erde soll dich verschlingen!«, hörte sie Astas wüste Verwünschungen hinter sich, und ihr wurde es mit einem Mal angst und bange zumute, da sie sich erinnerte, gehört zu haben, der Zigeunerfluch könne Unglück bringen, und Asta war ja eine Zigeunerin.

»Das wird dir noch leidtun, du verdammtes Flittchen!«, hörte sie nun auch noch die aufgebrachte Stimme des ehemaligen Opernsängers durch die Dunkelheit hallen, und das Klackern von Ritas Absätzen auf dem Asphalt wurde immer lauter, als ihre Schritte sich beschleunigten.

*

Als Elfi auch um 4 Uhr früh noch schlaflos im Bett lag und sich schon seit gut zwei Stunden nur unruhig von einer Seite auf die andere wälzte, weil sie sich unentwegt über Brian den Kopf zerbrach, der nach wie vor nicht aufgetaucht war, beschloss sie aufzustehen, um etwas Nützliches zu tun.

Sie zog sich ihren warmen Flanellmorgenmantel über, schlüpfte in die flauschigen roten Marabupantoletten und schlurfte ins Wohnzimmer, wo sie den Koffer mit der *Olympia*-Schreibmaschine aus dem Schrank holte. Nachdem Elfi die letzten Seiten überflogen hatte, fing sie, tapfer gegen ihre Müdigkeit ankämpfend, konzentriert an zu tippen:

Der Quartiermacher der 15. US Armee ordnete umgehend beim Bürgermeister an, für 800 Offiziere und 5000 Soldaten Quartiere bereitzustellen. Die nötigen Räumungsmaßnahmen schockierten und drangsalierten die Eigentümer, wer Glück hatte, durfte auf den Dachboden ausweichen, andere mußten sich um eine neue Unterkunft bemühen, was in einer auch von Kriegsflüchtlingen überfüllten Stadt beileibe nicht leicht war. Da meine Schwester Lottie und ich in einfachen Wohnungen lebten, betraf uns das nicht.

Eines Tages fragte ein GI Karl-Heinz, ob er denn jemanden kenne, der für die Armeeangehörigen waschen könne, und von da an wusch Gerti die Wäsche aus etlichen der von den Amerikanern besetzten Villen in der Nachbarschaft der Kurstraße. Karl-Heinz holte die Wäsche ab und brachte sie frisch gewaschen und gebügelt wieder zurück. Die Amerikaner zahlten meist mit Kaffee, Zigaretten und Schokolade, heiß begehrten Tauschartikeln, die Mutter und Sohn ernährten und auch mir über die ärgste Not hinweghalfen.

Kurze Zeit später besetzten die Amerikaner das Grand Hotel *und machten es zu ihrem Hauptquartier. Die Entnazifizierung in den überwiegend von Laienrichtern besetzten Spruchkammern wurde von den Besatzern rasch in die Wege geleitet. Zum Glück konnte ich nachweisen, daß mein gefallener Ehemann, Fritz Nachtweih, langjähriges SPD-Mitglied war. So wurde ich von der Spruchkammer als »Entlastete« eingestuft, die aufgrund einer sorgfältigen Prüfung ihres Falles als »unbedenklich« erklärt werden konnte.*

Viele, vor allem die Nazis, beneideten mich um meinen »Persilschein« und hielten sich mit Neid und Mißgunst nicht zurück. Ich hatte keine Lust, mich mit ihnen anzulegen, und ließ ihre Gehäßigkeiten an mir abperlen. Sie hatten unsereinem das Leben ohnehin schon schwer genug gemacht, als Hitler an die Macht gekommen war. Doch die Zeiten hatten sich Gott sei Dank geändert, und nun waren es andere, die die Vorteile einheimsten. So stellten die Amerikaner aus der Personengruppe der »Entlasteten« deutsche Bedienstete für die Offiziersmesse des Grand Hotels *ein, und ich gehörte zu den Glücklichen, die eine Anstellung fanden. Zudem hatte ich im Krieg als Zimmermädchen im Hotel* Bristol *gearbeitet, wo ausländische Diplomaten und Journalisten interniert waren, und verfügte dadurch über einige Englischkenntnisse.* *

Elfi hielt kurz inne und gab ein tiefes Gähnen von sich. Mit einem Mal überkam sie eine bleierne Müdigkeit, sodass sie kaum noch die Augen aufhalten konnte.

Sie wollte nur noch ins Bett und schlafen, schlafen, schlafen. Brian und der Rest der schnöden Welt konnten ihr gestohlen bleiben! Die antike Standuhr zeigte Viertel nach 5 an. Heute war Sonntag, ihr einziger freier Tag in der Woche.

---

* Die Fortsetzung von Elfis Erinnerungen folgt im Schlussteil.

Sie hatte keine Termine oder Verpflichtungen, es goss in Strömen, das richtige Wetter zum Verkriechen. Wer sollte sie also daran hindern, diesen tristen, traurigen Sonntag im Bett zu verbringen?

Elfi löschte das Licht und stakste hundemüde hinüber ins Schlafzimmer, knipste die Nachttischlampe aus und zog sich die Daunendecke bis über die Ohren: Sie wollte nichts mehr hören und sehen, von nichts und niemandem!

*

Der Kriegsversehrte Erwin Baltes, der sich durch Zeitungsaustragen und andere Hilfsarbeiten seine knapp bemessene Invalidenrente aufbesserte, humpelte am Sonntagmorgen um 6 Uhr von der Goldsteinsiedlung zum Fußgängertunnel am Bahndamm, wo der Zeitungslieferant immer den Zeitungsstapel der *Bild am Sonntag* für ihn deponierte.

Erwin trug eine rissige schwarze Öljacke mit Kapuze, die schon gute 20 Jahre auf dem Buckel hatte; der raue

Herbstwind peitschte ihm kalte Regenschauer ins ausgemergelte Gesicht. Seit 1956 trug er die *Bild am Sonntag* aus und hatte außer diversen Hundebissen schon allerhand erlebt. Mehr oder weniger leicht bekleidete Damen und Herren, vom Schlafanzug bis zur Unterwäsche war alles vertreten, mit strubbligen, ungekämmten Haaren und verschlafenen Gesichtern, mit denen seine Kundschaft an der Haustür oder am Fenster die Zeitung entgegennahm – was nicht immer reizvoll anmutete. Und was das Trinkgeld anbetraf, galt die eiserne Faustregel: je reicher, desto geiziger.

War es am Anfang nur ein Dutzend, so waren es inzwischen rund 60 Zeitungen, die er im Bad Nauheimer Stadtgebiet auszutragen hatte. Weil er mit seinem Holzbein nicht so schnell laufen konnte, brauchte er für die Zustellungen fast drei Stunden, was ihm pro Sonntag zehn Mark einbrachte, und an Trinkgeld kamen noch etwa zwei Mark hinzu – und eine Zeitung durfte er sich auch mitnehmen.

Da es im Fußgängertunnel stockdunkel war, leuchtete er mit einer Taschenlampe auf den mit Paketkordel verschnürten Zeitungsstapel auf dem Boden.

Die fett gedruckten Schlagzeilen auf der Titelseite »*Furchtbarer Verdacht bestätigt! Selbstmörder Rudorff war der Würger von Nürnberg! – Heute wieder sechs Seiten: Auf den Spuren des Würgers von Nürnberg – Verfemt! Frauenleiche stranguliert am Henkersteg gefunden!*«, stachen ihm sofort ins Auge.

Erwin, der die Schreckenstaten des Würgers von Anfang an mit brennendem Interesse verfolgt hatte, war begierig darauf, die neuesten Meldungen über die Bestie zu lesen. Er konnte es kaum noch abwarten, nachher in der warmen Stube eine heiße Boullion zu trinken und die sensationellen Neuigkeiten zu verschlingen.

Nachdem er den dicken Zeitungsstapel sorgsam in seiner wasserdichten Zeitungsträgertasche mit der rot-weißen Aufschrift »Bild am Sonntag« verstaut und sich das Trageband um die schmächtigen Schultern gelegt hatte, marschierte er mit der schweren Last die lang gezogene Frankfurter Straße in Richtung Bahnhof.

Um sechs Zeitungen leichter, die er unterwegs ausgeliefert hatte – an ein Hotel garni, drei Pensionen und zwei Privatleute, bog er in die Bahnhofsallee ein. Dort übergab er eine Zeitung an den Nachtportier des Hotels *Astoria*, eine zweite an die *Konditorei Emmel* und bog in die Bodestraße ab, um zwei Zeitungen in die *Villa Moltke* zu bringen. Links abbiegend, um wieder auf die Frankfurter Straße zu gelangen, steuerte er auf das *Jüdische Kurhotel* zu, das zu seinen festen Abonnenten gehörte, wechselte anschließend die Straßenseite, um die Künstlerpension *Rheingold* aufzusuchen – eine seiner Lieblingsadressen.

Denn von den netten Betreibern, der reizenden Frau Lagrin und ihrem Compagnon, Herrn Schmidt, bekam er immer eine Tasse frisch gebrühten Bohnenkaffee und ein gezuckertes Butterbrot dazu.

Es ging schon auf 7 Uhr zu, als Erwin die *Villa Rheingold* erreichte, ein im Jugendstil errichteter Wohnpalast, der zu den schönsten Villen Bad Nauheims gehörte. Während er auf die Haustür zusteuerte, um endlich ins Trockene zu kommen und sich bei einer schönen Tasse Kaffee ein wenig aufzuwärmen, denn er war schon reichlich durchgefroren und ihn schmerzten die Schultern vom schweren Tragen, richtete sich seine Aufmerksamkeit unversehens auf den rosa Amischlitten, der unweit des Eingangs parkte. Es handelte sich um einen Cadillac Coupé Deville mit Haifischflossen und Weißwandreifen, ein echter Luxusschlitten, der für einen armen Teufel wie ihn immer unerschwinglich bleiben würde. Erwin, der eine Schwäche für amerikanische Autos hatte, liebte es, durch Klein-Texas zu schlendern, wo die pastellfarbenen Straßenkreutzer, einer schöner als der andere, wie Perlen an der Schnur vor den Häuserblocks parkten.

Nur einmal mit so einem Auto fahren, mit einem blonden Gift auf dem Beifahrersitz, das so aussieht wie Jayne Mansfield, dachte Erwin sehnsüchtig, der für das blonde Sexsymbol schwärmte, deren Pin-up-Fotos über dem Bett seine Nächte versüßten.

Beim Näherkommen gewahrte er zu seinem grenzenlosen Erstaunen durch die regennassen Scheiben tatsächlich eine Frau auf dem Beifahrersitz und zuckte erschrocken zusammen. – Doch irgendetwas stimmte nicht mit ihr, wie ihm ein verstohlener Seitenblick verriet. Im Licht der Straßenlaterne, neben der das Auto geparkt war, sah er ihren vornübergebeugten, kraftlos auf die Brust gesunkenen Kopf. Entweder schläft sie oder sie ist ohnmächtig, dachte er bei sich, traute sich aber nicht, gegen die Scheibe zu klopfen. Dennoch beugte er sich vor und raunte in ihre Richtung:

»Ist bei Ihnen alles in Ordnung?« Als die Frau daraufhin keinerlei Reaktion zeigte, wiederholte er seine Frage, dieses Mal um einige Stufen lauter, doch die Dame regte sich nicht.

Erwin entledigte sich seiner schweren Zeitungsträgertasche, stellte sie neben sich auf den regennassen Bürgersteig und beugte sich so weit vor, dass er mit der Nase fast gegen die Glasscheibe der Beifahrertür gestoßen wäre. Dabei geriet er ins Straucheln und wäre fast nach hinten gefallen, hätte er sich nicht in letzter Minute an dem verchromten Türgriff festgehalten, der zu seiner heillosen Bestürzung nachgab, und das Verhängnis nahm seinen Lauf:

Während sich die Beifahrertür ruckartig öffnete, fiel Erwin nach hinten auf den harten Bürgersteig und landete glücklicherweise mit dem Hinterkopf auf seiner Zeitungstasche. Gleichzeitig war der leblose Körper der Frau durch die sperrangelweit geöffnete Autotür gestürzt und auf Erwin gefallen.

Er blickte in ihre starren, weit aufgerissenen Augen und gab einen derart gellenden Schrei von sich, dass sämtliche Bewohner der angrenzenden Häuser aus dem Schlaf schreckten.

KAPITEL 5

»Put the Blame on Mame«

(Lied aus dem Film *Gilda*, von 1946,
gesungen von Anita Ellis,
die der Gilda-Darstellerin
Rita Hayworth ihre Stimme lieh)

Um 9 Uhr an diesem regnerischen Sonntagmorgen unternahm Lottie von Chomsky noch einen weiteren Versuch, ihren Sohn zum Aufstehen zu bewegen. Sie klopfte zaghaft an Karl-Ottos Zimmertür und öffnete sie einen Spaltbreit.

»Komm, steh doch langsam mal auf, mein Schatz«, raunte sie begütigend in den abgedunkelten Raum, der etwa die Größe einer Gefängniszelle hatte. »Es gibt auch Sandwich mit Erdnussbutter und Johannisbeermarmelade, und ein Glas *Kool-Aid* habe ich dir auch gemacht«, suchte sie den Jungen zu locken, doch Karl-Otto regte sich nicht – und das ging schon seit gut einer Woche so.

Lottie spürte wieder diese bleierne Niedergeschlagenheit, gleichzeitig auch eine Wut über die eigene Hilflosigkeit und hastete durch das Halbdunkel zum Fenster, um die Fensterläden aufzuklappen und Tageslicht hereinzulassen. Die Regentropfen stoben ihr nur so ins Gesicht, als sie die Holzflügel der Fensterläden in den Halterungen an der Hauswand fixierte. »Was für ein Sauwetter«, fluchte sie, als sie von unten plötzlich die vertraute Stimme ihrer Freundin Elfi vernahm, die mit einem aufgespannten Regenschirm vor dem Wohnblock auf dem Bürgersteig stand und zu ihr hochblickte.

»Das trifft sich ja gut, dass du schon munter bist, Lottchen, denn ich wollte dir gerade einen Besuch abstatten – es gibt nämlich einiges zu berichten«, fügte sie mit sinisterem Unterton hinzu und strebte zur Haustür.

Die blondhaarige Lottie, die mit Anfang 40 deutlich älter anmutete als ihre Freundin, der man keineswegs ansah, dass sie bereits auf die 50 zuging, schloss hastig das Fenster und eilte zum Schlüsselbrett neben der Wohnungstür. Dort ergriff sie den Schlüsselbund und lief die Treppe hinunter, um Elfi die Tür aufzuschließen, die laut Hausordnung des sozialen Wohnungsbaus, zu dem der trostlos aussehende graue Mietblock gehörte, der direkt neben der Housing Area, der PX und der amerikanischen Schule lag, immer verschlossen zu sein hatte.

Als sich die Freundinnen wenig später zur Begrüßung umarmten, fiel es Lottie nicht leicht, ihre Tränen zurückzuhalten. Nur allzu gerne hätte sie Elfi, der sie blind vertraute und die für sie der verständnisvollste, gütigste Mensch der Welt war, ihr Herz ausgeschüttet.

Doch ihr Versprechen, das sie ihrem Sohn gegeben hatte, hinderte sie daran. »Zu niemandem ein Wort, auch zu Elfi nicht«, hatte er sich herrisch ausbedungen.

»Schön, dass du da bist, meine Liebe, ich wollte dich nachher sowieso noch anrufen und fragen, ob wir uns heute treffen können – natürlich nur, wenn du nichts mit deinem Brian vorhast«, fügte Lottie mit belegter Stimme hinzu, was bei Elfi nicht zum ersten Mal ein schlechtes Gewissen auslöste.

Denn ganz entgegen ihren früheren Gepflogenheiten, als die Freundinnen noch in jeder freien Minute zusammensteckten, gemeinsam ins Kino gingen oder nächtelange Gespräche führten, wie sie nur zwei verwandte Seelen führen können, brachte Elfi inzwischen mehr Zeit mit ihrem Geliebten zu als mit der Freundin.

Großherzig und einfühlsam, wie Lottie war, machte sie Elfi deswegen nicht den leisesten Vorwurf und gönnte ihr das Liebesglück. Obschon sie selber nach dem Freitod ihres Ehemannes, eines ehemals begüterten Offiziers, der seiner Witwe einen Berg Spielschulden hinterlassen hatte, keinen Gefährten mehr hatte. Vor allem wegen Karl-Otto, ihrem einzigen Kind und Augapfel, der sehr an der Mutter hing und alleine schon bei der Erwähnung, dass Lottie als Frau in den besten Jahren durchaus noch einmal heiraten könne, förmlich an die Decke ging.

Völlig mittellos und ohne familiäre Unterstützung war die Tochter aus gutem Hause daher gezwungen, ihren Lebensunterhalt als Putzfrau in der amerikanischen Housing Area zu bestreiten, um sich und ihren Sohn durchzubringen. Der 18-Jährige dankte es ihr insofern, als er als fleißiger und guter Schüler am hiesigen Ernst-Ludwig-Gymnasium nur die besten Noten mit nach Hause brachte und ihm bereits vom Bad Nauheimer Max-Planck-Institut ein Stipendium für ein Physikstudium in Aussicht gestellt worden war.

»Lass mich bloß mit Brian in Ruhe«, erwiderte Elfi aufgebracht, während sie neben Lottie die ausgetretenen Stufen der Holztreppe erklomm, die in den dritten Stock führte. »Der Kerl ist wie vom Erdboden verschwunden, und das treibt mich an den Rand des Wahnsinns.«

»Wieso denn das?«, fragte Lottie begriffsstutzig, und wie bereits unten bei ihrer Begrüßung an der Haustür kam es Elfi so vor, als ob Lottie eine Schnapsfahne habe, was ihr früher nie an ihr aufgefallen war. Und das schon morgens um 9, dachte sie besorgt, ließ sich aber nichts anmerken. Wenn das häufiger vorkam, würde sie die Freundin darauf ansprechen müssen, aber das erforderte ausgesprochene Behutsamkeit und durfte nicht spontan erfolgen, dazu war das Thema viel zu ernst.

Oben in der kleinen Küche schenkte ihr Lottie einen frischgebrühten *Linde's-Kornkaffee* in die verblichene Tasse aus *Meissener* Porzellan, die, ähnlich wie ihre Besitzerin, schon bessere Tage gesehen hatte, und Elfi berichtete aufgeregt, was sich in den frühen Morgenstunden vor dem *Rheingold* zugetragen hatte.

Als sie erwähnte, dass Rita Scheugraben ermordet und ihre Leiche auf dem Beifahrersitz von Brians Auto deponiert worden sei, äußerte Lottie entsetzt, dass sie jetzt einen Schnaps gebrauchen könne. Während sie anschließend die Kornflasche aus dem Kühlschrank holte, fragte sie Elfi, ob sie auch einen wolle, was diese bejahte.

»Und dieser sturköpfige Kommissar Graf glaubt doch allen Ernstes, dass Brian Rita ermordet hat, weil ihre Leiche in seinem Auto gefunden wurde«, platzte es wütend aus Elfi heraus. »Brian hat die Angewohnheit, sein Auto nicht abzuschließen, von daher hat der Mörder leichtes Spiel gehabt, Ritas Leiche darin zu deponieren. Das habe ich auch Pistolen-Freddy gesagt, doch mit diesem Dickschädel ist ja nicht zu reden, das habe ich damals schon gemerkt, als die Tote im Teich gefunden wurde, die stadtbekannte Prostituierte, die was mit General Patton hatte. Da hat er mich auch ablaufen lassen, als ich mit ihm darüber sprechen wollte, dass die Ermittlungen unbedingt fortgeführt werden müssten. – Na ja, um Brians Haut zu retten, auf den sich der Kommissar schon total eingeschossen hat, habe ich ihm vorhin die Lügengeschichte aufgebunden, dass Brian die Nacht bei mir war und aus dienstlichen Gründen in aller Herrgottsfrüh aufgebrochen ist – nur, dass sein Auto halt noch da steht mit einer Leiche auf dem Beifahrersitz, macht meine Geschichte auch nicht glaubhafter. Zumindest hat sie mir dieser Fuchs nicht abgenommen. ›Ich glaube Ihnen kein Wort, Frau Kunz‹, hat er mir offen ins Gesicht gesagt. ›Ihr Pech‹, hab ich nur gemeint und mir jeden weiteren Kommentar verkniffen. Jedenfalls ist Brian seit gestern Abend unauffindbar. Wir waren ja verabredet und er ist einfach nicht aufgetaucht, obwohl er sein Auto vor dem *Rheingold* geparkt hat. Das soll mal einer verstehen …« Elfi schüttelte verstört den Kopf.

»Sonderbar, doch das wird sich bestimmt noch alles aufklären«, versuchte Lottie, die Freundin zu beruhigen. »Und dass Brian was mit Ritas Tod zu tun hat, glaube ich auch nicht. Er hatte doch gar keinen Grund, sie umzubringen, er kannte sie ja kaum.«

Aus dem Chaos von angebrochenen Dosen und Gläsern mit Erdnussbutter, *Kool-Aid*-Getränkepulver und anderen amerikanischen Lebensmitteln, die auf dem Tisch herumstanden und die Lottie bei ihren Putzstellen in »Klein-Texas« geschenkt bekommen hatte, ergriff Lottie den Teller mit dem Erdnussbuttersandwich und schob ihn Elfi hin.

»Das ist für dich, meine Liebe, damit du was in den Bauch kriegst, du magst doch Erdnussbutter.«

»Danke, Lottie, aber nach den Schrecken, die der Morgen mir beschert hat, kriege ich nichts runter«, äußerte Elfi gedankenversunken. »Keiner weiß, wo der Kerl steckt, auch die MP fahndet schon nach Brian, wie mir Oberstleutnant Carson gesagt hat, den ich eben in der Housing Area aufgesucht habe. Er ist ja so was wie ein Vertrauensmann für die GIs aus der Panzerdivision, kümmert sich um ihre familiären Angelegenheiten und hilft ihnen auch weiter, wenn sie mal in Schwierigkeiten stecken. Auch er hat nicht die geringste Ahnung, wo Brian abgeblieben ist. In der Kaserne in Friedberg ist er nicht, und auch von seinen Kameraden hat ihn keiner gesehen.«

Elfi hielt plötzlich inne und erkundigte sich nach Karl-Otto, da ihr bei all dem Durcheinander, das in ihrem Kopf herrschte, erst jetzt auffiel, dass von ihm nichts zu sehen war.

»Er ist in seinem Zimmer«, erwiderte Lottie leicht betreten.

»Wenn er hört, dass Rita ermordet wurde, fällt er bestimmt aus allen Wolken, wo er doch immer so für das Mädel geschwärmt hat«, sagte Elfi nachdenklich und nahm wahr, wie Lottie unmerklich zusammenzuckte.

»Da ist er weiß Gott nicht der Einzige, die Liste von Ritas Verehrern ist doch so lang wie der Bart des Propheten. Alleine in Klein-Texas hat sie Dutzende Verehrer, da sind auch ein paar Familienväter darunter, wie ich weiß«, gab Lottie mit abschätziger Miene von sich.

»Das kannst du laut sagen«, erwiderte Elfi und rollte mit den Augen. »Deswegen hat Mrs. Scherzberg Rita gestern Abend auch im *Rheingold* eine Szene gemacht, die sich gewaschen hat. Hat ihr gedroht, sie kaltzumachen, wenn sie nicht die Finger von ihrem Ehemann lässt. Daraufhin hat Rita fluchtartig das Lokal verlassen, das war auch das letzte Mal, dass ich sie gesehen habe. Das habe ich vorhin auch alles haarklein dem Kommissar erzählt, der sich das ordentlich auf seinem Notizblock notiert hat. Unter uns gesagt, glaube ich aber nicht, dass die Scherzberg Rita umgebracht hat, ich meine, in ihrem Zustand begeht man doch keinen Mord, denn sie ist ja hochschwanger. Ich hatte gestern schon Angst, wo die doch bei mir so rumgebrüllt hat, dass sie noch vor lauter Aufregung eine Frühgeburt erleidet …« Elfi stockte plötzlich. Ihr war es, als hätte sie eine Tür zuklappen hören.

»Karl-Otto«, sagte sie alarmiert, »er hat die ganze Zeit draußen auf dem Flur gestanden und alles mitgehört.

»Das kann nicht sein«, entfuhr es Lottie noch um einiges bestürzter. »Er hat doch noch tief und fest geschlafen, als ich eben in seinem Zimmer war und die Läden aufgeklappt habe.«

Elfi musterte die Freundin irritiert. »Um 10 Uhr morgens noch im Bett, das ist doch sonst nicht seine Art, wo er doch von Haus aus ein notorischer Frühaufsteher ist«, äußerte die

Wirtin, die den Jungen schon von klein auf kannte, argwöhnisch und erhob sich von ihrem Stuhl. »Dann lass uns jetzt mal nach ihm sehen, davon will ich mich selbst überzeugen«, forderte sie Lottie mit entschlossener Miene auf, der Elfis Vorhaben wenig zu behagen schien.

»Ach, lass ihn doch«, versuchte sie, Elfi von ihrem Plan abzubringen. »Karl-Otto kann es nicht leiden, wenn man einfach so in sein Zimmer reinplatzt.«

»Das werde ich mitnichten tun, Lottie, denn selbstverständlich werde ich anklopfen, wie es sich gehört«, beschied Elfi die Freundin säuerlich und eilte, gefolgt von der besorgten Lottie, auf den schmalen Flur hinaus, wo sich schräg gegenüber auch die Tür von Karl-Ottos Zimmer befand.

Nachdem Elfi drei Mal höflich an die Tür geklopft und darum gebeten hatte, eintreten zu dürfen, worauf keinerlei Reaktion erfolgte, drückte sie die Türklinke und trat in den kleinen Raum.

Einigermaßen erstaunt gewahrte sie, dass Karl-Otto tatsächlich mit geschlossenen Augen im Bett lag und offenbar am Schlafen war – wie Lottie, die Elfi an den Fersen klebte, es gesagt hatte.

Etwas betreten wollte sie mit der leise geäußerten Bemerkung, nicht länger stören zu wollen, wieder hinausgehen, als ihr Blick auf das Nachtschränkchen fiel, auf dem neben einem dicken Wälzer von Max Planck über die Quantenphysik auch ein offenes Medikamentenröhrchen lag. Obgleich es sich nicht schickte, in den Sachen anderer Leute herumzuschnüffeln, nahm Elfi das Röhrchen in die Hand, um die Aufschrift zu lesen und erkannte, dass das Röhrchen leer war. »Chlorpromazin«, las sie die Aufschrift, als Lottie ihr das Metallröhrchen förmlich aus der Hand riss.

»Das war doch vorhin noch fast voll«, stammelte sie außer sich und beugte sich besorgt über ihren Sohn. »Karl-Otto, hör mir jetzt mal gut zu. Hast du eben die ganzen Tabletten genommen?«

Dem Jungen fiel es offenbar schwer, die Lider zu heben und seiner Mutter zu antworten. »Nein, nein, es ist alles in Ordnung, Mama, lass mich bitte weiterschlafen«, lallte er mit schwerer Zunge, während ihm gelblicher Speichel aus dem Mundwinkel rann.

»Wir müssen sofort einen Krankenwagen rufen«, murmelte Lottie panisch und stürzte hinaus auf den Flur, wo der Telefonapparat an der Wandhalterung hing. Während sie mit bebenden Fingern die Nummer des Rettungsdienstes wählte, stürmte Elfi in die Küche. In Windeseile schüttete sie Salz in ein großes Glas, das sie dann mit Wasser füllte, holte einen Eimer aus der Besenkammer und eilte zurück in Karl-Ottos Zimmer. Energisch richtete sie das Wort an ihn und half ihm, sich aufzurichten.

»Trink das, mein Junge«, befahl sie ihm nachdrücklich und flößte Karl-Otto das Salzwasser ein, der es gehorsam herunterschluckte. Für die lebenserfahrene Elfi, die nach dem Tod ihrer Tochter ebenfalls versucht hatte, ihrem Leben mit Schlaftabletten ein Ende zu setzen, ein untrügliches Zeichen, dass Karl-Ottos Selbsterhaltungstrieb gegenüber dem Todestrieb die Oberhand erlangte – wie es auch bei ihr seinerzeit der Fall gewesen war.

Schon im nächsten Moment übergab er sich in einem großen Schwall in den Putzeimer. In dem Erbrochenen konnte Elfi zu ihrer großen Erleichterung etliche unverdaute Tabletten ausmachen. Sie gab Karl-Otto auch noch den Rest des Salzwassers ein. In weiteren konvulsivischen Krämpfen leerte sich nach und nach sein gesamter Mageninhalt, bis nur noch Galle kam.

Seine Mutter, die in das Zimmer zurückgekehrt war, stützte ihren Sohn gemeinsam mit Elfi und hielt ihm den Kopf. Als sich der Brechreiz langsam beruhigte, war der Junge total erschöpft und sank zurück auf sein Kopfkissen. Während Lottie ihren Sohn schluchzend in die Arme schloss und ihn wissen ließ, er sei doch ihr Ein und Alles und das dürfe er ihr nicht antun, sein Leben einfach wegzuwerfen, strich Elfi begütigend über die Köpfe von Mutter und Sohn.

»Er ist doch ins Leben zurückgekehrt, nur das zählt«, sagte sie ergriffen. »Auch wenn wir des Lebens manchmal überdrüssig werden, so ist und bleibt es doch unser höchstes Gut – und das hat unser schlauer Karl-Otto erkannt.«

Sie tätschelte liebevoll Karl-Ottos Wange, die noch frei von Bartstoppeln war, als das immer lauter werdende Martinshorn des Krankenwagens zu vernehmen war.

»Hast du denen am Telefon gesagt, dass Karl-Otto versucht hat, sich mit einer Überdosis Tabletten das Leben zu nehmen?«, fragte Elfi die Freundin beunruhigt.

»Natürlich«, gab Lottie zur Antwort. »Die wollten doch ganz genau wissen, was passiert ist, und ich habe denen sogar den Namen des Medikaments nennen müssen und wie viele Tabletten er ungefähr genommen hat und besonders wie lange das her ist.«

»Gut, das lässt sich jetzt nicht mehr ändern, aber wir müssen den Sanitätern jetzt unbedingt erklären, dass das ein Missverständnis war und Karl-Otto aus Versehen zu viele Tabletten eingenommen hat, und nicht, weil er sich umbringen wollte, sonst kommt er für mindestens einen Monat in die geschlossene Psychiatrie, und das wäre doch ganz schrecklich für den Jungen …«

Im nächsten Moment erklang auch schon das durchdringende Läuten der Klingel, und Lottie rannte die Treppe hinunter, um die Rettungssanitäter hereinzulassen.

Als Elfi mit dem Jungen alleine war, fragte sie ihn spontan, ob er ihr Gespräch belauscht habe, was Karl-Otto verlegen bestätigte.

»Als ich in meinem Zimmer gehört habe, dass ihr über Rita gesprochen habt, bin ich aufgestanden und raus auf den Flur gegangen, um besser verstehen zu können, um was es ging.«

»Und als du gehört hast, dass Rita ermordet wurde, bist du wieder in dein Zimmer gegangen und hast ein ganzes Röhrchen Tabletten genommen, um dich umzubringen?«

Karl-Otto konnte gerade noch nicken, als laute Schritte aus dem Flur zu hören waren und die Tür aufgerissen wurde.

Nachdem die beiden Rot-Kreuz-Sanitäter zuerst die Vitalfunktionen des Patienten überprüft und festgestellt hatten, dass die Werte nicht besorgniserregend waren, stellten sie Fragen zu Karl-Ottos Geisteszustand – auch da sie die Aussage der Mutter wenig glaubwürdig fanden.

Die Frau hatte ihnen gegenüber nämlich im Treppenhaus verlauten lassen, dass ihr Sohn aus Versehen zu viele Tabletten genommen habe, und nicht, um sich umzubringen, wie sich inzwischen erwiesen habe. Außerdem habe er sich eben einen Finger in den Hals gesteckt, um die Tabletten zu erbrechen, von daher bestehe jetzt auch keine Lebensgefahr mehr.

»Wie lange nehmen Sie denn schon das *Chlorpromazin*?«, wollte einer der Sanitäter mit ernster Miene von Karl-Otto wissen, nachdem er das leere Medikamentenröhrchen in Augenschein genommen hatte.

»Seit einer Woche«, antwortete Lottie an Stelle ihres Sohnes. »Der Nervenarzt Doktor Schäfer hat es ihm verschrieben, weil er … neuerdings etwas unter Schwermut leidet, das ist aber schon deutlich besser geworden«, beeilte sie sich, mit gezwungenem Lächeln zu versichern.

»*Chlorpromazin* ist ein starkes Neuroleptikum und wird meines Wissens bei schweren Psychosen wie Schizophrenie und Paranoia eingesetzt, dass es auch gegen Depressionen helfen soll, ist mir unbekannt«, entgegnete der Rettungssanitäter skeptisch.

»Leidet Ihr Sohn denn unter einer Psychose?«, wollte sein Kollege von Lottie wissen.

»Davon kann ja überhaupt nicht die Rede sein«, erwiderte Lottie empört. »Der Junge ist hochintelligent und besucht das Ernst-Ludwig-Gymnasium, wo er demnächst sein Abitur machen wird.«

»Das steht in keinerlei Widerspruch«, konterte der Sanitäter ungerührt. »Ein Mensch kann hochintelligent und trotzdem geisteskrank sein, Genie und Wahnsinn liegen oft nahe beisammen, wie man weiß – und deswegen würde ich es auch für ratsam erachten, den jungen Mann zur Beobachtung in die Nervenklinik nach Gießen zu bringen.«

Während Lottie nachdrücklich dagegen protestierte, dass ihr Sohn in eine Anstalt eingewiesen werden sollte, starrte Karl-Otto nur teilnahmslos vor sich hin. Elfi hingegen versuchte, die Sanitäter mit stichhaltigen Argumenten von ihrem Vorhaben abzubringen. »Sie stürzen den Jungen doch erst recht ins Unglück, wenn sie ihn in eine Irrenanstalt bringen. In der Umgebung von Durchgedrehten und Tobsüchtigen verliert doch selbst der Gesündeste den Verstand, Karl-Otto ist viel zu sensibel, um so etwas zu verkraften«, äußerte sie mit einer Überzeugungskraft, der sich die beiden Sanitäter nicht ganz verschließen konnten.

»Bei Selbst- und Fremdgefährdung sind wir als Sanitäter vom Gesetz her verpflichtet, die Unterbringung des Patienten in einer Nervenklinik zu veranlassen. Alles andere wäre fahrlässig und unterlassene Hilfeleistung, und so etwas können wir keinesfalls dulden. Außerdem ist es wichtig, dass der junge Mann, der offensichtlich große Probleme hat, sonst hätte er ja keinen Selbstmordversuch unternommen, von einem professionellen Nervenarzt behandelt wird.«

»Könnte das nicht auch Doktor Schäfer machen, bei dem Karl-Otto ohnehin in Behandlung ist? Dann müsste er nicht in die Nervenklinik, das ist doch etwas, das dem Jungen sein Leben lang wie ein Makel anhaftet und ihm womöglich noch seine vielversprechende Karriere zunichtemacht – denn er hat sich doch schon so auf sein Physikstudium in Frankfurt gefreut«, insistierte Lottie eindringlich.

»Vielleicht ist es wirklich besser, wenn wir den jungen Mann erst einmal ins hiesige Hochwaldkrankenhaus bringen und den behandelnden Psychiater hinzuziehen«, schlug der Sanitäter vor, während sein Kollege zustimmend nickte. »Er soll dann entscheiden, was das Beste für den Patienten ist.«

»Ich werde ihn sofort anrufen«, erbot sich Lottie mit augenscheinlicher Erleichterung.

Nachdem Karl-Otto in Begleitung seines Psychiaters vom Krankenwagen ins Hochwaldkrankenhaus abtransportiert worden war und Lottie ihrem Sohn rasch eine Tasche, versehen mit dem Nötigsten, zusammengepackt hatte, saßen Lottie und Elfi betrübt am Küchentisch.

Während der völlig aufgelösten Lottie die Tränen nur so über die Wangen strömten, versuchte Elfi, die Freundin zu trösten. Lottie war fassungslos darüber, dass der Arzt ihr nicht nur mit allem Nachdruck verwehrt hatte, ihren Sohn im Krankenwagen zu begleiten, sondern auch dringend anempfohlen hatte, einstweilen von Besuchen abzusehen, zumindest für die nächsten Tage, damit Karl-Otto endlich zur Ruhe komme.

»Aber ich will ihm doch nur beistehen, er ist mein über alles geliebtes Kind«, hatte Lottie protestiert.

»Zu viel Fürsorglichkeit kann mitunter auch Stress sein«, hatte Doktor Schäfer erwidert und mit den Sanitätern verschwörerische Blicke getauscht.

Obgleich sich Elfi große Mühe gab, ihrer unglücklichen Freundin eine Stütze zu sein, war sie selber den Tränen nahe.

Karl-Ottos Verzweiflungstat war ihr sehr nahegegangen, dann der schreckliche Mord an Rita und Brians ominöses Verschwinden – das war selbst für eine Kämpfernatur wie Elfi etwas zu viel.

Vor ihrem inneren Auge sah sie Karl-Otto alleine an seinem Ecktisch im *Rheingold* sitzen, schüchtern und unsicher, wehrlos dem Spott der Halbstarken ausgeliefert, wie er Rita aus der Ferne angehimmelt hatte, bis er irgendwann nicht mehr aufgetaucht war. Und Lottie, die in letzter Zeit immer häufiger nach Schnaps roch – irgendetwas musste passiert sein.

Elfi legte der Freundin sanft die gepflegte Hand mit den knallrot lackierten Fingernägeln auf den Arm. »Lottie, mit dir stimmt etwas nicht, und das nicht erst seit heute. Du weißt doch, dass du mit mir über alles reden kannst und dass ich immer für dich da bin«, richtete sie liebevoll das Wort an sie.

»Ich habe Karl-Otto hoch und heilig versprochen, weder mit dir noch mit sonst jemandem über das zu sprechen, was Rita ihm an den Kopf geworfen hat. Aber jetzt, wo das Mädchen tot ist, ist das auch egal«, fügte sie mit einem gewissen Ingrimm hinzu. »Nicht, dass ich ihr das gönnen würde, was ihr widerfahren ist. Nein, nein! Aber trotzdem ist sie auch selber ein Stück weit daran schuld, dass sie ermordet wurde – so schlecht, wie sie manche Männer behandelt hat. Rita konnte so hundsgemein sein, man soll ja über Tote nichts Schlechtes sagen, aber im Grunde genommen war sie ein schlimmes Biest. Nachdem Karl-Otto das Mädchen lange Zeit aus der Ferne angehimmelt hat, ist es ihm schließlich gelungen, mit Rita in Kontakt zu kommen. Einfach nur glücklich, in ihrer Nähe sein zu dürfen, übernahm er für sie Botengänge, Einkäufe und andere Erledigungen. Er machte ihr hübsche Geschenke und lieh ihr Geld, das er von mir stahl, und ertrug ihre Launen, ohne zu murren. Als sie ihm dann aber zu verstehen gab, dass er für sie doch nur ein Hanswurst wäre, der hüpft und springt, wenn sie pfeift, ist Karl-Otto in ein tiefes Loch gestürzt, aus dem er nicht mehr herauskam – bis heute nicht.«

Lottie schluchzte und tupfte sich mit einem Taschentuch die Tränen aus den Augenwinkeln. »Er ging nicht mehr zum Unterricht, obwohl die Abiturprüfungen vor der Tür stehen und es ihm immer so wichtig war, ein ausgezeichnetes Abitur zu machen, für sein anstehendes Physikstudium. Ihm schien schlagartig alles egal zu sein, und er verkroch sich nur noch im Bett. Mit Engelszungen habe ich ihn angefleht, mir doch zu sagen, was ihn so aus der Bahn geworfen hat, aber an ihn war einfach nicht heranzukommen, er war verschlossen wie eine Auster, hat nichts mehr gegessen und getrunken und kam mir vor wie ein lebender Leichnam. Da habe ich mir Hilfe geholt und bin zu dem Psychiater Doktor Schäfer gegangen. Der ist dann mit mir zu uns nach Hause gefahren, hat begütigend auf Karl-Otto eingeredet und ihm etwas gespritzt, das eine entspannende, beruhigende Wirkung hat. Anschließend hat er Karl-Otto unter Hypnose gesetzt und ihm gezielte Fragen gestellt zu dem Ereignis, das ihm so zugesetzt und seine Lebensgeister gelähmt hat. Da hat der Junge erzählt, was sich zugetragen hat und was Rita für gemeine Sachen zu ihm gesagt hat. Mir ist regelrecht die Luft weggeblieben, als ich das gehört habe, denn ich war ja mit dabei, als Doktor Schäfer Karl-Otto befragt hat und … und«, sie stockte, und in ihren blauen Augen flackerte plötzlich ein unbändiger Hass, der Elfi, die so etwas bei der gutmütigen Lottie noch nie erlebt hatte, schaudern ließ. »Ich habe diesem Miststück die Pest an den Hals gewünscht, für das, was sie meinem armen Jungen angetan hat!«, brach es hasserfüllt aus ihr heraus. »Und jetzt ist sie tot und stiftet trotzdem noch Unheil, denn wegen ihr hat Karl-Otto versucht, sich das Leben zu nehmen. Ich verfluche sie dafür!«

KAPITEL 6

»The Big Sleep«

(Max Steiner, Charles Gebhardt,
National Philharmonic Orchestra,
Filmmusik aus: *The Big Sleep*,
Howard Hawks, USA 1946)

Am Sonntagnachmittag um 16.15 Uhr parkte Kriminalkommissar Freddy Graf den schwarzen Dienst-Mercedes-Benz 190 vor der imposanten Jugendstilvilla in der Kennedyallee 104 in Frankfurt und eilte gemeinsam mit seinem Assistenten, Josef Brauburger, mit hochgestelltem Mantelkragen durch den Dauerregen auf das Gebäude zu.

Als er den staunenden Blick des jungen Inspektors bemerkte, der ihn zum ersten Mal zu einer Leichenschau begleitete, erläuterte er grinsend: »Da guckst du, was? Das *Frankfurter Institut für gerichtliche Medizin und Kriminalistik* ist das schönste gerichtsmedizinische Institut Deutschlands. Es hat früher dem Flugzeugpionier August Euler gehört, der es der Universität Frankfurt zu dem geringen Preis von 35.000 Reichsmark verkaufte, mit der Auflage, dass es für die Wissenschaft und nicht als Wohnhaus oder Verwaltungsgebäude genutzt werden durfte.«

»Dafür hätte ich es auch genommen«, äußerte der junge Kriminalbeamte mit dem blonden Bürstenschnitt flapsig, »wenn ich das nötige Kleingeld hätte.«

»Scherzkeks«, knurrte sein Chef, der auf Josef, der es als Armeleutekind durch Fleiß und Gewitztheit zu etwas gebracht hatte, große Stücke hielt, mit gutartigem Spott und drückte auf den Klingelknopf.

»Kriminalkommissar Graf und Kriminalinspektor Brauburger aus Bad Nauheim«, stellte er sich und seinen Kollegen gleich darauf der grauhaarigen Dame am Empfang vor. »Wir haben um 16.30 Uhr einen Termin mit Professor Wiethold.«

»Professor Wiethold erwartet die Herren bereits im großen Sektionssaal«, erwiderte die Empfangsdame entgegenkommend und erbot sich, die Besucher dorthin zu begleiten.

In dem weitläufigen, weiß gekachelten Raum war es recht kühl und roch stark nach Formaldehyd und anderen scharfen Chemikalien. Die Neonröhren an der Decke tauchten den Saal in gleißendes Licht. Professor Ferdinand Wiethold, eine stattliche Erscheinung mit silbergrauem Haar und einer Brille mit Goldrand, kam den Kriminalbeamten in Begleitung seines Mitarbeiters Doktor Redhardt entgegen, und die Männer begrüßten einander.

»Wir sind gerade mit der Sektion fertig geworden und haben die Leiche zugenäht. Daher können wir auch gleich mit der Leichenschau beginnen. Also folgen Sie mir bitte, meine Herren, die Bahre steht hinten«, erläuterte der Institutsleiter dem Kriminalkommissar und seinem jungen Kollegen und steuerte auf eine mit einem grünen Tuch bedeckte Bahre zu, welches er routiniert lüftete.

Mit dem großen y-förmigen Schnitt, der sich über den gesamten Torso zog, war die Leiche kein schöner Anblick, und der junge Inspektor, für den die Tote aus dem Cadillac der erste Mordfall war, an dem er mitarbeitete, musste schlucken, da es ihm ganz flau im Magen wurde. Zumal er das Mordopfer aus der Solgraben-Schule kannte. Denn Rita Scheugraben, die ehemalige Steinfurther Rosenkönigin, war in seine Parallelklasse gegangen – und Josef hatte genauso für das bildschöne Mädchen mit dem rotblonden Lockenhaar geschwärmt wie alle anderen Jungen zwischen sechs und 16 auch. Und jetzt lag sie so schrecklich entstellt in der Gerichtsmedizin.

Der Gerichtsmediziner und sein Gehilfe Doktor Redhardt drehten die Leiche mit geübtem Griff auf den Bauch. Zum Vorschein kam eine große Wunde am Hinterkopf. Die Haare waren um das Wundmal herum kreisförmig abrasiert.

»Die Todesursache, wie man unschwer an dem geborstenen Schädelknochen erkennen kann, war ein Schädelbasisbruch«, erläuterte Professor Wiethold und wies auf die offene zersplitterte Schädeldecke. »Für ein schweres Schädel-Hirn-Trauma mit Todesfolge typisch sind die zerrissene Kopfhaut und die Dura mater, die harte Hirnhaut, sodass das Gehirn teilweise frei liegt.« Er deutete auf die graue gallertartige Masse, die durch das Loch am Hinterkopf sichtbar wurde. »Anhand der Verklebungen am Wundkanal wird deutlich, dass sowohl Gehirnflüssigkeit als auch Gehirnmasse aus der offenen Schädeldecke ausgetreten sind, was unweigerlich den Exitus zur Folge hat. Nur eine umgehende Schädeloperation kann den Tod eventuell verhindern. Die Überlebenschancen bei einem derart massiven Schädelbasisbruch sind jedoch sehr gering und die Folgeschäden ganz erheblich. Zumeist bleiben die Überlebenden in einem Dauerkoma.«

»Können Sie denn einschätzen, Herr Professor, ob der Schädelbasisbruch durch einen Schlag oder durch einen Sturz verursacht wurde? Das ist für unsere Ermittlungen von ganz ausschlaggebender Bedeutung«, wandte sich der Kriminalkommissar angespannt an den Pathologen. Professor Wiethold ließ ihn freundlich wissen, dass ihm das durchaus bewusst sei. »In der Gerichtsmedizin bedienen wir uns in derartigen Fällen der sogenannten ›Hutkrempenregel‹, das ist ein rechtsmedizinischer Begriff aus der forensischen Traumatologie und wird angewendet, um genauere Aussagen über die mögliche Ursache von Kopfverletzungen zu machen, was ja auch Ihre ursprüngliche Frage war. Sie müssen sich das folgendermaßen vorstellen«, erklärte der Pathologe und demonstrierte seine Ausführungen an seinem Assistenten. »Bei aufrechter Körperhaltung treten Verletzungen oberhalb einer gedachten Hutkrempe eher durch Schläge eines Dritten, gegebenenfalls mit einem Gegenstand ein. Verletzungen unterhalb der Hutkrempenlinie entstehen dagegen eher durch Stürze, insbesondere auf ebenem Boden aus stehender Position. Die Hutkrempenregel wird in der Rechtsmedizin angewendet, um Gewalteinwirkung festzustellen, wenn die betroffene Person nicht aussagen kann, weil sie beispielsweise nicht bei Bewusstsein ist oder nicht aussagen will, wenn es sich um häusliche Gewalt handelt. Bei der Obduktion und Begutachtung Verstorbener mit ungeklärter Todesfolge ist sie Standard. Dennoch muss ich einräumen, dass die Hutkrempenregel nur eine Entscheidungshilfe ist, da sie in verschiedenen Situationen nicht hinreichend zutrifft. Verletzungen durch Schläge oder Tritte ins Gesicht widersprechen dieser Regel. Ebenso fallen Verletzungen aus dem Schema heraus, die sich das Opfer durch einen Sturz auf einer nicht-ebenen Fläche zugezogen hat, etwa bei einem Treppen- oder Fenstersturz. Um die vorliegende Kopfverletzung so genau wie möglich zu rekonstruieren, haben wir die Hutkrempenregel mit der Puppe'schen Regel kombiniert, um exakte Aussagen über den Einwirkungsort, die Krafteinwirkung und den möglichen Einsatz von Gegenständen zu machen. Die Puppe'sche Regel ist ein Begriff aus der forensischen Traumatologie und wird angewendet, um durch die Analyse entstandener Bruchlinien Aussagen über die mögliche Ursache von Schädelverletzungen zu machen. Was den Einwirkungsort betrifft, dürfte eine genaue Analyse schwierig sein, da der Auffindungsort der Leiche mit hoher Wahrscheinlichkeit nicht der Tatort war. Soweit Sie mir mitgeteilt haben, Herr Kriminalkommissar, fanden sich in dem rosa Cadillac, wo die Leiche deponiert wurde, ja keine sichtbaren Blut- oder Gewebespuren, wie es bei einer so großen Kopfwunde der Fall gewesen sein müsste.« Er blickte Freddy Graf fragend an.

»Das Auto befindet sich in der Kriminaltechnik in Wiesbaden und wird einer genaueren Untersuchung unterzogen, danach wissen wir mehr. Aber mit dem bloßen Auge war nichts zu erkennen, was auf einen Tatort hinweist«, gab der Kriminalkommissar zur Antwort.

»Also – zurück zu Ihrer Frage: War es ein Sturz oder ein Schlag, der den Schädelbasisbruch verursacht hat?«, fuhr Professor Wiethold fort. »Da der Schädelknochen am Hinterkopf besonders hart und dickwandig ist, müsste ein Schlag schon mit einem massiven Stein oder einem schweren Metallgegenstand mit sehr großer Wucht erfolgt sein. Da die Bruchstelle eindeutig unter der Hutkrempenlinie liegt, was auch für die Bruchlinien am Schädel gilt, ist eher davon auszugehen, dass die Frau mit dem Hinterkopf auf eine Mauer oder einen Felsvorsprung gestürzt ist. Sollte die Verletzung jedoch durch einen Schlag entstanden sein, was nicht gänzlich auszuschließen ist, müsste der Täter allerdings deutlich kleiner gewesen sein als das Opfer, da der Schlag von unten und nicht von oberhalb des Kopfes erfolgt ist.«

Die beiden Ermittler hingen förmlich an seinen Lippen, als der Gerichtsmediziner vorschlug, sich die Leiche noch genauer anzuschauen, und er gab seinem Assistenten den Wink, die Tote wieder auf den Rücken zu drehen.

Die Ohren und die Augenhöhlen der Toten waren blutverkrustet und die Oberlippe leicht geschwollen und eingerissen.

»Aha, da war also eindeutig Gewalt im Spiel«, gab Freddy Graf triumphierend von sich. Der Professor nickte zwar, fügte jedoch sogleich hinzu, dass er sich nicht täuschen lassen dürfe.

»Das getrocknete Blut an den Ohrmuscheln und den Augenhöhlen rührt von dem Schädelbasisbruch her, die Blutungen sind meist auch mit Liquor vermischt, Gehirnflüssigkeit, die durch die Verletzung des Schädelknochens nach außen tritt. Doch es finden sich auch echte Kampfspuren, wie beispielsweise die angeschwollene, aufgeplatzte Oberlippe und der Bluterguss unter dem rechten Unterlid, der durch das getrocknete Blut auf den ersten Blick nicht so gut zu erkennen ist. Außerdem gibt es auch auf den Oberarmen etliche blaue Flecken und Schürfwunden, die auf einen Kampf hinweisen.«

Freddy und sein Assistent hörten dem Gerichtsmediziner aufmerksam zu. »Das heißt, die Tote ist wahrscheinlich gewaltsam gestoßen worden und durch den Sturz zu Tode gekommen, dadurch, dass sie mit dem Kopf auf eine Mauer oder einen Felsen geschlagen ist«, schlussfolgerte Josef Brauburger.

Professor Wiethold runzelte die Stirn. »Wie gesagt, mit hoher Wahrscheinlichkeit handelte es sich um einen Sturz, doch ein Schlag mit einem harten Gegenstand ist ebenfalls nicht ganz auszuschließen.«

»Dann wird es schwierig für uns werden, den Tathergang als Totschlag oder als vorsätzliche Tötung einzustufen«, konstatierte der Kriminalkommissar mit finsterer Miene. »Der Täter könnte also genauso gut die junge Frau mit einem Stein oder einem anderen harten Gegenstand erschlagen haben, wie er sie zu Boden gestoßen haben könnte, wobei sie so unglücklich gestürzt ist, dass sie daran gestorben ist.«

»Ein Sturz ist wahrscheinlicher, aber anhand der Gewaltspuren im Gesicht und an den Armen der Leiche wird deutlich, dass es sich um einen Akt der Gewalt und nicht um einen Unfall handelt. Daraus lässt sich schließen, dass es zwischen dem Mörder und dem Opfer zu einem Kampf gekommen sein muss, bevor es zu der tödlichen Verletzung kam. Der

Tod erfolgte bereits nach wenigen Minuten«, bemerkte der Gerichtsmediziner Doktor Redhardt, ein großer, kahlköpfiger Mann mit Überbiss. »Ein qualvoller Todeskampf blieb der Toten daher erspart, zumal sie durch den schweren Sturz auf den Kopf ohnehin nicht mehr bei Bewusstsein war.«

Dem jungen Kriminalinspektor entrang sich unversehens ein gequältes Aufstöhnen, was dem Professor nicht entging.

»Machen Sie sich nichts draus, verehrter Herr Kollege, als ich am Anfang meines Medizinstudiums die erste Leiche gesehen habe, musste ich mich übergeben, und Sie sehen ja, wie abgebrüht ich heute bin«, erwiderte der Gerichtsmediziner leutselig.

Josef Brauburger lächelte verlegen. »Es ist nur, weil ich das Opfer kannte …, äh, wir waren an der gleichen Schule, meine ich, und sie war einmal so ein schönes Mädchen.«

»Das kann ich nur bestätigen«, pflichtete der Kommissar seinem Assistenten bei. »Rita Scheugraben war eine der schönsten Frauen, die ich je gesehen habe. Sie war vor ein paar Jahren Steinfurther Rosenkönigin, das Rosenfest ist ein Volksfest in der Ortschaft Steinfurth, die für ihre Rosenzucht bekannt ist. Die Steinfurther Rosenkönigin, die jedes Jahr von einer Jury gewählt wird, repräsentiert während ihrer Amtszeit die Rose, das Rosendorf Steinfurth und die Kurstadt Bad Nauheim. Ich bin Rita Scheugraben bei einem ihrer öffentlichen Auftritte im Kurhaus begegnet und ich muss schon sagen, sie war eine wahre Augenweide. – Es tut mir sehr leid, dass sie so ein schlimmes Ende gefunden hat und sie war ja auch gerade einmal 21 Jahre alt«, äußerte Kriminalkommissar Graf beim Anblick der Toten betroffen und blinzelte irritiert, als er sah, dass etwas auf ihren Bauch geritzt worden war.

»Was hat denn das zu bedeuten?«, fragte er und beugte sich über die Leiche, um die Einritzungen besser zu erkennen. »Ein großes V und ein großes D – das ist doch das amerikanische Kürzel für ›Veneral Disease‹, also für Geschlechtskrankheiten.«

»Richtig«, stimmte ihm Doktor Redhardt zu, »die Buchstaben V D, die man häufig auf Plakaten unweit von amerikanischen Kasernen oder Wohnbezirken sieht, warnen aber nicht nur vor Geschlechtskrankheiten, sondern auch vor den Frauen, die solche übertragen. In Deutschland wurde aus der Abkürzung das hinlänglich bekannte ›Veronika Dankeschön‹, eine Bezeichnung für deutsche Prostituierte, die bevorzugt mit amerikanischen Armeeangehörigen verkehren. Der Täter hat dem Opfer die beiden Buchstaben mit einem spitzen Gegenstand in die Haut des Unterbauchs geritzt, um sie gewissermaßen post mortem als Hure zu diffamieren. Das halte ich für sehr bedeutungsvoll.«

»Durchaus«, erwiderte Kommissar Graf nachdenklich. »Nach ersten Befragungen aus dem Umfeld der Toten hat sich Rita Scheugraben tatsächlich häufig mit GIs eingelassen und sich dafür im Gegenzug von ihnen mit so begehrten Luxuswaren wie Nylonstrümpfen, amerikanischen Zigaretten, Kaffee und Schokolade bezahlen lassen.«

»Sie wollen damit sagen, sie hat sich für diese Luxusartikel prostituiert?«, griff Professor Wiethold Grafs Gedanken auf.

Freddy Graf nickte. »Nach allem, was wir so über die Tote gehört haben, muss es wohl so gewesen sein. Konnten Sie denn bei ihr eine Geschlechtskrankheit diagnostizieren?«

»Keineswegs«, entgegneten der Professor und sein Mitarbeiter im Chor. »Und was so gar nicht zu einer sogenannten ›Veronika Dankeschön‹ passen mag, ist die Tatsache, dass die junge Dame noch jungfräulich war«, bemerkte der Pathologe trocken.

Der Kommissar schlug verblüfft die Hände zusammen. »Eine jungfräuliche Hure ist doch ein Widerspruch in sich!

Wer hätte das von diesem stadtbekannten Vamp gedacht«, äußerte er stirnrunzelnd. »Als solchen hat mir nämlich die Wirtin aus Ritas Stammkneipe, vor der die Leiche in einem dort geparkten Cadillac gefunden wurde, das Mädchen beschrieben. Nach ihren Schilderungen war die schöne Rita eine echte Femme fatale, die reihenweise Männerherzen gebrochen hat.«

»Bis einer sie gebrochen hat«, warf der Pathologe mit nachdenklicher Miene ein.

»So ist es, Herr Professor, und genau diesen Kerl suchen wir«, erwiderte Freddy Graf grimmig. »Wir haben nämlich bereits einen Verdächtigen, den Halter des Cadillacs, in dem die Tote am Morgen aufgefunden wurde. Es handelt sich um einen gewissen Brian O'Shaugnessy, einen Sergeant, der in den Ray Barracks in Friedberg stationiert ist. Laut Aussage seiner Geliebten, der Wirtin aus dem *Rheingold*, soll er angeblich die Nacht mit ihr verbracht haben, was ich aber nicht so recht glauben kann, denn O'Shaugnessy ist nirgendwo aufzufinden. Weder in der Kaserne noch sonst wo, mit hoher Wahrscheinlichkeit ist er flüchtig. Die Military Police ist bereits informiert, und es ist nur eine Frage der Zeit, wann der Flüchtige ausfindig gemacht wird.«

»Der Kerl muss eine ganz schöne Wut auf sie gehabt haben«, gab Josef Brauburger von sich und fuhr sich durch den blonden Bürstenschnitt.

»Vielleicht weil Rita ihm die kalte Schulter gezeigt hat und er sich dadurch in seiner Mannesehre verletzt gefühlt hat«, sinnierte der Kriminalkommissar gedankenversunken. »Doch momentan ist das alles nur Spekulation, das wissen wir erst genauer, wenn dieser O'Shaugnessy endlich verhaftet wird und wir ihn gemeinsam mit der MP einem Verhör unterziehen können.«

»Dann kann ich den Herren nur viel Glück wünschen, damit der gewaltsame Tod von ›Rita Hayworth‹ bald aufgeklärt wird«, entgegnete Professor Wiethold nachdrücklich und erklärte, dass er und sein Assistent, Doktor Redhardt, die Tote unter sich so genannt hätten, da sie mit ihren erdbeerroten Haaren und der reizvollen Figur eine große Ähnlichkeit mit der Filmschauspielerin Rita Hayworth habe, zudem habe sie ja auch noch den gleichen Vornamen gehabt wie die Hollywooddiva.

Der junge Kriminalinspektor musste unwillkürlich grinsen. »Sie hätte ohne Weiteres als Doppelgängerin der Hayworth durchgehen können«, entgegnete er. »Bezeichnenderweise wurde Rita Scheugraben als Kind auserkoren, der Hayworth einen riesigen Strauß Steinfurther Duftrosen zu überreichen, als sie damals in Bad Nauheim war. Ich erinnere mich noch gut daran, denn alle Kinder an unserer Schule waren neidisch auf Rita, dass sie ausgewählt wurde, aber das lag wohl daran, weil sie so hübsch war …«

»Daran kann auch ich mich noch erinnern, ich meine, als die Hayworth in der Stadt war«, gab Freddy Graf von sich. »Das muss im Frühjahr 1947 gewesen sein, sie kam zur Truppenbetreuung nach Bad Nauheim. Wie die gesamte Presse aus nah und fern und Tausende Fans und Einheimische war auch ich als junger Kriminalinspektor zum Kurhaus gekommen, wo sie vor den Soldaten auftreten sollte, um einen Blick auf die schöne Filmdiva zu erhaschen. Die MP war im Großeinsatz und hatte das Kurhaus abgeriegelt. Dann war es endlich so weit, ein riesiger Straßenkreuzer, flankiert von etlichen Jeeps der MP, fuhr vor dem Kurhaus vor, und Rita Hayworth stieg in Begleitung ihrer Bodyguards aus. Sie wurde vom Bürgermeister begrüßt, und ein kleines Mädchen überreichte ihr einen Blumenstrauß, aber dass es sich bei diesem Mädchen um Rita Scheugraben handelte, war mir nicht bewusst …«

»Doch, doch, es stand ja sogar in der Zeitung mit einem Foto dabei, das ich mir damals extra ausgeschnitten habe, weil ich so für die beiden Ritas geschwärmt habe«, wusste Josef Brauburger zu berichten.

»In dem Film *Gilda*, mit dem legendären Handschuh-Striptease von Rita Hayworth ist die Hassliebe das zentrale Thema«, sinnierte der Kriminalkommissar. »Gilda hat den lasziven Vamp gegeben, um Johnny eifersüchtig zu machen. Doch letztendlich erwies es sich, dass sie ihm immer treu war und ihm nur Theater vorgespielt hat. – Auch Rita Scheugraben hat die große Verführerin gespielt, obwohl sie mit 21 Jahren noch Jungfrau war. Wahrscheinlich hat sie ihre Verehrer nur heißgemacht, um sie besser ausnehmen zu können, sie aber im entscheidenden Moment abblitzen lassen. Das kann schon bei dem einen oder anderen böses Blut geben.«

Der Kommissar dankte den Pathologen noch einmal für die erhellenden Hinweise, die ihnen die Leichenschau gebracht hatte, und verabschiedete sich mit der Bemerkung, er sei am Abend noch mit Major Caspers von der Military Police zum gegenseitigen Rapport verabredet.

Professor Wiethold ließ ihn wissen, dass ihm der schriftliche Obduktionsbericht morgen zugehen würde, und wünschte den Kriminalisten noch einmal viel Erfolg.

Max Caspers und Freddy Graf hatten sich von Anfang an blendend verstanden, da die beiden Männer trotz ihrer unterschiedlichen Nationalität und Biografie gewissermaßen aus demselben Holz geschnitzt waren.

Freddy war einer der erfolgreichsten Scharfschützen der Wehrmacht gewesen und galt in seinem Beruf als Kriminalkommissar als echter Teufelskerl, vor dem die gesamte Ganovenwelt der Wetterau Bammel hatte; Max wurde als Lieutenant des United States Marine Corps im Pazifikkrieg die *Medal of Honor*, die höchste amerikanische Tapferkeitsauszeichnung verliehen, was seinen Ruf als Höllenhund bei der Military Police noch festigte.

Obgleich sie gewissermaßen alte Feinde waren, hegten die Männer neben Sympathie auch ein hohes Maß an gegenseitigem Respekt füreinander, und seit einiger Zeit hatte es sich bei ihnen sogar eingebürgert, dass sie sich mit den Vornamen ansprachen.

Als der schwarze Dienst-Mercedes am Sonntagabend um 19 Uhr auf dem regennassen Kopfsteinpflaster vor dem tristen Kasernengebäude direkt neben dem Schießstand parkte, wo sich auch der Stützpunkt der Military Police befand, erwartete Max Caspers den deutschen Kollegen bereits an der Eingangstür. Der Wachsoldat am Schlagbaum vor dem großen Tor hatte ihm nämlich per Funk die Ankunft des Besuchers gemeldet.

Nachdem Freddy seinen klammen Trenchcoat auf den Bügel an der Garderobe gehängt hatte, denn es goss immer noch in Strömen, bot ihm Max in dem behaglich warmen Büro einen Stuhl an und reichte dem Kollegen, der schon seit 6 Uhr früh auf den Beinen war, ein Glas *Bourbon*, das Freddy dankbar entgegennahm.

Die Männer stießen miteinander an, und Max berichtete, dass er und seine Leute am Nachmittag in der *Auguste-Viktoria-Bar*, die ein beliebter Treffpunkt für GIs war, erste Befragungen vorgenommen hätten. Sie hätten den Soldaten Fotos der ermordeten Rita Scheugraben gezeigt, Fotos von öffentlichen Auftritten in ihrer Funktion als Rosenkönigin, die ihnen der Bürgermeister aus dem Stadtarchiv zur Verfügung gestellt habe, und es habe sich rasch herausgestellt, dass die schöne Rita bei den GIs bekannt gewesen sei wie ein bunter Hund.

»Und das nicht nur bei den Jungs aus Friedberg und Bad Nauheim, sondern auch bei den Garnisonen aus Butzbach und Kirchgöns«, konstatierte Max trocken. »Auch Mrs. Roberts, die Inhaberin der Bar, eine Deutsche, die mit einem Amerikaner verheiratet ist, konnte sich gut an Rita erinnern. Sie sei häufiger in Begleitung amerikanischer Soldaten im Lokal gewesen und habe stets alle Blicke auf sich gezogen, so umwerfend attraktiv, wie sie gewesen sei und ihre verführerische Art, mit der sie gelächelt und sich in Szene gesetzt habe wie eine Filmdiva. Sogar Elvis Presley soll kürzlich mit ihr in der Bar aufgetaucht sein, angeblich hätte er wie wild mit ihr geflirtet, genauso wie die anderen Kerle, denn Rita sei halt einfach unwiderstehlich gewesen, bekundete die Wirtin. Ob der King of Rock'n'Roll aber tatsächlich etwas mit ihr gehabt habe, das entziehe sich ihrer Kenntnis, räumte Mrs. Roberts fairerweise ein. Doch der dicke Hund kommt ja noch«, sagte Max und nahm einen Schluck Whiskey. »Ritas Verehrer haben mir und meinen Männern übereinstimmend versichert, dass außer Knutschen nichts gewesen sei. Im Grunde genommen sei Rita ein Eisberg gewesen, der sich nur den Anschein von Verruchtheit gegeben habe.«

Freddy Graf nickte und äußerte, das passe doch alles hervorragend zusammen. Als ihn sein amerikanischer Kollege daraufhin nur fragend anschaute, meinte er, auch er habe mit verblüffenden Neuigkeiten aufzuwarten, denn die gerichtsmedizinische Untersuchung der Leiche habe ergeben, dass Rita noch Jungfrau gewesen sei.

Max pfiff durch die Zähne. »Das ist ja ein Ding!«, rief er aus, worauf ihm Freddy auch die anderen Details der Sektion mitteilte. Als er Max von den Buchstaben V und D berichtete, die dem Mordopfer in den Bauch geritzt worden waren, schüttelte der Lieutenant unwirsch den Kopf. »Das finde ich irgendwie seltsam«, erwiderte er. »Der Mörder sollte doch eigentlich gewusst haben, dass Rita niemanden an ihr Allerheiligstes rangelassen hat, sondern sich nur auf das Küssen beschränkte. So wie die Jungs sich geäußert haben, hat ja noch nicht einmal so was wie Petting stattgefunden, weil Rita jedem auf die Finger gehauen hat, der versucht hat, sie zu begrapschen. In Anbetracht, dass sie sich immer so sexy zurechtgemacht und gebärdet hat wie ein Pin-up-Girl, muss das für ihre Verehrer eine ziemliche Enttäuschung gewesen sein, und es braucht einen nicht zu verwundern, wenn der eine oder andere ziemlich sauer auf sie war. Das war doch das reinste Spielchen, das sie mit den Männern getrieben hat. Ich habe es doch selbst gesehen, wie sie den Jungs im *Rheingold* immer den Kopf verdreht hat, den Deutschen genauso wie den Amerikanern.«

»›Wasch mir den Pelz, aber mach mich nicht nass‹, lautet eine deutsche Redensart, sie schien Ritas Devise gewesen zu sein«, warf Pistolen-Freddy mit grimmiger Miene ein. »So etwas kann nicht lange gut gehen.«

»Ach, da fällt mir ein, Freddy, es gibt noch etwas Wichtiges, was ich dir sagen wollte«, besann sich der Leiter der Military Police mit einem Mal. »Wir haben doch nach Brian O'Shaugnessy eine Fahndung eingeleitet, weil er als der Besitzer des Autos, in dem die Leiche gefunden wurde, hochgradig verdächtig ist, und seine plötzliche Abwesenheit verstärkt diesen Verdacht noch. Jedenfalls haben alle GIs, die ihn kannten, ausgesagt, dass Brian nie etwas mit Rita gehabt hätte, denn er sei ja bereits sehr gut versorgt gewesen mit seinen zwei Geliebten, und da wäre ihm eine dritte wahrscheinlich zu viel gewesen«, feixte der gedrungene Mann in der grünen Militäruniform mit der schwarzen Armbinde mit den weißen Großbuchstaben »MP« am linken Oberarm. »Beneidenswert, der Bursche, unsereiner ist notorischer Junggeselle.«

»Wem sagst du das, Max, wir beide sind halt mit unserer Arbeit verheiratet, da ist für ein Frauenzimmer kein Platz – eigentlich schade, wie ich finde«, scherzte Pistolen-Freddy und zuckte bedauernd mit den Schultern. »Denn die eine oder andere könnte mir durchaus gefallen.«

»Eher die eine als die andere«, mokierte sich der MP-Officer mit breitem Grinsen und berichtete von der blonden Karin Schneider, O'Shaugnessys junger Geliebter, die in Friedberg im *Hotel Trapp* als Zimmermädchen arbeite, wo sie auch eine Dachmansarde bewohne. »Ich habe mir das Fräulein heute Mittag mal vorgeknöpft, ein süßes Ding mit Sommersprossen auf der Stupsnase und einer knackigen Figur, die würde ich auch nicht von der Bettkante stoßen ... Jedenfalls hat die auch nicht die leiseste Ahnung, wo ihr Lover stecken könnte. Er wäre gestern den ganzen Tag bei ihr gewesen und abends gegangen, weil er angeblich zur Wache eingeteilt worden sei – eine glatte Lüge, wie mir sein Vorgesetzter gesagt hat, denn Sergeant O'Shaugnessy habe den kompletten Samstag frei gehabt.«

»Fliegender Wechsel, kann ich da nur sagen, er musste weg, weil er schon von der Nächsten sehnsüchtig erwartet wurde«, kam es von Freddy sarkastisch. »Denn laut Aussage von Elfriede Kunz, der Wirtin der Gaststätte *Rheingold*, ist O'Shaugnessy gegen 20 Uhr abends gekommen und hat die Nacht mit ihr verbracht. Um 6 Uhr in der Früh sei er dann aufgebrochen, um seinen Dienst in der Panzerdivision anzutreten. Was ich der Kunz jedoch nicht glaube, und das stimmt auch hinten und vorne nicht. Denn erstens hatte O'Shaugnessy überhaupt keinen Dienst, und zweitens ist er seitdem unauffindbar. Ich werde dieser Wirtin jedenfalls noch mal auf den Zahn fühlen, denn irgendwie habe ich das Gefühl, dass sie etwas vor mir zurückhält, und das kann ich nicht ausstehen«, sagte Freddy entschlossen und unterdrückte ein Gähnen.

KAPITEL 7

»The Great Pretender«

(The Platters, 1955)

Am Montagabend um 17 Uhr hatte Elfi gerade die gläserne Eingangstür aufgeschlossen und sich einen Kaffee eingeschenkt, als auch schon der erste Gast kam.

Sie hatte den großen athletischen Mann im beigefarbenen Trenchcoat mit dem tief in die Stirn gezogenen grauen Homburg, der zielstrebig auf sie zukam, zunächst gar nicht erkannt. Erst als sie das markante Gesicht mit der kühnen, leicht nach unten gebogenen Nase sah, die dem Antlitz etwas Raubvogelhaftes verlieh, bemerkte sie, wen sie vor sich hatte, und für einen flüchtigen Moment fuhr ihr ein Blitz durch die Eingeweide.

Mit kühler Höflichkeit erkundigte sie sich bei Kriminalkommissar Graf, was sie für ihn tun könne.

»Ich hätte noch ein paar Fragen wegen Ihrem Liebhaber, Brian O'Shaugnessy«, erklärte Freddy Graf unumwunden und fiel, wie er es aus kriminalistischen Gründen häufiger zu tun pflegte, gewissermaßen direkt mit der Tür ins Haus. »Wir haben heute verschiedene Zeugen befragt, die in der Nacht, in der Rita Scheugraben zu Tode kam, in Ihrem Lokal waren, und alle haben übereinstimmend erklärt, Brian O'Shaugnessy nicht im *Rheingold* gesehen zu haben.« Er musterte Elfi, die sich bemühte, eine unbeteiligte Miene aufzusetzen, lauernd. »Und das Beste kommt ja noch: Mehrere GIs haben angegeben, dass Sie sich bei ihnen nach Brians Verbleib erkundigt hätten und ziemlich verzweifelt gewesen wären, weil zwar sein Auto vor der Tür stand, der liebe Brian aber nicht anwesend war, obwohl Sie mit ihm verabredet gewesen seien. Was sagen Sie dazu? Denn laut Ihrer Aussage soll er ja von 20 Uhr abends bis gegen 6 Uhr morgens mit Ihnen zusammen gewesen sein.«

Elfi wurde es ganz flau im Magen. Sie fühlte sich von dem Mann mit den unerbittlichen grauen Augen eiskalt erwischt.

»Vielleicht habe ich mich ja mit der Uhrzeit ein bisschen vertan, aber er war bei mir bis zum Morgen, wie ich es gesagt habe«, erwiderte sie trotzig.

Der Kriminalkommissar seufzte und warf ihr einen seltsamen Blick zu, den Elfi nicht zu deuten vermochte. Doch gleich darauf wurde es ihr bewusst, dass es die reine Verschlagenheit war, die daraus sprach.

»Ich möchte Ihnen ja nicht zu nahetreten, gnädige Frau, aber nach meinem Dafürhalten hat Mister O'Shaugnessy Ihre falsch verstandene Loyalität gar nicht verdient«, äußerte er bedauernd, was Elfi sofort hellhörig machte.

»Was soll denn das heißen?«, fauchte sie und bereute gleichzeitig ihre Unbeherrschtheit.

Freddy Graf überlegte kurz, ob er Elfi reinen Wein einschenken solle. Aus kriminaltaktischen Erwägungen unbedingt, denn ihre Loyalität würde sich mit hoher Wahrscheinlichkeit in Luft auflösen, und sie würde endlich mit der Wahrheit herausrücken. Andererseits mochte er die Frau irgendwie, denn im Grunde genommen war sie eine ehrliche Haut, die treu einen Kerl zu decken suchte, der ein echter Windhund war – und noch dazu ein Flüchtiger, der unter Verdacht stand, den Tod der jungen Frau verschuldet zu haben. Es widerstrebte ihm daher, diese aufrechte, kämpferische Frau, die voll für diesen Schurken eintrat, zu verletzen.

»Nun, wir haben Grund zu der Annahme, dass Mister O'Shaugnessy neben Ihnen noch eine andere Geliebte hat. Wir haben sie befragt, und sie hat ausgesagt, dass Brian den ganzen Samstag mit ihr verbracht habe. Am Abend sei er dann gegangen, um seinen Dienst anzutreten«, bemerkte er verhalten und ließ Elfi keine Sekunde aus dem Blick. In ihren braunen Augen, die ihn in ihrem warmen Glanz an polierten dunklen Bernstein erinnerten, glitzerten Tränen, doch als Frau von Format, die sie zweifellos war, ließ sie sich nicht dazu herab, die Fassung zu verlieren und loszuheulen.

»Ich habe so etwas bereits geahnt«, stieß sie mit bebender Stimme hervor, und obgleich das absolut der Wahrheit entsprach, war Elfi zwar von Grafs Mitteilung getroffen wie von einem Keulenschlag – doch offenbar fern davon, den treulosen Geliebten ans Messer zu liefern.

»Wie auch immer, Herr Kriminalkommissar. Aber glauben Sie mir doch bitte, Brian hat Rita nicht auf dem Gewissen, dafür lege ich meine Hand ins Feuer«, beteuerte sie inständig. »Nie und nimmer hätte er so eine grausame Tat begehen können, dazu wäre Brian überhaupt nicht in der Lage. Ich war nicht ganz aufrichtig zu Ihnen, das gebe ich ja zu, und ich weiß auch nicht, wo er steckt, aber er hat mit dem Tod von Rita ganz sicher nichts zu tun.«

»Das muss sich erst noch herausstellen, wenn wir den Burschen endlich dingfest gemacht und einem Verhör unterzogen haben. Die Fahndung nach ihm läuft ja auf Hochtouren, doch er ist offenbar spurlos verschwunden, was nicht unbedingt für seine Unschuld spricht«, erwiderte Freddy Graf in amtlichem Tonfall.

Als Elfi ihm gleich darauf einen Kaffee anbot, nahm er das Angebot an, zündete sich eine Zigarette an und lenkte das Gespräch auf die Tote. »Nach allem, was wir inzwischen über

Rita Scheugraben in Erfahrung gebracht haben, war sie wohl eher eine Blenderin, die die Femme fatale, als welche Sie die junge Dame bezeichneten, nur gespielt hat, um die Männer anzulocken, auszunehmen und abblitzen zu lassen, denn sie ließ wohl keinen näher an sich herankommen. Auch körperlich nicht, denn sie war noch Jungfrau«, bemerkte der Kommissar an Elfi gewandt nachdenklich und erkundigte sich bei ihr, was ihr sonst noch zu dem Mädchen einfalle, da Rita ja nahezu täglich nach Feierabend im *Rheingold* war.

»Einerseits wundert es mich, dass Rita noch Jungfrau war, andererseits auch nicht. Sie war sehr klug und ehrgeizig, wollte am Abendgymnasium Abitur machen und studieren, da wäre ein Kind eher hinderlich gewesen – und zu Männern hatte sie ja ein ganz spezielles Verhältnis«, erwiderte Elfi mit grimmigem Lächeln. »Manches Mal hatte ich sogar den Eindruck, dass Rita eine Männerhasserin war – wie eine Katze mit der Maus spielt, ehe sie sie tötet, schien es ihr Spaß zu machen, die Männer leiden zu sehen. Das haben mir auch schon einige meiner Stammgäste bestätigt, die hoffnungslos in Rita verliebt waren und die sich dann bei mir ausgeheult haben, weil sie sie einfach fallengelassen hatte wie eine heiße Kartoffel, um sich kalt lächelnd einem anderen zuzuwenden. Eines ihrer Opfer wurde wahrscheinlich zu ihrem Mörder«, sinnierte sie gedankenversunken. »Diesen Mann müssen Sie suchen, anstatt Brian hinterherzujagen. Wie ich Ihnen schon gesagt habe, neigt Brian dazu, sein Auto nicht abzuschließen. Der Mörder muss die Tote in der Mordnacht in Brians Wagen deponiert haben, um den Verdacht auf ihn zu lenken, was ihm ja auch gelungen ist.«

»Für uns zählen nur Fakten, und wenn eine Tote in einem Auto gefunden wird, ist der Halter für uns natürlich der Verdächtige Nummer eins, das liegt doch auf der Hand«, konterte Freddy ungerührt.

»Das verstehe ich ja«, erwiderte Elfi entgegenkommend und blickte den Kommissar offen an. »Mir kommt da aber noch ein anderer Gedanke. Es gibt nämlich auch genügend Frauen, die Rita gehasst haben, weil sie ungeniert mit ihren Freunden oder Ehemännern flirtete und sie ihnen nicht selten auch ausspannte. Als Täterin kommt daher auch eine Frau infrage.«

»Ein interessanter Aspekt«, pflichtete ihr Freddy bei. »Nur hege ich so meine Zweifel, ob eine Frau die körperliche Kraft aufbringen könnte, die Leiche in einem Auto zu deponieren. Das ist nämlich gar nicht so leicht und erfordert einen erheblichen Kraftaufwand.«

»Das mag ja sein, aber der Hass, wenn er mächtig genug ist, verleiht schier übermenschliche Kräfte«, hielt Elfi dagegen.

Der Kriminalkommissar musste unwillkürlich grinsen. »Woher wissen Sie denn das alles? Man könnte ja fast meinen, an Ihnen ist ein Kriminalist verloren gegangen«, frotzelte er.

Elfi lächelte geschmeichelt. »Lesen bildet«, entgegnete sie verschmitzt. »Seit ich lesen kann, lese ich Kriminalromane, das ist eine große Leidenschaft von mir, und da lernt man so einiges. Außerdem gehe ich liebend gerne ins Kino und schaue mir bevorzugt Kriminalfilme an – vor allem die von Alfred Hitchcock haben es mir angetan …«

»Das ist ja ein Ding«, äußerte Freddy verblüfft. »Da haben wir ja etwas gemeinsam, denn ich bin ebenfalls Hitchcock-Fan und habe fast alle seine Filme gesehen, manche sogar mehrfach.«

»Das ist ja toll«, kam es von Elfi begeistert. »Da waren Sie doch im Sommer bestimmt auch in *Vertigo – Aus dem Reich der Toten* mit James Stewart und Kim Novak?«

»Und ob – einer der besten Filme Alfred Hitchcocks, da war ich sogar zweimal drinnen.« Freddy, der merklich lockerer geworden war, richtete seine Aufmerksamkeit sogleich auf die eintretende Käthe, deren Schicht um 18 Uhr begann und die aus Gewissenhaftigkeit immer zehn Minuten früher kam, um mit ihrer Chefin vor Arbeitsbeginn noch in Ruhe alles durchzusprechen, was von Belang war.

Als Elfi den Kriminalkommissar und ihre Angestellte miteinander bekannt machte, wurde Freddy schlagartig wieder dienstlich und fragte Käthe, ob sie in der Nacht von Samstag auf Sonntag im *Rheingold* gearbeitete habe, was Käthe, die von dem Gewaltverbrechen an Rita Scheugraben in der *Wetterauer Zeitung* gelesen hatte, beklommen bejahte.

»Das trifft sich gut«, erwiderte Graf und teilte der Kellnerin mit, dass er sie gerne zu den Ereignissen in der Tatnacht befragen würde.

Da gerade eine Clique junger Männer in Lederjacken mit pomadisierten Haartollen und fettigen Kammrücken, dem sogenannten »Entenschwanz«, der zum Symbol der rebellischen Jugend geworden war, eingetreten war, ließen sich der Kommissar und Käthe auf Elfis Vorschlag hin am Personaltisch nieder, um in Ruhe sprechen zu können.

Während die jungen Männer bei Elfi an der Theke ihre Bestellungen aufgaben, um sich anschließend zu einer Runde Flipper in den Spielraum zurückzuziehen, trudelten noch weitere Gäste ein.

Elfi fiel auf, dass keiner der jungen Leute, ganz entgegen ihrer sonstigen Gepflogenheiten, die Musikbox betätigt hatte. Sie wirkten alle so sonderbar ernst und betreten, und Elfi wurde es mit einem Mal bewusst, dass das an Ritas Tod liegen musste, über den ja in der Zeitung ausführlich berichtet worden war.

Pit aus Schwalheim hatte sogar eine langstielige rote Rose mitgebracht, die er feierlich auf die kleine Tanzfläche legte, dann drückte er an der Musikbox den Elvis-Song »Don't Ask Me Why«, der zu Ritas Lieblingsliedern gehörte. Elfi war so gerührt über diese schöne Geste, dass sie die jungen Leute wissen ließ, die erste Runde gehe aufs Haus in Gedenken an Rita.

Während sie gemeinsam auf die Verstorbene anstießen, nahm selbst Freddy Graf pietätvoll seinen grauen Hut ab, was ihn für Elfi noch ein ganzes Stück sympathischer machte. Mit seiner konservativ gescheitelten Frisur und den ausdrucksvollen, scharf geschnittenen Gesichtszügen war er ein echter Charakterkopf, wie sie sich eingestehen musste, und sie ertappte sich nicht zum ersten Mal dabei, dass sie verstohlen zu ihm hinblickte.

Gottlob war er viel zu konzentriert auf die Befragung von Käthe, um es zu bemerken. Im Anschluss marschierte er, bewaffnet mit seinem Notizblock, in den Spielraum, um die Halbstarken zu befragen. Einige von ihnen, allen voran der Schwalheimer Pit, hatten bereits mit Pistolen-Freddy Bekanntschaft gemacht und wussten, was für ein harter Hund er war. Daher machten sie alle gute Miene und zeigten sich kooperativ – nicht zuletzt auch, da ihnen viel daran gelegen war, dass Ritas Mörder rasch gefunden wurde, wie sie Freddy gegenüber betonten.

Da sich ihre Aussagen mit denen von Elfi, Käthe und anderen Befragten deckten, zeichnete sich für den Kriminalkommissar immer deutlicher ab, dass Rita kurze Zeit, nachdem sie das *Rheingold* Hals über Kopf verlassen hatte, ihrem Mörder begegnet sein musste.

Ihr Nachhauseweg vom *Rheingold* in der Frankfurter Straße, vorbei am Lee-Boulevard, der zur amerikanischen Housing Area führte und rechter Hand in die Steinfurther Straße abbiegend, wo Rita über der *Bäckerei Krell* ein möbliertes Zimmer bewohnte, betrug zu Fuß etwa zehn Minuten. Möglicherweise befand sich in diesem Abschnitt auch der Tatort, da es wenig wahrscheinlich erschien, dass Rita in dem rosa Cadillac auch zu Tode gekommen war. Der Bericht des kriminaltechnischen Instituts in Wiesbaden, wohin der Cadillac heute Morgen von einem Abschleppfahrzeug abtransportiert worden war, stand freilich noch aus, sollte aber bald eintreffen.

Freddy entschied, Ritas Nachhauseweg morgen von der Spurensicherung genauer untersuchen zu lassen, er würde ihn nachher aber selbst noch einmal abgehen.

Elfi trug gerade eine Bestellung zu einem Tisch unweit der Eingangstür, als die Tür geöffnet wurde und Brian plötzlich vor ihr stand – wie ein Phantom der Nacht.

»Hi, Babe, weißt du vielleicht, wo mein Auto ist?«, fragte er Elfi, als ob nichts gewesen sei.

Vor Schreck hätte sie fast das Tablett mit den Gläsern fallen lassen und schaffte es noch auf den letzten Drücker, es abzustellen.

»Wo kommst du denn jetzt her?«, rief sie außer sich und als sie im nächsten Moment gewahrte, dass Brian ein blaues Auge und die Hand in Gips hatte, erkundigte sie sich bange, was passiert sei.

»Ich war eine Nacht im Krankenhaus und eine Nacht im Gefängnis«, erwiderte er zerknirscht und wollte Elfi schon mit der Beteuerung, »Ach, Honey, es tut mir alles so leid«, an sich ziehen und küssen, als sie ihn heftig abwehrte und ihm erbost zuzischte:

»Du kannst mir gestohlen bleiben, du Mistkerl!«

KAPITEL 8

»Zwei gute Freunde«
(Fred Frohberg und *Die Amigos*, DDR 1958)

Nachdem die Kollegen von der Military Police, Lieutenant Max Caspers und Sergeant John Vachss, in der Polizeiwache in der Parkstraße 36 eingetroffen waren, setzte Max Caspers Brian schmallippig darüber in Kenntnis, dass Rita Scheugraben mit einer tödlichen Schädelverletzung am frühen Sonntagmorgen in Brians Cadillac gefunden worden sei. Da er dadurch hoch verdächtig sei, den Mord begangen zu haben und gleichzeitig unauffindbar gewesen sei, habe man ihn zur Fahndung ausgeschrieben. Er forderte Brian auf, genau zu Protokoll zu geben, was sich in der Mordnacht zugetragen und wo er sich die ganze Zeit aufgehalten habe, schaltete das Tonbandgerät ein und erklärte das Verhör von Sergeant Brian O'Shaugnessy offiziell für eröffnet.

»Also, am vergangenen Samstagabend, das muss so gegen 20 Uhr gewesen sein, ich hatte gerade mein Auto vor dem *Rheingold* abgestellt und bin ausgestiegen, als mir von dort ein paar Kameraden aus der Bergkaserne entgegenkamen. Zur gleichen Zeit sind auch zwei Taxis vorgefahren. Die Jungs sagten mir, dass sie nach Frankfurt ins Apfelweinviertel Alt-Sachsenhausen wollten, um ein bisschen Party zu machen«, begann Brian beklommen, die Ereignisse an besagtem Abend zu schildern, während ihm Kriminalkommissar Graf, sein Assistent Josef Brauburger und die beiden MP-Offiziere konzentriert zuhörten.

»Jedenfalls haben die mich überredet mitzukommen, und da bin ich spontan ins Taxi gestiegen, weil so eine Gaudi erlebt man ja nicht alle Tage, und ins *Rheingold* kann ich ja immer gehen.«

»Hatten Sie es denn nicht für nötig gehalten, wenigstens kurz Ihrer Freundin Elfriede Kunz, der Wirtin des *Rheingolds*, Bescheid zu sagen, mit der Sie ja am Abend verabredet waren? Das hätte doch der Anstand geboten«, richtete Freddy Graf in fließendem Englisch das Wort an den jungen GI und fixierte ihn ungnädig.

»Schon«, erwiderte Brian leicht verlegen, »doch meine Kumpels haben Druck gemacht, und das hätte viel zu lange gedauert, bis ich Ölfi alles erklärt hätte, und sie wäre bestimmt auch sauer auf mich gewesen, und darauf hatte ich ehrlich gesagt keine Lust«, wiegelt er achselzuckend ab. »Jedenfalls sind wir in Frankfurt-Sachsenhausen von einer Apfelweinwirtschaft in die nächste gezogen, waren ziemlich betrunken und hatten irren Spaß dabei. Es hat auch nicht lange gedauert, bis sich ein paar hübsche Fräuleins zu uns an den Tisch gesetzt haben, was einigen Krauts nicht so gepasst hat, und ehe ich mich versah, hat es eine üble Kneipenschlägerei gegeben, bei der ich auch ordentlich ausgeteilt habe. An mehr kann ich mich nicht mehr erinnern, weil ich erst im Krankenhaus wieder aufgewacht bin. Die haben mich dort notdürftig verarztet und mir einen Gips verpasst, weil ich mir wohl beim Prügeln die Handknöchel gebrochen habe, und dann bin ich in eine Zelle der Sachsenhausener Polizeiwache gebracht worden, wegen der Straftat, mich an einer Schlägerei beteiligt zu haben. Weil ich ja durch meine eigenen Verletzungen sowohl Opfer als auch Täter war und es bei einer Massenschlägerei so gut wie unmöglich ist zu bestimmen, welche Verletzungen der einzelne Täter verursacht hat, haben die mich heute Nachmittag wieder auf freien Fuß gesetzt, mir aber gesagt, dass sie meine Garnison in Friedberg über meine Straftat in Kenntnis setzen werden. Dann bin ich mit dem Zug von Frankfurt bis nach Bad Nauheim gefahren, um mein Auto zu holen, das ich ja vor dem *Rheingold* geparkt hatte. Doch das war nicht mehr da, und da bin ich ins *Rheingold* gegangen, weil ich Ölfi fragen wollte, ob sie vielleicht weiß, wo mein Auto ist«, endete Brian und grummelte, der Rest sei ja bekannt, und trotzdem interessiere es ihn nach wie vor zu erfahren, wo sein Auto abgeblieben sei.

Max Caspers informierte Brian knapp, dass das Auto bei der Spurensicherung sei, und bat seine deutschen Kollegen, die Polizeiwache in Frankfurt ausfindig zu machen und dort anzurufen, um Brians Angaben zu überprüfen.

Nachdem Freddy Graf und sein junger Kollege in der Wachstube etwa eine Viertelstunde telefoniert und sich Notizen gemacht hatten, kehrten sie in das Verhörzimmer zurück und erstatteten den MP-Kollegen Rapport.

»Der Einsatzleiter des 8. Polizeireviers in der Offenbacher Landstraße 29 in Frankfurt-Sachsenhausen, Polizeihauptwachtmeister Dachs, hat mir gegenüber soeben bestätigt, dass die Angaben von Sergeant Brian O'Shaugnessy voll und ganz der Wahrheit entsprechen. Wie die Kollegen in Erfahrung gebracht haben, sind Mister O'Shaugnessy und seine Kameraden in Alt-Sachsenhausen in den Apfelweinlokalen *Eichkatzerl*, *Fichtekränzi*, *Dauth-Schneider*, *Atschel* und zu guter Letzt im *Kanonesteppel* gewesen. Dort ist es gegen Mitternacht zu einer Massenschlägerei gekommen, und die Kollegen sind mit zwei Mannschaftswagen dorthin gefahren, haben mehrere Verhaftungen vorgenommen und insgesamt fünf Verletzte ins Krankenhaus Sachsenhausen in der Schulstraße abtransportiert. Von den anderen Amerikanern fehlte jede Spur, scheinbar war Sergeant O'Shaugnessy der einzige GI, der von den Beamten dingfest gemacht werden konnte, und das wahrscheinlich auch nur, weil er bewusstlos geschlagen worden war. Seine Kumpane haben wohl fix die Beine in die Hand genommen, als etwa zur gleichen Zeit wie die Deutsche Schutzpolizei auch ein Jeep von der Military Police anrückte, die der Besitzer der Apfelweinwirtschaft ebenfalls angerufen hatte. Vermutlich hatten die GIs Bammel, da die MP weitaus weniger zimperlich mit ihren Landsleuten umspringt, als es uns deutschen Gesetzeshütern gestattet ist.« Der Hauptkommissar bedachte die amerikanischen Kollegen mit einem breiten Grinsen.

»What the fuck! Those goddamned sons of a bitch didn't say a word, when we talked to them about Sergeant O'Shaugnessy!«, wetterte Max Caspers, der sich im Nachhinein sicher war, dass es unter den von ihm und seinen Leuten befragten Soldaten längst die Runde gemacht hatte, dass es in Frankfurt zu einer Schlägerei gekommen und Brian in jener Nacht auf mysteriöse Weise verschwunden war, verärgert.

Brian, dem das loyale Verhalten seiner Kumpels imponierte, grinste in sich hinein und erkundigte sich bei Freddy Graf, wann er denn sein Auto wiederhaben könne.

»Das kann ich Ihnen leider noch nicht so genau sagen, sobald die Kollegen von der Spurensicherung ihre Arbeit abgeschlossen haben, gebe ich Ihnen Bescheid«, sicherte er dem enttäuschten Brian zu.

Nachdem sowohl die Kollegen von der Military Police als auch die beiden deutschen Kriminalbeamten nicht mehr umhin konnten, Brian ein wasserdichtes Alibi für die Nacht, in der Rita Scheugraben zu Tode gekommen war, zuzuerkennen, konnte dieser das Polizeirevier in der Parkstraße verlassen.

Es war bereits kurz nach 23 Uhr und Brian konnte nach dem nervtötenden Verhör nicht nur einen Drink gut gebrauchen, sondern ihm knurrte auch gewaltig der Magen. Das

Problem war nur, dass man in keinem deutschen Restaurant um diese Zeit noch etwas zu essen bekam.

Während er zum Taxistand an den Kolonaden schlenderte, überlegte er kurz, wo er hinfahren sollte. Karin lag um diese Uhrzeit bestimmt schon im Bett, da sie als Zimmermädchen immer in aller Herrgottsfrühe aufstehen musste. Außerdem hatte sie in ihrer winzigen Dachmansarde nur eine armselige Kochplatte, um sich mal eine Dosensuppe warm zu machen.

Auf sein spartanisches Zimmer mit dem leeren Kühlschrank in den Ray Barracks hatte er erst recht keine Lust. Nein, nach all dem Verdruss stand ihm der Sinn nach häuslicher Geborgenheit, einem kühlen Bier, einem guten Essen und einer liebevollen Frau, die ebenso fürsorglich wie sexy war – und ihn bestimmt wieder mit offenen Armen aufnehmen würde, wenn er sich artig bei ihr entschuldigen würde.

*

Nachdem kurz vor Mitternacht die letzten Gäste gegangen waren, teilte Elfi Käthe mit, dass sie nach Hause gehen könne, sie würde heute früher schließen, da ohnehin nichts mehr los sei.

Außerdem war Elfi ziemlich niedergeschlagen über Brians Untreue, und die schrecklichen Ereignisse der vergangenen Tage lasteten ihr noch zusätzlich auf der Seele – obgleich sie den ganzen Abend tapfer darum bemüht gewesen war, sich nichts anmerken zu lassen.

Als Käthe gegangen war, war Elfi, gelinde gesagt, zum Heulen zumute. Sie schloss den Eingang ab und schenkte sich einen Cognac ein, da klopfte es plötzlich an der Tür.

»Wir haben geschlossen«, rief sie ärgerlich von der Theke her.

»Ich bin's, Brian, mach bitte auf, Ölfi, ich muss unbedingt mit dir reden«, war Brians eindringliche Stimme zu vernehmen. Elfi war hin und her gerissen, ob sie ihn wirklich hereinlassen oder einfach draußen stehen lassen sollte – verdient hätte er es jedenfalls. Doch ihre Gutmütigkeit, gepaart mit einer dicken Portion Neugier, obsiegte schließlich, und sie schloss Brian die Tür auf.

»Danke, Darling«, säuselte er einschmeichelnd. »Das ist lieb von dir. Ich komme gerade von dem Verhör und wollte dir davon berichten – vor allem aber wollte ich mich bei dir entschuldigen.«

Ohne weiter darauf einzugehen bot Elfi ihm einen Platz an der Theke an und fragte ihn, was er trinken wolle.

»Wenn du ein Bier für mich hättest, wäre es prima, und vielleicht auch eine Kleinigkeit zu essen, mir knurrt nämlich ganz schön der Magen.« Brian bedachte sie mit seinem unwiderstehlichen Lächeln, bei dem sie sonst immer schwach wurde – aber heute nicht.

»Ein Bier kannst du haben, aber die Küche hat schon geschlossen«, erwiderte sie förmlich und machte sich daran, ein Bier zu zapfen. Brian bekam vor Erstaunen kaum noch den Mund zu. So hatte er Elfi ja noch nie erlebt, sie musste wirklich ziemlich sauer auf ihn sein. Da half nur eine Charmeoffensive!

»Du glaubst ja gar nicht, wie glücklich ich bin, endlich wieder bei dir zu sein, Honey. Ich habe dich die vergangenen Tage ganz schrecklich vermisst, und als ich so alleine und verlassen in meiner Gefängniszelle saß wie ein Schwerverbrecher, ist mir bewusst geworden, wie viel du mir bedeutest.«

»I need your love tonight«, sang er schmachtend den Refrain des gleichnamigen Elvis-Songs, doch anstatt hinzuschmelzen wie frischgefallener Schnee in der Sonne, schien Elfi immun gegen sein Süßholzraspeln zu sein. Kühl stellte sie ihm sein Bier hin, ließ sich mit ihrem Cognacglas an seiner Seite nieder und forderte ihn auf zu berichten, was geschehen war.

Mit zerknirschter Miene erzählte Brian ausführlich, was sich die letzten Tage und Stunden alles zugetragen hatte.

Als er geendet hatte, bemerkte Elfi, die ihm mit finsterer Miene zugehört hatte: »Hast du nicht noch etwas vergessen?«

Brian blinzelte irritiert. »Ach, Darling, in dem ganzen Tohuwabohu habe ich ja tatsächlich vergessen, mich bei dir noch einmal ganz aufrichtig zu entschuldigen, dass ich dich einfach so versetzt habe, ohne dir Bescheid zu sagen. Das tut mir wirklich leid, Ölfi, das war ganz mies von mir, und das hast du auch überhaupt nicht verdient!«, beteuerte er innbrünstig.

»Der Meinung bin ich auch«, erwiderte Elfi ungewohnt schroff. »Entschuldigung angenommen. Trotzdem kannst du jetzt verschwinden, und ich glaube, es ist besser, wenn du dich bei mir nicht mehr blicken lässt.«

Sie hatte sich von ihrem Barhocker erhoben und strebte schon, mit dem gezückten Schlüssel in der Hand, mit energischen Schritten zur Tür hin, um aufzuschließen und Brian hinauszulassen, als dieser sie am Arm zurückhielt.

»Bitte, Baby, sei doch nicht so hart zu mir, ich verspreche dir auch, so etwas nie wieder zu machen, bitte verzeih mir doch«, flehte Brian sie an.

»Ich kann dir fast alles verzeihen, Brian, das weißt du genau. Aber nicht, dass du mich die ganze Zeit belogen und betrogen hast. Und deswegen heißt es jetzt auch: ›Farewell, my lovely – Fahr zur Hölle, Liebling‹!«

Elfi riss demonstrativ die Tür auf. Doch anstatt ihrer drastischen Aufforderung Folge zu leisten, zog Brian Elfi in seine muskulösen Arme und küsste sie mit einer Leidenschaft, dass ihr der Atem stockte.

*

»Na ja, da bin ich halt schwach geworden, und wir sind wieder mal im Bett gelandet«, gestand Elfi verlegen und stocherte verdrossen in ihrem Gulasch herum.

»Wie könnte es auch anders sein, damit kriegt er dich doch immer rum, dieser verdammte Casanova«, entgegnete Asta erbittert.

»Jetzt hack doch nicht noch auf ihr herum, Haselmaus, und schon gar nicht beim Essen. Du siehst doch, die Arme kriegt ja kaum noch was runter, wenn du ihr andauernd so zusetzt«, mischte sich da Renato ein und schüttelte ungehalten das Haupt mit dem mit Maiglöckchen-Haaröl gestriegelten silbergrauen Haar.

»Asta hat doch recht, ich bin ja über mich selbst verärgert. Ich wollte ihm eigentlich den Laufpass geben und stattdessen gehe ich mit ihm ins Bett, man könnte ja meinen, ich bin bescheuert«, murrte Elfi konsterniert.

»Das hat nichts mit bescheuert zu tun, das ist eine Form der sexuellen Hörigkeit«, wandte Asta mit theatralischem Augenaufschlag ein. »Ich habe das am eigenen Leibe erlebt, in jungen Jahren, mit einem entfernten Cousin vom Russischen Staatszirkus. Wir konnten einfach nicht mehr die Finger voneinander lassen.« Sie stockte und musterte Renato schuldbewusst. »Sei mir bitte nicht böse, Papachen, aber das war halt damals so.«

»Wer kennt das nicht, Haselmaus, wir sind doch alle schwache, triebgesteuerte Wesen. Auch ich hatte an der Oper gewisse Affären, bei denen das Körperliche im Vordergrund stand, doch solche sexbesessenen Amouren sind meist nicht von Dauer. Nicht mehr als ein Strohfeuer, das mit wahrer Liebe nicht das Geringste zu tun hat.«

Der Kammersänger streifte Asta mit einem verliebten Blick, die mit verschämtem Lächeln erwiderte: »Wie recht du hast, Papachen! Für mich bist du der beste Mann von allen. Du weißt doch, was wir immer sagen: ›Save the best for last – ›Das Beste kommt zum Schluss‹, weil wir uns doch erst so spät kennengelernt haben«, kicherte sie, und sie küssten sich wie zwei verliebte Turteltäubchen.

»Und wie soll das nun weitergehen mit euch beiden?«, erkundigte sich Asta anschließend bei Elfi. »Ich meine, nach allem, was er sich geleistet hat, und damit nicht genug, hat er auch noch was mit einer anderen Frau. Dem würde ich so was von in den Hintern treten, das kannst du mir aber glauben.«

»Das macht sie schon noch, wenn die Zeit dafür gekommen ist, sei dir da mal sicher«, nahm Renato Elfi in Schutz.

»Was muss denn noch alles passieren, bis sie ihm endlich den wohlverdienten Laufpass gibt«, empörte sich Asta, als plötzlich die Türglocke läutete.

Mit der Bemerkung, »Das sind vielleicht neue Pensionsgäste«, sprang Asta vom Stuhl auf und eilte zur Tür.

Als völlig unerwartet Kriminalkommissar Freddy Graf und sein junger Kollege, Josef Brauburger, in die Küche traten, merkte Elfi nicht zum ersten Mal, dass ihr Herzschlag sich beschleunigte, wenn der Kommissar auftauchte – und das nicht etwa, weil sie ein schlechtes Gewissen hatte, denn das brauchte sie ja nun, da Brian wieder da war, nicht mehr zu haben.

Der Mann mit dem markanten Raubvogelgesicht streifte Elfi mit einem durchdringenden Blick, der ihr förmlich bis zum Grunde ihrer Seele ging, ehe er seine Aufmerksamkeit auf Asta und Renato richtete und im amtlichen Tonfall verkündete:

»Frau Asta Lagrin und Herr Renato Schmidt, ich fordere Sie hiermit auf, uns unverzüglich auf die Polizeiwache zu begleiten, wo wir Sie einem Verhör unterziehen werden. Uns liegt nämlich der Hinweis einer Zeugin vor, die beobachtet hat, dass es zwischen Ihnen und Rita Scheugraben in der Mordnacht einen heftigen Streit gegeben hat.«

Asta, Renato und Elfi starrten den Kommissar an, als habe er soeben den Weltuntergang prophezeit – und wie es so häufig bei Hiobsbotschaften der Fall war, die Betroffenen vor Fassungslosigkeit einstweilen ihrer Sprache beraubten.

Elfi war die Erste, die nach etlichen bleiernen Sekunden in der Lage war, ihre Gefühle in Worte zu fassen – wenn auch etwas unbeholfen.

»Das kann doch wohl nicht wahr sein!«, rief sie entrüstet, während ihre von schwarzem Eyeliner umrahmten dunklen Augen Freddy Graf regelrecht durchbohrten.

»Eben das gilt es nun zu klären«, erwiderte Freddy trocken und forderte das noch immer völlig verdatterte Paar auf, seinem Befehl umgehend Folge zu leisten.

»Sind wir jetzt verhaftet?«, entrang es sich Asta angstvoll.

»Ob Sie in Haft kommen oder nicht, wird sich noch erweisen«, beschied sie der Kommissar kühl und mahnte ungeduldig zum Aufbruch.

Während Asta und Renato wie zwei aufgeschreckte Hühner aus der Küche hasteten, um sich ausgehfertig zu machen, versuchte sich Elfi mit Engelszungen bei Freddy Graf für die beiden Paradiesvögel einzusetzen.

»Sie glauben doch nicht im Ernst, Herr Kommissar, dass diese wunderbaren Menschen, die einst als Hochseilartistin und Startenor Welterfolge feierten, für den Tod von Rita Scheugraben verantwortlich sind?«

»Was ich glaube oder nicht glaube, steht hier nicht zur Debatte, gnädige Frau. Für mich als Kriminalbeamter zählen nur die Fakten«, entgegnete der Kriminalkommissar mit kühler Sachlichkeit, was Elfi vollends auf die Palme brachte.

»Bitte, Herr Kommissar, ich lege meine Hand für Frau Lagrin und Herrn Schmidt ins Feuer. Sie haben mit dem

Mord an Rita Scheugraben nicht das Geringste zu tun!«, beteuerte Elfi händeringend, deren Inbrunst Freddy unwillkürlich ein Lächeln aufs Gesicht zauberte.

»Es ehrt Sie, Frau Kunz, dass Sie sich immer so für Ihre Mitmenschen einsetzen«, äußerte er mit leichtem Spott. »Aber nicht alle, für die Sie so unverbrüchlich eintreten, haben Ihr Engagement auch verdient.

Elfi sah ihn mit großen Augen an. »Bei Brian O'Shaugnessy gebe ich Ihnen ja recht, aber nicht bei meinen lieben Freunden, Frau Lagrin und Herrn Schmidt!«, erklärte sie nachdrücklich. »Sie haben mit Ritas Tod nichts zu tun, und wer etwas anderes behauptet, will ihnen womöglich etwas anhängen.«

Asta und Renato, die sich mit Hut und Mantel im Hintergrund hielten, bekamen unversehens feuchte Augen, als sie hörten, wie kämpferisch sich Elfi für sie verwendete.

»Danke, Elfchen, du bist ein wahrer Schatz«, murmelte Asta mit brüchiger Stimme und senkte betreten den Blick, als Elfi sie fragte, was es denn eigentlich mit dem nächtlichen Streit mit Rita auf sich habe. »Davon habt ihr mir ja gar nichts erzählt«, fügte sie stirnrunzelnd hinzu.

»Wir wollten dich nicht beunruhigen«, erwiderte die ehemalige Zirkusartistin schuldbewusst. »Der Streit ist entbrannt, weil ich Rita nachts auf der Straße um eine Zigarette angeschnorrt habe. Da hat mir Rita voller Verachtung ihre brennende Zigarette vor die Füße geworfen und ist wutentbrannt ihrer Wege gezogen. Eine solche Beleidigung wollte ich mir nicht bieten lassen, und da sind wir ihr gefolgt. Vor der zerbombten Villa in der Frankfurter Straße ist es dann zu Handgreiflichkeiten gekommen, weil Rita so beleidigend war, dass ich ihr eine heruntergehauen habe ... aber ...« Asta hielt inne und blickte gehetzt zu den beiden Kriminalpolizisten, deren alarmierte Mienen ihr verrieten, dass sie dabei war, sich um Kopf und Kragen zu reden.

Renato, der das gleichfalls bemerkt hatte, versuchte zu retten, was zu retten war, doch machte er alles nur noch schlimmer.

»Wir haben Rita Scheugraben nicht so fest gestoßen oder geschlagen, dass sie zu Tode gestürzt ist, bitte, Herr Kriminalkommissar, glauben Sie uns das …«, wandte er sich flehentlich an Freddy Graf. »Sie hat lediglich am Mund geblutet, nachdem Asta ihr eine Backpfeife verpasst hat, und so frech, wie sie war, hatte sie die auch dicke verdient. Rita war zwar stinksauer, aber bei bester Gesundheit, als wir gegangen sind, das schwöre ich bei Gott«, brach es aus dem Opernsänger heraus, und Elfi verstand die Welt nicht mehr.

KAPITEL 9

»Smoke Gets in Your Eyes«

(*The Platters*, 1958)

Wetterauer Zeitung, Dienstag, 21. Oktober 1958:

Paar aus Bad Nauheim unter Mordverdacht

Laut Kriminalkommissar Freddy Graf gibt es im Todesfall der ehemaligen Steinfurther Rosenkönigin Rita S., über den die Wetterauer Zeitung am gestrigen Montag berichtete, erste Verdächtige. Es handelt sich hierbei um ein Paar, über dessen Identität der Ermittler derzeit noch keine Angaben machen möchte. Aufgrund eines anonymen Hinweises aus der Bevölkerung konnten der Mann und die Frau am Montag verhaftet und auf der Polizeiwache in der Parkstraße einem Verhör unterzogen werden. Ein Geständnis der Verdächtigen steht jedoch bis dato noch aus. Weitere Einzelheiten zum Stand der Ermittlungen mochte Kriminalkommissar Graf nicht nennen, er räumte lediglich ein, dass er das Paar für hochgradig verdächtig halte, den Tod von Rita S. verschuldet zu haben.

Wütend knallte Elfi die Zeitung auf den Tisch, trank hastig ihren Kaffee aus und eilte anschließend die Treppe hoch zur Künstlerpension, um den Pensionsgästen in der Küche ein Frühstück zu bereiten.

Es war gerade einmal 7.30 Uhr morgens und Elfi war hundemüde, da sie erst um 2 Uhr ins Bett gegangen war und bereits um 7 Uhr wieder aufstehen musste, um sich während Astas und Renatos Abwesenheit um die Künstlerpension zu kümmern, was ihr wenig behagte. Schlecht gelaunt bereitete sie heißes Wasser für den Kaffee, füllte die frischen Brötchen in die Körbchen und holte Wurst, Käse, Eier und Marmelade aus dem Kühlschrank. Sie musste sich beeilen, da einer der Gäste, ein gewisser Gregor von Nagy, der Bodyguard und Chauffeur des bekannten *UFA*-Stars Marika Rökk, die zurzeit mit Ehemann Georg Jacoby in *Hilberts Parkhotel* logierte, bereits um 8 Uhr zu frühstücken wünschte.

Was für die meisten Künstler und Kulturschaffenden, die in der *Künstlerpension Rheingold* abzusteigen pflegten, eher untypisch war. Doch die ehedem aufrechte Nationalsozialistin und glühende Verehrerin des Führers, die drei Engagements im Kurtheater hatte, wo sie Lieder und Tänze aus ihrem neuesten Revuefilm *Nachts im Grünen Kakadu* zum Besten gab, war wohl eine notorische Frühaufsteherin. – Und noch dazu eine Pfennigfuchserin, wie Elfi, die die Rökk mit ihrem *Csardasfürstin*-Gehabe, dem rollenden R, vor allem aber wegen ihrer politischen Gesinnung nicht sonderlich leiden konnte, mit Ingrimm dachte. Denn warum sonst war ihr langjähriger Chauffeur nicht mit seinen Herrschaften im vornehmen *Parkhotel* abgestiegen, sondern in der deutlich einfacheren *Künstlerpension Rheingold* einquartiert worden? Während Elfi noch ihren Gedanken nachhing, waren im Flur und im angrenzenden Frühstücksraum bereits energische Schritte zu vernehmen, und kaum, dass die Standuhr in der Diele die achte Morgenstunde angeschlagen hatte, wurde zu Elfis großem Unmut auch noch lautstark die Schelle am Rezeptionstresen betätigt.

»Moment bitte«, rief Elfi gereizt. »Ich bin beschäftigt.«

»Wo bleibt denn mein Frühstück?«, tönte da aus der Diele eine verärgerte Männerstimme. »Außerdem möchte ich meine Rechnung, ich will heute abreisen.«

Elfi goss kochendes Wasser auf den frisch gemahlenen Bohnenkaffee und ließ den Gast resolut wissen, er möge sich bitte noch etwas in Geduld fassen, da sie alleine und gerade damit beschäftigt sei, sein Frühstück zu bereiten.

Daraufhin erklang aus der Diele ein ungarischer Fluch, und Elfi, die heute ohnehin mit dem linken Fuß aufgestanden war, platzte endgültig der Kragen. Sie stürmte aus der Küche und baute sich vor dem baumlangen Burschen mit den magyarischen Gesichtszügen, der in seiner Grobschlächtigkeit anmutete wie ein Schweinebauer aus der Puszta, mit in die Hüften gestemmten Armen auf.

»Ich bin nicht Ihr Dienstmädchen, Herr von Nagy, das hüpft und springt, wenn Sie pfeifen!«, zischte sie ihm zu wie eine aufgebrachte Königskobra.

»Was erlauben Sie sich, Sie unverschämte Person, ich möchte auf der Stelle Ihren Vorgesetzten sprechen, um mich über Sie zu beschweren«, schnaubte der Chauffeur wie ein wütender Stier.

Elfis Augen funkelten triumphierend. »Ich bin hier der Chef und habe das Sagen, und wer sich nicht zu benehmen weiß und glaubt, er kann mit mir Schlitten fahren, den setze ich vor die Tür!«

»Das ist nicht nötig, du Flintenweib, ich gehe freiwillig«, brüllte der Ungar schäumend vor Wut. »Und dein Frühstück kannst du dir genauso in der Allerwertesten schieben wie die Rechnung.« Er eilte in sein Zimmer und kehrte gleich darauf in Hut und Mantel und mit einem kleinen Köfferchen in der Hand zurück.

»Du kannst mich am Arsch lecken, Gnädigste«, raunzte er in Elfis Richtung, die hinterm Rezeptionstresen stand und schon den Hörer des Telefonapparats ergriffen hatte.

»Zechprellerei ist strafbar, genauso wie Beleidigung – ich rufe auf der Stelle die Polizei«, blaffte Elfi ihn an, als er an ihr vorbei zur Tür marschierte, die er lautstark hinter sich zuknallte.

Der Tumult hatte die anderen Pensionsgäste aufgeweckt, die verärgert ihre Köpfe aus den Zimmertüren reckten. »Was ist denn das für ein Lärm hier?«, murrte eine junge Schauspielerin vom Ensemble der Städtischen Bühnen Frankfurt, das im Kurtheater mit dem Lustspiel *Die verkaufte Braut* ein Gastspiel hatte. »Ich brauche meinen Schönheitsschlaf.«

Elfi entschuldigte sich höflich bei den Gästen und wünschte ihnen noch einen angenehmen Schlummer. Nachdem sie sich wieder einigermaßen beruhigt hatte, verzichtete sie darauf, die Polizei anzurufen. Sie würde die Rechnung des Rüpels an Georg Jacoby schicken, dessen Rechnungsanschrift Asta mit ihrer kleinen, gut leserlichen Schrift mit Füllfederhalter unter den Namen des Gastes, Gregor von Nagy, in das Gästebuch geschrieben hatte. In dem Buch war auch verzeichnet, dass die fünf Schauspieler aus Frankfurt erst um 9.30 Uhr ihr Frühstück einzunehmen wünschten, was Elfi sehr recht war, denn dann musste sie sich nicht so abhetzen und hatte Zeit genug, um selbst noch eine Tasse Kaffee zu trinken und ihre Müdigkeit loszuwerden – und vielleicht auch ihre schlechte Laune.

Sie ging in die Küche, schaltete das Radio an und schenkte sich eine Tasse frisch gebrühten Kaffee ein, der ursprünglich für Herrn von Nagy gedacht war.

Es lief gerade die beliebte Hörspielserie *Familie Hesselbach*, mit Lia Wöhr als Mamma Hesselbach und Wolf Schmidt als Babba Hesselbach, die Elfi so mochte, da sie sich dabei immer köstlich amüsierte.

»Ei Mamma, rech dich doch net so uff«, nuschelte die Stimme Wolf Schmidts aus dem Äther.

»Kall, mei Droppe!«, ächzte Lia Wöhr auf ihre unnachahmliche Weise, worüber Elfi lauthals lachen musste und was sie nach allem, das ihr der Morgen bereits beschert hatte, nur voll und ganz unterschreiben konnte. Da mit dem Humor auch ihre Lebensfreude zurückkehrte, beschloss sie kurzerhand, ein Brötchen mit der von Renato zubereiteten köstlichen Erdbeermarmelade zu essen, als es unerwartet an der Tür läutete.

Während sie öffnete und Freddy Graf gewahrte, der mit seiner großen, stattlichen Statur nahezu den ganzen Türrahmen ausfüllte, bekam sie unwillkürlich weiche Knie. Schlagartig wurde ihr bewusst, dass sie noch nicht geschminkt war und sich nur notdürftig die Haare gerichtet hatte. Fahrig strich sie sich eine Strähne aus der Stirn und musterte den Kriminalkommissar beklommen, der ihr gleich darauf den Grund seines Besuches nannte.

»Ich habe noch ein paar Fragen an Sie, was Frau Lagrin und Herrn Schmidt betrifft.«

Elfi bat ihn herein und bot ihm einen Stuhl am Küchentisch an, ehe sie das Radio mit dem munteren hessischen Gebabbel der Familie Hesselbach ausschaltete.

»Darf ich Ihnen einen Kaffee anbieten?«, erkundigte sie sich höflich bei Freddy Graf, der ihr Angebot dankend annahm. Zu ihrem großen Unmut zitterte ihre Hand leicht, als sie ihm die Tasse vollschenkte.

»Danke schön, gnädige Frau«, erwiderte der Kommissar höflich und holte gleich darauf Notizblock und Stift aus seiner Manteltasche.

»Ich rekapituliere noch einmal kurz die Aussagen von Frau Lagrin und Herrn Schmidt zu den Vorkommnissen in der Mordnacht«, erläuterte er konzentriert und sah Elfi eindringlich an, die sich ohne Make-up seltsam nackt und verletzlich fühlte.

»Also, Ihre Freunde behaupten übereinstimmend, der Streit sei entbrannt, weil Frau Lagrin Rita Scheugraben nachts auf der Straße um eine Zigarette angeschnorrt habe. Rita habe ihr voller Verachtung ihre brennende Zigarette vor die Füße geworfen und sei weitergegangen. Das Paar sei ihr daraufhin gefolgt. Vor einer ausgebombten Villa in der Frankfurter Straße sei es dann zu einer Prügelei gekommen, Rita habe am Mund geblutet, das sei alles gewesen. – Wir haben das Villengrundstück inzwischen spurentechnisch untersuchen lassen, doch der starke Regen der vergangenen Tage hat alle Spuren weggespült«, erläuterte der Kriminalkommissar unwirsch. »Jedenfalls leugnen die Verdächtigen hartnäckig, Rita Scheugraben auf dem Trümmergrundstück zu Boden gestoßen zu haben. Sie beteuern übereinstimmend, dass die junge Frau nach dem Streit noch gelebt habe. – Als Sie das gestern Mittag aus dem Mund Ihrer Freunde hörten, Frau Kunz, schienen Sie aus allen Wolken zu fallen. Gehe ich richtig in der Annahme, dass Ihnen Frau Lagrin und Herr Schmidt nichts von dem Streit und den Tätlichkeiten mit der Toten erzählt haben?«

Elfi nickte. »Nicht das Geringste, sie haben die Vorkommnisse mir gegenüber mit keiner Silbe erwähnt«, erklärte sie wahrheitsgemäß.

»Ist Ihnen vielleicht etwas an Ihren Freunden aufgefallen, waren sie anders als sonst, oder hatten Sie den Eindruck, dass sie etwas vor Ihnen verheimlichten?«

Elfi verneinte das irritiert.

»Finden Sie es nicht seltsam, dass diese beiden Ihnen doch sonst so nahestehenden Menschen, die normalerweise keine Geheimnisse vor Ihnen haben und Ihnen nach eigenem Bekunden blind vertrauen – was wohl durchaus auf Gegenseitigkeit beruht – ausgerechnet diesen unheilvollen Tathergang, der in unmittelbarem Zusammenhang mit dem Tod von Rita Scheugraben steht, vor Ihnen geheim halten?«

Elfi, die Asta und Renato nicht durch unüberlegte Äußerungen zusätzlich belasten wollte, hielt sich mit einer Antwort zurück und zuckte nur ratlos mit den Achseln. Doch so leicht gab sich der Kommissar nicht zufrieden.

»Seien Sie doch mal ehrlich, Frau Kunz: Es hat sie doch auch gewundert, dass Ihnen Ihre Freunde den Streit mit der Ermordeten vorenthalten haben.«

»Hmm«, machte Elfi. »Sie wollten mich halt nicht aufregen, wo ich ja schon genug Ärger wegen Brian hatte.«

Freddy winkte ab. »Das sind doch nur Ausflüchte. Jetzt, wo Ihre Freunde hinter Schloss und Riegel sind, regen Sie sich doch noch viel mehr auf. Meines Erachtens hätten die beiden von dem Vorfall nicht nur Ihnen, als ihrer engsten Vertrauten und guten Freundin, berichten müssen, erst recht, als tags darauf klar wurde, dass Rita Scheugraben tot in dem Cadillac aufgefunden wurde, sondern ihn auch der Polizei melden müssen. Dass sie das nicht getan und sich selbst ihrer besten Freundin nicht anvertraut haben, ist für mich ein deutliches Indiz für die Schuld der beiden.«

»Sie hatten Angst, dass sie wegen dieser Geschichte in Verdacht geraten, für den Tod von Rita Scheugraben verantwortlich zu sein – so wird ein Schuh draus, was ja im Nachhinein auch eingetreten ist, denn Sie halten Frau Lagrin und Herrn Schmidt ja für schuldig, Ritas tödlichen Sturz verursacht zu haben«, konterte Elfi erbittert. »Mit Verlaub, Herr Kriminalkommissar, aber Sie haben sich für mein Dafürhalten von der ersten Minute an auf die beiden eingeschossen, als Sie diesen ominösen Hinweis aus der Bevölkerung erhalten haben, dass es zwischen meinen Freunden und Rita zu einem Streit gekommen war.« Sie musterte Freddy skeptisch. »Wer hat Ihnen eigentlich diesen Hinweis gegeben?«, erkundigte sie sich geistesgegenwärtig.

»Das kann ich Ihnen nicht sagen, es war jemand, der anonym bleiben möchte«, gab Freddy zur Antwort.

»Das ist doch ebenfalls seltsam«, erwiderte Elfi prompt.

»Wenn ich etwas gesehen habe, was zur Aufklärung einer Straftat beitragen kann, kann ich doch dazu stehen und anstandslos meinen Namen nennen. Da drängt sich einem doch auch der Verdacht auf, dass derjenige kein reines Gewissen hat und mit seiner Angabe etwas im Schilde führt ... Vielleicht will er sogar von sich selber ablenken ...«

»Das mag vielleicht in Ihren Kriminalromanen so sein, werte Frau Kunz, aber im wirklichen Leben erscheint es naheliegender, dass jemand seinen Namen nicht nennt, weil er sich dadurch eine Menge Ärger ersparen möchte. Beispielsweise, dass ihm von gewissen Leuten aus dem persönlichen Umfeld der Übeltäter wegen seiner Angaben die Hölle heißgemacht wird. Mal ehrlich, Frau Kunz, wenn ich Ihnen jetzt sagen würde, wer der Zeuge war, würden Sie ihn doch sofort zur Rede stellen, kaum, dass ich aus der Tür gegangen bin.«

»Was für eine böswillige Unterstellung«, kam es von Elfi entrüstet. Ihre Wangen hatten sich vor Rage gerötet, und ihre dunklen Augen waren geradezu hypnotisch, als sie den Kommissar anfunkelte wie die personifizierte Rachegöttin.

Freddy Graf, der eine Schwäche für temperamentvolle Frauen hatte, grinste belustigt. »Nehmen Sie es mir nicht übel, Gnädigste, doch an Ihnen ist fürwahr eine Miss Marple verloren gegangen – wenngleich Sie viel jünger und hübscher sind als diese schrullige alte Jungfer.«

Elfi musste unversehens lachen. »Als eingeschworener Agatha-Christie-Fan nehme ich das mal als Kompliment, Herr Kommissar. Trotzdem kann ich es nicht gutheißen, dass Sie in Bezug auf meine Freunde so vernagelt sind. Das mit dem Streit und den Handgreiflichkeiten klingt doch alles ganz plausibel. Rita hat noch gelebt, als ihr Mörder auf das Bombengrundstück gekommen ist und sie im Streit so fest geschubst hat, dass sie zu Tode gestürzt ist. Anschließend hat der Mörder Ritas Leiche in Brians Cadillac deponiert, der vor dem *Rhein-*

gold parkte. Wieso sollten Asta und Renato so dämlich sein und das tun? Das Mordopfer direkt in einem Auto vor dem Haus ablegen, in dem sie wohnen, das wäre ja schon mehr als nur ein Wink mit dem Zaunpfahl. Herr Kriminalkommissar, ich halte normalerweise große Stücke auf Sie, wenn ich das einmal so sagen darf. Aber in dem Mordfall an Rita Scheugraben schießen Sie sich bislang nur auf die Falschen ein – erst auf Brian O'Shaugnessy und nun auf Asta und Renato, anstatt endlich mal die Augen offen zu halten und den wahren Schuldigen zu suchen, was allerhöchste Zeit wäre. So, jetzt sind Sie wahrscheinlich beleidigt, aber das musste mal gesagt werden.«

Elfi streifte das Gesicht des Kommissars mit einem verstohlenen Seitenblick, welches sich in der Tat sogleich verhärtete.

»Sagen Sie mir nicht, wie ich meine Arbeit zu machen habe«, grummelte er verdrossen. »Außerdem will auch ich Ihnen bei dieser Gelegenheit mal was sagen, liebe Frau Kunz. Glauben Sie bloß nicht, dass ich es nicht bemerkt habe, wie Sie mich in Bezug auf Ihren Geliebten, Brian O'Shaugnessy, wissentlich belogen haben. Für Ihre Falschaussage, dass Mister O'Shaugnessy die Nacht bei Ihnen verbracht hat, hätten Sie eigentlich belangt werden müssen. Aber ich habe Gnade vor Recht ergehen lassen und Ihre Lüge nicht zur Anzeige gebracht. Aber beim nächsten Mal überlege ich es mir ernsthaft, ob ich Sie davonkommen lasse – und wenn Sie mir jetzt wieder etwas verschweigen oder die Unwahrheit sagen, um Ihre Freunde zu schonen, wird das für Sie weitreichende Konsequenzen haben.«

Er bedankte sich noch einmal für den Kaffee, verabschiedete sich und rauschte hocherhobenen Hauptes davon.

»Arroganter Schnösel«, murmelte Elfi, deren Laune einen neuen Tiefststand erreicht hatte, als sie hinter ihm die Tür schloss.

KAPITEL 10

»Kriminal-Tango«

(Hazy-Osterwald-Sextett, 1959)

Am Mittwochvormittag, nachdem auch die restlichen Pensionsgäste abgereist waren, befestigte Elfi einen Zettel mit der Aufschrift »Pension vorübergehend geschlossen«, an der Eingangstür der Künstlerpension und eilte die Treppe hinunter in ihre Wohnung, um sich ausgehfertig zu machen.

Sie schminkte sich dezent, legte rubinroten Lippenstift auf, der vorteilhaft mit ihren kastanienbraunen Haaren korrespondierte, die sie zu einer Farah-Diba-Frisur hochgesteckt hatte.

Denn sie wollte ja bei ihren Ermittlungen einen guten Eindruck machen. Standen dem Kriminalkommissar und seinen Mitarbeitern schon von Amts wegen Tür und Tor offen, war sie als Privatperson verstärkt auf das Entgegenkommen der Leute angewiesen – wie auch bei ihrem heutigen Vorhaben in der *Bäckerei Krell.*

Als Elfi wenig später, in ihren dreiviertellangen Kamelhaarmantel gehüllt, auf braunen Wildlederstöckelschuhen in die Steinfurther Straße einbog, auf deren linker Seite sich die Bäckerei befand, konnte sie gerade noch sehen, wie ein blonder Mann mit Bürstenschnitt aus dem Laden kam und in einen schwarzen Mercedes stieg. Das ist doch der Assistent von Kommissar Graf, wurde es ihr schlagartig bewusst, und als das Fahrzeug wenig später an ihr vorbeifuhr, stellte sie fest, dass der junge Mann alleine im Auto saß. Wahrscheinlich hat er das getan, was ich auch vorhabe, nämlich Ritas Zimmer unter die Lupe genommen. Aber sei's drum, jetzt erst recht – ich schau mir das jetzt an, beschloss Elfi unbeirrt.

Seit dem gestrigen Wortwechsel mit Kriminalkommissar Graf, der ja wenig erfreulich geendet hatte, hatte sich Elfi fest vorgenommen, in dem Mordfall verstärkt zu ermitteln – um den wahren Schuldigen ausfindig zu machen und damit die Unschuld von Asta und Renato zu beweisen. Nicht zuletzt auch, um dem sturen Kommissar einen Denkzettel zu verpassen.

Energisch öffnete sie wenig später die Ladentür und trat in die kleine Bäckerei, die aufgrund ihrer Nähe zur Housing Area, ähnlich wie die benachbarte *Kolonialwarenhandlung Imolauer*, sowohl von deutschen als auch von amerikanischen Kunden frequentiert wurde. So lagen in der gläsernen Kuchentheke neben deutschen Torten- und Gebäckspezialitäten auch Muffins und Donuts.

Gleich nachdem die mit der Tür verbundene Klingel die Kundschaft angekündigt hatte, trat die Inhaberin, Frau Krell, aus der Backstube in den Laden.

»Guten Morgen, Frau Kunz«, grüßte sie die Stammkundin freundlich, da Elfi schon seit rund zehn Jahren Brötchen, Brot und Backwaren für die Künstlerpension und das Restaurant von der *Bäckerei Krell* bezog.

»Guten Morgen, Frau Krell«, erwiderte Elfi lächelnd und bestellte ihr Lieblingsgebäck »Schuhsohlen«, zwei längliche mit Puderzucker bestäubte Blätterteigscheiben, die die Form einer Schuhsohle hatten und mit Vanillebuttercreme gefüllt waren. »Ach, und geben Sie mir bitte noch zwei Granatsplitter und zwei Flammende Herzen dazu«, instruierte sie die Inhaberin spontan, da ihr die Idee gekommen war, Asta und Renato nachher ihren Lieblingskuchen auf die Polizeiwache zu bringen. Das kann mir der Dickschädel ja nicht verwehren, sinnierte sie trotzig, um anschließend mit Frau Krell ein wenig zu schwatzen – ehe sie zur Sache kommen würde.

Nachdem sie sich gegenseitig gefragt hatten, wie die Geschäfte liefen, und Elfi ganz froh darüber war, dass die Namen von Asta und Renato nicht in der *Wetterauer Zeitung* gestanden hatten, musterte Frau Krell Elfi mit einem sonderbaren Blick und erkundigte sich bei ihr mit gesenkter Stimme, ob es denn schon etwas Neues gebe, was ihre verhafteten Mitarbeiter betreffe.

Elfi, der es dämmerte, dass es in Bad Nauheim längst kein Geheimnis mehr war, um wen es sich bei dem ominösen Paar handelte, das in Verdacht stand, Rita Scheugrabens Tod verursacht zu haben, war wie vor den Kopf gestoßen. Das braucht nur einer gesehen haben, wie Asta und Renato am Montag in die grüne Minna gestiegen sind, und schon weiß es ganz Bad Nauheim, dachte sie erbittert.

Da sie jedoch Frau Krell um einen Gefallen bitten wollte, zügelte sie ihre Verärgerung. Denn sie konnte sie ja nicht einfach anblaffen, wie sie es am liebsten getan hätte, von wegen, dass sie nicht die leiseste Ahnung habe, und wenn sie etwas wüsste, würde sie es geflissentlich für sich behalten und nicht jedem auf die Nase binden, denn sie sei ja nicht die *Bild-Zeitung*.

»Nicht, dass ich wüsste«, erwiderte sie stattdessen in bemüht moderatem Tonfall. »Ich weiß auch nur das, was in der Zeitung stand.« Sie sah Frau Krell eindringlich an. »Aber wenn ich Ihnen eines sagen darf, liebe Frau Krell, die beiden waren es nicht, die haben Rita nicht umgebracht, und das wird sich auch mit Sicherheit noch erweisen, dessen bin ich mir gewiss. Ritas Mörder ist ein anderer, und das Schlimme dabei ist, dass dieser brutale Kerl noch immer frei herumläuft. Das ist unerträglich für mich, und deswegen habe ich mich auch entschieden, der Sache genauer nachzugehen. Zum einen, weil ich Rita kannte, sie war Stammgast im *Rheingold*, ich mochte sie und mir liegt viel daran, dass ihr Mörder gefasst wird. Zum anderen, weil ich von Astas und Renatos Unschuld überzeugt bin.«

Die Bäckereibesitzerin, die von den beiden Paradiesvögeln ein eigenes Bild zu haben schien, zuckte skeptisch die Achseln. »Wenn sie wirklich unschuldig sind, wird sich das bestimmt noch herausstellen, da vertraue ich ganz und gar unserem tüchtigen Kriminalkommissar«, flötete sie mit zuckersüßem Lächeln, das Elfi an die dicke Zuckergussschicht auf den sogenannten »Amerikanern«, den süßen Gebäckteilchen, die auf einem Tablett in der Auslage übereinandergeschichtet waren, erinnerte. Was Elfi dazu bewog, endlich mit ihrem Anliegen herauszurücken:

»Ich habe eine Bitte an Sie, liebe Frau Krell«, erklärte sie und blickte die Inhaberin, deren Lächeln sich schlagartig in Luft auflöste, offen an.

»Was denn für eine Bitte?«, fragte Frau Krell unbehaglich, da sie als jemand, der verbissen sein Geld zusammenhielt, nichts mehr fürchtete, als angepumpt zu werden.

Elfi, die ihre Furcht förmlich riechen konnte, lächelte entwaffnend. »Keine Angst, es ist nichts Schlimmes«, sagte sie beschwichtigend. »Ich möchte mir nur gerne Ritas Zimmer anschauen. Das ist alles, und ich wäre sehr dankbar, wenn Sie so freundlich sein könnten, es mir zu zeigen.«

Frau Krell ging sogleich auf Abwehr. »Warum interessieren Sie sich denn für Fräulein Scheugrabens Zimmer?«, erkundigte sie sich stirnrunzelnd. »Da ist doch gar nichts Persönliches mehr drin, außer ein paar Bilder an der Wand, die ihre Eltern noch nicht abgeholt haben. – Das habe ich auch dem jungen Kriminalbeamten gesagt, der vorhin da war und sich das Zimmer angesehen hat.«

»Ach bitte, Frau Krell, lassen Sie mich doch die Fotos

sehen, vielleicht bringt mich das ja auf eine Spur«, bat Elfi Frau Krell inständig. »Es geht auch ganz schnell, ich will Ihnen ja keine Ungelegenheiten machen. Sie brauchen mir nur die Zimmertür aufschließen und mich reinlassen. – Sie kennen mich doch schon so lange und können sich darauf verlassen, dass ich keine unlauteren Absichten habe.«

Frau Krell schien schwer mit sich zu ringen. »Schon«, erwiderte sie gehetzt. »Aber ich weiß gar nicht, ob ich das einfach darf, Sie im Zimmer eines Mordopfers herumschnüffeln zu lassen, denn Sie sind ja keine Amtsperson.«

Elfi musste unwillkürlich auflachen. »Warum sollten Sie das denn nicht dürfen?«, konterte sie. »Ihnen gehört doch das möblierte Zimmer, da können Sie schalten und walten, wie Sie wollen und müssen niemanden um Erlaubnis fragen.«

»Ich dachte nur … vielleicht wäre es ja besser, erst mal den Kriminalkommissar zu fragen, ob es in Ordnung ist, wenn ich Sie in das Zimmer lasse …«

»Das braucht der doch gar nicht zu wissen, liebe Frau Krell, das bleibt unter uns, und ich werde es keiner Menschenseele erzählen, dass Sie mir erlaubt haben, in Ritas Zimmer zu gehen«, meinte Elfi mit schelmischem Lächeln.

»Ich kann hier aber nicht weg. Wenn Kundschaft kommt und ich bin oben, das geht gar nicht.« Ihr schien mit einem Mal eine Idee zu kommen. »Der Schlüssel steckt noch von außen in der Zimmertür, weil ich ja vorhin den jungen Kriminalinspektor in das Zimmer gelassen habe. Dann gehen Sie jetzt in die Backstube, um meinem Mann guten Tag zu sagen. Die Backstube führt direkt zum Treppenhaus, dann können Sie hoch in Ritas Zimmer gehen … ich weiß von nix, damit das klar ist.«

»Abgemacht«, erwiderte Elfi erfreut, beglich die Rechnung und wollte schon mit ihrem in Seidenpapier eingeschlagenen Gebäck hinter die Ladentheke gehen, wo ihr die Inhaberin die Tür zur Backstube aufhielt, als ihr noch etwas einfiel.

»Ach, was ich Sie noch fragen wollte, Frau Krell, hat Rita manchmal Besuch bekommen? Können Sie sich da vielleicht an jemanden erinnern, der öfters bei ihr war?«

Frau Krell zog indigniert die dichten dunklen Brauen in die Höhe. »Herrenbesuch dulde ich grundsätzlich nicht bei einer Untermieterin. Wir sind ja schließlich ein anständiger Geschäftshaushalt und haben einen guten Ruf zu verteidigen. Aber Rita war ohnehin eine absolute Einzelgängerin, die so gut wie nie Besuch empfing. Lediglich so ein schüchterner junger Mann mit dicken Brillengläsern hat sie manchmal besucht. Aber das war ja noch ein ganz harmloser Milchbubi, der hatte nicht mal Flaum auf der Oberlippe, deswegen habe ich auch nichts gesagt, wenn der gekommen ist. Der hat auch immer höflich gegrüßt und sah ganz ordentlich aus mit seinem akkuraten Seitenscheitel und dem Kurzhaarschnitt. Nicht so wie diese Halbstarken mit ihren geölten Haartollen und speckigen Lederjacken, die nur auf Randale aus sind.«

Elfi schluckte. Sie wusste sofort, um wen es sich bei dem jungen Mann mit den dicken Brillengläsern handelte: den 18-jährigen Karl-Otto von Chomsky, den Sohn ihrer besten Freundin Lottie, der erst vor wenigen Tagen versucht hatte, seinem Leben ein Ende zu setzen. Aus Liebe zu Rita, deren Tod er nicht verkraften konnte.

Elfi sah den Jungen unwillkürlich vor ihrem geistigen Auge, schüchtern und unsicher, wehrlos dem Spott der Halbstarken ausgeliefert, wie er Rita immer aus der Ferne angehimmelt hatte, bis er irgendwann nicht mehr im *Rheingold* aufgetaucht war. Weil er Kontakt zu ihr aufgenommen hatte, ihr Faktotum geworden war, das sie gnadenlos ausgenutzt hatte. – Das sieht Rita ähnlich!, sinnierte Elfi erbost, als ihr unvermittelt ein Verdacht kam.

»Haben Sie das auch dem jungen Kriminalinspektor gesagt?«, fragte sie Ritas ehemalige Vermieterin.

Frau Krell nickte bekräftigend. »Der hat das alles ganz genau wissen wollen, genauso wie Sie, und hat sich sorgfältig Notizen gemacht. Er hat auch gefragt, wie der junge Mann hieß. Der hat sich mir ja damals vorgestellt, als er mir das erste Mal über den Weg gelaufen ist, wie sich das gehört. Ich konnte mich nur nicht mehr so genau an den Nachnamen erinnern. Ich glaube, er hieß Karl-Otto von Plonski oder so ähnlich, jedenfalls hatte er sogar einen Adelstitel, das weiß ich mit Sicherheit. Deswegen hatte er bestimmt auch so gute Manieren.«

Elfi bedankte sich bei Frau Krell für ihr Entgegenkommen und schüttelte gleich darauf dem mehlbestäubten Mann am Backtrog zerstreut die Hand, ehe sie hinaus ins Treppenhaus trat. Sie musste unbedingt Lottie warnen, aber jetzt würde sie erst mal das Zimmer besichtigen.

In dem blitzsauberen, adrett möblierten Zimmer, dessen Fenster auf die Steinfurther Straße mit der angrenzenden Housing Area hinausging, stach Elfi sogleich das Porträt von Elvis Presley ins Auge, das neben dem gerahmten Filmplakat aus dem Film *Gilda* über dem Bett mit der jadegrünen gesteppten Satintagesdecke hing. Sie trat ans Bett, um Foto und Plakat genauer in Augenschein zu nehmen.

Bei dem farbigen Porträt im dekorativen Goldrahmen handelte es sich um eines der gängigen Starfotos von Elvis Presley, auf dem der King mit seinen schmachtenden hellblauen Augen, den vollen sinnlichen Lippen und der glänzenden schwarzen Haartolle die Herzen von Millionen weiblichen Fans höher schlagen ließ. Selbst Elfi, die vom Elvis-Fieber nicht sonderlich infiziert war, musste sich eingestehen, dass Elvis umwerfend gut aussah und ein Charisma besaß, das ohnegleichen war.

Vor allem war er ein genialer Musiker, der zu Recht bahnbrechende Erfolge feierte. Elfi mochte seine Musik – und sie mochte ihn, wurde ihr doch vor gar nicht langer Zeit die große Ehre zuteil, den King of Rock'n'Roll persönlich kennenzulernen. Er war unheimlich nett gewesen und sah in Wirklichkeit noch viel besser aus als auf den Fotos. Zweifellos ein Mann, in den man sich verlieben konnte.

Elfis Blick schweifte zu dem Filmplakat, das Rita Hayworth im schwarzen Abendkleid zeigte, mit den langen schwarzen Satin-Abendhandschuhen, die sich die Liebesgöttin in der legendären Handschuh-Striptease-Szene mit atemberaubender Laszivität von den Armen streifte. Das Zitat darunter: »I was true to one man once ... and look what happened«, war dick mit rotem Lippenstift unterstrichen.

Auch für Rita musste es also einen Mann gegeben haben, in den sie verliebt war – und da er ihre Liebe nicht erwiderte, wurde sie, ebenso wie Gilda, zum männermordenden Vamp. Für Elfi bestand kein Zweifel daran, dass Elvis Presley Ritas große Liebe war. Aber ein Superstar wie er war selbst für eine Schönheit wie Rita unerreichbar.

Als Elfi wenig später auf der Suche nach Lottie durch Klein-Texas hastete, verfluchte sie es, dass sie die ganze Zeit die Kuchenteile mit sich herumschleppen musste. Denn sie hatte nicht die leiseste Ahnung, in welchem der 17 gelb gestrichenen Wohnblocks sich Lottie gerade aufhielt, und sie dort ausfindig zu machen, war wie die Stecknadel im Heuhaufen zu suchen.

Vorbei an den vor dem Bürgersteig geparkten amerikanischen Straßenkreuzern mit den Haifischflossen und den Weißwandreifen, die mit ihrem blitzenden Chrom und den leuchtenden Bonbonfarben eine wahre Augenweide darstellten. Während Elfi die Amischlitten immer gerne bestaunte, wenn sie durch Klein-Texas lief, hatte sie heute kaum einen Blick für sie. Stattdessen spähte sie hinauf zu den Fenstern, hinter denen größtenteils schon Licht brannte, obwohl es erst früher Nachmittag war, in der Hoffnung, in einer der Wohnungen Lottie zu entdecken, die dort am Putzen war. Doch ihr Vorhaben stellte sich zunehmend als aussichtslos heraus.

Deswegen entschied sie auch, als sie am Ende der Häuserreihe angekommen war, die am Lee-Boulevard endete, der zur Frankfurter Straße führte und wo sich unterhalb auch die PX anschloss, den Nachhauseweg anzutreten.

Sie konnte Lottie auch von zu Hause aus anrufen, wenn sie Feierabend hatte. Jetzt würde sie daheim eine kleine Rast einlegen, sich die »Schuhsohlen« schmecken lassen und anschließend ins Auto steigen, um Asta und Renato den Kuchen aufs Polizeirevier zu bringen.

*

Brian war ein Mensch, der nicht gut alleine sein konnte und nicht allzu viel mit sich anzufangen wusste. Daher fiel ihm in seinem Zimmer in den Ray Barracks in der Friedberger Bergkaserne schon nach den wenigen Tagen, die er krankgeschrieben war, die Decke auf den Kopf.

Alle Kumpels aus der Panzerdivision waren auf einem Manöver, und Karin, sein süßes Baby Doll, musste den ganzen Tag arbeiten. Nur allzu gerne wäre er zu Elfi gefahren, die im Bett eine Wucht war und fantastisch kochen konnte. Doch leider war die Lady momentan nicht gut auf ihn zu sprechen, wegen seiner Unzuverlässigkeit und der Geschichte mit Karin, die ihr dieser fucking german cop gesteckt hatte.

Mit einem Anflug von Wehmut dachte er daran, wie sie ihn früher immer verwöhnt und mit ihrer Liebe und Herzenswärme geradezu überschüttet hatte, die er heute zuweilen schmerzlich vermisste. Die häusliche Geborgenheit und der lustvolle Sex mit der reifen und immer noch verführerischen Frau hatten bewirkt, dass er zeitweise richtig verliebt in Elfi gewesen war, doch das war nach einem guten halben Jahr einer gewissen Ernüchterung gewichen. Was Brian, der schon etliche Affären hatte, bekannt vorkam. Ihn reizte nun mal das Neue und deswegen war er auch zurzeit ganz verrückt nach Karin mit ihrem Schmollmund und dem sexy Körper, doch das konnte auch bald wieder vorbei sein, und Elfis Rundungen waren auch nicht zu verachten. Beim Gedanken an sie bekam er unversehens lüsterne Gedanken.

Er würde ihr jetzt einen Besuch abstatten, ihr ein nettes Präsent aus der PX mitbringen und dazu noch einen Strauß roter Rosen – dann würde sie sich hoffentlich wieder einkriegen.

Als Elfi an der PX vorbeilief, überkamen sie unversehens Erinnerungen an die Zeit, als sie dort als »PX Sales-Girl« angestellt war. Das war kurz nach Alfons Tod, im Frühjahr 1955. Die Arbeit in der PX, dem amerikanischen Ladengeschäft, in dem ausschließlich Angehörige der US-Armee und deren Familienmitglieder einkaufen durften, hatte ihr großen Spaß gemacht. Das war schon das reinste Schlaraffenland, dachte sie bei sich und geriet beim Gedanken an die köstliche amerikanische Eiscreme innerlich ins Schwärmen.

Da kreuzte plötzlich ein stattlicher Mann mit einer braunen Einkaufstüte auf dem Arm ihren Weg, mit dem sie fast zusammengestoßen wäre. Vor Schreck hatte sie den in Seidenpapier eingeschlagenen Kuchen fallen lassen, der nun vor ihr auf dem Asphalt lag und reichlich deformiert anmutete. »So ein Mist!«, fluchte sie ärgerlich, als sie in nächster Minute die Gipshand gewahrte und sich Auge in Auge mit Brian sah, dessen Veilchen schon deutlich verblasst war.

»Honey, was für ein Zufall«, rief er erfreut und strahlte Elfi entwaffnend an. »Ich wollte gerade zu dir, denn ich bin ja für die nächste Zeit vom Militärdienst befreit, und da habe ich mir gedacht, ich komme vorbei, und wir machen uns ein paar schöne Tage. Ich habe uns auch ein paar leckere Sachen aus der PX geholt …«

»Das ist nett von dir«, erwiderte Elfi, während sie noch dabei war, den heruntergefallenen Kuchen vom Boden aufzuklauben, dessen Einzelteile aus der aufgerissenen Verpackung herausragten. Während sie sich wieder aufrichtete und das beschädigte Kuchenpaket in ihren cremebeschmierten Händen hielt, funkelten ihre Augen vor Zorn, als sie Brian anschaute. »Hat denn deine Freundin aus Friedberg keine Zeit für dich?«, fragte sie erbost. »Und ich soll jetzt den Lückenbüßer für dich geben. Aber nicht mit mir, damit das ein für alle Mal klar ist. Geh mir aus den Augen, du Lügner und Betrüger, ich will nichts mehr mit dir zu tun haben!«

Sie machte auf dem Absatz kehrt und ließ den perplexen Brian einfach auf dem Bürgersteig stehen. Den leichten Nieselregen ignorierend, schlug sie den Weg zur nahegelegenen Usa-Brücke ein, die zum Kurpark führte. An dem trüben Herbsttag waren auf dem Parkweg, der um den großen Teich herum führte, nur wenige Spaziergänger und Kurgäste unterwegs.

Elfi wischte sich die Tränen aus den Augenwinkeln, als sie auf den hölzernen Anglersteg trat, der am Ufer des Teichs lag.

Der klare Schnitt, den sie soeben vollzogen hatte, schmerzte sie. Denn es war eine schöne, glückliche Zeit mit Brian gewesen, und sie hatte ihn in ihr Herz geschlossen. Doch es war so hässlich, wie er sie hintergangen hatte, und sie fühlte sich von ihm tatsächlich nur noch benutzt und ausgenutzt. Daher war die Trennung von ihm nicht nur richtig, sondern längst überfällig.

Sie schob das aufgeweichte Seidenpapier zur Seite und fing an, die Enten und Schwäne, die sich am Ufer tummelten, mit Kuchenstückchen zu füttern. Begierig schnappten die Wasservögel nach den Bissen, und ein lautes, zuweilen auch erbostes Schnattern war zu vernehmen, da es zwischen Enten, Gänsen und Schwänen immer wieder zu Futterneid kam.

Elfi liebte es, ihnen beim Fressen zuzuschauen. Altes Brot landete bei ihr deshalb auch nie in der Mülltonne, sondern wurde sorgfältig kleingeschnitten und entweder an die herrlichen Koikarpfen unterhalb des Wasserfalls am kleinen Teich, oder an die Enten und Schwäne am großen Teich verteilt.

»Gut, dass du ihn endlich in die Wüste geschickt hast«, murmelte Elfi noch einmal bekräftigend und spürte nicht zum ersten Mal, dass ihr Freddy eigentlich viel mehr bedeutete als der charmante Windhund Brian. – Wenn er nur nicht so ein verdammter Sturkopf wäre!

KAPITEL 11

»Der weiße Mond von Maratonga«

(Lolita, 1958)

Es war spät geworden heute, Lotties Rücken und Beine fühlten sich vom vielen Putzen an wie gerädert, als sie durch die Dunkelheit nach Hause humpelte wie ein fußlahmer Esel. Die Fenster der Wohnblöcke in der Housing Area waren hell erleuchtet, und die amerikanischen Familien saßen gemütlich beim Abendessen, hörten den auch bei Deutschen sehr beliebten Soldatensender *AFN* oder, was in Lotties Augen das höchste der Gefühle war, sahen sich Sendungen auf dem Fernseher an. Wundervolle Zeichentrickserien und Filme wie *Speedy Gonzales*, *Popeye*, *Rauchende Colts*, *Lassie*, *Fury* oder *Rin-Tin-Tin*.

Bei der Erinnerung daran, dass sie unlängst gemeinsam mit Karl-Otto eine Folge *Lassie* bei Millers hatte anschauen dürfen, mit der klugen Colliehündin Lassie, bekam Lottie glänzende Augen. Die anstrengende Putzarbeit in der Housing Area hatte auch ihre guten Seiten. Die Amerikanerinnen, mit denen sie es zumeist beim Putzen zu tun hatte, denn die Männer waren ja tagsüber auf der Arbeit, waren größtenteils sehr nett zu ihr. Boten ihr ein Erdnussbuttersandwich an oder ein Glas *Pepsi* und schenkten ihr das eine oder andere Kleidungsstück, wenn sie mal wieder ihre Schränke ausgemistet hatten.

Nicht zu vergessen die ganzen Lebensmittel, die Lotties kargen Speiseplan bereicherten. Das Beste von allem waren aber die eher seltenen Gelegenheiten, zum Fernsehabend eingeladen zu werden.

Nur die wenigsten Deutschen konnten sich einen Fernseher leisten und wenn überhaupt, dann gab es sie vereinzelt nur in Lokalen und Restaurants.

Als Karl-Otto noch klein war, waren sie zusammen mit Elfi, ihrer Schwester und deren Sohn Karl-Heinz manchmal zum Fernsehgucken in den *Eissalon Eberle* gegangen und hatten sich Märchenfilme wie *Die Geschichte vom kleinen Muck* oder die beliebten Filme mit dem Igel *Mecki* der Gebrüder Diehl angeschaut. Lottie dachte gerne an diese Zeit zurück, in der man zwar noch mit jedem Pfennig rechnen musste, der Zusammenhalt unter den Freundinnen aber noch größer war als heute, wo Elfi ihre Abende im *Rheingold* zubrachte und an ihren freien Tagen meistens mit Brian zusammen war.

Vor dem tristen Wohnblock mit den Sozialwohnungen angelangt, schloss Lottie als Erstes den Briefkasten auf und holte die Post heraus. Das eine Kuvert war von der Deutschen Bundespost und enthielt wahrscheinlich die Telefonrechnung für Oktober, der andere Brief im blauen Umschlag sah amtlich aus, im fahlen Licht der Hausflurbeleuchtung konnte Lottie als Absender den Dienststempel der Polizei ausmachen und fuhr erschrocken zusammen.

So schnell es ihre schmerzenden Beine erlaubten, eilte sie die Treppe hinauf, um das Schreiben zu lesen. Sie war gerade dabei, mit bebenden Händen die Wohnungstür aufzuschließen, als das durchdringende Klingeln des Telefons aus der Wohnung drang. Erst nach dem dritten Läuten nahm sie den Hörer ab und meldete sich angstvoll mit ihrem Namen, da sie mutmaßte, die Ordnungshüter in der Leitung zu haben. Doch zu ihrer Erleichterung vernahm sie die dunkle Stimme von Elfi.

»Gott sei Dank erreiche ich dich endlich, Lottie. Ich habe

schon zigmal versucht, dich anzurufen, doch du warst nicht zu Hause.« Elfis Tonfall klang seltsam gehetzt.

»Was … was ist denn passiert?«, fragte Lottie voll banger Ahnungen.

»Womöglich wird sich die Polizei demnächst bei dir melden, wegen Karl-Otto …«

»Warum denn das?«, entfuhr es Lottie, die noch immer die beiden Briefe in der Hand hielt.

»Das ist eine längere Geschichte, also ich war doch heute in der *Bäckerei Krell* …«

»Bitte, Elfi, nimm es mir nicht übel, dass ich dich unterbreche, aber ich bin gerade erst nach Hause gekommen. Ich glaube, ich habe einen Brief von der Polizei bekommen und wollte ihn gerade aufmachen und lesen, was drinsteht. Das mache ich jetzt und rufe dich gleich zurück.«

Lotties Hände zitterten wie Espenlaub, als sie das Kuvert aufriss und das amtliche Schreiben herausnahm.

Mit schreckensgeweiteten Augen stachen ihr sogleich die Großbuchstaben in Schreibmaschinenschrift: »POLIZEILICHE VORLADUNG« ins Auge, welche unter dem Absender und dem heutigen Datum zu lesen waren. Als Absender war die Polizeiwache Bad Nauheim in der Parkstraße 36 angegeben.

Betr.: Aufklärung einer Körperverletzung mit Todesfolge
Sehr geehrter Herr Karl-Otto von Chomsky!
Zur Aufklärung der Körperverletzung mit Todesfolge, begangen an Rita Scheugraben in der Nacht zum Sonntag, dem 19. Oktober 1958 in Bad Nauheim, sind Ihre Angaben von Nutzen.
Sie werden deshalb gebeten, am Donnerstag, dem 23.10.1958, um 8:00 Uhr auf der Polizeiwache Bad Nauheim, Parkstraße 36 vorzusprechen.

Sollten Sie an dem genannten Termin verhindert sein, so bitten wir Sie darum, uns telefonisch oder schriftlich alsbald, spätestens jedoch bis zum 22.10.1958, 18:00 Uhr zu benachrichtigen.
Falls Sie zu der Vorladung ohne hinreichenden Grund nicht erscheinen, so kann die Vorladung zwangsweise durchgesetzt werden.
Mit vorzüglicher Hochachtung

Hauptkommissar Manfred Graf
(Dienststellenleiter)

Panisch blickte Lottie auf ihre Armbanduhr: Es war bereits 18:15 Uhr! Sie musste also unbedingt auf der Polizeiwache anrufen und Bescheid sagen, dass Karl-Otto nicht kommen konnte, weil er im Krankenhaus war.

Nachdem sie mit fliegenden Fingern die Telefonnummer unter dem Absender gewählt hatte, dauerte es einige Zeit, bis der Hörer abgehoben wurde, und noch weitere qualvolle Minuten verstrichen, bis der diensthabende Polizeibeamte den Kriminalkommissar ans Telefon geholt hatte.

»Kriminalhauptkommissar Graf«, drang die energische Männerstimme aus der Hörmuschel.

»Charlotte von Chomsky, mein Name«, meldete sich Lottie und konnte es nicht verhindern, dass ihr vor Aufregung die Stimme zitterte. »Ich rufe an wegen der Vorladung meines Sohnes Karl-Otto. Bitte entschuldigen Sie, dass ich mich erst jetzt melde, aber ich bin eben erst von der Arbeit nach Hause gekommen und habe gerade Ihr Schreiben gelesen. Äh … ich möchte Ihnen auch nur Bescheid sagen, dass mein Sohn zu der Vorladung morgen früh nicht kommen kann, weil er im Krankenhaus ist.«

»Soso – in welchem Krankenhaus ist er?«

»Im Hochwaldkrankenhaus in Bad Nauheim.«

»Was fehlt ihm denn?«

Lottie stockte. Was sollte sie denn dem Kommissar sagen? Sie konnte ihm ja nicht irgendetwas vorlügen. »Nun … er hat aus Versehen zu viel von seinem Medikament genommen, aber ich glaube, es geht ihm inzwischen schon wieder etwas besser«, bemühte sie sich, mit zuversichtlichem Tonfall zu erklären.

Doch der Kommissar wollte es genauer wissen. »Was war denn das für ein Medikament?«

»Ich kenne mich da leider nicht gut aus, irgendetwas Stimmungsaufhellendes, Beruhigendes, glaube ich …«

»Ein Psychopharmakon also. Hat Ihr Sohn etwa psychische Probleme?«, tönte die gnadenlose Frage aus dem Hörer.

»Das kann man so nicht sagen«, versuchte Lottie verzweifelt aufzutrumpfen. »Karl-Otto ist auf dem Ernst-Ludwig-Gymnasium der beste Schüler seiner Klasse, demnächst macht er Abitur und wird Physik studieren. Er hat vom Max-Planck-Institut ein Stipendium in Aussicht gestellt bekommen …«

»Ist Ihr Sohn denn ansprechbar?«, schnitt ihr der Kommissar das Wort ab.

»Ich glaube schon, ich war ja gestern bei ihm, und da haben wir uns ganz normal unterhalten …« Was gelogen war, denn Karl-Otto hatte kaum den Mund aufgekriegt.

»Gut, Frau von Chomsky, dann weiß ich Bescheid, und falls wir noch Fragen an Sie haben sollten, werde ich mich bei Ihnen melden. Vielen Dank für Ihren Anruf und auf Wiederhören.«

»Auf Wiederhören«, krächzte Lottie und legte entsetzt den Hörer auf die Gabel.

Sie atmete tief durch, ehe sie erneut zum Hörer griff, um Elfi anzurufen. Nachdem sich die Freundinnen ausgetauscht und eingehend miteinander beratschlagt hatten, waren sie übereingekommen, die Sache keinesfalls auf sich beruhen zu lassen, sondern Karl-Otto beizustehen.

*

Gegen 19.30 Uhr parkte Elfi ihren türkisfarbenen Opel Kapitän mit dem weißen Dach und den Weißwandreifen vor dem Hochwaldkrankenhaus und eilte mit Lottie zur Pforte, die, wie nicht anders zu erwarten, um diese Zeit bereits geschlossen war. Daraufhin betätigte Lottie die Klingel unter der Aufschrift »Notaufnahme« und wartete angespannt darauf, dass sich jemand über die Türsprechanlage meldete.

»Hallo, wer ist da?«, war nach wenigen Sekunden eine resolute Frauenstimme aus dem kleinen Lautsprecher der Gegensprechanlage zu vernehmen, worauf Lottie ihren Namen nannte und darum bat, eingelassen zu werden. »Mein Sohn wird gerade polizeilich verhört, und es ist mein gutes Recht als Mutter, bei der Vernehmung dabei zu sein. Er ist nämlich noch nicht volljährig.«

»Einen Moment bitte«, beschied sie die Frau barsch, und in der Sprechanlage herrschte wieder völlige Funkstille. Elfi und Lottie wurden eine geschlagene Viertelstunde auf die Folter gespannt, ehe nach einem kurzen metallischen Knacken die Frauenstimme von vorhin zu hören war.

»Hier ist Schwester Christa«, schepperte es aus dem Lautsprecher. »Ihr Sohn wird gerade im Beisein seines Psychiaters, Doktor Schäfer, von der Polizei befragt. Da ein Arzt bei dem Verhör dabei ist, ist Ihre Anwesenheit nicht erforderlich, die Besuchszeiten sind sowieso schon längst vorüber.«

»Aber das geht doch nicht …!«, protestierte die aufgebrachte Lottie, als auch schon das Klackern am anderen Ende der Leitung signalisierte, dass die Gegenseite den

Hörer aufgelegt hatte. Lottie, die noch immer ihren blauen Putzkittel unter dem beigen Popelinemantel trug, brach in Tränen aus.

»Man kann mir doch nicht verwehren, bei meinem Kind zu sein. Wer weiß, wie die dem armen Kerl zusetzen«, stieß sie hervor, während Elfi tröstend den Arm um sie legte.

»Jetzt warte erst mal ab und mach dich nicht so verrückt«, erklärte sie beschwichtigend. »Das heißt doch noch lange nicht, dass Karl-Otto in Verdacht steht, mit dem Tod von Rita etwas zu tun zu haben. In erster Linie wird er ja als Zeuge verhört, weil er Rita kannte und der Einzige war, der sie ab und zu besucht hat.«

Lottie schaute die Freundin aus tränenumflorten Augen an. »Dein Wort in Gottes Ohr, meine Liebe. Aber weißt du was?«

»Häh?«, fragte Elfi und blinzelte begriffsstutzig.

»Ich könnte jetzt einen Schnaps gebrauchen.«

Elfi grinste. »Den kannst du bei mir kriegen«, sagte sie und hakte Lottie unter, als sie in Richtung Parkplatz gingen. Sie waren gerade ein paar Schritte gelaufen, als plötzlich aus dem Hintergrund Lotties Name gerufen wurde. Die Freundinnen drehten sich abrupt um. Der junge Kriminalinspektor Brauburger eilte auf sie zu und richtete das Wort an Lottie.

»Frau von Chomsky, Kriminalhauptkommissar Graf bittet Sie, morgen früh um 8 Uhr auf die Polizeiwache zu kommen. Er hat nämlich noch ein paar Fragen an Sie«, erläuterte er knapp.

»Um was geht es denn?«, fragte Lottie unbehaglich.

»Das kann ich Ihnen nicht sagen. Mein Chef führt die Befragung durch«, antwortete Brauburger ausweichend, wünschte den Damen noch einen guten Abend und wollte sich schon wieder in Richtung Krankenhaus entfernen, als Elfi hinter ihm herrief:

»Einen Moment bitte, Herr Kriminalinspektor!«

Josef Brauburger blieb stehen und erkundigte sich leicht unwillig, was es denn noch gebe.

»Karl-Otto war in der Mordnacht zu Hause und hat tief und fest geschlafen, das kann Ihnen seine Mutter gerne bestätigen, gell, Lottie?« Elfi wies auf ihre Freundin, doch der junge Kriminalist winkte ungeduldig ab. »Das kann Frau von Chomsky alles morgen bei meinem Chef zu Protokoll geben.«

»Ich finde allerdings, dass es besser ist, wenn Sie das jetzt schon wissen, um etwaigen Missverständnissen oder falschen Verdachtsmomenten vorzubeugen«, insistierte Elfi aufmüpfig.

»Mit Verlaub, gnädige Frau, aber was Sie finden oder nicht finden, ist momentan eher unerheblich«, erwiderte der junge Mann mit dem blonden Bürstenschnitt spöttisch und wandte sich zum Gehen.

»Was für eine Frechheit!«, platzte es empört aus Elfi heraus, und sie mühte sich nicht, ihre Stimme zu senken.

*

Elfi war mehr als überrascht, als Kommissar Graf gegen 21 Uhr ins *Rheingold* kam und sich suchend umblickte. Als er Elfi am Personaltisch neben der Küchentür entdeckte, steuerte er zielstrebig auf sie zu. Elfi, die der Meinung war, dass er dienstlich hier sei und ihr bestimmt wieder ein paar unangenehme Fragen stellen wolle, ging sofort in Hab-Acht-Stellung. – Doch das sollte sich als überflüssig erweisen.

»Guten Abend, gnädige Frau«, grüßte er Elfi so freundlich, als ob nichts gewesen wäre, und deutete sogar einen Diener an. Offenbar war er in keinster Weise nachtragend wegen der Unstimmigkeiten, zu denen es zwischen ihnen vor ein paar Tagen gekommen war, was die Schmetterlinge in Elfis Bauch, die sie bei seinem Anblick verspürte, noch wilder flattern ließ.

»Ich wollte nur fragen, ob ich bei Ihnen noch etwas zu essen kriege, denn ich habe bis eben gearbeitet und bin völlig ausgehungert.«

Elfi, die gerade die Küche sauber gemacht hatte, unterdrückte einen Seufzer und ließ ihn wissen, dass er selbstverständlich noch etwas bekommen könne.

»Was hätten Sie denn gerne?«, fragte sie ihn mit kehliger Stimme und strich sich eine Haarsträhne aus der Stirn. »Ich habe noch eine Portion Kohlrouladen mit Salzkartoffeln übrig, kann Ihnen aber auch ein Schnitzel mit Bratkartoffeln machen, wenn Sie möchten.«

»Dann nehme ich die Kohlrouladen, dann haben Sie weniger Arbeit und wir können uns nachher noch ein bisschen unterhalten«, erklärte Pistolen-Freddy charmant und erkundigte sich bei Elfi, ob er sich an den Personaltisch setzen dürfe.

»Aber ja!«, flötete sie und erkundigte sich bei ihm, was er zu trinken wünsche.

»Einen Whiskey-Cola, aber nur, wenn Sie nachher einen mittrinken.«

Elfi nahm sein Angebot dankend an, gab die Getränkebestellung an Käthe weiter und machte sich auf weichen Knien auf den Weg in die Küche.

Nach wenigen Minuten schon servierte sie dem Kommissar dampfende hausgemachte Krautwickel mit Salzkartoffeln und wünschte ihm einen guten Appetit.

Sie stießen miteinander an, Freddy machte sich mit Heißhunger über das Essen her und wurde es nicht müde, das schmackhafte Gericht in den höchsten Tönen zu loben.

»Meine Mutter kann zwar auch gut kochen, und ihre Schwarzwälder Kirschtorte ist ein Gedicht – ich bin doch aus Ockstadt, wo es die köstlichen Ockstädter Herzkirschen gibt, und meine Eltern leben noch dort, aber so leckere Kohlrouladen habe ich noch nie gegessen. Wo haben Sie so gut kochen gelernt?«, erkundigte sich Pistolen-Freddy begeistert.

Elfi lächelte geschmeichelt und dankte ihm für das schöne Kompliment. »Von meiner Mutter, Gott hab sie selig. Sie war Schneiderin und kochte und backte für ihr Leben gern – und natürlich von meinem verstorbenen Mann, der ein begeisterter Hobbykoch war, und, obwohl er in den vornehmsten Restaurants der Welt gespeist hat, doch nichts mehr zu schätzen wusste als herzhafte Hausmannskost.«

»Da haben wir was gemeinsam«, gestand Freddy, der seinen Teller schon fast leer gegessen hatte, verschmitzt und streifte Elfi mit einem Blick, von dem es ihr abwechselnd heiß und kalt wurde. Kann es sein, dass ich ihm ebenfalls nicht gleichgültig bin?, fragte sie sich hoffnungsvoll.

Dennoch hielt sie es nach dem Austausch weiterer Freundlichkeiten für langsam an der Zeit, endlich zum Wesentlichen zu kommen – zumal sie sich schon die ganze Zeit darüber wunderte, dass er das noch nicht getan hatte.

»Und – hat Sie die Befragung von Karl-Otto in dem Mordfall weitergebracht?«, erkundigte sie sich unvermittelt.

Die entspannte Feierabendmiene des Kommissars verhärtete sich sogleich. »Der junge Mann stand offenbar unter der Wirkung eines Sedativums und hat nicht allzu viel Erhellendes von sich gegeben, außer, dass er in der Mordnacht zu Hause gewesen sei und tief und fest geschlafen habe. Zum Glück war sein Psychiater anwesend und hat uns ausführlich über Herrn von Chomsky und seine Erkrankung ins Bild gesetzt.«

Elfi runzelte verständnislos die Stirn. »Welche Erkrankung? Gilt denn ein gebrochenes Herz als Erkrankung? Ich kenne Karl-Otto schon, als er noch ein kleiner Junge war, und er ist so normal wie Sie und ich. Er ist ein bisschen schüchtern und menschenscheu, ziemlich verschroben, ja, aber daran ist doch weiß Gott nichts Krankhaftes«, bemerkte Elfi im Brustton der Überzeugung.

»Nehmen Sie es mir bitte nicht übel, verehrte Frau Kunz, aber da sind die Experten allerdings anderer Meinung.«

Elfi spürte, wie der alte Groll wieder in ihr aufstieg, der Ärger über Freddys atemberaubende Arroganz und Ignoranz, mit der selbst dieser junge Schnösel schon infiziert war. »Was Sie finden oder nicht finden, ist momentan eher unerheblich«, rumorte die schnippische Bemerkung von Freddys Assistent Elfi in den Ohren, und sie war auf dem besten Weg, wieder hitzköpfig zu werden und Dinge zu sagen, die sie später bereuen würde, als Freddy ihr unversehens den Wind aus den Segeln nahm. Er legte sanft seine Hand auf die ihre, durch die 1000 kleine Funken zu strömen schienen, die ihr bis in die Haarspitzen drangen, diese zum Aufrichten brachten, und schaute ihr dabei bis auf den Grund ihrer Seele. »Verstehen Sie mich bitte nicht falsch, Frau Kunz. Ich persönlich schätze eine solide Menschenkenntnis und Lebenserfahrung höher ein als das Gerede mancher Psychodoktoren, die die Welt nur vom Hörsaal her kennen und schnell bei der Hand sind, Menschen in Schubladen zu stecken. Aber vor Gericht zählen nun mal die Gutachten von Experten mehr als der gesunde Menschenverstand, den Sie, verehrte Frau Kunz, zweifellos haben – und noch dazu das Herz am rechten Fleck«, fügte er so wohlwollend hinzu, dass es Elfi ganz warm um Letzteres wurde.

»Welche Diagnosen hat denn dieser Seelenklemper dem Jungen angedichtet?«, fragte Elfi sarkastisch.

»Das, liebe Frau Kunz, darf ich Ihnen leider nicht verraten, da das gewissermaßen zu den laufenden Ermittlungen gehört«, beschied sie der Kommissar mit spitzbübischem Lächeln. »Auch wenn ich es gern täte, da mich Ihre werte Meinung sehr interessieren würde.«

»Dann machen Sie es doch, es soll auch nicht Ihr Schaden sein, denn in Bezug auf Karl-Otto bin ich mit Sicherheit eine bessere Expertin als irgend so ein Psychiater, aus dem einfachen Grund, weil ich ihn schon sein Leben lang kenne!«, suchte ihn Elfi weichzukochen – beileibe kein leichtes Unterfangen bei einem Mann vom Schlage eines Pistolen-Freddys, der mit allen Wassern gewaschen war und in sämtliche menschlichen Abgründe geblickt hatte.

»Bitte sagen Sie es mir, ich sage Ihnen dann auch alles, was ich über Karl-Otto weiß – und dann werden bei Ihnen auch die letzten Zweifel aus dem Weg geräumt sein, was Karl-Ottos Unschuld anbetrifft, dessen bin ich mir gewiss. Und eine Sache schon mal vorab: Der Junge hat Rita regelrecht vergöttert, warum also sollte er sie so brutal von sich weggestoßen haben, dass sie zu Tode gestürzt ist?« Elfis Augen funkelten, als sie Freddy anschaute, dessen Blick verriet, dass ihm nichts Menschliches fremd war.

»Weil Liebe und Hass manchmal Geschwisterkinder sind, liebe Frau Kunz, erst recht bei einem psychisch labilen jungen Mann wie Karl-Otto von Chomsky. Und ich sage es Ihnen ganz offen: Sein Selbstmordversuch unmittelbar nach dem Mord an Rita Scheugraben macht ihn in meinen Augen nicht unverdächtiger.«

Elfi schüttelte konsterniert den Kopf. »Ach, hören Sie doch auf mit diesem Unfug! Sie verstricken sich schon wieder in falsche Verdächtigungen. Karl-Otto wollte sich aus Liebe zu Rita umbringen, das hat er mir selber gesagt. Ich war nämlich dabei, als er den Selbstmordversuch unternommen hat. Er konnte es einfach nicht verkraften, dass Rita nicht mehr am Leben war. Das ist die reine Wahrheit, alles andere sind haltlose Spekulationen.«

Der Kriminalkommissar musterte Elfi mit einem vielsagenden Blick. »Interessant, Frau Kunz, darüber sollten wir uns noch mal in Ruhe unterhalten, demnächst auf dem Polizeirevier, wenn Sie die Güte hätten«, erwiderte er süffisant und bestellte noch einen Whiskey-Cola für sich und für Elfi, den diese jedoch dankend ablehnte.

Anschließend räumte sie Besteck und Teller ab und trug sie in die Küche, wo sie die Sachen in die Spüle stellte und für geraume Zeit einfach nur ins Leere blickte. Elfis Gedanken überschlugen sich. Wenn der sich jetzt auch noch an dem Jungen festbeißt, kriege ich was zu viel, dachte sie erbost, gleichzeitig war sie hingerissen von diesem blitzgescheiten Mann und konnte das Wechselbad der Gefühle kaum noch ertragen.

Vor dem kleinen Spiegel über dem Waschbecken richtete sie ihr Haar und legte noch einen Hauch Lippenstift auf, ehe sie hinausging, um noch einmal gütlich mit Freddy zu reden und ihn dazu zu bewegen, von Karl-Otto abzulassen.

Erstaunt gewahrte sie, dass zwar das volle Glas mit Whiskey-Cola auf dem Tisch stand, vom Kommissar aber nichts zu sehen war. Elfi blickte sich suchend nach ihm um und mutmaßte, dass er vielleicht auf die Toilette gegangen war.

»Der ist mit Pit im Spielautomatenraum«, vernahm Elfi hinter sich Käthes Stimme und drehte sich erstaunt zu der Kellnerin um, die mit einem Tablett leerer Gläser zum Schanktresen kam.

»Wieso denn das?«, erkundigte sie sich verblüfft.

Käthe zuckte mit den Achseln. »Das kann ich Ihnen nicht sagen, ich habe nur gesehen, wie Pit zu Pistolen-Freddy an den Tisch gekommen ist, kurz mit ihm geredet hat und dann mit ihm rüber in den Automatenraum gegangen ist. Hab mich auch ein bisschen gewundert, dass Pit den Kommissar angesprochen hat, wo der und seine Kumpels doch sonst einen großen Bogen um die Polizei machen.«

»Seltsam«, murmelte Elfi gedankenversunken und hätte zu gerne gewusst, was einen Halbstarken wie Pit dazu bewogen haben könnte, sich freiwillig mit der Polente einzulassen – und das bestimmt nicht zum Flipperspielen.

Während Elfi hinter der Theke am Bierzapfen war und sich den Kopf darüber zermarterte, was Pit mit Pistolen-Freddy zu besprechen hatte – sie hatte es kurzzeitig sogar in Erwägung gezogen, mit einem Serviertablett in den Automatenraum zu gehen, doch das wäre etwas zu auffällig gewesen, verstrich eine gute halbe Stunde, bis Freddy zurückkehrte.

Als sich ihre Blicke begegneten, hatte er wieder sein undurchdringliches Pokerface aufgesetzt, trank in wenigen Schlucken sein Glas aus und verlangte mit einer kühlen Förmlichkeit die Rechnung, die Elfi einen Stich versetzte.

Mit einem dicken Kloß im Hals holte sie ihr Portemonnaie aus der Kitteltasche und kassierte ihn ab. Bedankte sich höflich für das großzügige Trinkgeld und hätte ihm am liebsten ins Gesicht geschrien, was er für ein kaltschnäuziger Mistkerl war. Doch der Schrei blieb ihr förmlich im Halse stecken.

»Gute Nacht, Frau Kunz, und vielen Dank für das hervorragende Essen«, verabschiedete er sich, schlüpfte in seinen sandfarbenen Trenchcoat und fügte noch hinzu, dass er sich melden würde.

»Gute Nacht«, erwiderte Elfi tonlos und blickte ihm gebannt nach. Er war schon aus der Tür getreten, als sie, einem plötzlichen Impuls folgend, hinter ihm hereilte.

Im kalten weißen Licht des Vollmonds sah sie, wie er die Fahrertür des Mercedes aufschloss.

»Herr Kommissar«, rief sie mit brüchiger Stimme und strebte zu ihm hin. Er wandte sich zu ihr um. Für geraume Zeit standen sie einfach nur da und schauten sich an. Elfi kam es vor wie eine Ewigkeit, ihre Knie fühlten sich so weich an wie Gummi und konnten sie kaum noch tragen. Ihre Blicke sprachen Bände und waren beredter als alle Worte, Elfi stockte der Atem. So etwas hatte sie noch nie zuvor erlebt.

Es war die reinste Magie, ein machtvoller Zauber, der ihr mit einem Mal Angst bereitete.

Ohne ein Wort zu sagen, stürmte sie davon, durch die Nacht, als sie aus dem Hintergrund das aufjaulende Motorengeräusch von Freddys Mercedes und die quietschenden Reifen vernahm, die ihr verrieten, dass er genauso aus dem Häuschen war wie sie.

KAPITEL 12

»Great Balls of Fire«

(Jerry Lee Lewis, 1958)

Elfi war gerade erst aufgestanden und hatte Kaffee aufgesetzt, als an der Klingel regelrecht Sturm geläutet wurde. Da sie selten vor 2 Uhr nachts ins Bett kam, hasste sie es, vormittags behelligt zu werden, erst recht, wenn sie noch keinen Kaffee getrunken hatte.

Kurz vor 10 Uhr, wer kann denn das nur sein?, sinnierte sie ungehalten und musste sogleich an den Kriminalkommissar denken. Sie hatte ohnehin schlecht geschlafen, weil er ihr nicht mehr aus dem Kopf gegangen war. Auch über die jähe Trennung von Brian, und dass Karl-Otto nun in Zusammenhang mit der Mordtat gebracht wurde, hatte sie nachgegrübelt. Sie war noch im Morgenmantel und unfrisiert. Sei's drum, dachte sie trotzig, eilte die Treppe hinunter und öffnete die Haustür. Vor ihr stand die völlig aufgelöste Lottie und fiel Elfi schluchzend in die Arme.

»Ach Gott, mein armes Mädchen, was hast du denn?«, fragte Elfi beklommen, zog die Tür zu und führte die Weinende fürsorglich die Treppe hinauf in ihre behaglich warme Küche, wo sich Lottie auf einen Stuhl am Küchentisch sinken ließ.

Nachdem sie sich wieder soweit beruhigt hatte, um sprechen zu können, erzählte sie der Freundin, was sich am Morgen zugetragen hatte.

»Im Prinzip hat mich der Graf die ganze Zeit nur über meinen Jungen ausgehorcht«, berichtete Lottie seufzend. »Ob er als Kind gezündelt oder Tiere gequält hätte und lauter so dummes Zeug. Diesen Zahn habe ich ihm aber schnell gezogen, denn Karl-Otto war schon immer sehr tierlieb und hat schon früh begriffen, wie gefährlich Feuer ist. Dann wollte Graf alles über die Nacht wissen, in der Rita zu Tode gekommen ist. Wann ich ins Bett gegangen bin, wann Karl-Otto ins Bett gegangen ist und ob es nicht im Rahmen des Möglichen gewesen wäre, dass er nachts das Haus verlassen habe, ohne dass ich es bemerkt hätte und so weiter und so fort. Das habe ich zwar mit allem Nachdruck verneint, aber er hat nicht locker gelassen und ist immer wieder darauf herumgeritten, dieser blöde Kerl. Ja, und der dicke Keulenschlag kommt ja noch. Er ist damit rausgerückt, dass sich ein Zeuge gemeldet hätte, der behauptet, Karl-Otto hätte ihm gegenüber verlautbaren lassen, dass er Rita hassen und sie am liebsten umbringen würde.«

Elfi ging schlagartig ein Licht auf. »Das muss dieser verfluchte Pit gewesen sein, er hat doch den Pistolen-Freddy angesprochen, als er gestern Abend im *Rheingold* war und eine gute halbe Stunde im Automatenraum mit ihm geredet. Da habe ich mich sowieso schon gewundert, was er dem zu sagen hat – jetzt weiß ich, was es war«, erklärte Elfi mit grimmiger Miene und bat die Freundin fortzufahren.

»Der Kommissar hat gemeint, wegen dieser Zeugenaussage wäre Karl-Otto nun hochgradig verdächtig. Der Psychiater, Doktor Schäfer, hätte bei ihm eine zwanghafte Persönlichkeitsstörung diagnostiziert, und es bestehe außerdem der Verdacht auf ein Asperger-Syndrom. Ich habe mir das vorhin alles auf einen Zettel gekritzelt, weil ich Schäfer fragen will, was das genau bedeutet.«

Lottie hatte ein beschriftetes Blatt aus der Manteltasche gezogen und warf fahrig einen Blick darauf. »Ach ja, und sie haben sogar einen Intelligenztest mit ihm gemacht, Karl-Otto hat einen Intelligenzquotienten von 142, das gilt als hochintelligent. Aber das bewahrt ihn auch nicht davor, dass er in die Psychiatrie nach Gießen eingewiesen werden soll.« Sie fing wieder zu weinen an und entnahm ihrer Handtasche ein Briefkuvert mit dem Stempel des Amtsgerichts.

»Hier, das hat mir Graf in die Hand gedrückt und gesagt, wenn ich mich beeilen würde, könnte ich Karl-Otto noch Lebewohl sagen, denn er würde bald nach Gießen gebracht werden.«

Sie reichte Elfi den Brief, die das Schreiben herausnahm und konzentriert zu lesen begann.

Anordnung der Unterbringung in einem psychiatrischen Krankenhaus, §§ 63, 61 Nr. 1 StGB

Der psychiatrischen Maßregel nach § 63 StGB liegt Schuldunfähigkeit oder zumindest verminderte Schuldfähigkeit zugrunde. Nach § 63 ordnet das Amtsgericht Friedberg/Hessen daher die vorläufige Unterbringung des Tatverdächtigen Karl-Otto von Chomsky in einem psychiatrischen Krankenhaus an.

Im Falle des Tatverdächtigen Karl-Otto von Chomsky, geb. am 28. Februar 1940 in Heiligenbelt/Ostpreußen, ergeht die Einweisung in die forensische Psychiatrie Gießen zum Zwecke einer umfassenden Begutachtung.

Es gilt zu klären, ob der mutmaßliche Täter aufgrund einer krankhaften seelischen Störung, wegen einer tiefgreifenden Bewusstseinsstörung oder wegen einer anderen seelischen Abartigkeit als potenzieller Gewalttäter den Tod von Rita Scheugraben ver-

ursacht hat. Des Weiteren, ob er in der Lage ist, das Unrecht der Tat einzusehen oder nach dieser Einsicht zu handeln. Es muss also eine Beeinträchtigung der Einsichts- oder Steuerungsfähigkeit vorliegen. Darüber hinaus ist eine Unterbringung nach § 63 StGB auch aufgrund der Selbstgefährdung erforderlich, da der Verdächtige eine versuchte Selbsttötung unternommen hat.

Hochachtungsvoll

Ottfried Geipel
Amtsrichter

Als Elfi zu Ende gelesen hatte, war sie ähnlich fassungslos wie ihre Freundin. »Das gibt's doch nicht!«, stieß sie hervor und musterte Lottie bestürzt. »Und, hast du Karl-Otto noch gesehen?«

Lottie nickte und ihre Augen füllten sich mit Tränen. »Sozusagen auf den letzten Drücker, er wollte gerade in Begleitung von zwei Sanitätern die Innere Station verlassen, sie kamen mir an der Tür entgegen. Ich habe ihn ganz fest umarmt und versucht, ihm Mut zuzusprechen.« Lottie schniefte. »Habe zu ihm gesagt, dass alles wieder gut wird, darauf hat er geantwortet: ›Das glaube ich nicht, Mama.‹ Er hat mir so entsetzlich leid getan, so mutlos und verloren, wie er gewirkt hat – wie ein Lamm, das zur Schlachtbank geführt wird …« Sie barg ihr Gesicht in den Händen und schluchzte. »Mein armer Junge wird wie ein Gewaltverbrecher behandelt, sie stecken ihn in die forensische Psychiatrie zu geisteskranken Mördern und Vergewaltigern. Das hat alles dieser Schuft von Kommissar zu verantworten, er hat doch Karl-Ottos Einweisung veranlasst, ich könnte diesen Mistkerl lynchen.«

»Ich auch«, kam es von Elfi erbittert. »Ich begreife nicht, wie er das tun konnte, den armen Jungen so ins Unglück zu stürzen, nur weil ihm dieser blöde Pit irgendeinen Unfug erzählt hat. Wer weiß, was da dahintersteckt, womöglich so ein dummer Jungenstreich, den er und seine Kumpels Karl-Otto spielen wollten. Aber da ist das letzte Wort noch nicht gesprochen, das schwöre ich dir.«

Elfi schlug mit der flachen Hand so erzürnt auf den Küchentisch, dass die Kaffeetassen auf den Untertassen schepperten.

*

Es regnete Bindfäden, als Elfi gegen 13 Uhr nachmittags in ihren Opel Kapitän stieg und zur Parkstraße fuhr. Je näher sie dem Polizeirevier kam, desto aufgeregter wurde sie und hatte das Gefühl, anstelle von Blut ströme reines Adrenalin durch ihre Adern; ihr Herz galoppierte wie ein wildes Pferd. Jetzt beruhige dich doch, du blöde Gans, schalt sie sich selber, da es ihr eigentliches Vorhaben war, in Ruhe mit dem Kommissar zu reden. Wie aber sollte sie das hinkriegen, wenn sie jetzt schon unter Strom stand wie das legendäre *HB*-Männchen?

Vor dem Polizeirevier bekam sie keinen Parkplatz, daher parkte sie das Auto ein Stück weiter oben vor dem *Café Mirwald*. Sie war gerade ausgestiegen und hatte hektisch ihren Schirm aufgespannt, als plötzlich der Kriminalkommissar und sein junger Assistent aus der Tür des Cafés kamen.

Elfi mochte ihren Augen nicht trauen und war so verdattert, dass sie zunächst keinen Ton herausbrachte. Die Herren hoben grüßend ihre Hüte.

»Guten Tag, Frau Kunz, was treibt Sie denn bei diesem Dreckswetter hinaus?«, frotzelte Freddy und stellte zum Schutz vor dem Regen den Kragen seines Trenchcoats hoch.

»Ich wollte zu Ihnen«, erwiderte Elfi befangen.

»Das trifft sich gut, ich hätte Sie demnächst ohnehin gebeten, zu einer Befragung aufs Revier zu kommen. Dann können wir das ja nun vorziehen, wenn es Ihre Zeit erlaubt«, sagte Freddy, der sich an Elfis Seite gesellte und seinen grauen Homburger Hut tiefer in die Stirn zog.

»Das können wir, aber ich habe Ihnen auch etwas zu sagen, das von großer Wichtigkeit ist, von daher wäre mir sehr daran gelegen, in Ruhe mit Ihnen reden zu können.« Elfis Blick fiel auf den vor ihnen laufenden Josef Brauburger. Freddy verstand. »Wir können gerne unter vier Augen sprechen, wenn Ihnen das lieber ist.«

»Das wäre mir sehr recht«, erwiderte Elfi mit gesenkter Stimme, während der Regen auf das Dach ihres rot karierten Regenschirms trommelte. »Und wäre es vielleicht auch möglich, wenn ich im Anschluss an unser Gespräch Frau Lagrin und Herrn Schmidt einen kurzen Besuch abstatten könnte?«

»Tut mir leid, gnädige Frau, aber auf Besuche sind wir in unserem kleinen Behelfsgefängnis nicht eingestellt, wir haben nämlich keinen Besuchsraum, und in die Zellen darf ich Sie aus Sicherheitsgründen nicht lassen«, beschied sie der Kommissar.

»Verstehe, wo die beiden ja auch so gefährlich sind«, konnte sich Elfi nicht verkneifen, spöttisch zu bemerken, worauf Freddy nicht weiter einging.

»Dann können Sie Frau Lagrin vielleicht die zwei Päckchen Zigaretten geben, die ich für sie mitgebracht habe, und die Tafel *Tobler*-Schokolade für den Herrn Opernsänger, wenn Sie so freundlich sein könnten?« Sie blickte Pistolen-Freddy fragend an, der ihr das mit der flapsigen Bemerkung: »Wenn das alles ist«, nicht abschlagen mochte.

Als der Kriminalkommissar Elfi wenig später in seinem Büro zu Karl-Ottos Selbstmordversuch befragte, sah sie keinen

Grund mehr, ihm etwas zu verschweigen, da er ja von dem Psychiater bereits darüber informiert worden war, und schilderte wahrheitsgemäß, was sich an jenem unheilvollen Sonntagmorgen zugetragen hatte.

Freddy hörte ihr aufmerksam zu und stellte Fragen zu Karl-Ottos Persönlichkeit und seiner Beziehung zu der Ermordeten. Was Elfi, die bemüht war, ein positives Bild des Jungen zu zeichnen, schließlich zum Anlass nahm, ihr Anliegen vorzutragen.

»Glauben Sie mir bitte, Herr Kriminalkommissar, Karl-Otto ist ein guter Junge. Er hat Rita angebetet und alles für sie getan. Niemals hätte er ihr ein Haar gekrümmt, und zu behaupten, er hätte sie gehasst und sich mit dem Gedanken getragen, sie zu töten, ist die böswilligste Verleumdung, die ich jemals gehört habe! Sie sollten einem Halunken und Schlägertyp wie Pit keinen Glauben schenken.« Sie blickte Freddy eindringlich an, der ihrem Blick standhielt, ohne ein einziges Mal zu blinzeln.

»Ich glaube ihm aber – und das, obwohl er ein Halunke und Schlägertyp ist, wie Sie richtig bemerkt haben«, erklärte er unbeirrt. »Es ist ihm auch beileibe nicht leichtgefallen, mir das zu sagen, und am Ende hat er sogar geweint, als es aus ihm herausbrach, dass er das Rita schuldig sei, dass die Wahrheit ans Licht komme, denn er habe sie doch so geliebt, auch wenn er ihr das nie gesagt habe. Ihm sei einzig daran gelegen, dass die kranke Bestie, die ihr das angetan habe, dafür büßen müsse. Er betonte außerdem, dass er jederzeit bereit sei, seine Aussage vor Gericht zu beeiden.«

Freddy hielt inne und musterte Elfi mit skeptischer Miene. »Durch langjährige Berufserfahrung habe ich ein Gefühl dafür entwickelt, ob jemand lügt oder die Wahrheit spricht, und wie gesagt, glaube ich Pit jedes Wort. Ich habe eher den Eindruck, dass Sie und Frau von Chomsky nicht ganz ehrlich sind, was Karl-Otto betrifft. Sie beide schildern ihn übereinstimmend als harmlosen, gutmütigen Jungen, der zwar etwas einzelgängerisch und verschlossen ist, doch ansonsten völlig normal.«

Elfi nickte bekräftigend und äußerte mit Nachdruck: »Das stimmt ja auch!«

»Laut dem mir vorliegenden psychiatrischen Gutachten von Doktor Schäfer, dem Psychiater von Karl-Otto von Chomsky, vermittelt sich mir jedoch ein ganz anderes Bild. Normalerweise vermeide ich es, über interne Ermittlungen zu sprechen, aber in diesem Fall erscheint es mir doch unverzichtbar, Sie mit der Wahrheit zu konfrontieren, die Sie einfach nicht sehen wollen. Ihr ›guter Junge‹ leidet unter einer zwanghaften Persönlichkeitsstörung, neigt zu Perfektionismus, ständigen Kontrollen und hat panische Angst, Fehler zu machen. Er ist außerordentlich gewissenhaft und von atemberaubender Gefühlskälte. Ein Einzelgänger, der jegliche Geselligkeit und Kumpanei scheut wie der Teufel das Weihwasser. Außerdem besteht bei ihm laut Doktor Schäfer eine krankhaft übersteigerte Mutterbindung, die von einer Art Hassliebe bestimmt wird. Er hat es seiner Mutter wohl nie verziehen, dass sie sich mit einem Spieler und Hallodri, als welchen er seinen verstorbenen Vater bezeichnet, eingelassen hat. Zudem besteht der begründete Verdacht auf ein Asperger-Syndrom, also eine autistische Psychopathie …«

»Jetzt reicht es mir aber langsam mit Ihrem psychologischen Kauderwelsch, das Sie die ganze Zeit herunterleiern. Man könnte ja meinen, Sie haben den Kram auswendig gelernt, um einfachen Leuten wie mir, die nicht studiert haben, Angst einzujagen.«

Elfi hatte sich entrüstet von ihrem Stuhl aufgerichtet, stemmte die Arme auf den Schreibtisch und blickte den Kommissar vernichtend an. Ihre braunen Augen waren vor Zorn pechschwarz geworden. »Aber da sind Sie schief gewickelt, das kann ich Ihnen verraten. Ich lasse mich nämlich nicht so leicht einschüchtern, und es enttäuscht mich zutiefst, dass ein kluger und tüchtiger Mann, für den ich Sie immer gehalten habe, sich schon wieder in törichte Verdächtigungen verstrickt, die vollkommen haltlos sind!«

Elfi war so laut geworden, dass Josef Brauburger besorgt seinen Kopf durch die Tür steckte und sich erkundigte, ob alles in Ordnung sei.

Anstatt ihm zu antworten, erwiderte der Kommissar nur in eisigem Tonfall, er möge doch die Dame bitte hinausbegleiten.

»Nicht nötig, ich gehe freiwillig und würde es außerdem begrüßen, wenn Sie sich bei mir im *Rheingold* nicht mehr blicken lassen würden«, zischte sie wutentbrannt und hastete hinaus.

Als Elfi in ihren Opel Kapitän stieg, strömten ihr die Tränen über die Wangen wie Sturzbäche. In diesem Zustand konnte sie unmöglich Auto fahren. Sie blieb einfach sitzen und ergab sich ihren Gefühlen. Es war ihr egal, ob die Leute sie so sahen, im Grunde genommen war ihr alles egal, nun, da mit einem Schlag alles zunichte gemacht worden war, was ihr etwas bedeutete. Was ihr so unsagbar viel bedeutete, dass es wehtat, höllisch weh …!

Elfi wusste zunächst gar nicht, wie ihr geschah, als plötzlich die Fahrertür aufgerissen wurde. Freddy Graf stand im strömenden Regen und beugte sich zu ihr herunter. Seine Raubvogelaugen fixierten sie unbarmherzig. »Sie sind verhaftet«, sagte er in amtlichen Tonfall und zückte auch schon die Handschellen. Doch anstatt sie ihr anzulegen, schloss er Elfi unvermittelt in seine starken Arme und küsste sie mit einer Leidenschaft, dass ihr schier die Sinne schwanden.

KAPITEL 13

»Cindy, oh Cindy«

(Margot Eskens, 1957)

Als er sie im Juni verlassen hatte, war eine Welt für sie zusammengebrochen. Sie hatte sich nur noch in ihrem Zimmer verkrochen und geheult. Schlimmer kann es gar nicht mehr werden, hatte sie gedacht – welch ein Trugschluss! Denn es war noch schlimmer geworden, viel, viel schlimmer sogar.

Wenn sie nur daran dachte, überkam sie wieder dieser unbändige Schmerz aus ihrem tiefsten Innern, da, wo normale Menschen eine Seele hatten, doch die war ihr leider abhanden gekommen.

Damals, als sie den größten Fehler ihres Lebens gemacht hatte, den schlimmsten Verrat, den sie niemals wieder gut machen konnte.

Nicht alleine, dass ihre Leute alle im Krieg und auf der Flucht gestorben waren, hatte sie jetzt auch noch ihren Goldschatz, ihr kostbarstes Juwel, zu guter Letzt verloren. Nun war sie mutterseelenalleine.

Geschieht dir recht, dass dich keiner haben will, mit so einer treulosen Verräterin wie dir will doch niemand was zu tun haben, sagte sie sich selbst in grenzenlosem Selbsthass und wünschte sich einmal mehr die Pest an den Hals.

Vielleicht war es ja die gütige Muttergottes, die schützend ihre Hand über sie breitete und sie vor dem Freitod bewahrte, ging es ihr manchmal durch den Sinn. Während der gestrenge Herrgott sie für ihren Frevel verfluchte und schon hier auf

Erden mit den schrecklichsten Höllenqualen strafte, spendete ihr die Himmelskönigin Trost, indem sie ihr in stummer Zwiesprache sagte, sie habe es doch nur gut gemeint. *Gut gemeint* – welch ein Hohn! Es verging kein Tag, an dem sie nicht an ihn dachte, und das würde sich auch bis zu ihrem letzten Atemzug nicht mehr ändern.

Trotzdem stand sie tagein, tagaus um 5 Uhr früh auf und fuhr mit dem Fahrrad von Langenhain-Ziegenberg, wohin sie nach dem Debakel gezogen war, nach Bad Nauheim ins *Haus Siffring*, um dort ihren Dienst als Zimmermädchen anzutreten.

Denn als sie das letzte Mal in der Sankt-Bonifatius-Kirche vor dem Marienaltar um Vergebung gefleht hatte, war etwas ganz Seltsames, oder besser gesagt Wundersames, passiert. »Wenn du nicht darüber hinwegkommst, weil dein Herz so an ihm hängt und das auch auf ewig so bleiben wird, dann versuche doch, ob du ihn nicht vielleicht wieder zurückkriegen kannst«, hatte ihr die Jungfrau zugeraunt. Sie war darüber so ergriffen gewesen, dass sie vor dem Marienaltar geheult hatte wie ein Schlosshund.

»Maria, hilf!«, hatte eine Nonne neben ihr gemurmelt und sich bekreuzigt.

Und seitdem hatte sie wieder neuen Lebensmut.

Morgen Nachmittag, nach Dienstschluss, würde sie dorthin fahren und sich nach der Anschrift der Leute erkundigen. Amerika war zwar ein riesiges Land, aber wenn sie eine Adresse hätte, sähe die Sache doch schon ganz anders aus. Sie würde zuerst einen Brief schreiben und notfalls sogar hinfliegen, um ihn zurückzuholen – selbst wenn sie sich jeden Bissen vom Mund absparen müsste, um das Geld für das Flugticket zusammenzubekommen.

*

Elfi schwebte den restlichen Donnerstagnachmittag im siebten Himmel. Und auch am Abend im *Rheingold* lächelte sie noch ganz verklärt und schien in einer anderen Welt zu sein. Erst jetzt wurde ihr bewusst, wie verliebt sie eigentlich war, und vor lauter Glückseligkeit hätte sie die ganze Welt umarmen können.

»Wir reden noch mal über alles«, hatte ihr Freddy zwischen wilden Küssen atemlos zugeraunt. Nun, da sie sich endlich gefunden hatten, konnten sie einfach nicht mehr voneinander lassen, und es fiel ihnen unendlich schwer, Abschied zu nehmen.

»Wann sehen wir uns wieder?«, hatte Freddy sie sehnsuchtsvoll gefragt.

»Sobald wie möglich, am besten schon heute Abend«, hatte Elfi vorgeschlagen.

»Aber da musst du doch im *Rheingold* arbeiten, und es sind so viele Leute da, ich möchte lieber mit dir allein sein.«

So hatten sie sich schließlich, wenn auch schweren Herzens, weil es noch so lange dauerte, auf Elfis freien Tag, den Sonntag, geeinigt.

Zum Kaffeetrinken am Nachmittag, und Elfi hatte sich erboten, zur Feier des Tages einen Frankfurter Kranz zu machen.

»Das sind noch zweieinhalb Tage, wie soll ich das nur so lange aushalten?«, hatte Freddy gemurrt und ihr zum Abschied noch einen Kuss gegeben, der Elfi schier den Verstand geraubt hatte.

Umso mehr wunderte und freute sie sich, als Freddy völlig unerwartet am Freitagabend um 18.30 Uhr im *Rheingold* aufkreuzte – dass er jedoch in Begleitung seines Assistenten war, dämpfte ihre Euphorie erheblich.

Trotzdem schwebte sie unversehens wieder auf Wolke sieben, als Freddy zur Begrüßung ihre Hand drückte und ihr dabei tief in die Augen sah. Es gefiel ihr auch, dass er sich vor seinem Assistenten nicht groß verstellte und sie beim Vornamen nannte, wenngleich er sich natürlich in Bezug auf sonstige Gefühlswallungen zu zügeln wusste.

»Ich muss unbedingt in Ruhe mit dir reden und deine Meinung einholen, es hat sich nämlich etwas Neues ergeben«, erläuterte der Kriminalkommissar, und seine Miene verdüsterte sich merklich.

Aus der Musikbox dröhnte gerade der Hit »Cindy, oh Cindy« von Margot Eskens, der von einer unglücklichen jungen Frau handelte, die von ihrem Freund verlassen worden war, und da das Wochenende vor der Tür stand, füllte sich das *Rheingold* unaufhörlich mit jungen Leuten, die tanzen und Spaß haben wollten.

»Dann gehen wir am besten in die Küche«, schlug Elfi vor und instruierte Käthe, in nächster Zeit keine Essensbestellungen mehr entgegenzunehmen, bis sie ihr Bescheid gebe.

Nachdem Elfi die Küchentür geschlossen hatte, setzten sie sich an den kleinen runden Tisch mit der bunten Wachstuchdecke, und Freddy berichtete.

»Heute Nachmittag ist ein Mann auf die Wache gekommen, ein polizeibekannter Stadtstreicher und obdachloser Alkoholiker, der in der zerbombten Villa in der Frankfurter Straße kampiert, vor der sich der nächtliche Streit in der Nacht, in der Rita Scheugraben zu Tode gekommen ist, zugetragen hat. Er behauptet, den Tathergang beobachtet zu haben. Nachdem Frau Lagrin und Herr Schmidt gegangen wären, wäre plötzlich eine Frau in einem Regencape auf das Bombengrundstück gekommen und hätte sich mit der anderen Frau unterhalten. Im Verlaufe des Gesprächs, von dem er kaum etwas mitbekommen hätte, wäre es zu einer heftigen Auseinandersetzung zwischen den beiden Frauen gekommen, und die Frau im Regencape hätte die andere aufs Übelste beschimpft. Beleidigungen wie ›Dreckshure, Flittchen, berechnendes Miststück‹ hätte sie ihr an den Kopf geworfen. Dabei wäre sie derart in Rage geraten, dass sie auf die andere Frau eingeschlagen habe, die dann zu Boden gestürzt sei. Im Eifer des Gefechts wäre ihr die Kapuze vom Kopf gerutscht, und da hätte er gesehen, dass sie hellblondes halblanges Haar gehabt hätte. Vor lauter Aufregung habe er die ganze Branntweinflasche leer getrunken und dann müsse er wohl eingeschlafen sein. Als er wieder wach geworden wäre, wären die beiden Frauen nicht mehr da gewesen.«

»Ich glaube, ich kenne den Mann«, sagte Elfi, die Freddy konzentriert zugehört hatte. »Er heißt Alois Balzer und ist der Sohn eines reichen Steinfurther Rosenbauers. Ein armer Teufel, der auf die schiefe Bahn geraten ist. Mir tut er leid und ich habe ihm manchmal eine Stulle gebracht, wenn er vor dem Bahnhof gebettelt hat …«

»Und deine Pensionsangestellten wohl auch, denn als ich den Balzer gefragt habe, warum er sich erst jetzt gemeldet hat, wo sich der Todesfall ja schon vor einer Woche ereignet hat, hat er gesagt, dass er erst am Mittwoch davon erfahren und gehört hätte, dass die Polizei Frau Lagrin und Herrn Schmidt verdächtige, den Tod der jungen Frau verschuldet zu haben. Es hätte sich nämlich seit einiger Zeit bei ihnen eingespielt, dass er Mittwochs gegen 11 Uhr immer an der Künstlerpension läuten würde, und Herr Schmidt oder Frau Lagrin kämen dann herunter und brächten ihm etwas zu essen – und das wären keine halb vergammelten Reste, wie er sie sonst von großherzigen Spendern häufig in die Hand gedrückt bekäme, sondern durchwegs gute und frische Sachen, da ließen sich die beiden nicht lumpen. Und am Monatsanfang schenkten sie ihm auch mal ein Zweimarkstück. Jedenfalls hätte er am vergangenen Mittwoch wieder an der Haustür geklingelt, und da wäre aus dem Nachbarhaus eine ältere

Frau mit einem Pudel gekommen. Die hätte ihn angeschnauzt, was er denn hier wollte und er sollte sich gefälligst woanders herumdrücken. Als er dann gesagt hätte, er hätte bei der Künstlerpension geklingelt, um etwas abzuholen, hätte ihm die biestige Alte mitgeteilt, dass die Bagage endlich hinter Schloss und Riegel wäre, wo sie ja auch hingehöre, weil sie die Steinfurther Rosenkönigin umgebracht hätte. Erst da wäre ihm gedämmert, wer die Rothaarige auf dem Trümmergrundstück gewesen wäre, die ihm nämlich von Anfang an bekannt vorgekommen wäre, und er hätte auch die weiteren Zusammenhänge begriffen. Aus Angst vor der Polizei, die einem wie ihm gerne Schwierigkeiten bereiten würde, hätte er zunächst noch geschwiegen. Doch der letzte Funke Anstand, der ihm noch geblieben wäre, hätte ihn dazu bewogen, zur Polizei zu gehen und die Wahrheit zu sagen, damit die Leute, die immer so gut zu ihm gewesen wären, endlich wieder freikämen ….«

»Sagenhaft, der Mann ist Gold wert!«, sprudelte es begeistert aus Elfi heraus. »Dann sind ja Asta und Renato endlich aus dem Schneider und der arme Karl-Otto auch!«

»Ganz so einfach ist das nicht, aber es sieht zumindest so aus, als ob wir eine neue Verdächtige hätten«, bremste Freddy sie aus, und seine Miene verdüsterte sich. »Da es dunkel war, konnte der Stadtstreicher leider keine genaueren Angaben zu der Frau machen, außer, dass sie halblange hellblonde Haare hatte, wie er im Mondlicht erkennen konnte. Sie hätte eine durchschnittliche Größe und Statur gehabt, zum Gesicht konnte er ebenfalls nichts sagen. Auch das Alter wäre wegen der Dunkelheit und der Entfernung schwer zu schätzen gewesen. Das Einzige, was ihm aufgefallen wäre, war, dass die Frau so ein rollendes R gesprochen hätte«, fügte er hinzu.

»Vielleicht jemand aus dem Ausland«, warf Elfi ein, worauf Freddy den Kopf schüttelte. »Der Zeuge hat das verneint, weil er sich sicher ist, dass das kein ausländischer Akzent war, den die Frau gesprochen hat. Sie muss also eine Deutsche gewesen sein …«

»In Bayern oder im Frankenland wird auch mit rollendem R gesprochen«, sinnierte Elfi, dann kam ihr ein Gedanke, den sie aber sogleich wieder verdrängte, geschweige denn laut aussprach.

Doch der Kommissar schien ihn erraten zu haben. »Auch die Flüchtlinge aus dem ehemaligen Ostpreußen sprechen ein rollendes R«, bemerkte er und seufzte unbehaglich, da es ihm offenbar schwerfiel weiterzusprechen, was auch Elfi nicht entgangen war.

»Was ist denn mit dir, geht es dir nicht gut? Möchtest du vielleicht ein Glas Wasser haben?« Ihr fiel auf, dass auch Josef Brauburger, der die ganze Zeit schweigend am Tisch gesessen hatte, betreten den Blick senkte.

»Nun, uns ist bereits ein erster, allerdings noch vager Verdacht gekommen«, erklärte Freddy gepresst und vermied es, Elfi anzuschauen, die langsam begriff und ihn alarmiert anstarrte.

»Bitte, bitte nicht, das kann doch nicht sein!«, entrang es sich ihr gequält. »Warum sollte Lottie das denn tun, sie hat doch gar kein Motiv?«

»Doch, das hat sie sehr wohl«, entgegnete Josef Brauburger bestimmt, den das ungewohnte Zaudern seines sonst so geradlinigen Chefs zunehmend befremdete. Denn sie waren sich doch hinsichtlich ihres Verdachts einig gewesen, vor allem, da das Motiv der mutmaßlichen Täterin förmlich zum Himmel schrie.

»Nach allem, was wir wissen, hat Rita Scheugraben Karl-Otto nach Strich und Faden ausgenutzt und schlecht behandelt. Er hat alles für sie getan und war ihr absolut ergeben, hat sogar für sie gestohlen. Als Dank dafür hat sie ihn als

Hanswurst und Hampelmann beschimpft und ihm damit das Herz gebrochen. Er ist in ein tiefes Loch gefallen und hat versucht, seinem Leben ein Ende zu setzen. Mehr kann man einen Menschen doch kaum noch ins Unglück stürzen. Ihr Sohn ist für Frau von Chomsky ihr Ein und Alles, ihren geliebten Jungen so am Boden zerstört zu sehen, muss für sie unerträglich sein. Anstatt Abitur zu machen und eine vielversprechende Karriere anzustreben, vegetiert er, abgefüllt mit Psychopharmaka, nur noch vor sich hin. Grund genug für Charlotte von Chomsky, Rita abgrundtief zu hassen für das, was sie ihrem Sohn angetan hat.«

Elfi musste krampfhaft schlucken und war den Tränen nahe. Ihr Hochgefühl von eben war wie weggeblasen, und eine bleierne Niedergeschlagenheit schnürte ihr förmlich den Atem ab.

»Lottie hat ein Herz aus Gold, ihr ist jegliche Gewalttätigkeit fremd«, brach es aus ihr heraus – und es war gleichzeitig auch das kindliche Flehen »Lieber Gott, lass es nicht wahr sein«, das unausgesprochen mitschwang und dem sich selbst die abgebrühten Kriminalpolizisten nicht ganz verschließen konnten.

»Die Frau kann einem leidtun und der Junge auch«, bemerkte Freddy mit kehliger Stimme, worin ihm sein Assistent zustimmte. »Aber wir kommen leider nicht umhin, Frau von Chomsky zu Hause aufsuchen, um sie mit auf die Wache zu nehmen und einem Verhör zu unterziehen.« Er musterte Elfi mit unverhohlener Zuneigung. »Ich weiß ja, wie nahe sie dir steht, deswegen wollte ich dich auch über den Stand der Dinge in Kenntnis setzen und dich fragen, wie du die Sache einschätzt? Ich weiß ja, wie loyal du bist, aber gib mir bitte eine ehrliche Antwort.«

Schlagartig stiegen die Erinnerungsbilder an jenen tragischen Sonntagvormittag vor Elfis geistigem Auge auf, nachdem Karl-Otto ins Hochwaldkrankenhaus gebracht worden war und Lottie ihr ausführlich geschildert hatte, warum der Junge so unglücklich war.

Als Lottie über Rita gesprochen hatte, hatte sich in ihrem Blick ein so unbändiger Hass widergespiegelt, der Elfi, die dergleichen bei der gutmütigen Lottie noch nie erlebt hatte, schaudern ließ. »Ich habe diesem Miststück den Tod an den Hals gewünscht für das, was sie meinem armen Jungen angetan hat!«, war es hasserfüllt aus Lottie herausgebrochen. »Und jetzt ist sie tot und stiftet trotzdem noch Unheil, denn wegen ihr hat Karl-Otto versucht, sich das Leben zu nehmen. Ich verfluche sie dafür!« – Elfi war in schlimmster Gewissensnot. Das konnte sie Freddy doch nicht verraten, diesen schlimmen Treuebruch konnte und wollte sie Lottie nicht antun.

»Tut mir leid, Freddy, aber das kann ich nicht«, stieß sie mit Tränen in den Augen hervor. »Ich werde niemals auch nur ein schlechtes Wort über Lottie sagen, niemals – verstehst du mich?«

Freddy legte ihr sanft die Hand auf den Arm. »Bei einer Frau von Format versteht sich das von selbst, entschuldige. Dich um so etwas zu bitten, war anmaßend und töricht von mir. Nimm mir das bitte nicht übel.«

»Ich könnte dir nie etwas übel nehmen«, bekannte Elfi und machte keinen Hehl aus ihren Gefühlen. Freddy streifte sie mit einem Blick, bei dem Elfi ein Schauer über den Rücken lief. Sie waren fast wieder so weit wie gestern, wenn nur dieser Störenfried nicht dabei gewesen wäre …

Josef Brauburger, der längst wusste, was Sache war – da müsste ja einer schon taub und blind sein, so gewaltig, wie es zwischen den beiden knisterte, und das nicht erst seit gestern, musste unversehens in sich hineingrinsen.

Freddy hüstelte verlegen und mahnte zum Aufbruch. Einem plötzlichen Impuls folgend, erbot sich Elfi, sie zu Lottie zu begleiten.

Der Kriminalkommissar wechselte mit Josef Brauburger einen Blick und überlegte kurz.

»Ich glaube, es ist besser, wenn du hier bleibst, beim Verhör kannst du ja ohnehin nicht dabei sein«, beschied Freddy sie und zuckte bedauernd die Achseln.

Auch dieses Mal fiel ihnen der Abschied nicht leicht.

Als Elfi hinter den Kriminalpolizisten aus der Küche trat und sah, wie voll der Gastraum inzwischen war, war sie fast froh, dass Freddy ihr Angebot abgeschlagen hatte, denn sie konnte Käthe doch bei diesem Betrieb nicht alleine lassen. Sie huschte hinter den Tresen und machte sich geschäftig ans Bierzapfen.

»Die haben ja heute einen Durst, da kommt man mit dem Zapfen kaum noch hinterher«, sagte Käthe und gab bei Elfi schon die nächste Großbestellung auf. Tatsächlich war am heutigen Freitagabend im *Rheingold* die Hölle los, und Elfi pendelte ständig zwischen Küche und Schanktresen hin und her.

Wenn es ihre Zeit erlaubte, unterstützte sie Käthe, die alle Hände voll zu tun hatte, auch beim Servieren. Die Arbeit tat Elfi gut und vertrieb ihr die Sorgen um Lottie. Da sie es liebte, wenn der Laden brummte, war sie so in ihrem Element, dass sie Elvis und seine beiden Leibwächter gar nicht bemerkt hatte, die höflich grüßten und sich bei Elfi erkundigten, ob sie sich wieder an den Personaltisch setzen dürften.

»Aber selbstverständlich!«, erwiderte sie erfreut und fragte die Herren nach ihrem Begehr. Sie bestellten auch dieses Mal wieder »German Snitzel« und frischgezapftes Bier.

»And one drink for the lady«, fügte Elvis mit seinem einzigartigen Lächeln hinzu, das die Frauen auf der ganzen Welt verzauberte – Elfi nicht ausgenommen.

»I'm so glad, that you're visiting my pub, Mister Presley, it makes me proud and happy!«, erwiderte sie in einwandfreiem Englisch mit hessischem Akzent und trippelte in die Küche.

Später, als keine Essenbestellungen mehr kamen und es allgemein etwas ruhiger geworden war, setzte sich Elfi mit einer *Cola* zu ihrem prominenten Besucher, der auch heute wieder seine Soldatenuniform mit der Schirmmütze trug, die ihm in dem schummrigen Licht des Schankraums eine gute Tarnung bot.

Sie stießen miteinander an und Elvis erzählte ihr, er habe seinen weißen BMW tatsächlich rot lackieren lassen. Elfi habe recht gehabt, denn die mit Lippenstift geschriebenen Liebesschwüre auf seinem Auto hätten aufgehört. Sie lachten, redeten über Gott und die Welt und kamen schließlich auch auf den Tod von Rita Scheugraben zu sprechen, von dem ihm seine Armeekameraden berichtet hätten.

Mit gesenkter Stimme und sichtlich verlegen gestand Elvis, dass er selber vor einiger Zeit mit Rita ausgegangen sei, doch er habe sich dann in eine andere verliebt, die er kürzlich auf einer Party kennengelernt habe.

»Her name is Priscilla and I adore her so much!«, schwärmte der King, und es war augenscheinlich, dass er bis über beide Ohren verliebt war.

Elfi drückte Elvis freudig die Hand und wünschte ihm viel Glück mit seiner neuen Liebe.

»I'm also falling in love«, bekannte sie mit verschämtem Lächeln, worauf Elvis sie übermütig umarmte und ihr ebenfalls »good luck« wünschte.

KAPITEL 14

»Tom Dooley«

(Kingston Trio, 1958)

»Es war reiner Zufall, dass das passiert ist«, erklärte Lottie dem Kriminalkommissar beim nächtlichen Verhör, während Josef Brauburger ihre Aussagen protokollierte.

»Ich konnte wieder mal nicht schlafen wegen der Sorgen um Karl-Otto und da habe ich halt eine Runde gedreht. Das muss so gegen Mitternacht gewesen sein. Als ich dann die Frankfurter Straße entlanggelaufen bin, habe ich plötzlich Rita vor dem Eingang der ausgebombten Villa stehen sehen. Sie hat an der Lippe geblutet, und da habe ich sie gefragt, ob sie Hilfe braucht. Da hat sie gesagt, das hätte sie Asta zu verdanken, die hätte sie ins Gesicht geschlagen. Dann hat sie gejammert, dass die Lippe ganz geschwollen wäre und so wehtue.« Lottie verdrehte abfällig die Augen. »Nach allem, was sie Karl-Otto angetan hat, hat sich mein Mitleid in Grenzen gehalten«, räumte sie erbost ein. »Im Grunde genommen hat sie dem Jungen das Leben ruiniert. Das habe ich ihr dann auch ins Gesicht gesagt und ihr bittere Vorwürfe gemacht, weil sie so gemein zu Karl-Otto war, dass der Junge daran zerbrochen ist und sich bis heute nicht mehr davon erholt hat.« Lottie stockte und wischte sich eine Träne aus dem Augenwinkel, ehe sie theatralisch die Hände rang. »Glauben Sie mir bitte, Herr Kommissar, ich wäre niemals gewalttätig gegen das Mädchen geworden, wenn es nur einen Funken Mitgefühl gezeigt hätte. Es war Ritas unglaubliche Kaltschnäuzigkeit, die mich so wütend gemacht hat.« Lottie blickte Freddy Graf eindringlich an, der ihr mit wachsendem Erstaunen zuhörte. War Lottie am Anfang noch verstockt und unsicher, so schien sie inzwischen genau zu wissen, was sie tat, und spulte ihr Geständnis herunter wie eine Filmrolle im Kinoprojektor.

»Es wäre doch Karl-Ottos Pech, wenn er die Wahrheit nicht vertragen könnte. ›Diese hässliche kleine Brillenschlange‹, hat sie gefaucht, und das war dann zu viel für mich. Rasend vor Schmerz und Wut habe ich auf sie eingeprügelt, und dabei ist sie gestürzt und mit dem Kopf auf den Boden gefallen. Sie war mausetot. Das war ein Missgeschick, das ich nicht gewollt habe und für das ich auch nichts kann«, erklärte Lottie abgeklärt.

Freddy Graf runzelte befremdet die Stirn. Obwohl Charlotte von Chomsky als Putzfrau arbeitete, merkte man ihr doch an, dass sie aus gutem Hause kam. Sie drückte sich gewählt aus und hatte ausgezeichnete Manieren. Die Abgebrühtheit, die sie nun an den Tag legte, mochte so gar nicht zu einer höheren Tochter, die sie selbst noch im Putzkittel perfekt verkörperte, passen.

»Wie haben Sie denn die Leiche abtransportiert?«, fragte der Kriminalkommissar mit skeptischer Miene. Soweit ihm bekannt war, hatte die Verdächtige nämlich kein Auto.

Lottie zögerte kurz mit der Antwort, was den Argusaugen des Kommissars freilich nicht entging.

»Sie werden es nicht glauben, aber auf dem Heimweg habe ich vor der PX so einen kleinen roten *Radio Flyer Wagon* stehen sehen, das ist ein amerikanischer Handwagen, mit dem die Kinder gerne ihre Spielsachen hinter sich herziehen, Erwachsene nehmen ihn oftmals zum Einkaufen mit, um schwere Tüten darauf zu stellen. Und da ist mir die Idee gekommen, die Leiche damit abzutransportieren.«

Der Kommissar gab ein trockenes Auflachen von sich. »Sie haben recht, das glaube ich Ihnen tatsächlich nicht. Sie wollen mir weismachen, dass sie eine etwa 50 Kilo schwere Leiche auf einem Handwagen transportiert haben und damit die Frankfurter Straße langgefahren sind, wo sie jeder hätte sehen können?« Freddy Graf und sein Assistent wechselten ungläubige Blicke.

»Warum haben Sie denn die Leiche überhaupt abtransportiert? Sie hätten sie doch einfach auf dem Bombengrundstück liegen lassen können«, wandte sich Josef Brauburger an Lottie, die um eine rasche Antwort nicht verlegen war.

»Um Brian O'Shaugnessy den Mord in die Schuhe zu schieben. Ich mag diesen Kerl nämlich nicht sonderlich, weil er meine beste Freundin immer so in Beschlag nimmt, dass sie kaum noch Zeit für mich hat.«

»Woher wussten Sie denn eigentlich, wo sein Auto steht? Denn meines Wissens waren Sie an diesem Abend gar nicht im *Rheingold,* und ihr nächtlicher Rundgang lag ja in der anderen Richtung«, insistierte Freddy unnachgiebig.

Lottie blieb unbeeindruckt. »Na, ich bin halt einen Bogen gelaufen, erst links die Frankfurter Straße lang bis zum *Rheingold*, wo Brians rosa Cadillac geparkt war, und dann die Frankfurter wieder zurück in rechter Richtung bis zum Bombengrundstück.«

»Warum habe ich nur die ganze Zeit das Gefühl, Sie lügen das Blaue vom Himmel herunter?«

Der Kriminalkommissar fixierte Lottie unbarmherzig. Doch die Angesprochene zuckte mit keiner Wimper und fuhr unverdrossen fort.

»Weil ich wusste, dass Brian sein Auto meistens nicht abschloss, ist mir die Idee gekommen, Ritas Leiche dort abzulegen. – Viel mehr gibt es nicht zu sagen«, endete Lottie und wirkte fast erleichtert.

»Fehlt da nicht noch etwas?«, erkundigte sich der Kommissar lauernd.

Lottie zuckte leicht zusammen, dann tippte sie sich verstehend mit den Fingern an die Stirn. »Ach so, ich bin natürlich gerne bereit, das Geständnis zu unterschreiben.«

Die bohrenden Blicke der beiden Kriminalisten verrieten ihr jedoch, dass sie damit falschlag. Angestrengt überlegte sie, welches Puzzleteil noch fehlte und kam sich kurzzeitig vor wie eine Kandidatin in der beliebten Quizsendung *Hätten Sie's gewusst?* mit Heinz Maegerlein.

»Natürlich, wie konnte ich das nur vergessen!«, rief sie mit einem Mal aus. »Bevor ich die Leiche auf den Handwagen gelegt habe, habe ich ihr mit einem Schlüssel die Buchstauben *V D* in den Bauch geritzt.«

»Ah, das ist ja interessant, diesen Schlüssel hätte ich gerne«, kam es prompt von Freddy Graf.

Lottie beäugte ihn irritiert. »Äh, wieso denn das?«

»Weil ich ihn zur Untersuchung nach Wiesbaden ins Kriminaltechnische Institut schicken werde.«

»Da werden Sie nichts finden, ich habe ihn zu Hause nämlich gründlich saubergemacht«, entgegnete Lottie mit trotzigem Unterton.

»Das macht nichts, geben Sie ihn mir trotzdem«, forderte Freddy sie in amtlichen Tonfall auf.

Lottie holte ihren Schlüsselbund aus der Manteltasche, nahm einen Schlüssel vom Bund und reichte ihn dem Kommissar.

»Das ist mein Wohnungsschlüssel … äh, den brauche ich aber noch, sonst komme ich ja nicht in meine Wohnung rein …«, murmelte sie verunsichert.

»Das brauchen Sie auch erst mal nicht, Sie sind nämlich verhaftet«, blaffte Freddy sie an, forderte Brauburger auf, Frau von Chomsky noch einmal ihr Geständnis vorzulesen und es ihr anschließend zur Unterschrift vorzulegen.

Nachdem sie unterschrieben hatte, fragte sie beklommen, ob Karl-Otto nun wieder aus der forensischen Psychiatrie entlassen werde, denn nun, da sich die Hintergründe von Ritas Tod aufgeklärt hätten, sei seine Unschuld ja einwandfrei erwiesen.

»Einwandfrei erwiesen ist hier gar nichts«, raunzte der Kommissar ärgerlich. »Und obwohl es für mich so klar ist wie das Amen in der Kirche, dass Sie Ihre Geschichte frei erfunden haben, um Ihren Sohnemann zu entlasten, muss ich Sie, einstweilen zumindest, in Untersuchungshaft nehmen – bis Sie Ihre Aussagen widerrufen oder wir endlich denjenigen überführen können, der den Tod von Rita Scheugraben tatsächlich verursacht hat.«

Er erteilte den uniformierten Kollegen den Auftrag, die Gefangenen Lagrin und Schmidt aus der Haft zu entlassen und Frau von Chomsky in eine der frei gewordenen Zellen zu schließen.

*

Sie schlug, wie jeden Abend vor dem Schlafengehen, das Buch auf und las den Inhalt von der ersten bis zur letzten Seite mit akribischer Aufmerksamkeit durch – um nichts davon zu vergessen. Da sich ihr ohnehin selbst das kleinste Detail unauslöschlich in die Seele gebrannt hatte, war es selbstquälerisch, das zu tun, und das konnte ihr nur recht sein.

Aus dem Tagebuch einer Rabenmutter:

Als ich ihm letztens gesagt habe, dass ich schwanger von ihm bin, ist er entsetzt aufgesprungen und hat mich angeschrien, dass er das Kind auf keinen Fall haben will und ich soll es unbedingt abtreiben lassen.

Von da an hat er mich gemieden, als ob ich die Pest hätte, hat mich nicht mehr angefasst oder geküsst – wo er doch sonst nicht genug von mir kriegen konnte. »Mein blondes Gift«, wie er mich immer genannt hat, »you're killing me!«

Doch jetzt ist er der reinste Eisblock und hat mir unmissverständlich klar gemacht, dass er sich von mir trennen will – »right now!«

Ich habe es gar nicht fassen können, wo es doch immer so schön mit uns war. Wir waren doch total verliebt ineinander, und er hat mir oft gesagt, dass er mich liebt, worüber ich unsagbar glücklich war. Denn ich habe ja nur ihn, er ist alles für mich, auch ein bisschen meine Familie, weil ich ja keine mehr habe.

Eine ganze Zeit lang bin ich ihm noch nachgelaufen, weil ich mich einfach nicht damit abfinden konnte, dass endgültig Schluss mit uns war. Doch er hat jedes Mal sofort abgeblockt, wenn ich mit ihm reden wollte. Ob ich denn gar keinen Stolz mehr hätte, hat er gefragt und mich sogar noch beleidigt. »German bitch«, hat er mich beschimpft.

Aber ich habe nicht so leicht aufgegeben, weil ich ja ein Kind im Leib getragen habe, unser gemeinsames Kind. Als ich das letzte Mal in der Bergkaserne an seine Zimmertür geklopft habe, kam ein fremder GI heraus und hat mir gesagt, dass Ray in die Staaten versetzt worden ist.

Da bin ich weinend zusammengebrochen und dann kamen zwei Sanitäter. »I am pregnant«, habe ich zu denen gesagt, und dann haben die mich auf einer Trage ins Medical Center gebracht. So ein freundlicher Arzt hat sich dort um mich gekümmert, und dem habe ich mein Herz ausgeschüttet, wo ich ja sonst niemanden habe, mit dem ich reden kann. Der Doktor war sehr mitfühlend, ich habe gemerkt, wie leid ich ihm getan habe. Er hat mich dann zum Büro von Oberstleutnant Carson begleitet und ihm kurz Bescheid gesagt, um was es geht.

Mister Carson ist der Vertrauensmann für die GIs in der Bergkaserne, der sich um ihre familiären Angelegenheiten kümmert. Er hat mir freundlich einen Stuhl angeboten und sich angehört, was ich zu sagen hatte. Er hat so etwas Väterliches an sich gehabt, ein Gemütsmensch, zu dem ich gleich Vertrauen hatte.

Anschließend hat er mich auf seine herzerwärmende Art wissen lassen, dass die Kinder ihrer Soldaten für die US-Armee Privatangelegenheiten wären, in die sie sich grundsätzlich nicht einmischen würden. Er könne in der Angelegenheit leider nichts für mich tun, das müsste ich schon mit dem GI selber klären.

»Aber der ist ja gar nicht mehr da, der ist doch nach Amerika versetzt worden«, habe ich zu ihm gesagt und musste wieder heulen. Da ist mir eine Idee gekommen, und ich habe ihn gefragt, ob er mir nicht Rays Adresse geben kann, damit ich ihn kontaktieren könnte.

Da hat er den Kopf geschüttelt und gesagt, das wäre gegen die Vorschriften. Dann hat er salbungsvoll gemeint, das täte ihm leid, und mich zuckersüß hinauskomplimentiert, der falsche Fünfziger!

In meiner Verzweiflung, habe ich noch mal an seine Tür geklopft und ihn gefragt, ob ich denn von der Armee vielleicht eine finanzielle Unterstützung kriegen könnte, denn mein Kind wäre ja auch das Kind eines Angehörigen der amerikanischen Armee und ich stünde absolut alleine da und hätte niemanden, der mich und mein Kind unterstützen würde.

Mister Carson hat sich darüber fast tot gelacht und mich an das Jugendamt in Friedberg verwiesen.

Am nächsten Tag bin ich tatsächlich zum Jugendamt gefahren, um mich in meiner Situation beraten zu lassen und mir Hilfe zu holen für mich und das Kleine, denn eine Abtreibung kam für mich als gläubige Katholikin ja nicht infrage.

Die Frau an der Pforte sagte mir, dass eine Frau Ottenschläger von der Familienfürsorge für mich zuständig wäre. Die hat mich eine gute Stunde auf dem Flur warten lassen, ehe sie mich ins Büro gerufen hat.

So etwas Sauertöpfisches wie die hat die Welt noch nicht gesehen, kann ich da nur sagen! Mit Dutt, Brille und Damenbart auf der Oberlippe – ich weiß, ich weiß, es kann ja nicht jede aussehen wie Greta Garbo. Aber die Ottenschläger war nicht nur hässlich, sondern auch richtig garstig, das habe ich auf den ersten Blick gesehen. Ich habe ihr dann kurz gesagt, um was es geht, und als ich erwähnt habe, dass der Vater meines Kindes ein GI ist, fragte sie wie aus der Pistole geschossen:

»Vergewaltigt oder freiwillig?«

»Wir waren fast ein Jahr zusammen«, habe ich geantwortet.

»Trotzdem ist es ein Kind der Schande, ein unehelicher Bankert, der als Fürsorgezögling dem Steuerzahler auf der Tasche liegen wird«, hat sie gekeift und mich dabei angestarrt, als wäre ich der letzte Abschaum.

»Wieder ein uneheliches Besatzungskind mehr, das wir zu betreuen haben, weil seine Mutter einen liederlichen Lebenswandel führt.« Sie musterte mich verächtlich. »Jetzt sagen Sie bloß noch, dass es ein Negerkind wird.«

Ich verneinte das, worauf sie mich fragte, ob ich denn eine Familie hätte, die sich um mich kümmern könnte.

»Nein, meine Angehörigen sind alle im Krieg oder auf der Flucht aus dem Sudetenland gestorben. Ich habe als Einzige überlebt«, habe ich gesagt.

Da wollte sie von mir wissen, ob ich von der Fürsorge lebe oder arbeiten gehe. Ich habe entgegnet, dass ich zurzeit als Zimmermädchen arbeite.

»Für Ihr Kind sehe ich nur zwei Möglichkeiten: Adoption oder Heim. Sollten Sie sich dafür entscheiden, Ihr Kind nach der Geburt zur Adoption freizugeben, könnten wir Ihnen

behilflich sein, eine Adoptionsfamilie in den USA zu finden. Bei der Vielzahl an Besatzungskindern, die wir als Garnisonsstadt zu betreuen haben, verfügen wir diesbezüglich nämlich über entsprechende Kontakte.«

Ich war wie vor den Kopf gestoßen. Ich wollte doch mein Kind nicht ins Heim und erst recht nicht zur Adoption freigeben!

»Gibt es denn keine andere Möglichkeit? Ich meine, dass das Kind bei mir bleibt und ich so lange von der Fürsorge lebe, bis das Kleine in den Kindergarten kommt und ich wieder arbeiten kann?«

Da wurde Frau Ottenschläger richtig wütend. »Wenn das arme Würmchen bei Ihnen aufwächst, sehe ich die Gefahr, dass es seelisch labil wird und moralisch verwahrlost!«, schrie sie mir ins Gesicht. »Es wird auf die schiefe Bahn kommen genau wie seine Mutter. Da ist das Kind im Heim doch viel besser aufgehoben als bei einem Amiliebchen!«

Warum sind nur alle so gemein zu mir?, habe ich mich da gefragt und das Heulen angefangen.

»Das hätten Sie sich besser vor Ihrem Fehltritt überlegen sollen und ehe Sie sich mit einem Besatzer einlassen. Warum haben Sie sich nicht einen anständigen deutschen Mann gesucht, einen tüchtigen Handwerker, der es ernst mit Ihnen meint? Sie sind doch eine ansehnliche Person und patent sind Sie auch.« Frau Ottenschlägers Tonfall war deutlich entgegenkommender geworden. »Überlegen Sie sich das noch mal mit einer Adoption, das wäre doch für Sie und das Kind das Allerbeste. Wir achten sehr darauf, dass die Kinder in geordnete soziale Verhältnisse kommen, und da das Kind einen amerikanischen Vater hat, wäre es doch naheliegend, dass es in seine angestammte Heimat zurückkehrt.«

Zum ersten Mal zeigte sich der Anflug eines Lächelns auf Frau Ottenschlägers Gesicht, was ich jedoch mit meinem Aus-

spruch, »Nie und nimmer werde ich mein Kind weggeben«, mit einem Schlag zunichtemachte.

Sag niemals nie, kann ich da im Nachhinein nur sagen!

KAPITEL 15

»Blue Velvet«

(Tony Bennett und Percy Faith & Hits Orchestra, 1951)

Elfi seufzte lustvoll und schmiegte sich zärtlich an Freddys Brust. Den ganzen Sonntagnachmittag hatten sie im Bett zugebracht, und inzwischen hatte die Dämmerung eingesetzt.

»Weißt du, dass ich ganz schön Hunger habe?«, sagte Freddy und knabberte Elfi liebevoll am Nacken. »Ist eigentlich noch was von dem Frankfurter Kranz da?«

Elfi lachte. »Der ganze Kuchen ist noch da! Wir haben ihn ja gar nicht angerührt, weil wir gleich übereinander hergefallen sind wie die Verrückten.«

»Ich bin ja auch ganz verrückt nach dir«, gestand Freddy mit verliebtem Lächeln.

»Und ich erst nach dir«, flüsterte Elfi. »Ich glaube, ich war noch nie im Leben so glücklich!« Sie verschmolzen miteinander in einem leidenschaftlichen Kuss, und Elfi spürte, dass sie schon beim nächsten Kuss, bei der nächsten Umarmung noch glücklicher sein würde als zuvor.

Es war der Zauber der Liebe, der in ihnen eine wilde Sinnlichkeit entfacht hatte, die süchtig nach mehr machte. Mit Haut und Haaren hatten sie sich der machtvollen Woge der Lust ergeben, mit einer Hingabe, wie sie nur die wahre Liebe kennt.

»Dann hole ich uns mal den Kuchen, oder wollen wir aufstehen und ihn im Wohnzimmer essen?« Elfi blickte Freddy fragend an.

»Aufstehen, Kuchen essen und wieder ins Bett gehen«, entgegnete Freddy vergnügt und schwang die Beine aus dem Bett. Beim Anblick der kunterbunt über den Boden verstreuten Kleidungsstücke musste er unwillkürlich grinsen. »Wo ist denn meine Hose?«, murmelte er stirnrunzelnd, während seine Blicke suchend über den cremefarbenen Teppichboden schweiften. Da entdeckte er Elfis Negligé über der Stuhllehne und streifte es sich kurzerhand über. Die Ärmel waren viel zu kurz und spannten über seinen Bizeps, Elfi bog sich vor Lachen bei dem skurrilen Anblick und schlüpfte in ihren warmen Flanellmorgenmantel.

Als sie im Wohnzimmer das Licht anschaltete, gewahrte sie unweit der Türschwelle ihr blaues Samtkleid und klaubte das edle Kleidungsstück kopfschüttelnd vom Boden auf. Verrückt wie zwei verliebte Teenager, sie lächelte versonnen, denn genauso fühlte sie sich und genoss es in vollen Zügen.

Während Freddy mit gutem Appetit bereits sein drittes Stück Frankfurter Kranz verspeiste, kam er plötzlich wieder auf das zu sprechen, was ihn schon seit Tagen beschäftigte und worüber er auch mit seinem Assistenten geredet hatte, der genauso ratlos war wie er.

»Die Frau, die anonym bleiben wollte und mir am Telefon den Hinweis auf Asta und Kammersänger Schmidt gegeben hat, hat auch stark das R gerollt – das ist doch sonderbar«, ließ er Elfi mit nachdenklicher Miene wissen. »Das war aber mit Sicherheit nicht deine Freundin Lottie, die Frau am Telefon hatte eine ganz andere Stimme und hat auch keinen ostpreußischen, sondern einen sudetendeutschen Dialekt gesprochen. – Ich meine ja nur, weil der Stadtstreicher gesagt hat, die Frau mit den hellblonden Haaren, die auf Rita eingeprügelt hätte, hätte so ein rollendes R gesprochen. Ich zerbreche mir seither den Kopf, ob die anonyme Anruferin am Ende noch diejenige war, die Ritas Tod verursacht hat und

Frau Lagrin und Herrn Schmidt die Schuld in die Schuhe schieben wollte.«

Bei Elfi läuteten sämtliche Alarmglocken. »Warum hast du das denn nicht schon früher gesagt, dass die anonyme Anruferin einen sudetendeutschen Dialekt gesprochen und das R so gerollt hat«, stieß Elfi hervor und schlug fassungslos die Hände zusammen.

»Weil ... weil wir damals ja noch nicht so eng miteinander waren wie jetzt und ich mir gedacht habe, das geht dich nichts an«, erwiderte Freddy zerknirscht. »Du weißt selbst, wie wir uns immer in die Wolle gekriegt haben, weil ich es gewagt habe, deine hochheiligen Freunde zu verdächtigen. Wir waren doch wie Hund und Katz, und mir ist es ganz schön auf die Nerven gegangen, wie du dich in alles eingemischt und mich als Stümper hingestellt hast.«

Elfi war viel zu sehr in ihre Gedanken versunken, um ihm das anzukreiden. »Mir ist da nämlich spontan eine Idee gekommen, als du das eben gesagt hast«, brach es aus ihr heraus. »Denn ich hatte mal eine Bedienung, die sudetendeutschen Dialekt mit rollendem R gesprochen hat. Sie heißt Helga Köppel, ist Mitte 20 und hat halblange hellblonde Haare. Eine bildhübsche junge Frau, die immer tipptopp gekleidet und hergerichtet war. Ich sehe sie noch vor mir mit ihren toupierten blonden Haaren und der modischen Außenwelle. Sie war ähnlich attraktiv wie Rita, nur eher der unnahbare Grace-Kelly-Typ. Obwohl sie viele Verehrer hatte, war sie sehr zurückhaltend und hatte nur Augen für ihren Freund, einen jungen GI namens Ray ...« Elfi hielt unvermittelt inne. »Er fuhr einen rosafarbenen Cadillac, den gleichen wie Brian! Ist das nicht ein merkwürdiger Zufall?«

Freddy konnte kaum noch an sich halten. »In der Tat, erzähl weiter.«

»Jedenfalls hat Helga, mit der ich sehr zufrieden war, von

heute auf morgen gekündigt. Das ist noch gar nicht so lange her, das muss im Frühjahr gewesen sein. Ich war ziemlich ärgerlich, dass sie so mir nichts, dir nichts hingeworfen hat und habe das auch erst nicht begriffen, wo wir uns ja immer gut verstanden haben. Auch bei den Gästen war Helga sehr beliebt. Erst im Nachhinein ist mir bewusst geworden, wer der wahre Grund war, warum Helga so schlagartig aufgehört hat: nämlich Rita! Dieses Aas hat Helga den Freund ausgespannt. Außerdem wurde im *Rheingold* gemunkelt, dass Helga von Ray schwanger wäre und es sie deswegen auch besonders hart getroffen habe, dass er ihr wegen Rita den Laufpass gegeben hat. Mir hat sie nie gesagt, dass sie was Kleines kriegt, und man hat ihr eigentlich auch nichts angesehen außer, dass sie etwas zugelegt hat. Aber das konnte sie auch gut vertragen, so schlank, wie sie war. Als ich davon gehört habe, bin ich in die Bodestraße gegangen, wo sie gewohnt hat, und wollte an ihrer Tür läuten, um noch einmal mit ihr zu reden und ihr Hilfe anzubieten, denn ihre Leute waren ja alle gestorben und sie stand ganz alleine da. Aber Helgas Name war nicht mehr an der Klingel. Eine Nachbarin hat mir dann gesagt, dass sie kurzfristig ausgezogen wäre, wohin, konnte sie leider nicht sagen. Ich habe seither nichts mehr von ihr gehört, oder gesehen. Im *Rheingold* hat sie sich ja sowieso nicht mehr blicken lassen wegen der Sache mit Ray und Rita, und kurze Zeit danach ist Ray auch nicht mehr gekommen. Ich habe gehört, er wäre in die Staaten zurückgekehrt.«

Freddy klatschte entgeistert in die Hände. »Nach allem, was du mir eben erzählt hast, könnte diese Helga durchaus ein triftiges Motiv gehabt haben, Rita zu attackieren. Wir müssen sie unbedingt ausfindig machen und befragen.« Freddy erhob sich entschlossen vom Stuhl und sammelte seine Kleidungsstücke ein.

»Aber doch nicht am heiligen Sonntag, außerdem ist es schon kurz nach 19 Uhr«, bemerkte Elfi, die ihm ins Schlafzimmer gefolgt war, konsterniert.

»Das spielt für die Kriminalpolizei keine Rolle, meine Schöne. Ich rufe gleich Josef Brauburger an und dann mach ich mich auf den Weg. – Aber ich komme wieder, wenn ich darf, doch es kann spät werden.«

»Zu jeder Tages- und Nachtzeit«, erwiderte Elfi und lächelte verführerisch.

Nach einem heißen Abschiedskuss geleitete sie Freddy zur Haustür, wo ihnen Asta und Renato von draußen entgegenkamen.

Obgleich Elfi ihre Freunde eingeweiht hatte, dass sie mit Freddy ein Verhältnis hatte, herrschte doch einstweilen betretenes Schweigen, als sich die beiden Paare Auge in Auge gegenüberstanden.

Denn die stundenlangen Verhöre unter Freddys unbarmherzigem Adlerblick waren Asta und Renato noch allzu deutlich in Erinnerung geblieben. Daher zuckten sie auch erschrocken zusammen, als Freddy sich unvermittelt mit der Bemerkung an sie wandte, er habe noch eine Frage an sie.

»Keine Angst, es ist nichts Schlimmes«, fügte er besänftigend hinzu, als er die verängstigten Mienen der beiden in die Jahre gekommenen Paradiesvögel gewahrte.

»Ich hatte Ihnen bei unserem Verhör doch die Frage gestellt, ob Ihnen in der Mordnacht außer Rita Scheugraben noch jemand anderes begegnet ist, der zu dieser späten Stunde noch auf der Straße unterwegs war – und da hatten sie gesagt, eine Frau auf einem Fahrrad wäre an Ihnen vorbeigefahren.«

Der Kriminalkommissar blickte Asta und Renato forschend an, ehe er fortfuhr: »Und da hatten Sie, Frau Lagrin, doch erwähnt, dass Ihnen die Frau irgendwie bekannt vorgekommen wäre, aber Sie hätten sie nicht so genau erkennen können, weil es dunkel gewesen wäre und sie ein Regencape mit Kapuze getragen hätte.«

Asta nickte. »Ich bin mir nicht sicher und habe nach wie vor noch meine Zweifel«, erwiderte sie unbehaglich. »Aber manchmal ist ja der erste Gedanke der richtige, das sagt man zumindest so. Denn als ich das Gesicht der Frau flüchtig gesehen habe, als sie an uns vorbeifuhr, habe ich gedacht, das ist doch die Helga, die bei Elfi früher eine Zeit lang als Bedienung gearbeitet hat. Andererseits war ich mir da auch nicht sicher, denn Helga kannte uns ja und hätte uns bestimmt gegrüßt, so freundlich und wohlerzogen, wie sie immer war. Denn die Dame auf dem Fahrrad hat ja noch nicht mal guten Abend gesagt und ist grußlos an uns vorbeigefahren. Vielleicht lag das ja auch an dem Regenwetter, das kann einem zuweilen schon ganz schön die Laune verhageln, erst recht, wenn man auf dem Fahrrad sitzt.« Asta schüttelte sich auch jetzt, da eine Windbö ihren fadenscheinigen Mantel aufbauschte. »Aber da kommt mir eine Idee, wie wir das klären können«, erklärte sie mit einem Mal bestimmt.

»Wir fragen sie einfach, ob sie in der besagten Nacht mit dem Fahrrad an uns vorbeigefahren ist.«

Als sie die verblüfften Mienen von Elfi und dem Kriminalkommissar bemerkte, fügte sie erläuternd hinzu: »Helga arbeitet doch als Platzanweiserin in den *Terminus-Lichtspielen*, Papachen und ich haben sie dort gesehen, als wir uns den *Greifer* mit Hans Albers angesehen haben. Wusstest du das denn nicht, Elfchen?«

Elfi verneinte das nachdrücklich mit der Bemerkung, wann komme sie denn mal ins Kino, wo sie doch nahezu alle ihre Abende im *Rheingold* zubringe.

*

»Laut Kinobesitzerin hat Helga Köppel zum 1. November gekündigt und feiert jetzt ihre Überstunden ab. Sie hat ihrer Chefin gegenüber aber keinerlei Angaben gemacht, weshalb sie aufhören will und auch nichts darüber verlautbaren lassen, dass sie eine neue Stelle hat. Der Filmvorführer, mit dem sie sich wohl ganz gut verstanden hat, meinte, dass sie davon gesprochen hätte, nach Amerika auszuwandern, aber das wäre wohl eher so ein Spleen von ihr gewesen.«

Josef Brauburger zündete sich eine *HB* an und berichtete weiter. »Tagsüber hat sie als Zimmermädchen im *Haus Siffring* gearbeitet und abends dann bis in die Nacht hinein im Kino. Hat also mehr oder weniger rund um die Uhr geschuftet, das fleißige Bienchen. Im *Haus Siffring* hat sie auch aufgehört, wie ich vorhin am Telefon erfahren habe. Wie ihre Arbeitgeber übereinstimmend erklärt haben, war sie sehr fleißig und zuverlässig, etwas verschlossen gegenüber ihren Kollegen und hätte sich nur auf die Arbeit konzentriert. Eine Arbeitskraft, wie man sie sich nur wünschen kann und die man nicht gerne ziehen lässt, wie beide Chefs betont haben. Obwohl Helga sehr gut ausgesehen hätte, hätte sie aber wohl mit Männern nichts am Laufen gehabt, und auch von Freundinnen oder Verwandten hätte man nie etwas mitgekriegt. Eine ziemliche Einzelgängerin also, die nur ihre Arbeit kannte und sehr fromm sein muss. Sie wäre auch nie mit irgendwem ausgegangen, stattdessen hätte sie regelmäßig den Gottesdienst besucht, das sei wohl auch ihr einziges Vergnügen gewesen. – Die reinste Heilige, könnte man da meinen.« Der junge Kriminalinspektor verzog spöttisch die Mundwinkel.

»Die Frau ausfindig zu machen, wird nicht leicht werden«, bemerkte Pistolen-Freddy verdrossen. »Beim hiesigen Einwohnermeldeamt ist lediglich ihre alte Adresse in der Bodestraße bekannt, dort hat sie sich bislang noch nicht abgemeldet. Daher hat sie auch ihre neue Anschrift nicht angegeben.«

»Auf ihrer Lohnsteuerkarte im *Haus Siffring* steht auch noch ihre alte Adresse, ich habe sie mir vorhin auf dem Zettel notiert. Wohnhaft in 635 Bad Nauheim, Bodestraße 28«, erklärte Josef und unterdrückte ein Gähnen.

Da es bereits auf 23 Uhr zuging und die Kriminalbeamten für heute ohnehin nichts mehr bewirken konnten, entschied Freddy Graf, die weiteren Nachforschungen bis zum morgigen Tag ruhen zu lassen, was seinem jungen Kollegen sehr gelegen kam.

Freddys Herz schlug höher, als er wenig später in seinen Dienstmercedes stieg, um zu Elfi zu fahren. Beim Gedanken daran, der geliebten Frau bald ganz nahe zu sein, überkam ihn ein wohliger Schauder.

Elfi und er passten einfach perfekt zusammen, noch mit keiner anderen Frau war er jemals so glücklich gewesen. Er konnte es kaum noch erwarten, ihren wundervollen Körper zu spüren, und trat so fest aufs Gaspedal, als er links in die Frankfurter Straße abbog, dass die Reifen quietschten.

*

»Was hat Sie denn zu dieser Tat bewogen?« Der Nervenarzt mit dem dunklen Vollbart und dem Röntgenblick hinter den dicken Brillengläsern seiner Hornbrille, der ihr hinter seinem Schreibtisch gegenübersaß, musterte sie lauernd.

Doch sie würde es diesem Weißkittel bestimmt nicht auf die Nase binden, warum sie es getan hatte, da es sie nach wie vor noch bis ins Mark erschütterte, das Kostbarste in ihrem Leben unwiederbringlich verloren zu haben. Nein, ich lasse dich nicht in meinen Kopf, dachte sie trotzig und erkundigte sich stattdessen bei dem Psychiater, wann sie wieder entlassen werden würde.

»Das kann noch dauern«, erwiderte Doktor Haas entschieden. »Denn Sie haben ja nicht nur eine Fensterscheibe eingeschlagen, sondern noch dazu in einer Art Tobsuchtsanfall einen Polizisten in den Arm gebissen, als er Sie festnehmen wollte. Dabei haben Sie die ganze Zeit geschrien, ›Ich will mein Kind zurück‹, und anschließend hatten Sie einen schweren Nervenzusammenbruch. Der Grund für Ihre Einweisung in die geschlossene Psychiatrie lautet: ›Fremdgefährdung im Zustand der Unzurechnungsfähigkeit‹, und je therapieunwilliger Sie sich zeigen, desto länger wird Ihr Aufenthalt bei uns dauern.« Er lächelte blasiert.

»Also, sagen Sie mir doch bitte ganz offen und ehrlich, was es mit diesem ominösen Kind auf sich hat. Denn, wie gesagt, nur wenn Sie kooperativ sind, kann Ihnen geholfen werden – und aufgrund Ihrer seelischen Verfassung ist es nur allzu offensichtlich, dass Sie unbedingt professionelle Hilfe benötigen.«

Anstelle einer Antwort presste sie nur verbissen die Lippen zusammen, daher schlug der erfahrene Psychiater einen anderen Kurs ein.

»Ich bin Ihr Arzt, mir können Sie vertrauen, ich unterstehe der ärztlichen Schweigepflicht und kann Ihnen versichern, dass alles, was wir hier in diesem Raum besprechen, niemals nach außen getragen wird. Das verspreche ich Ihnen.« Er musterte sie begütigend, und mit einem Mal flackerte, wenn auch nur für den Bruchteil von Sekunden, ein schwacher Hoffnungsschimmer auf, der vom Ende des Tunnels zu kommen schien.

»Äh, wenn Sie versprechen, mir zu helfen, sage ich Ihnen die Wahrheit«, stieß sie hervor und war den Tränen nahe.

»Bei was soll ich Ihnen denn helfen?«

»Mein Kind wieder zurückzukriegen«, stammelte sie mit tränenerstickter Stimme und wurde von einem so heftigen Weinkrampf geschüttelt, dass sie nicht mehr in der Lage war weiterzusprechen. Es war wieder genauso wie beim letzten Mal, als sie auf dem Jugendamt war. Jedes Mal, wenn sie über ihr Kind sprach, wurde sie vom Schmerz so überwältigt, dass es ihr schier das Herz brach.

Als Psychiater, dem die emotionale Palette in ihrer ganzen Bandbreite bei seinen Patienten hinlänglich bekannt war, war Doktor Haas von ein paar Tränen nicht aus der Fassung zu bringen. Mitgefühl hatte ohnehin hinter dem professionellen Blick eines Seelenarztes zurückzutreten. Dennoch konnte ein gutes Wort selbst bei verstockten Patienten zuweilen wahre Wunder bewirken, wie er aus Erfahrung wusste, daher gab er sich jetzt auch väterlich und versicherte der jungen Frau, er werde ihr helfen, so gut er könne – was durchaus nicht gelogen war.

Damit seine Patientin sich besser entspannen konnte, erhob er sich hinter seinem Schreibtisch und geleitete sie zu einer Couch in der Ecke des Raums, die ganz im Geiste von Sigmund Freud, dem Begründer der Psychoanalyse, mit einer weichen Plüschdecke und behaglichen Kissen drapiert war und förmlich zum Hinlegen einlud.

»Bitte legen Sie sich hin und erzählen Sie mir alles, was Ihnen auf der Seele lastet«, forderte er die junge Frau mit den hellblonden Haaren zuvorkommend auf und nahm am Kopfende der Couch auf einem Stuhl Platz.

Nachdem sie etwa eine halbe Stunde ausführlich darüber berichtet hatte, was ihr seit der Trennung von Ray alles widerfahren war und Doktor Haas ihr zugehört und nur wenige Fragen gestellt hatte, erreichte ihr persönliches Drama langsam seinen Höhepunkt. Immer häufiger musste sie ihre Schilderungen unterbrechen, weil sie weinen musste. Der Psychiater reichte ihr fürsorglich ein säuberlich gebügeltes und zusammengefaltetes weißes Herrentaschentuch.

»Auf der Geburtsstation im Hochwaldkrankenhaus in Bad Nauheim habe ich dann entbunden. Es waren höllische

Schmerzen, und ich habe geschrien wie am Spieß, aber die Hebamme hat gemeint, es wäre eine leichte Geburt gewesen. ›Sie haben einen gesunden Jungen zur Welt gebracht, danken Sie dem Himmel‹, hat sie gesagt und das Baby gewaschen. Dann hat sie es mir noch einmal kurz gebracht und an die Brust gelegt, bis alles so weit gerichtet war«, erklärte sie mit brüchiger Stimme. »Es war der glücklichste Moment meines Lebens, als ich den Kleinen an mein Herz drücken konnte, und ich habe wieder diese tiefe Verbundenheit mit ihm gespürt, die ich auch schon während der Schwangerschaft hatte, als er noch in meinem Bauch war. Ein innerer Friede, ein Glücksgefühl, das durch nichts zu erschüttern war. Das war die wahre Liebe, wir gehörten untrennbar zusammen und ich wollte meinen kleinen Schatz nie wieder hergeben …« Sie stockte und wurde von einem heftigen Schluchzen geschüttelt. »Dann kam eine Säuglingsschwester mit einer fahrbaren Wiege und hat ihn mir weggenommen«, schluchzte sie. »Das ging alles so schnell … ich konnte nichts dagegen machen und habe ihn nie wiedergesehen …«

Doktor Haas hüstelte ergriffen, da ihn das zutiefst erschütternde Erlebnis der jungen Frau berührte, mühte sich aber gleichzeitig um die nötige berufliche Distanz.

»Sie hatten ja auf dem Jungendamt die Einwilligungserklärung unterschrieben, dass der Säugling gleich nach der Geburt zur Adoption freigegeben wird«, warf er in bemüht neutralem Tonfall ein.

»Das war der größte Fehler meines Lebens«, brach es in schlimmster Seelenpein aus ihr heraus. »Ich habe alles versucht, es wieder rückgängig zu machen, doch bin nur noch gegen Mauern gerannt. Weil ich ja kein Kind mehr hatte, haben die mich gleich nach der Entbindung auf die allgemeine Frauenstation verlegt. Da bin ich sofort wieder auf wackligen Beinen auf die Entbindungsstation gegangen, zu dem Babyraum hinter der großen Glasscheibe, wo die Neugeborenen in ihren Bettchen liegen. Doch unter all den Ursulas, Bettinas, Hans-Peters und Werners war nirgendwo mein Hubertus auszumachen – den Vornamen, den ich den Schwestern im Kreißsaal genannt hatte, der gemeinsam mit meinem Nachnamen auf das Armbändchen des Säuglings geschrieben wird, damit die Kinder nicht verwechselt werden. Der Name, der auch auf den rosa oder hellblauen Schildern am Bettchen steht, rosa für die Mädchen und hellblau für die Buben. Da habe ich angefangen, Zeter und Mordio zu schreien, und da kam gleich die Oberschwester und hat mich angeherrscht, ich soll auf der Stelle aufhören, so einen Krach zu machen, da würden es ja die Babys mit der Angst zu tun kriegen. Außerdem wäre ich doch selber schuld, wenn ich mein Kind zur Adoption freigegeben hätte, bräuchte ich mich doch nicht zu wundern, dass man mir das Baby wegnimmt. Da habe ich gesagt, dass ich es mir inzwischen anders überlegt hätte und das mit der Adoption bitter bereuen und alles daransetzen würde, die Freigabe zur Adoption rückgängig zu machen. Die Oberschwester hat gemeint, das dürfte schwierig werden, weil vom Jugendamt schon alles in die Wege geleitet worden wäre, aber ich könnte es ja trotzdem mal versuchen, ob ich den Kleinen zurückkriegen könnte. Denn immerhin wäre ich ja die leibliche Mutter, und sie wäre grundsätzlich der Meinung, dass ein Kind zu seiner Mutter gehört. Deswegen hat sie mir auch gesagt, dass der Kleine im Rahmen der Kinderheilfürsorge vorübergehend ins Kinder- und Säuglingsheim *Haus Sonnenblick* in der Burgallee 3 gebracht worden ist, bis er in die Familie seiner Adoptiveltern kommt. Mehr wüsste sie auch nicht. Die Schwestern von der Frauenstation wollten mich natürlich nicht gehen lassen, so schwach, wie ich nach der Geburt noch war, doch ich habe darauf bestanden, dass ich auf eigene Verantwortung vorzeitig entlassen werde. Mit meinem Köfferchen in der Hand bin ich dann so schnell es meine wackligen Beine erlaubt haben, zur Burgallee gehetzt. Doch vergebens, denn angeblich wäre mein Kleiner schon von den Adoptiveltern abgeholt worden – wenn das überhaupt gestimmt hat. Vielleicht hat die Säuglingsschwester das ja auch nur gesagt, um mich abzuwimmeln. Als ich wissen wollte, was das für Leute waren, die mein Baby adoptiert haben, wie die hießen und wo die herkamen, hat sie nur mit den Schultern gezuckt und sich dumm gestellt. Das Jugendamt wäre für Adoptionen zuständig und nicht das *Haus Sonnenblick*, hat sie mich abgespeist und mir die Tür vor der Nase zugeknallt. So eine Behandlung war leider nichts Neues für mich, denn als ledige Mutter wirst du von allen behandelt wie der letzte Dreck, erst recht wenn du von einem Ami schwanger bist. Das kannte ich ja noch gut von Frau Ottenschläger, diesem Drachen vom Jugendamt. In meiner Verzweiflung habe ich dann die Ottenschläger aus der Telefonzelle angerufen, doch es war schon nach 16 Uhr und die war nicht mehr im Dienst. Also konnte ich erst am nächsten Morgen hin. Am Abend habe ich mir zu Hause die Augen aus dem Kopf geheult und eine Handvoll Schlaftabletten genommen. Am liebsten hätte ich das ganze Röhrchen geschluckt, so elend, wie ich mich gefühlt habe. Nur wegen meinem Kleinen habe ich es nicht gemacht, denn den hätte ich ja dann nie mehr zurückgekriegt.« Sie presste sich die Hand auf den Mund und unterdrückte ein Schluchzen. »Manchmal denke ich das ja, dass ich ihn nie wieder zurückkriege, aber das will und kann ich einfach nicht wahrhaben.«

»Wie hat sich denn das Jugendamt verhalten, als Sie sagten, dass Sie die Adoption gerne rückgängig machen würden?«, fragte der Psychiater unvermittelt.

»Die Ottenschläger hat mich angeschnauzt, was ich mir denn einbilden würde. Erst hü, dann hott, so ginge das nicht.

Mit dem Eingang der von mir unterschriebenen Einwilligungserklärung beim Familiengericht wäre die Freigabe des Kindes zur Adoption wirksam und könnte nicht mehr rückgängig gemacht werden. Ein älteres kinderloses amerikanisches Ehepaar, anständige und tugendhafte Leute, hätten den Jungen adoptiert und mit in die Staaten genommen. Als ich dann geweint und sie mit erhobenen Händen angefleht habe, mir doch wenigstens Namen und Anschrift der Adoptiveltern zu nennen, um sie zu bitten, von der Adoption meines Jungen zurückzutreten, ist sie wieder ausfallend geworden. Das wäre ihr vom Gesetz her untersagt und Schluss! Ich sollte jetzt endlich Ruhe geben und keine Verwirrung mehr stiften, denn mein Junge wäre in besten Händen bei anständigen und gut situierten Leuten, die dem Kind ein ganz anderes Leben bieten könnten, mit viel besseren beruflichen Aussichten, als das bei mir der Fall wäre. Und wenn ich für mein Kind wirklich das Beste wollte, sollte ich mir das doch unbedingt vor Augen halten. Alles andere wäre unverantwortlich und nichts als purer Egoismus. – Aber es ist doch viel mehr, habe ich da zu ihr gesagt, es ist die reine Liebe, die ich für mein Kind empfinde, und ich werde alles tun, dass mein Kleiner es gut bei mir hat, habe ich sie mit Engelszungen angefleht, doch das ist alles an ihr abgeprallt, wie an einem Panzer. Für sie war ich in der Schublade drin: ›ledige Mutter‹, ›uneheliches Kind‹, ›Amiliebchen‹, ›liederliches Frauenzimmer‹ und da würde ich niemals wieder rauskommen, selbst wenn ich ein Keuschheitsgelübde ablegen und ins Kloster eintreten würde«, konstatierte die junge Frau resigniert.

»Und da sind Sie mitten in der Nacht ins Jugendamt eingebrochen, um die Anschrift des Ehepaars ausfindig zu machen, das Ihren Sohn adoptiert und mit in die Staaten genommen hat«, richtete der Psychiater das Wort an die Patientin. »Sind Sie denn fündig geworden?«

»Nein, leider nicht, denn kurz nachdem ich durch das eingeschlagene Fenster in Frau Ottenschlägers Büro geklettert bin, ist ja schon die Polizei gekommen und hat mich festgenommen. Ich wusste ja auch gar nicht, wo die Adressen der Adoptiveltern aufbewahrt werden und hätte erst mal suchen müssen, dafür hatte ich aber leider nicht die Zeit.« Sie hob ihren Kopf vom weichen Kissen auf der Couch und richtete ihren Blick auf das Profil von Doktor Haas, der mit einem Notizblock in den Händen am Kopfende des Sofas saß.

»Vielleicht können Sie mir ja helfen, Sie haben es mir doch versprochen«, sagte sie eindringlich.

Doktor Haas hob ärgerlich die Brauen in die Höhe. »Wunder kann ich auch keine bewirken, ich kann doch nicht so einfach Ihr Kind wieder aus Amerika zurückholen, das dürfte Ihnen doch wohl klar sein.«

»Natürlich nicht, aber Sie können vielleicht bewirken, dass man mir die Adresse der Adoptiveltern aushändigt, oder auch einen ersten Kontakt zwischen ihnen und mir knüpft – wenn Sie ein entsprechendes Gutachten über mich erstellen, woraus ersichtlich wird, wie wichtig es für mich und mein Kind ist, wieder vereint zu sein.«

Doktor Haas räusperte sich betreten. »Ich kann zumindest versuchen, bei der zuständigen Behörde ein gutes Wort für Sie einzulegen.«

Die junge Frau war von der Liege aufgesprungen und ergriff spontan die Hand des verdutzten Psychiaters und drückte sie ergriffen. »Sie glauben ja gar nicht, was Sie mir damit für einen Gefallen tun würden, Herr Doktor. Das werde ich Ihnen nie vergessen …«

»Gemach, gemach, das muss ich erst mit unserem Chefarzt besprechen, bevor ich da etwas eigenmächtig unternehme«, suchte er ihre Euphorie zu dämpfen, doch die junge Frau hielt unbeirrt an diesem letzten Strohhalm fest, und ihre tränengeröteten Augen blickten mit neuer Hoffnung in die Welt, was auch dem Psychiater nicht entgangen war.

»Sehen wir mal, was sich machen lässt, junge Dame«, erwiderte er mit schiefem Lächeln und erklärte die Sitzung für beendet.

KAPITEL 16

»Mamatschi, schenk mir ein Pferdchen«

(Lys Assia, 1959)

Edwin Frankenfeld, der langjährige Justiziar der Psychiatrischen Klinik in Gießen, begrüßte den Chefarzt und den Oberarzt überaus höflich und bot den Herren in seinem Büro zwei Sessel vor seinem Schreibtisch an.

»Ich muss Ihnen leider mitteilen, dass das Jungendamt Friedberg gegen die geltenden Gesetze verstoßen hat«, fing der Jurist ohne Umschweife an, den beiden Psychiatern zu erläutern, schlug einen dicken Wälzer an einer markierten Stelle auf und fing an, in trockenem Juristendeutsch vorzulesen: »*Die endgültige Freigabe des Kindes zur Adoption ist erst acht Wochen nach der Geburt durch eine von einem Notar beglaubigte Einwilligungserklärung der leiblichen Mutter möglich. Erst mit dem Eingang der unterschriebenen Einwilligung beim Familiengericht ist diese wirksam und kann nicht mehr rückgängig gemacht werden.* – Da sich das Jugendamt in Friedberg offenbar nicht an die Vorschriften gehalten hat, besteht durchaus die Möglichkeit, die Freigabe zur Adoption anzufechten und mit letzter Konsequenz sogar die Adoption des Kindes rückgängig zu machen. Was aber einen erheblichen juristischen Aufwand darstellen würde. Außerdem ist davon auszugehen, dass auch die Adoptiveltern gegen die Rückgabe des Kindes Klage erheben werden. Da diese illegalen Schnelladoptionen angesichts der Vielzahl unehelicher Geburten von Besatzungskindern in unserer heutigen Zeit leider nicht die Ausnahme, sondern eher die Regel sind, neigen die Familiengerichte dazu, die eingereichten Klagen der Mütter aus Überlastungsgründen so lange zu vertagen, bis sie schließlich mit der Begründung eingestellt werden, es lägen nicht behebbare Verfolgungshindernisse vor. Schlussendlich gebe ich auch noch zu bedenken, dass die besagte Patientin bestimmt nicht in der Lage ist, einen Rechtsanwalt zu bezahlen.«

»Mitnichten«, erwiderte Doktor Haas gepresst, den es innerlich erboste, dass der jungen Frau so ein himmelschreiendes Unrecht zugefügt worden war – mit den fatalsten Folgen für ihr späteres Leben und das ihres Kindes.

»Wir könnten dem Jugendamt natürlich einen ordentlichen Rüffel erteilen, der mit Sicherheit eine Abmahnung der Fürsorgerin Ottenschläger nach sich ziehen würde, aber was sollte uns das bringen, außer gewaltigen Staub aufzuwirbeln?«, fragte Doktor Frankenfeld abgeklärt.

Der Chefarzt, Professor Niedinger, stimmte ihm dahingehend zu, dass die Aufgabe der Psychiatrie in der Tat eine andere sei, als sich mit aussichtslosen juristischen Verfahren herumzuschlagen – und damit war die Angelegenheit für die Herren erledigt.

*

Nachdem niemand etwas über den Verbleib von Helga Köppel zu sagen wusste und die junge Frau auch weiterhin unauffindbar blieb, leitete Freddy Graf am Montagmorgen eine Fahndung nach ihr ein.

Bereits eine halbe Stunde später erhielt er einen Anruf von der Polizeiwache im benachbarten Friedberg. Während des Telefonats pfiff Freddy entgeistert durch die Zähne, und nach einem knappen Rapport an seinen Assistenten, Josef Brauburger, stiegen die Kriminalbeamten in den Dienstwagen und fuhren ins 40 Kilometer entfernte Gießen.

Während der Fahrt sprachen sie ausführlicher über die jüngsten Vorkommnisse in Friedberg.

Freddy Graf, der bereits am Morgen vom Hochwaldkrankenhaus die Liste der Frauen angefordert hatte, die im letzten halben Jahr entbunden hatten, war bereits im Bilde, dass Helga Köppel ihren unehelichen Sohn nach der Geburt zur Adoption freigegeben hatte.

»Was sie aber schnell bereut haben muss, denn so wie es aussieht, hat sie seither nichts unversucht gelassen, ihr Kind zurückzukriegen. Ein aussichtloses Unterfangen, wie sich herausgestellt hat«, berichtete der Kriminalkommissar seinem jungen Kollegen, der am Lenkrad saß.

»Was für ein Drama«, erwiderte Josef Brauburger kopfschüttelnd. »Es ist der Frau bestimmt nicht leicht gefallen, ihr Kind zur Adoption freizugeben, und als sie es nach der Geburt wieder rückgängig machen wollte, war es schon zu spät, und das Kind war angeblich schon mit seinen Adoptiveltern unterwegs nach Amerika.«

»Das Jugendamt hat der Polizei gegenüber verlautbaren lassen, dass es sich von Helga Köppel bedrängt und belästigt gefühlt hätte, die ständig angerufen und vorbeigekommen sei und unbedingt die Namen und die Anschrift der Adoptiveltern hätte haben wollen«, erklärte Freddy und unterdrückte ein Gähnen, da er in der Nacht so gut wie kein Auge zugetan hatte. »Fräulein Köppel wäre sehr halsstarrig und aggressiv gewesen, und Frau Ottenschläger, die Familienfürsorgerin, die die Adoption in die Wege geleitet hat, hätte sich von ihr regelrecht bedroht gefühlt. Denn nach dem Gesetz wäre sie nicht befugt, den leiblichen Eltern eines adoptierten Kindes den Namen der Adoptiveltern zu nennen. Es sei denn, die Adoptiveltern erklärten sich von sich aus bereit, mit den leiblichen Eltern in Kontakt zu treten, was aber wohl eher selten vorkommt. Die meisten Adoptiveltern halten es ja sogar vor ihrem Adoptivkind geheim, dass es adoptiert wurde. Oder sagen es ihm erst, wenn es erwachsen ist.«

Josef nickte und konnte seinem Vorgesetzten nur beipflichten, als er anschließend bemerkte, nach allem, was Helga Köppel in letzter Zeit auszustehen gehabt hätte – vom Freund im Stich gelassen worden, als sie schwanger war, ihr Kind, für das sie doch noch mütterliche Gefühle empfunden habe, verloren zu haben – sollte man sie schonend behandeln, selbst wenn sie unter Verdacht stehe, ein Gewaltdelikt begangen zu haben.

*

Die guten Vorsätze der beiden Ermittler erstarrten förmlich beim Anblick der Eissphinx, die ihnen am Tisch des Besucherraums, der den Kriminalbeamten für die Befragung von der Klinikleitung zur Verfügung gestellt worden war, gegenübersaß. Auch das Mitgefühl, das Freddy und sein Gehilfe für die vom Schicksal so arg gebeutelte junge Frau empfunden hatten, gefror schlagartig angesichts der kalten Glasmurmeln, mit denen ihnen die junge Frau entgegenblickte.

Angesprochen auf ihren Einbruch ins Jugendamt und die Tätlichkeit gegen einen Polizisten, erwiderte sie knapp, das sei ein Fehler gewesen.

»Offensichtlich können Sie sich einfach nicht damit abfinden, dass Ihr Kind bereits bei seinen Adoptiveltern ist, und setzen alles daran, das wieder rückgängig zu machen«, richtete Freddy Graf das Wort an die blonde Frau mit dem makellosen Porzellanteint und den fein geschnittenen Gesichtszügen, die auch ohne jegliches Make-up eine der berühmten Hitchcock-Blondinen hätte spielen können.

»Eine kühle äußere Hülle und ein inneres loderndes Feuer«, wie sich der große Meister Alfred Hitchcock über seine Lieblingsblondinen in seinen Filmen geäußert hatte, ging es dem eingeschworenen Hitchcockfan Freddy Graf durch den Sinn, als er Helga Köppel genauer in Augenschein nahm, die ihn mit unbeteiligter Miene gewähren ließ.

»Weg ist weg, was kann man da schon machen?«, ließ sie sich schließlich mit hochgezogenen Brauen zu der lapidaren Frage herab, ohne auch nur die geringsten Gefühle zu zeigen.

»Heißt das etwa, dass Sie es inzwischen akzeptieren, Ihr Kind nicht mehr zurückzubekommen?«, insistierte Freddy, bemüht, sie aus der Reserve zu locken.

»So ist es«, erwiderte sie kühl und zuckte nur gleichgültig mit den Schultern.

»Wenn ich mich jetzt so mit Ihnen unterhalte, fällt mir auf, dass Sie genau dieselbe Stimme und den sudetendeutschen Akzent mit dem rollenden R haben wie die Frau, die mir seinerzeit am Telefon den anonymen Hinweis gegeben hat, dass Asta Lagrin und Renato Schmidt in der Todesnacht eine tätliche Auseinandersetzung mit Rita Scheugraben gehabt hatten«, beschied der Kriminalkommissar die junge Frau mit der abweisenden Miene bestimmt. »Daran, dass Sie diese ominöse Anruferin waren, besteht für mich daher auch kein Zweifel«, bekräftigte er seine Feststellung noch einmal und fixierte Helga Köppel unerbittlich, die indessen durch ihn hindurchsah, als wäre er Luft, und nur gereizt von sich gab, sie wisse überhaupt nicht, wovon er spreche.

»Ich habe kein einziges Mal mit Ihnen telefoniert, geschweige denn Ihnen irgendwelche anonymen Hinweise gegeben«, erklärte sie aufsässig und zückte aus der Tasche ihres hellblauen Anstaltskittels einen Kaugummi, den sie auspackte und sich in den Mund schieben wollte, was ihr der Kommissar jedoch in scharfem Ton untersagte.

»Falls es Ihnen entgangen sein sollte, Fräulein Köppel, wir befinden uns in einer polizeilichen Befragung, da Sie unter dem dringenden Tatverdacht stehen, den Tod von Rita Scheugraben verschuldet zu haben. Für Kaugummikauen ist das also keineswegs der richtige Zeitpunkt.«

Helga Köppel ließ sich auch jetzt nicht aus der Ruhe bringen und gab weiterhin den kalten Fisch. »Na gut«, erklärte sie leichthin und steckte den Kaugummi zurück in die Tasche.

»Trifft es zu, dass sich Ihr Freund Ray von Ihnen getrennt hatte, als er erfuhr, dass Sie schwanger waren?«, fragte Freddy in eisigem Tonfall.

Helga streifte ihr Gegenüber mit einem teilnahmslosen Blick. »Ja, er hat mir zur Abtreibung geraten und ein Techtelmechtel mit Rita angefangen. Kurz darauf ist er dann in die Staaten versetzt worden.«

»Sie hatten also Gründe genug, Rita Scheugraben abgrundtief zu hassen. Sie hat Ihnen nicht nur den Freund ausgespannt, der Ihre große Liebe war, und weil er Sie so schmählich im Stich gelassen hat, als Sie schwanger von ihm waren, mussten Sie in Ihrer Not auch noch Ihr geliebtes Kind zur Adoption freigeben. Es sind schon Leute wegen weitaus weniger Missetaten zu Tode gekommen.« Der Kriminalkommissar ließ Helga Köppel keine Sekunde aus den Augen, die seinem Blick mit einer Kaltblütigkeit standhielt, wie er sie selbst bei abgebrühten Schwerverbrechern nur selten erlebt hatte.

»Bevor Sie mich jetzt weiter mit haltlosen Verdächtigungen konfrontieren, möchte ich doch mal eines mit allem Nachdruck klarstellen: Ich habe mit Ritas Tod nicht das Geringste zu tun und habe für die Nacht, in der sie gestorben ist, auch ein hieb- und stichfestes Alibi!«

Helga Köppel zog aus der Tasche ihres Anstaltskittels einen kleinen Taschenkalender hervor, den sie nach kurzem

Blättern an einer bestimmten Stelle aufschlug und den folgenden Eintrag mit unbewegter Miene vorlas:

»Samstag, 18. Oktober 1958 – 22 Uhr: Spätvorstellung mit Überlängen in den *Terminus-Lichtspielen*, *Die Brücke am Kwai*, 162 Minuten. (Nachtzeug und Zahnbürste mitnehmen, weil Übernachtung vor Ort).« Sie reichte dem Kommissar den aufgeschlagenen Kalender und fuhr fort zu erläutern: »Wenn es im Kino mal spät wurde, habe ich auf dem Sofa in dem kleinen Personalraum hinterm Vorführraum geschlafen. Dort halten sich die Filmvorführer, die Karten- und Eiskonfektverkäufer und die Platzanweiserinnen auf, wenn sie mal Pause machen.«

»Kann das jemand bestätigen?«, fragte Josef Brauburger, der wie immer Protokoll führte.

Helga nickte. »Der Filmvorführer, Gerd-Peter Sippel, war außer mir der Letzte, der so spät noch im Kino war. Ich habe noch gewartet, bis alle Kinobesucher draußen waren, und dann habe ich alles abgeschlossen, die Lichter ausgemacht und mich schlafen gelegt, denn es ging ja schon auf 1.30 Uhr zu.«

»Gehe ich recht in der Annahme, dass es niemanden gibt, der bezeugen kann, dass Sie die ganze Nacht im Kino waren, und zwar durchgehend von Ihrem Dienstantritt am Abend bis zum nächsten Morgen?«, erkundigte sich Freddy Graf nicht ohne Häme – umso überraschter war er, als die junge Frau dies mit fester Stimme verneinte.

»Gerd-Peter hat die Nacht mit mir verbracht, wir hatten zu dieser Zeit eine Affäre, die ich aber bald darauf beendet habe. Danach waren wir nur noch gute Kumpels und Kollegen. Es gibt auch noch jemanden, der bestätigen kann, dass Gerd-Peter und ich die ganze Nacht zusammen waren. Die Putzfrau, Ernalinde Füllkrug, die putzt am Sonntagmorgen immer das Kino und sämtliche Nebenräume. Die hat uns zusammen auf dem Sofa liegen sehen.«

Der Kriminalkommissar und sein Assistent waren einigermaßen verblüfft und nicht minder verdrossen über diese unerwartete Wendung.

»Wir werden das umgehend überprüfen«, ließ Freddy Graf die junge Frau wie aus der Pistole geschossen wissen und erteilte Josef den Auftrag, sich Namen und Anschrift der Zeugen geben zu lassen.

»Es gibt übrigens Zeugen, die behaupten, Sie in der Mordnacht gegen Mitternacht unweit des Tatorts gesehen zu haben, was sagen Sie dazu?«

Freddy, dem sehr wohl bewusst war, dass die Aussage von Asta Lagrin, Helga sei in der Mordnacht auf dem Fahrrad an ihnen vorbeigefahren, sie habe sie jedoch wegen dem Regencape und der Dunkelheit nicht so genau erkennen können, auf mehr als wackligen Beinen stand. Eigentlich wollte er ihr damit eher einen Schrecken einjagen und ihre zur Schau gestellte Unerschütterlichkeit ein wenig ins Wanken bringen.

Doch Helga ließ sich auch jetzt keine Schwäche anmerken. »Das ist ein Ding der Unmöglichkeit, denn wie schon gesagt, um diese Zeit war ich im Kino, was Ihnen unser Filmvorführer, Herr Sippel, ohne Weiteres bestätigen kann. Ach, da fällt mir ein, es gibt noch einen weiteren Zeugen, denn meine Chefin, Frau Kreitz, war auch noch bis gegen Mitternacht im Kino.«

Freddy ließ sich, ohne eine Miene zu verziehen, von Helga Köppel die Anschrift der Kinobesitzerin geben und ging zum nächsten Überraschungsangriff über.

»Es gibt noch einen weiteren Zeugen, der beobachtet hat, dass, nachdem Frau Lagrin und Herr Schmidt das Bombengrundstück verlassen haben, eine Frau gekommen wäre, die sich mit Rita Scheugraben lauthals gestritten und schließlich sogar auf sie eingeprügelt hätte. Die Beschreibung dieser Frau deckt sich mit Ihnen, und der Zeuge hat außerdem erwähnt, dass die Mörderin ein rollendes R gesprochen hat, genauso wie das bei Ihnen der Fall ist. Wir werden Sie demnächst diesem Zeugen gegenüberstellen«, beschied Pistolen-Freddy die Blondine im schneidenden Tonfall, was auch jetzt wieder an Helga abzuprallen schien.

»Jederzeit gerne«, erwiderte sie spitz und inspizierte gelangweilt ihre gepflegten, mit farblosem Nagellack lackierten Fingernägel.

KAPITEL 17

»La Le Lu«

(Anneliese Rothenberger, 1951)

Für den schlaksigen Gerd-Peter Sippel, der, obgleich er bereits Mitte 20 war, noch immer unter einer schweren Pubertätsakne litt, war Helga Köppel die Traumfrau schlechthin. Normalerweise waren Bräute wie Helga für ihn schlichtweg unerreichbar. Und er hatte es am Anfang auch gar nicht fassen können, dass sich so eine Schönheit nicht zu fein dafür war, als einfache Platzanweiserin im Kino zu arbeiten. Wozu ja auch gehörte, nach den Vorstellungen den ganzen Müll und Abfall einzusammeln, den die Besucher in der Umgebung ihrer Sitze zurückließen. Doch Helga war nicht nur sehr fleißig und hatte keine Angst, sich die Hände dreckig zu machen, sie war auch noch nett und kein bisschen hochnäsig oder arrogant, wie das sonst bei diesen Über-Bräuten der Fall war.

Außerdem war sie auch noch solo, man konnte es kaum glauben, aber es war so. Sie waren von Anfang an gute Kollegen, und Gerd-Peter, der sie im Stillen anhimmelte, hätte alles für seinen blonden Engel getan, wie er Helga insgeheim zu nennen pflegte.

Sie halfen sich gegenseitig aus, wenn irgendetwas Wichtiges anstand. Zum Beispiel wenn die *Roten Teufel* vom *VfL Bad Nauheim* am Abend ein wichtiges Spiel hatten, das sich Gerd-Peter als eingefleischter Eishockeyfan im Radio im Aufenthaltsraum anhörte, während ihn Helga in dieser Zeit im Vorführraum vertrat. Er hatte ihr zu diesem Zweck das Notwendigste beigebracht, was sie über das Vorführgerät wissen musste, und wenn es an der Zeit war, eine neue Filmrolle in den Projektor zu legen, zitierte sie ihn herbei, was in wenigen Minuten vonstattenging.

Gerd-Peter kam auch Helga manches Mal entgegen, ließ die Kinobesucher nach der letzten Vorstellung aus dem Kinosaal hinaus und sperrte die Türen ab, damit die Ärmste, die schon seit dem frühen Morgen auf den Beinen war, weil sie neben dem Kino noch als Zimmermädchen im *Haus Siffring* arbeitete, mal ein bisschen früher nach Hause gehen konnte. So hatten sie es auch in der Nacht an jenem besagten Samstag gehandhabt, zu der er nun im Polizeirevier in der Parkstraße befragt wurde.

Gerd-Peter ging ganz schön der Stift, als ihn dieser Bulle im graphitgrauen Anzug mit der dezent gemusterten Krawatte und dem passenden Einstecktuch, der aussah wie einer der coolen Detektives aus den amerikanischen Gangsterfilmen, auf dem harten Stuhl im Verhörzimmer regelrecht auf Herz und Nieren prüfte.

»Sie sind sich also absolut sicher, dass Fräulein Köppel am Samstag, dem 18. Oktober, von ihrem Dienstbeginn um 18 Uhr bis zum nächsten Morgen um 7 Uhr in der Früh durchgehend im Kino war?«, fragte ihn der Kriminalkommissar nun schon zum zweiten Mal, was bei dem Filmvorführer einen Schweißausbruch auslöste. Warum fragt er mich das noch mal?, überlegte er hektisch mit der bangen Ahnung, dass er ihm wohl nicht so recht glaubte.

»100 Prozent, Herr Kommissar, es war genauso, wie ich Ihnen eben gesagt habe, Fräulein Köppel war die ganze Zeit über im Kino.«

Er mühte sich um eine feste Stimme und einen aufrichtigen Blick, wären nur die verdächtigen Schweißperlen auf der

Stirn und den Schläfen nicht gewesen, die zu seiner Bestürzung immer stärker wurden. Selbstredend war das auch dem Kommissar nicht entgangen.

»Sie schwitzen ja wie ein Iltis«, polterte er abfällig und fixierte Gerd-Peter ungnädig. »Mit sowas kenne ich mich aus. Wenn bei mir einer schwitzt, liegt es meistens daran, dass er mir was vorlügt und kein reines Gewissen hat – oder er ist ein Säufer oder Rauschgiftsüchtiger, manchmal auch alles auf einmal, auch das hatten wir schon«, feixte er hämisch.

»Bei Ihnen tippe ich aber eher auf Ersteres«, äußerte Freddy unverblümt und war sich so gut wie sicher, dass er dieses Weichei bald zum Einknicken bringen würde.

Wie im Schnelldurchlauf zogen die Ereignisse während der Spätvorstellung noch einmal durch Gerd-Peters Gedächtnis, mit einer Klarheit, als wäre es erst gestern gewesen:

Kurz nach Mitternacht, die Chefin hatte sich gerade verabschiedet, war Helga zu ihm in den Vorführraum gekommen.

»Sag mal, wäre es für dich in Ordnung, wenn ich jetzt schon losfahre?«, hatte sie ihn gefragt. »Der Film geht ja noch eine gute Stunde, und ich bin so hundemüde, dass ich kaum noch die Augen aufhalten kann.« Sie hatte wirklich unheimlich erschöpft ausgesehen, war ja auch kein Wunder, so wie Helga am Schaffen war als Zimmermädchen und als Platzanweiserin, damit sie das Geld für den Flug nach Amerika zusammenbekam – wie sie ihm unlängst anvertraut hatte. Was wohl schon immer ihr großer Wunschtraum war. »Wäre schade, wenn du weggehst«, war es ihm seinerzeit herausgerutscht, worauf sie erwidert hatte, das würde doch noch eine ganze Weile dauern, da sie noch lange nicht genug Geld beisammenhätte, so teuer wie die Flüge nach Übersee wären. »Hast du da eigentlich Verwandte?«, hatte er wissen wollen.

Da hatte sie geheimnisvoll gelächelt und gemeint, das

könne man so sagen, und mehr hatte sie nicht mehr darüber geäußert, und er hatte auch nicht weiter gefragt.

Natürlich hatte er zugestimmt und ihr versichert, er würde sich um alles kümmern. Sie hatten einander noch einen schönen Feierabend gewünscht. »Also dann, bis morgen«, hatte sie gesagt und sich auf den Nachhauseweg gemacht.

Als der Film dann gegen 1.30 Uhr zu Ende gewesen war, hatte er im Kinosaal die Lichter eingeschaltet und wollte gerade die beiden großen Portale an der Wand fixieren, damit die Besucherscharen hinausströmen konnten, als Helga mit einem Mal wie aus dem Boden geschossen neben ihm gestanden hatte. Sie hatte ihr Regencape getragen, das förmlich vor Nässe getroffen hatte, und sich hastig die Kapuze vom Kopf gestreift. Sie war ziemlich außer Atem gewesen, als sie ihm gesagt hatte, sie mache das schon, denn bei diesem Dreckswetter würde sie nicht nach Hause fahren, sondern im Personalraum auf dem Sofa übernachten. »Recht hast du, dann schlaf mal schön«, hatte er erwidert und wollte schon seinen Kapuzenanorak anziehen und sich auf den Heimweg machen, als sie ihn zurückgehalten hatte.

»Äh … hast du noch einen Augenblick Zeit?«, hatte sie ihn gefragt. Gerd-Peter war mehr als verblüfft gewesen. So etwas hatte sie noch nie gemacht. »Natürlich«, hatte er geantwortet. Alle Zeit der Welt, hatte er gedacht, sich aber wohlweislich verkniffen, das zu sagen.

Er hatte sich im Personalraum aufs Sofa gesetzt, auf sie gewartet und sich so seine Gedanken gemacht, was sie denn noch von ihm wollte. Mach dir bloß keine falschen Hoffnungen, du Hirsch!, hatte er sich bemüht, sich selbst jeglicher Illusionen zu berauben, da es für ihn eigentlich klare Sache war, dass er bei einer Sahneschnitte wie Helga nicht den Hauch einer Chance hatte. Aber gegen seine feuchten Hände, die er vor Aufregung hatte, konnte er trotzdem nichts tun.

Zu seiner Überraschung war Helga mit zwei geöffneten *Cola*-Fläschchen in der Hand zurückgekommen und hatte eines vor ihn hingestellt.

»Prost«, hatte sie gesagt und mit ihm angestoßen. Helga musste ziemlichen Durst gehabt haben, denn sie hatte das Fläschchen in wenigen Zügen leer getrunken und damenhaft ein Aufstoßen unterdrückt.

»Ich wollte dich nur bitten, ob du ausnahmsweise noch ein bisschen länger bleiben kannst«, hatte sie sich leicht befangen erkundigt. »Es ist nämlich … äh, weil, da gibt es einen Kinobesucher, der macht mir immer Avancen, und in letzter Zeit hat er schon ein paarmal draußen in der Kurstraße auf mich gewartet und mich mit seinen zudringlichen Sprüchen belästigt. Ich möchte ihm nicht über den Weg laufen, wer weiß, was der sich noch einfallen lässt, so aufdringlich, wie der ist …«

Gerd-Peter hatte verständnisvoll genickt. »Soll ich mal rausgehen und nachschauen, ich kann ihm auch mit der Polizei drohen, dann wird er sich vielleicht das nächste Mal überlegen, ob er dich weiterhin belästigt.«

»Nein, nein, bleib einfach hier und leiste mir Gesellschaft. Mach es dir ruhig ein bisschen gemütlich«, hatte Helga abgewiegelt und ihm sogar fürsorglich ein Kissen in den Nacken geschoben. Dann hatte sie die Wolldecke über seine und ihre Beine gebreitet, die sich selbstredend in züchtiger Distanz voneinander befunden hatten. Gerd-Peter, der ohnehin sehr schüchtern in Bezug auf die Damenwelt war und obendrein noch unerfahren, hatte am einen Ende des Sofas gesessen und Helga am anderen. Irgendwann waren Helga die Augen zugefallen und wenig später auch ihm. Um 4.30 Uhr war er plötzlich wach geworden, und ihm hatten der Nacken und der Rücken wehgetan. Helga hin, Helga her, er wollte nur noch heim in sein Bett, sich ausstrecken und schlafen. Doch zu seinem großen Erstaunen hatte Helga ihn nicht gehen lassen wollen.

»Ich habe Angst, bitte bleibe doch noch, bis es hell wird, dann gehen wir gemeinsam hinaus«, hatte sie ihn inständig gebeten, was ihn einigermaßen irritiert hatte, denn selbstständig und zupackend wie sie war, machte Helga auf ihn eigentlich nicht den Eindruck eines Angsthäschens.

Sie hatte ihm offensichtlich etwas vorgemacht und nicht mit offenen Karten gespielt. Das hatte ihn geärgert, da steckte doch irgendetwas dahinter, und er wollte wissen, was es war. »Da stimmt doch etwas nicht, Helga, sag mir jetzt bitte, was los ist!«, war es unmutig aus ihm herausgebrochen – doch da hatte er bei ihr auf Granit gebissen, wie er bald gemerkt hatte.

»Mir ist es einfach unheimlich, hier alleine zu sein«, hatte sie zur Antwort gegeben und sich bemüht, ein Hasenfußgesicht aufzusetzen.

»Das macht dir doch sonst nichts aus, du hast ja schon öfters hier alleine übernachtet«, hatte er dagegengehalten.

»Aber heute ist das anders, es ist wegen diesem komischen Mann.« Sie hatte ihn mit ihren himmelblauen Unschuldsaugen angesehen, dass er sich wie ein Schuft vorgekommen wäre, wenn er sie alleine gelassen hätte.

Er hatte einen tiefen Seufzer von sich gegeben und gemeint, dann bliebe er halt, bis es hell werde. Da hatte sie ihm dankbar die Hand gedrückt und gesagt, das werde sie ihm nie vergessen und er hätte auf ewig etwas gut bei ihr.

»Mach nicht so eine Sache draus, unter Freunden ist das doch selbstverständlich«, hatte er darauf erwidert und war plötzlich so aufgekratzt, dass er sie am liebsten in den Arm genommen und geküsst hätte. Aber wer küsst schon einen Engel?

»Das, was heute Nacht passiert ist, braucht keiner zu wissen. Weder Frau Kreitz noch sonst jemand. Wenn dich mal irgendjemand fragen sollte, was ich in dieser Nacht gemacht habe, sagst du einfach die Wahrheit, nämlich, dass ich von 18 Uhr bis zum frühen Morgen im Kino war. Hast du mich verstanden?«

Irgendetwas an ihrem Tonfall hatte ihm nicht gefallen, letztendlich war es ein Befehl gewesen, und er mochte es nicht so gerne, wenn man ihm Befehle gab – erst recht nicht unter Kollegen oder Freunden. Daher hatte er sich auch ein bisschen bockig gestellt und gesagt, dass sie aber nicht die ganze Zeit im Kino gewesen wäre, sondern weg gewesen wäre, weil sie ja eigentlich um kurz nach Mitternacht nach Hause fahren wollte.

Da hatten ihm ihre blauen Augen ein wahres Feuerwerk an Blitzen entgegengeschleudert, sodass er es richtig mit der Angst zu tun gekriegt hatte. Nein, das waren nicht mehr die sanften himmelblauen Engelsaugen, die kein Wässerchen trüben konnten, das waren die Augen einer Giftschlange, die vor nichts zurückschreckte!

Und so hatte sie ihm im nächsten Moment auch zugezischt, und es war ihm fast so vorgekommen, als hätte er dabei ihre schreckliche gespaltene Vipernzunge gesehen, sie werde im Gegenzug auch weiterhin brav den Mund halten und der Kinobesitzerin, Frau Kreitz, nichts davon sagen, dass Gerd-Peter hin und wieder in die Kinokasse gegriffen hätte.

*

»Helga Köppel hat für die Todesnacht ein wasserdichtes Alibi, da beißt die Maus keinen Faden ab«, sagte Freddy zu Elfi, die neben ihm im Dienstmercedes saß, um bei der anschließenden Gegenüberstellung auf dem zerbombten Villengrundstück gewissermaßen als Zaungast mit dabei zu sein. Nach langem Hin und Her hatte Freddy ihr diesen Wunsch nicht abschlagen wollen.

Sie hatten die Zeugenbefragung extra in die Dunkelheit verlegt, um sich so dicht wie möglich an die Gegebenheiten in der Unglücksnacht zu halten. Als Zeugen waren Asta Lagrin, Renato Schmidt und der Wohnsitzlose Alois Balzer geladen, der auf der Rückbank des Dienstwagens neben Kriminalinspektor Josef Brauburger saß. In einem zweiten Polizeifahrzeug befanden sich neben zwei Polizisten die Verdächtige Helga Köppel und die Zeugen Asta Lagrin und Renato Schmidt. Da Helga Köppel schon einmal wegen Tätlichkeit gegen einen Polizeibeamten aktenkundig geworden war, hatte man ihr im Polizeirevier Handschellen angelegt.

»Der Filmvorführer, Gerd-Peter Sippel, hat bei der Befragung mit allem Nachdruck bekundet, dass Helga Köppel durchgehend von 18 Uhr bis 7 Uhr morgens im Kino war. Sie hätten nach der Spätvorstellung um 0.45 Uhr im Personalaufenthaltsraum auf dem Sofa gemeinsam die Nacht verbracht. Auch wenn ich ihm das nicht abgenommen habe, zum einen, weil er geschwitzt hat wie verrückt, zum anderen konnte man förmlich riechen, was der für einen Bammel hatte. Doch wir kommen einstweilen leider nicht umhin, seine Aussage für bare Münze zu nehmen. Auch die Kinobesitzerin, Henny Kreitz, hat bestätigt, dass Helga Köppel gegen Mitternacht im Kino war, und zu guter Letzt noch die Putzfrau Ernalinde Füllkrug, die ausgesagt hat, der Filmvorführer und die Köppel hätten um 7 Uhr morgens einträchtig auf der Couch im Aufenthaltsraum gelegen und geschlafen. Es hätte aber nicht so ausgesehen, als ob da was zwischen denen gewesen wäre, wie sich die Frau verschämt ausgedrückt hat, denn die wären beide noch angezogen gewesen, und Gerd-Peter hätte mit dem Kopf in die eine und Helga in die entgegengesetzt Richtung gelegen, nicht wie man gemeinhin zusammenliegt, wenn man was miteinander hat.

Der Kriminalkommissar musste unwillkürlich grinsen und wechselte mit Elfi vielsagende Blicke.

»Hinzu kommt noch, dass Helga hartnäckig leugnet, Rita attackiert und dadurch ihren tödlichen Sturz verursacht zu haben. Deswegen müssen wir sehen, dass wir ihr anderweitig beikommen, sie mit den Zeugenaussagen in die Enge treiben«, fügte Freddy hinzu.

»Da habe ich so meine Zweifel«, bekundete Elfi nachdenklich. »Helga wirkt zwar so zerbrechlich wie ein Porzellanpüppchen, aber da täuscht man sich gewaltig. Die ist als Flüchtlingskind durch die Hölle gegangen und hat den Dreck auf der Straße gefressen, war zum Schluss ganz auf sich alleine gestellt, das Mädel. Wer das überlebt, der ist zäher als die meisten anderen, und den kann im Leben so leicht nichts mehr umhauen. Helga ist eine Kämpferin vor dem Herrn, das sieht man ja auch daran, dass die nichts unversucht lässt, ihr Kind wieder zurückzukriegen. Und gerade weil sie so ist, wie sie ist, würde ich ihr auch ohne Weiteres zutrauen, dass sie gegen ihre verhasste Widersacherin Gewalt ausgeübt hat, die sie wahrscheinlich als Mitschuldige sieht, dass sie ihr Kind zur Adoption freigeben musste. Hinter Helgas makelloser, kühler Fassade schlummert ein Vulkan – das habe ich einmal im *Rheingold* erlebt, und da konnte ich nur sagen: Hut ab! Da hatte sie Ärger mit Pit und seinen Kumpanen, es ging ums Bezahlen, und da hatten die wohl einen Bierdeckel verschwinden lassen, wo es um zwei Runden Apfelkorn ging, und haben so getan, als wüssten sie von nix. Helga war sich aber ganz sicher, dass es insgesamt vier Runden Apfelkorn waren und nicht nur zwei, und da hat sie nicht mich um Hilfe gebeten, wie das die meisten Bedienungen getan hätten, sondern ist alleine mit den besoffenen Burschen fertig geworden. Ich hab das ja alles aus der Distanz genau beobachtet, bereit einzuschreiten, wenn es nötig gewesen wäre. Jedenfalls hat sie sich vor Pit und seiner Clique aufgebaut und denen im ruhigen, aber bestimmten Ton, ohne ausfallend oder laut zu werden, gesagt, dass sie sich von ihnen nicht über den Tisch ziehen lassen würde. Sie wüssten es genauso gut wie sie, dass es insgesamt vier Runden Schnaps und nicht zwei gewesen wären. Von daher habe sie von ihnen insgesamt 125 Mark und 80 Pfennig zu kriegen, und wenn sie das nicht zahlen würden, könnte es vielleicht passieren, dass der eine oder andere von ihnen demnächst mal mit dem Motorrad verunglücken würde. Ich muss hinzufügen, dass Helga das letzte Stück mit einem alten Wehrmachtsmotorrad, das sie repariert hat, in den Westen geflüchtet ist. Sie hat mir mal von ihrer alten DKW erzählt und ist dabei richtig ins Schwärmen geraten. Sie hat sie an einen Millionär verkauft, der neben dem Hochwaldkrankenhaus in einer riesigen Villa wohnt und alte Motorräder sammelt. Da hat keiner mehr von der Motorradgang ein Wort gesagt, sie haben zusammengelegt und Helga 130 Mark gegeben, mit der Bemerkung, der Rest wäre für sie, und seither hatte sie mit denen keine Schwierigkeiten mehr.«

»Das ist ja fast schon eine Morddrohung«, erklang die Stimme von Josef Brauburger vom Rücksitz. »In meinen Augen ist sie jemand, der über Leichen geht, wenn es nötig ist – und da kann auch ihr Engelgesicht nicht darüber hinwegtäuschen.«

»Das mag ja alles sein«, gab Elfi von sich. »Aber trotzdem tut mir Helga leid, denn das, was sie momentan auszustehen hat, ist schon ein echtes Drama. Ein Kind zu verlieren, auch wenn es gewissermaßen selber verschuldet ist, ist absolut tragisch.« Elfis Augen verschleierten sich unwillkürlich beim Gedanken an ihre kleine Tochter Ursel, die sie bis zum letzten Atemzug vermissen würde, dessen war sie sich gewiss.

Trotzdem ging das Leben weiter und bescherte einem Freud und Leid, schöne Erlebnisse und Schreckensmomente, wunderbare Begegnungen genauso wie schmerzliche Verluste.

Sie streifte Freddy mit einem versonnenen Blick. Momentan war sie unsagbar glücklich und wünschte sich mit der Demut eines Menschen, der die Härten des Lebens hinlänglich kannte, dass ihr Glück wenigstens noch ein Weilchen anhalten möge.

Asta Lagrin und Opernsänger Schmidt erhielten von Kriminalkommissar Graf die Anweisung, sich möglichst genau an der Stelle des Bürgersteiges der Frankfurter Straße zu platzieren, wo die Fahrradfahrerin mit dem Regencape in der Nacht vom 18. auf den 19. Oktober an ihnen vorbeigefahren war.

Da die Frau, auf dem Fahrrad aus der Stadt kommend, in Richtung der Ortschaft Nieder-Mörlen gefahren war, beauftragte Freddy Graf Helga Köppel, die ihren wasserabweisenden dunkelgrauen Kleppermantel mit Kapuze trug und auf ihrem schwarzen Damenfahrrad saß, dass sie in dieser Richtung an dem Paar vorbeifahren sollte.

»Und möglichst in dem Tempo, das Sie in der Mordnacht gefahren sind«, fügte er hinzu, worauf Helga lapidar entgegnete, woher solle sie das denn wissen, sie habe ja in der besagten Nacht im Kino gearbeitet und da sei sie mit Sicherheit nicht mit dem Fahrrad durch die Gegend gekurvt, wie man es ihr unterstellen würde.

Daraufhin erkundigte sich Freddy bei Asta, wie die Frau gefahren sei.

»Das war recht schnell«, sagte Asta. »Wir hatten es auch ziemlich eilig, den nur einen Steinwurf von uns entfernt ging Rita mit ihrem Regenschirm, von der ich mir ja eine Zigarette schnorren wollte.«

»Die Fahrradfahrerin ist also von hinten gekommen, entgegengesetzt von Ihrem Blickwinkel, wie haben Sie dann überhaupt ihr Gesicht erkennen können?«, fragte Josef Brauburger, der einen braunen *Stetson* mit einem grün gestreiften Hutband trug.

»Weil ich von dem Geräusch hinter mir, das die Fahrradreifen auf dem nassen Asphalt gemacht haben, erschrocken bin und mich plötzlich umgedreht habe. Da konnte ich im Licht der Straßenlaterne für einen flüchtigen Moment die Augen und die untere Gesichtshälfte der Frau sehen, die nicht von der Kapuze bedeckt waren. Die helle Haut, die hohen Wangenknochen und die schmale Nase, das alles hat mich im Nachhinein an Helga erinnert. Was allerdings so ganz und gar nicht zu Helga gepasst hat, war, dass sie uns nicht gegrüßt hat – wo sie doch Renato und mich vom *Rheingold* gekannt hat und wir uns immer gut verstanden haben.«

Nachdem die junge Frau mehrfach, von hinten kommend, an Asta und Renato vorbeigefahren war, beendete der Kriminalkommissar die Gegenüberstellung und forderte die Zeugen auf, ihre Eindrücke zu schildern.

Asta und Renato erklärten übereinstimmend, dass es sich bei der Frau im Regencape durchaus um Helga Köppel gehandelt haben könne, 100-prozentig sicher könnten sie sich jedoch nicht sein. Zum einen, weil das Gesicht ja nur für einen flüchtigen Moment beim Vorbeifahren zu erkennen gewesen wäre, zum anderen wegen der nicht gerade optimalen Sichtverhältnisse.

Nachdem Helga das Fahrrad auf dem Villengrundstück abgestellt hatte, ging Alois Balzer hinter dem Fenster im Erdgeschoss der zerbombten Villa in Stellung, von dem aus er in der Nacht von Ritas Tod das Geschehen auf dem Vorplatz beobachtet hatte.

Josef Brauburger erklärte sich bereit, die Rolle von Rita Scheugraben zu übernehmen und platzierte sich in Absprache mit dem Zeugen unweit der Gartenmauer. Da erschien Helga Köppel auf dem Grundstück und ging auf Josef Brauburger zu, der klagte, dass er an der Oberlippe verletzt sei. »Das habe ich dieser verdammten Asta zu verdanken«, fluchte der junge Kriminalinspektor. »Die hat mich um eine Zigarette angeschnorrt, und als ich ihr keine gegeben habe, ist sie mit ihrem Spezi hinter mir hergelaufen, um mir eine Abreibung zu verpassen. Da bin ich hierher geflüchtet, um mich vor ihnen zu verstecken. Doch die haben mich erwischt, und da hat mir Asta mit der flachen Hand ins Gesicht geschlagen, dabei hat sie mich mit ihren spitzen langen Fingernägeln an der Oberlippe verletzt. Hast du die Bagage vielleicht eben noch gesehen? Eines ist gewiss, das gibt eine fette Anzeige!«

Daraufhin leierte Helga emotionslos den Text herunter, den ihr der Kriminalkommissar zuvor mit der Anweisung übergeben hatte, ihn laut und deutlich vorzulesen.

»Das geschieht dir recht, du verdammtes Miststück, für all die Gemeinheiten, die du den Leuten angetan hast, mich selber nicht ausgenommen.«

»Falls du sauer bist, weil ich was mit deinem Stecher hatte, will ich dir mal eines sagen: Dazu gehören immer noch zwei!«, konterte der junge Kriminalinspektor gehässig.

»Den schenk ich dir mit Handkuss, du Flittchen«, las Helga mit unbeteiligter Miene vom Blatt ab. »Aber dass ich wegen dir mein Kind weggeben musste, das wirst du mir büßen.«

Helga Köppel stürzte sich, wie es ihr befohlen wurde, auf Josef Brauburger und prügelte auf ihn ein. Dadurch geriet er ins Wanken und fiel nach hinten.

Nachdem die Gegenüberstellung beendet war, wurden Helga Köppel wieder die Handschellen angelegt, und sie wurde von den beiden Polizeibeamten zu dem grünen Streifenwagen gebracht, um anschließend auf der Polizeiwache einem weiteren Verhör unterzogen zu werden.

Als die junge Frau an Elfi vorbeigeführt wurde, grüßten sich die beiden Frauen beklommen.

»Was machen Sie denn hier, Frau Kunz?«, entrang es sich Helga erstaunt.

»Ich … ich bin gewissermaßen als Zeugin geladen, weil du ja für mich gearbeitet hast«, erwiderte Elfi leicht verlegen.

»Na, dann können Sie ja das bestätigen, was alle von mir denken: dass ich eine gemeingefährliche Verbrecherin bin«, sagte Helga erbittert.

»Ich habe keinerlei Grund, irgendetwas Schlechtes über dich zu sagen, Helga«, erwiderte Elfi warmherzig. »Und es tut mir sehr leid, dass du dein Kind weggeben musstest. Du hättest mit mir darüber reden sollen, Helga, ich hätte dir geholfen. Wir hätten bestimmt eine bessere Lösung für dich und das Kleine gefunden.«

Elfi musterte Helga eindringlich. Die Polizisten, denen offenbar wenig an einem Wortwechsel gelegen war, zogen die Gefangene mit sich.

Kurz bevor sie in den dunkelgrünen Volkswagen stieg, wandte sich Helga noch einmal zu Elfi um. »Ich glaube auch, das war ein Fehler, dass ich mich Ihnen nicht anvertraut habe, Frau Kunz. Sie sind eine ehrliche Haut und waren immer gut zu mir. Aber ich wollte halt niemandem zur Last fallen …«

Elfi hörte nur noch das Zuklappen der Autotür. Als sich der Wagen gleich darauf in Bewegung setzte, trafen sich Helgas und Elfis Blicke für einen flüchtigen Moment, und Elfi gewahrte eine tiefe Verzweiflung in Helgas Augen, die sie in der Seele schmerzte.

Während sie Helga zum Abschied zuwinkte, ergriff sie mit der unglücklichen jungen Frau ein unglaubliches Mitgefühl. Sie kann einem von Herzen leidtun, selbst wenn sie Ritas Tod verschuldet hat, dachte sie.

Diesen Satz sagte sie anschließend auch zu Freddy, ehe sie sich von ihm und seinem Assistenten verabschiedete und dem *Rheingold* zustrebte, wo Käthe sie die ganze Zeit vertrat.

KAPITEL 18

»Hard Headed Woman«

(Elvis Presley With The Jordanaires, 1958)

Elfi war bereits vor der Eingangstür der Gaststätte angelangt, als eine Stimme aus dem Hintergrund sie aus ihren Gedanken riss, die ihr freundlich zurief:

»Guten Abend, Frau Kunz!« Sie drehte sich abrupt um und erkannte den zwölfjährigen Jürgen, der wie immer seinen Henkelmann dabeihatte, da er sich sein Taschengeld damit aufbesserte, allabendlich im *Rheingold* für einen alten Herrn aus der Nachbarschaft das Essen zu holen.

Demnach musste es 19.30 Uhr sein, denn der hochaufgeschossene Junge mit dem braunen Stoppelhaar erschien immer pünktlich wie ein Schweizer Uhrwerk und übergab Elfi oder Käthe an der Theke den Proviantdosenträger aus Blech, im Hessischen »Tender« genannt, welchen Elfi in der Küche sorgsam mit den Speisen des jeweiligen Tagesmenüs füllte, die sie in den einzelnen Behältern übereinanderschichtete.

Am Monatsende schickte sie dem alten Herrn immer eine Rechnung, stets versehen mit ein paar netten persönlichen Zeilen, da sie Herrn Doktor Weinhold, inzwischen Rechtsanwalt und Notar im Ruhestand, persönlich kennengelernt hatte, als er noch praktiziert hatte.

Das war zu jener Zeit, als er für ihren verstorbenen Mann Alfons bei der Abwicklung des Ankaufs der *Villa Rheingold* als Rechtsbeistand fungiert hatte.

Etwa einen Monat, nachdem Alfons gestorben war, hatte auch Doktor Weinholds Gattin Cecilia das Zeitliche gesegnet, was die beiden Verwitweten, die ihre Ehepartner schmerzlich vermissten, menschlich einander nähergebracht hatte.

So hatte es sich auch kurz nach der Eröffnung des *Rheingold* eingebürgert, dass der betagte Herr, der Elfis herzhafte Gerichte sehr zu schätzen wusste, täglich ein Essen von ihr bezog, das ihm von Jürgen, dem Jungen aus der Nachbarschaft, gebracht wurde.

Großzügig, wie Doktor Weinhold war, zahlte er dem Jungen 20 Pfennig pro Lieferung, was das karge Taschengeld von Jürgen erheblich aufbesserte und es ihm sogar ermöglichte, hin und wieder zu den Heimspielen seiner heißgeliebten Fußballmannschaft *Eintracht Frankfurt* gehen zu können.

»Guten Abend, Jürgen! Wie geht's denn so?«, erwiderte Elfi herzlich und strich dem Jungen liebevoll übers Haar.

Der schüchterne Junge, in dessen Augen Elfi eine echte Dame war, die er im Stillen verehrte, wurde rot. »Ganz gut«, gab er zur Antwort und lächelte verlegen.

»Und was macht die *Eintracht*?«, fragte Elfi, bemüht, das Eis zu brechen, was ihr mit der Frage auch sogleich gelang.

»Gegen *Bayern München* ham se letztens vier zu eins verloren, aber am Samstag spielen se gegen *Viktoria Aschaffenburg*, die sin 'ne ziemliche Gurken-Mannschaft, un da wern se bestimmt gewinne!«, sprudelte es aus Jürgen heraus, als Elfi unversehens eine Idee kam, von der sie so gebannt war, dass sie vor der Eingangstür wie angewurzelt stehen blieb und Jürgen anstarrte, als wäre er ein Wundertier.

»Du gibst mir jetzt deinen Henkelmann, und den bringe ich heute persönlich zu Herrn Doktor Weinhold, ich habe nämlich etwas Wichtiges mit ihm zu bereden«, stieß sie mit vor Eifer geröteten Wangen hervor und streckte schon die Hand nach dem Blechbehälter aus, doch Jürgen hielt störrisch den Henkel fest. »Ich weiß nicht, ob ich das machen kann, das ist doch so mit dem Herrn Doktor ausgemacht, dass ich ihm immer das Essen bringe«, murrte er.

»Dann machen wir heute eine Ausnahme, Jürgen«, sagte Elfi und versicherte dem Jungen, dass sie dem alten Herrn selbstverständlich das Essen übergeben und ihn darüber unterrichten werde, warum sie das ausnahmsweise anstelle von ihm übernommen habe. Als Jürgen immer noch zögerte, wurde ihr mit einem Mal bewusst, dass es ihm neben seiner Verlässlichkeit möglicherweise auch um die Bezahlung ging, die ihm dadurch vorenthalten wurde, und sie zückte umgehend ihre Geldbörse und drängte dem erstaunten Jungen das Markstück förmlich auf.

»Also, das geht schon alles klar, und es soll dir auch nicht zum Nachteil gereichen«, redete sie begütigend auf Jürgen ein, der sich in der Tat langsam geschlagen gab und Elfi den Henkelmann mit den Worten überreichte: »Aber richten Sie bitte dem Herrn Doktor aus, dass ich morgen Abend wiederkomme!«

»Darauf kannst du dich verlassen, Jürgen. Also dann, bis morgen und bestell zu Hause liebe Grüße«, verabschiedete sie sich von dem Jungen, der auf seinen langen, staksigen Beinen von dannen zog.

»Ach, heute kommt die Chefin höchstpersönlich, was für eine Ehre!«, begrüßte der alte Herr Elfi an der Tür entgegenkommend und lud sie ein einzutreten. Elfi, die nicht zum ersten Mal in der *Villa Cecilia* in der vom *Rheingold* nur etwa fünf Minuten entfernten Rittershausstraße war, fiel einmal mehr auf, wie geschmackvoll und gediegen die Einrichtung war.

Nach der kurzen Erläuterung, dass sie heute anstelle von Jürgen die Essenslieferung übernommen habe, da sie in einer heiklen Angelegenheit seinen beruflichen Rat benötige, erbot sie sich, in die Küche zu gehen, um dem alten Herrn die Speisen herzurichten. »Dann essen Sie erst einmal in aller Ruhe, Herr Doktor Weinhold, und anschließend reden wir, wenn es Ihnen recht ist.«

»So können wir es gerne machen, liebe Frau Kunz, dann gehe ich schon mal ins Esszimmer und schenke uns beiden einen guten Tropfen ein. Ich hoffe, Sie mögen Rotwein?«

»Wenn er nicht zu schwer ist, gerne«, erwiderte Elfi und verschwand in der komfortablen Wohnküche.

Nachdem sie Herrn Weinhold eine solide Portion Frikadellen und Kartoffelsalat serviert hatte, ließ sie sich ihm gegenüber am Esstisch nieder, und sie stießen mit den dickbauchigen Rotweinkelchen miteinander an.

Elfi war begeistert von dem Wein. »Ich bin kein Weinkenner, aber ich glaube, so etwas Feines habe ich zum letzten Mal getrunken, als Alfons noch gelebt hat, der ja ein ausgesprochener Weinkenner war.«

»Ein *Château Lafite Rothschild* ist schon ein wahrer Traum, ich gönne ihn mir auch nur an unserem Hochzeitstag, dem 28. Oktober, der gleichzeitig auch der Geburtstag meiner geliebten Frau ist, Gott hab sie selig.«

»Das war ja gestern, dann meinen herzlichen Glückwunsch, Herr Rechtsanwalt, und ein Hoch auf Ihre wunderbare Frau!«

Nachdem der Hausherr zu Ende gespeist und mehrfach betont hatte, wie gut ihm das Essen gemundet habe, kam Elfi zur Sache und berichtete dem erfahrenen Juristen von ihrer ehemaligen Kellnerin Helga, die aufgrund unglücklicher Umstände ihr Kind zu Adoption freigegeben hatte und nun unter Verdacht stand, den tödlichen Sturz von Rita Scheugraben verursacht zu haben.

Doktor Weinhold nickte. »Ich habe darüber in der *Wetterauer Zeitung* gelesen. Es gab ja wohl auch schon andere

Verdächtige, die inzwischen aber wieder auf freiem Fuß sind. Es wird ohnehin nicht leicht werden, dem Täter die Schuld an dem tödlichen Sturz anzulasten, da es weder Zeugen noch eindeutige Beweise gibt, dass es sich um eine vorsätzliche Körperverletzung mit Todesfolge handelt.«

»Umso besser für das Mädel«, sinnierte Elfi gedankenversunken. Der ehemalige Anwalt musterte sie aufmerksam. »Ihnen scheint die junge Dame ja ziemlich am Herzen zu liegen.«

»Durchaus, und es berührt mich zutiefst, wie unermüdlich sie darum kämpft, ihr Kind wieder zurückzubekommen, und das ist auch der Grund, warum ich hier bin, Herr Doktor Weinhold. Ich wollte nämlich Ihren professionellen Rat einholen, ob es nicht vielleicht die Möglichkeit gibt, gegen die Kindesadoption Widerspruch einzulegen.«

»Das kommt darauf an, ob man dem für die Adoption zuständigen Jugendamt nachweisen kann, dass es gegen geltendes Recht verstoßen hat«, erwiderte der alte Herr prompt. »Vor allem, was die korrekte Einhaltung der Frist anbetrifft, wird seitens der Behörden gerne geschlampt, da es ihnen oftmals nicht schnell genug gehen kann, die Adoption abzuschließen. Mitunter drängte sich einem sogar der Verdacht auf, dass Geldzahlungen der Adoptiveltern an Mitarbeiter des Jugendamts geflossen sind, unter der Hand versteht sich, was natürlich nicht zu beweisen war. Wie auch immer – ich kenne mich in diesem Bereich jedenfalls recht gut aus, als Notar oblag es mir nämlich, die von den Müttern unterschriebenen Einwilligungserklärungen zu beglaubigen, durch die die Freigabe zur Adoption eines Kindes erst rechtswirksam wird. In der Nachkriegszeit, der sogenannten ›schlechten Zeit‹, gab es etliche Frauen, zumeist ledige Mütter, die aus blanker Not ihre Babys zur Adoption freigeben mussten.«

»Das ist offenbar auch zehn Jahre später noch eine gängige Praxis. Wir leben zwar inzwischen im sogenannten Wirtschaftswunder, doch es gibt immer noch genug Frauen, die ihre Kinder aus purer Verzweiflung zur Adoption freigeben. Aus wirtschaftlicher Not, aber auch wegen der Verachtung, die ihnen als ledigen Müttern seitens der Gesellschaft entgegenschlägt. Im Falle von unehelichen Besatzungskindern ist die Stigmatisierung noch schlimmer – und das war gewiss auch Helgas Triebfeder, dass sie sich zu diesem Schritt entschieden hat, den sie inzwischen bitter bereut hat und nichts unversucht lässt, ihn wieder rückgängig zu machen. Ich weiß nicht, inwieweit Helga am Tod von Rita schuldig ist, aber das Mädchen tut mir leid, und ich möchte ihr helfen, soweit mir das möglich ist«, bekannte Elfi aufrichtig und nahm noch einen Schluck von dem köstlichen Rotwein, der das vollmundige Aroma von dunklen Waldbeeren hatte.

»Das zeichnet Sie aus, verehrte Frau Kunz, dass Sie ein Herz für Ihre Mitmenschen haben, und ich bin Ihnen gerne in der Angelegenheit behilflich, deswegen hören Sie mir jetzt bitte einmal gut zu«, empfahl ihr der Jurist im Ruhestand zuvorkommend. »Das Gesetz schreibt vor, dass die endgültige Freigabe eines Kindes zur Adoption erst acht Wochen nach der Geburt durch eine von einem Notar beglaubigte Einwilligungserklärung der leiblichen Mutter rechtskräftig wird. Damit möchte die Gesetzgebung dafür Sorge tragen, dass eine für Mutter und Kind gleichermaßen schwerwiegende Entscheidung nicht ad hoc erfolgt, sondern von der Kindesmutter in einer angemessenen Bedenkzeit von zwei Monaten in Ruhe abgewogen werden kann. Vorschnelle Entscheidungen der Mütter, die zumeist aus einem Druck heraus erfolgen und dann später bereut werden, sollen dadurch verhindert werden. Erst mit dem Eingang dieser unterschriebenen und notariell beglaubigten Einwilligung beim Familiengericht wird die Einwilligungserklärung wirksam und kann nicht mehr rückgängig gemacht werden. Ausschlaggebend für die entsprechende notarielle Beglaubigung ist daher immer, dass der vorgeschriebene Zeitrahmen von acht Wochen von der Geburt des Kindes bis zur Unterschrift der Mutter eingehalten wird. Darauf hat ein Notar stets peinlichst zu achten, ehe er das unterschriebene Dokument beglaubigt.«

Elfi, die dem alten Herrn gebannt zugehört hatte, bat ihn um ein Blatt Papier und einen Stift, um sich die Gesetzesvorschrift genau aufzuschreiben, wozu sie der Jurist unbedingt ermunterte.

»Machen Sie das, gnädige Frau, denn in der Jurisprudenz ist der exakte Wortlaut von ausschlaggebender Bedeutung. Sie finden Papier und Stifte im Wandregal in der Diele oberhalb des Telefontischs«, instruierte sie Doktor Weinhold und zündete sich eine Zigarre an.

Nachdem sich Elfi den genauen Wortlaut der Verfügung notiert und den Text noch einmal sorgfältig mit Doktor Weinhold durchgegangen war, erwähnte der ehemalige Jurist noch einmal, dass es im Rahmen der Freigabe zur Adoption, insbesondere von sogenannten Besatzungskindern, zum Teil auch illegale Adoptionen gegeben habe.

»Vor allem bei Mischlingskindern ist die Dunkelziffer von Schnelladoptionen sehr hoch. Die Jugendämter sind darum bemüht, dass die Kinder von farbigen amerikanischen Ehepaaren adoptiert werden, nach dem Motto: ›Zurück ins Land der Väter‹, oder ›Back to the roots‹ und verfügen meist über entsprechende Kontakte zu den US-Behörden.«

»Weil sie die verhassten Mischlingskinder so schnell wie möglich wieder los sein wollen«, schnaubte Elfi empört, da ihr hinlänglich bekannt war, dass der Rassismus in Deutschland trotz Entnazifizierung noch lange nicht besiegt war. »Helgas Kind ist zwar von einem weißen Vater, aber ein Besatzungskind ist es trotzdem, und wie sehr ledige Mütter in unserer wohlanständigen Gesellschaft verachtet werden, muss ich Ihnen ja wohl nicht sagen. Deswegen bin ich auch fern davon, Helga oder andere junge Frauen in der gleichen Lage zu verachten, wenn sie sich für eine Adoptionsfreigabe entschließen. Man sollte dabei auch stets bedenken, dass es den bedauernswerten Frauen bestimmt nicht leichtgefallen ist, eine solche Entscheidung zu treffen, ehe man sie als Rabenmütter verteufelt.«

»Da kann ich Ihnen nur beipflichten, liebe Frau Kunz! Als ehemaliger Rechtsanwalt und Notar kenne ich meine lieben Mitmenschen und weiß, wie schnell sie bereit sind, den Stab über jemanden zu brechen, dem es vielleicht nicht so gut geht wie ihnen.«

Elfi lächelte grimmig. »Als Anwalt lernt man fürwahr die menschlichen Abgründe kennen, aber als Kneipenwirtin kriegt man auch das eine oder andere mit, das können Sie mir glauben«, äußerte sie trocken und bedankte sich bei dem alten Herrn mit aller Herzlichkeit für die umfassende Rechtsberatung. Sie nahm sich fest vor, ihm für seine Hilfsbereitschaft gleich morgen einen Kuchen zu backen, und wandte sich noch einmal mit einer abschließenden Frage an den Juristen.

»Es müsste natürlich erst einmal genau geprüft werden, ob sich das Jugendamt in Friedberg bei der Adoption an die Gesetzesvorschriften gehalten hat, aber das dürfte in Anbetracht der vorgeschriebenen Frist nicht allzu schwierig sein. Gesetzt den Fall, dass das Amt gegen geltendes Recht verstoßen hat, möchte ich Sie fragen, ob dann die Adoption rückgängig gemacht werden kann?«

Der Jurist im Ruhestand musterte sie angespannt. »Ich habe zwar noch nicht gehört, dass sich so etwas konkret ereignet hat, aber rechtlich müsste das ohne Weiteres möglich sein. Wenn die Freigabe zur Adoption rechtswidrig war, kann sie angefochten werden und muss rückgängig gemacht werden, da sie ohne die vorgeschriebene fristgemäße Einwilligung der Kindesmutter erfolgt ist – so ist die eindeutige Gesetzeslage.«

Elfi blickte zufrieden. »Das sind doch hervorragende Nachrichten«, bekräftigte sie. »Ich bin mir sicher, dass sich Helga sehr freuen wird, wenn sie endlich zu ihrem Recht kommt und ihr Kind wieder zu ihr zurückkehrt. Dann wird sie bestimmt auch die Wahrheit nicht länger zurückhalten, was sich in der Unglücksnacht, in der Rita Scheugraben zu Tode gekommen ist, tatsächlich alles zugetragen hat.«

»Da drücke ich Ihnen und der jungen Frau ganz fest die Daumen. Es hat mich sehr gefreut, Ihnen behilflich zu sein, und beehren Sie mich gerne wieder, wenn es noch Fragen gibt«, ermunterte sie Doktor Weinhold und geleitete Elfi zur Tür.

KAPITEL 19

»Johnny Guitar«

(Song aus dem Western *Johnny Guitar – Wenn Frauen hassen*, von Nicholas Ray, USA 1954, Interpretin: Peggy Lee)

Um 21.15 Uhr ließ der Kriminalkommissar Helga Köppel wissen, dass sich der Zeuge anhand ihrer Stimme und des sudetendeutschen Dialektes sicher sei, sie als die Frau wiedererkannt zu haben, die Rita Scheugraben in der Nacht, als sie starb, die übelsten Beschimpfungen an den Kopf geworfen und anschließend auf sie eingeprügelt habe, wodurch sie gestürzt und zu Tode gekommen sei.

»Sie wissen doch selbst, dass Sie mir damit genauso wenig zu kommen brauchen wie mit den Aussagen von Frau Lagrin und Herrn Schmidt, die mich angeblich in der besagten Nacht unweit des Villengrundstücks gesehen haben wollen«, schnaubte Helga unwirsch und erwähnte einmal mehr, dass sie für die Nacht ein wasserdichtes Alibi habe.

»Und noch einmal: Ich habe Rita Scheugraben nicht geschlagen und zu Boden gestoßen! Dazu wäre ich auch rein körperlich gar nicht in der Lage gewesen. Rita war um einiges größer als ich und deutlich kräftiger. Ich bin doch viel zu schmächtig, um eine Frau, die mir an Stärke überlegen ist, so zu attackieren, dass sie zu Tode stürzt – und dann soll ich auch noch ihre Leiche vom Tatort zu dem Cadillac vor dem *Rheingold* geschleppt haben. Das hätte ich doch nie und nimmer geschafft«, wandte sie ein, was selbst Freddy nicht einfach vom Tisch fegen konnte.

Just in diesem Moment klingelte in seinem Büro das Telefon. Er gab seinem Assistenten, der bei dem Verhör Protokoll führte, ein stummes Zeichen, an den Apparat zu gehen.

»Entschuldigen Sie bitte, Chef, aber das ist für Sie«, erklärte Josef Brauburger unbehaglich.

»Ich bin mitten in einem Verhör und kann jetzt nicht ans Telefon gehen, sag ihm bitte, er soll später anrufen«, erwiderte der Kriminalkommissar gereizt.

Sein junger Assistent senkte daraufhin verlegen die Stimme und raunte ihm zu. »Äh … es ist Frau Kunz, und sie sagt, es wäre sehr wichtig …«

Freddy seufzte. »Ach so«, entgegnete er leicht betreten, erhob sich vom Verhörtisch und nahm den Hörer entgegen.

»Entschuldige die Störung, Liebster, aber ich muss dir unbedingt etwas sagen, das für Helga von größter Wichtigkeit ist, und ich wollte dich bitten, ihr auszurichten, was ich herausgefunden habe …«

Freddy mühte sich, Kreide zu fressen und seine Gereiztheit, die er während des Verhörs mit der aalglatten Helga verspürt hatte, nicht durchkommen zu lassen. »Das kann ich gerne bei nächster Gelegenheit machen, aber das muss ja nicht jetzt sein, wo wir mitten im Verhör sind. Ich kann mich nachher bei dir melden, wenn die Befragung abgeschlossen ist, und dann kannst du mir alles in Ruhe erzählen. Also, bis gleich …« Er hauchte dezent einen Kuss in den Hörer und wollte schon auflegen, als Elfi am anderen Ende der Telefonverbindung offenbar der Kragen platzte. »Mit Verlaub, Freddy, aber ich lasse mich von dir doch nicht einfach so abwimmeln«, brach es wütend aus ihr heraus. »Ich rufe ja auch nicht nur zum Spaß an, um mit dir ein bisschen zu plaudern, sondern weil es sehr, sehr wichtig ist.«

»Das mag ja alles sein, Elfi, aber das Verhör hat nun mal Vorrang. Daher muss ich dich jetzt leider um Verständnis bitten, wenn ich unser Telefonat auf später vertage. Ich melde mich, sobald ich hier fertig bin …«

Nun war es Elfi, die erzürnt den Hörer auf die Gabel knallte. Gleichzeitig spürte sie einen Kloß im Hals. Nein, ich werde jetzt nicht wegen dir flennen, du sturer Mistkerl!, gelobte sie sich trotzig, musste sich gleichzeitig aber auch eingestehen, dass mit ihr mal wieder sprichwörtlich die Gäule durchgegangen waren. Dass du immer gleich so hitzköpfig sein musst, dachte sie zerknirscht, und es juckte sie schon förmlich in den Fingern, den Telefonhörer zu ergreifen, um sich bei Freddy für ihr unmögliches Verhalten zu entschuldigen, als das Telefon klingelte. Das nenne ich Gedankenübertragung, ging es ihr durch den Sinn, und sie nahm erfreut den Hörer ab. »Hallo, Freddy, wie schön, dass du noch mal anrufst, ich …«, flötete sie in die Sprechmuschel.

»Äh, entschuldigen Sie, Chefin, hier ist nicht Freddy, sondern Käthe. Ich störe Sie auch nur sehr ungern, aber ich glaube fast, Sie müssen bei der MP anrufen, zwischen den Amis und den Halbstarken geht nämlich gewaltig die Post ab …«

»Ich komme sofort runter«, sagte Elfi ernüchtert und enttäuscht zugleich, ignorierte den Kloß im Hals, der unaufhörlich anschwoll, so gut es ging und verließ hektisch ihre Wohnung.

»Ausgerechnet«, fluchte sie gleich darauf erbost, als sie, kaum dass sie die Gaststube betreten hatte, erkennen musste, dass es zwischen den GIs und den Mitgliedern der Schwalheimer Motorradgang zu einer Massenschlägerei gekommen war. Die prügelnden Kerle dazu zu bewegen, voneinander abzulassen, das ging nur mit körperlicher Gewalt, wie sie aus langjähriger Erfahrung wusste. Also hastete sie zum Telefon an der Theke und wählte die Nummer von Lieutenant Max Caspers von der Military Police in Friedberg.

Etwa zur gleichen Zeit beendete Freddy das Verhör mit Helga Köppel, das ohnehin nicht viel gebracht hatte, außer seine Laune, die sowieso schon auf dem Tiefpunkt war, noch weiter zu verschlechtern.

»Wir werden morgen eine Hausdurchsuchung in Ihrer Wohnung in Langenhain-Ziegenberg durchführen, vielleicht bringt uns das ja ein Stück weiter«, erklärte er mürrisch und ließ Helga in die Zelle führen.

Anschließend ging er zum Telefon und versuchte, Elfi zu erreichen, doch sie nahm nicht ab. Daraufhin wählte er die Nummer vom *Rheingold*, aber die Leitung war besetzt.

»Pech gehabt«, knurrte er in seinen Bart und überlegte kurz, ob er dorthin fahren sollte, um mit Elfi, die offenbar ziemlich verärgert auf ihn war, zu reden.

Doch er entschied sich dagegen und beschloss, noch auf einen Dämmerschoppen ins *Quick* zu gehen, das gewissermaßen auf dem Weg lag, und danach in seine Wohnung zu fahren.

Denn seine Stimmung war ziemlich im Keller und so wie Elfi auf Krawall gebürstet war, roch das nur nach weiterem Ärger, und darauf konnte er gerne verzichten.

Jetzt waren sie gerade mal ein paar Tage zusammen und schon gab es Streit. Dass sie auch immer gleich so aufbrausend sein muss, dachte er ungehalten und hätte sich von Elfi mehr Besonnenheit und Verständnis für seinen Beruf gewünscht. Trotz allem war sie eine klasse Frau, und er bedauerte es schon jetzt, ohne sie ins Bett gehen zu müssen.

»Immer, wenn ich den rosa Cadillac vor dem Rheingold *gesehen habe, hat es mir einen Stich versetzt. Dann habe ich an den letzten Sommer denken müssen, als Ray und ich noch so glücklich waren. Im Sommer 1957 hat mir Ray das Autofahren beigebracht und mich manchmal sogar ans Steuer gelassen. Das hat mir riesigen Spaß gemacht, und ich bin so sicher*

gefahren, als hätte ich nie etwas anderes getan. ›Komm, Darling, lass uns nach Amerika fahren‹, habe ich zu Ray gesagt, und da hat er ›Let's go!‹ gerufen und mich nach Klein-Texas gelotst, wo wir umhergekreuzt sind, als wären wir wirklich in den Staaten. Dann hat er in der PX ein Eis für uns geholt, und wir haben auf dem Lee-Boulevard unter einem Baum geparkt und genüsslich im Schatten unser Eis verspeist. Zwischendurch haben wir uns immer wieder geküsst, wenn niemand vorbeigekommen ist oder in der Nähe war, denn in Amerika geht es gesittet zu, wie Ray mir einmal gesagt hat. Genau wie ich ist Ray sehr gläubig, doch im Gegensatz zu mir ist er evangelisch. Er gehört der Kirche des Nazareners *in Alabama an, die eine methodistische Freikirche ist. Ich glaube, ich war selten so glücklich wie an diesem Tag. Daran habe ich auch denken müssen, als ich in jener schicksalshaften Nacht im strömenden Regen auf dem Fahrrad am* Rheingold *vorbeigefahren bin, wo Rays ehemaliger Wagen parkte. Doch Ray war längst in den Staaten, unsere Liebe vorbei und vergessen – zumindest für ihn – und das Auto hat er an Brian verkauft, bevor er abgereist ist – aber ich habe noch einen Ersatzschlüssel von dem Cadillac! Den hat Ray mir einmal gegeben und mich gebeten, ihn sorgfältig aufzubewahren, falls er seinen mal verlieren sollte, weil er wusste, wie ordentlich und gewissenhaft ich mit solchen Sachen bin. Nach unserer Trennung wollte er ihn wiederhaben, und da habe ich ihm gesagt, dass ich ihn verloren hätte. Ich weiß auch nicht, was mich da geritten hat, vielleicht habe ich das ja aus Rache gemacht. Ray war ziemlich sauer, aber was sollte er denn tun? Weg ist weg! Na, und als ich in dieser Nacht weiter die Frankfurter Straße langfahre, sehe ich erst Asta und Renato, und ein Stück weiter vorne läuft Rita. Ich habe so getan, als hätte ich Asta und Renato nicht erkannt, weil es mir nicht nach Ansprache zumute war. Aber als ich Rita gesehen habe, hat es plötzlich klick in meinem Kopf gemacht und ich bin spontan in die Einfahrt der zerbombten Villa gefahren, habe das Fahrrad an die Mauer gelehnt und mich unweit des Eingangs versteckt. Ich hatte keinerlei Plan, das geschah alles aus einem Impuls heraus. Von der Grundstücksmauer aus, wo früher mal ein schmiedeeisernes Gartentor war, das geklaut worden ist, konnte ich genau den Bürgersteig überblicken, wo Rita unter ihrem Schirm entlangstolzierte, ohne dass sie mich sehen konnte. Ich habe mitgekriegt, wie Asta und Renato auf sie zugegangen sind und Asta sie freundlich um eine Zigarette gebeten hat. Da hat ihr diese hochnäsige Kuh doch tatsächlich die brennende Kippe vor die Füße geworfen und Asta behandelt, als wäre sie der letzte Abschaum – genau wie ich im Jugendamt von der Ottenschläger behandelt worden bin oder von den Säuglingsschwestern im Hochwaldkrankenhaus. Im Grunde genommen auch damals schon, als ich mutterseelenallein als Flüchtling aus dem Sudetenland hierhergekommen bin und fast am Verhungern war. Da haben mich die Einheimischen als ›Kartoffelkäfer‹ beschimpft, als Schädling, der sich bei ihnen einnisten will und ihnen die Haare vom Kopf frisst. Wenn wir Flüchtlinge überhaupt mal was zu beißen gekriegt haben, dann war es das, was die anderen nicht mehr haben wollten. So war es auch mit den Geschenken, die an Weihnachten für die Flüchtlingskinder an die Kirche gespendet worden sind: alles nur Ausschuss, den unsere Landsleute lieber den Vertriebenen gaben, als ihn auf den Müll zu werfen, wo er hingehörte. Der Hass, den ich schon von Haus aus gegen Rita hatte, wuchs ins Uferlose, und ich war in meinem Schlupfwinkel schier am Platzen. Es hätte nicht viel gefehlt und ich wäre zu ihr hingelaufen und hätte ihr eine geklebt, doch das haben dann gottlob andere übernommen. Denn Asta hat sich diese Unverschämtheit von ihr nicht bieten lassen. Rita hat dann wohl Bammel gekriegt, die Beine in die Hand genommen und ist auf das Grundstück geflüchtet, Asta und Renato hinter ihr her. Dann ist es zwischen Asta und Rita zu einem Gerangel gekommen, und Rita hat an der Lippe geblutet und den sterbenden Schwan markiert. Da haben sich die beiden Paradiesvögel ganz schön erschreckt und hatten es plötzlich eilig, sich aus dem Staub zu machen. Das hatte ich eigentlich auch vor, hundemüde, wie ich war und dann auch noch dieser verfluchte Regen! Aber letztendlich ist es ganz anders gekommen – und das war einerseits ein großes Unglück, andererseits hat es das Miststück aber auch nicht anders verdient! Da bin ich nach wie vor hin- und hergerissen. Rita hat mich schon immer als Konkurrentin angesehen, weil ich ähnlich gut aussehe wie sie – oder besser, wie ich finde. Auch wenn Eigenlob stinkt, doch das muss einmal gesagt werden. Rita war eher der Pin-up-Typ, bei dem die Kerle lüsterne Gedanken kriegen, und ich die keusche Susanne mit dem Engelsgesicht, die man beschützt und später einmal zum Traualtar führt. Pustekuchen, kann ich da nur sagen. Gebumst, geschwängert und sitzen gelassen, so wird ein Schuh draus! Und das habe ich alles diesem Aas zu verdanken, denn wenn die nicht gewesen wäre, wäre Ray vielleicht wieder zu mir zurückgekommen, aber so war ja sein Bedarf erst mal gedeckt, und bald darauf ist er dann in die Staaten zurückgekehrt. Immerhin hat mir das gezeigt, dass er sich aus Rita genauso wenig gemacht hat wie aus mir. Im Nachhinein denke ich, Ray wollte bei den deutschen Frauen nur sein Mütchen kühlen, weil er das bei den frommen Betschwestern von den Methodisten nur unter Lebensgefahr hätte tun können. Wie auch immer, das Aas hat mich gesehen und hat doch glatt von mir verlangt, dass ich die Polizei rufen soll, weil Asta sie blutig geschlagen hätte. Da habe ich ihr aber ganz schön was gehustet, von wegen, dass ich für sie keinen Finger krumm machen würde. Da hat sie gemeint, ich soll mich doch nicht so aufregen, Ray wäre doch sowieso nur Falschgeld gewesen, und ich soll froh sein, dass ich ihn los bin. Da habe ich zu ihr gesagt, Ray wäre ja noch zu verschmerzen gewesen, nicht aber mein Kind, das ich in meiner Not zur Adoption freigeben musste, weil Ray mich im Stich gelassen hat. Ich wäre doch selber schuld, hat Rita daraufhin gemeint, bei so was ginge man zum Engelmacher und ließe sich den Bankert wegmachen, da hätte ich mir doch jede Menge Ärger erspart. Da bin ich total wütend geworden und habe sie nach Strich und Faden beschimpft und beleidigt, wie ich es noch bei keinem Menschen getan habe. Und da war wieder dieser blinde Hass in mir, gegen Gott und die Welt, die sich allesamt gegen mich verschworen haben, aber selbst der niederträchtigste Schurke von allen war immer noch besser als dieses gefühlskalte Drecksstück, das mir zu einer Abtreibung rät, als wäre das ein Friseurbesuch – und meinen kleinen Goldschatz einen Bastard nennt, der es nicht wert ist zu leben. Da habe ich mich wie ein Berserker auf Rita gestürzt und auf sie eingeprügelt. Sie hat sich mit Händen und Füßen gewehrt, dabei ist sie plötzlich mit ihren Stöckelschuhen ins Stolpern geraten und wie ein Sandsack nach hinten gefallen. Das hat so ein dumpfes Geräusch gegeben, als ob ein Kürbis geplatzt wäre, daran kann ich mich noch ganz genau erinnern. Und da sehe ich, dass sie mit dem Hinterkopf genau auf die Mauerkante gefallen ist. Binnen von Sekunden hat sich eine Blutlache um ihren Kopf gebildet wie ein dunkler Heiligenschein, und aus den Augen und den Ohren ist auch Blut geströmt. Sie hat noch einmal kurz aufgestöhnt und dann war sie tot. Da war ich mir ganz sicher, denn ich habe ja im Krieg und auf der Flucht unzählige Tote gesehen. Trotzdem war es, als würde ein Blitz durch mich fahren, als mir mit einem Schlag bewusst geworden ist, dass ich ihren Tod verschuldet habe. Jetzt bist du auch noch zur Mörderin geworden, habe ich mir gedacht, und wünschte mir sehnlichst, dass mich doch die Erde auf Nimmerwiedersehen verschlingen möge – was aber leider nicht erfolgt ist!«*

Während Helga in ihrer Zelle diese und andere höchst verräterische Tagebucheintragungen in ihrem fotografischen Gedächtnis Revue passieren ließ, wurde ihr siedend heiß bewusst: eine Hausdurchsuchung – das ging gar nicht!

Nur, wie konnte sie die verhindern? Ein Gedanke, der sie nicht mehr losließ.

*

Während Hauptwachmeister Birkenstock an seinem Schreibtisch damit beschäftigt war, die Zeugen-Gegenüberstellungen und das Verhörprotokoll von Helga Köppel abzutippen, war sein Kollege, Polizeioberwachtmeister Schätzle, unterwegs zu dem Behelfsgefängnis im Hinterhof, in dem sich die Zelle von Helga Köppel befand.

Sie war zurzeit die einzige Gefangene in den beiden Kerkern, die nicht auf Langzeitverwahrung angelegt waren. Obgleich Fräulein Köppel seit ihrer Inhaftierung vor zwei Tagen verhaltensunauffällig geblieben war, so schrieb es doch die Gefängnisordnung vor, die letzte Gefangenenkontrolle um Mitternacht vorzunehmen. Was nicht viel aufwendiger war, als mithilfe einer Taschenlampe einen kurzen Blick durch die Sichtklappe der Tür ins Zelleninnere zu werfen, um sich zu vergewissern, dass alles seine Ordnung hatte.

Als der Polizeibeamte jedoch in die Zelle spähte und die leblose Gestalt auf dem Boden liegen sah, war er hochgradig alarmiert. Mit bebenden Händen schloss Schätzle, der in seiner 30-jährigen Dienstlaufbahn in der beschaulichen Badestadt mit relativ wenig Gewaltverbrechen konfrontiert worden war, die Zellentür auf. Er hastete in die Zelle und beugte sich über die junge Frau, um an der Halsschlagader den Puls zu ertasten, als sie ihm unversehens ein Tuch auf die Augen presste. Er nahm einen beißenden Geruch wahr, und der brennende Schmerz auf den Augäpfeln war so höllisch, dass er aufschrie und sich in wilder Panik die Augen rieb. Zu seinem namenlosen Schrecken musste er erkennen, dass er nichts mehr sehen konnte. Da spürte er plötzlich einen Druck auf der Stirn und hörte ihre Stimme, die ihm zuzischte: »Maul halten, sonst mach ich dich kalt!«

Der Polizeioberwachtmeister tastete hektisch nach seinem Pistolenholster am Gürtel. Bestürzt musste er feststellen, dass es leer war. Die Gefangene hatte ihn also nicht nur seines Augenlichts beraubt, sondern ihm auch noch seine Dienstpistole, eine *Browning FN 9mm Parabellum*, entwendet! Schätzle herrschte die Frau an, ihm auf der Stelle seine Waffe zurückzugeben.

»Noch einen Muckser, und ich drücke ab!« Ihr Tonfall vermittelte ihm nur allzu deutlich, dass ihre Drohung ernst zu nehmen war. »Ich kenne mich mit Waffen aus und kann schießen«, fügte sie hinzu. »Mein Vater hat es mir beigebracht, er war Jagdaufseher.«

Schätzle traute sich kaum noch zu atmen, als sie ihm den Lauf der *Browning* auf die Brust presste und mit flinkem Griff die Handschellen vom Gürtel löste. Seine Augen brannten wie Feuer, und er konnte nach wie vor nicht das Geringste erkennen, als sie seine Handgelenke in den Handschellen fixierte. Um sicherzugehen, dass er auch nach ihrem Verschwinden nicht lauthals um Hilfe rufen würde, presste sie ihm zu allem Übel noch den zusammengeknüllten Stoff in den Mund, den sie ihm zuvor auf die Augen gepresst hatte.

Er stank so entsetzlich nach scharfen Chemikalien, dass es ihm ganz benommen zumute wurde.

Er war schon ganz schläfrig, als ihm ein metallisches Klappern verriet, dass sie ihm den Dienstschlüsselbund vom Gürtel genommen hatte, an dem neben verschiedenen anderen Schlüsseln auch der Schlüssel des dunkelgrünen VW Käfers angebracht war, welcher den Streifenpolizisten als Dienstfahrzeug diente. Das scheppernde Zuschlagen der Zellentür war das letzte Geräusch, das er hörte, bevor er das Bewusstsein verlor.

KAPITEL 20

»Mister Sandmann«

(The Chordettes, 1954)

Irmgard Ottenschläger war bereits im Tiefschlaf, als das durchdringende Läuten der Türklingel sie hochschrecken ließ. Als sie mit fahrigen Händen nach dem Schalter der Nachttischlampe tastete, hätte sie fast die nahezu leere Flasche ihres Lieblingslikörs *Echte Kroatzbeere* umgestoßen, die neben einem Stapel *Landser*-Heftchen auf der Nachtkonsole stand.

Denn die unverheiratete Irmgard pflegte mit der Lektüre der kriegsverherrlichenden Heftchenromane aus dem Zweiten Weltkrieg und einer Flasche Brombeerlikör ihre einsamen Abende zuzubringen.

Wer kann denn das nur sein zu so einer späten Stunde?, überlegte sie mit verschlafenem Blick auf den Wecker, dessen Zeiger bereits auf 1 Uhr zugingen, und spürte gleichzeitig, dass sie vom überreichlichen Likörgenuss einen heftigen Brummschädel hatte.

Da sie außer ihrem ebenfalls alleinstehenden Bruder Hermann grundsätzlich keinen Besuch erhielt, es sei denn, es handelte sich um einen dienstlichen Notfall des Jugendamts, was jedoch eher selten vorkam, war sie hochgradig alarmiert und hastete zum Schlafzimmerfenster, um einen Blick auf den Bürgersteig unterhalb der Haustür zu erhaschen.

Als sie im Licht der Straßenlaterne den Polizeistreifenwagen ausmachen konnte, der direkt vor der Eingangstür parkte, entschloss sie sich, zur Wohnungstür zu eilen und den Türöffner zu betätigen.

Hastig schlüpfte sie in ihren gesteppten Morgenmantel und schob sich rasch ein *Rachengold* in den Mund, um ihre Alkoholfahne zu kaschieren, als auch schon Schritte im Treppenhaus zu vernehmen waren.

Noch reichlich schlaftrunken und verkatert gab sich Irmgard einen Ruck, öffnete die Wohnungstür und harrte der Dinge, die da kommen würden. Als sie jedoch Helga Köppel auf dem Treppenabsatz gewahrte, wollte sie sich rasch wieder in ihre Wohnung zurückziehen und die Tür hinter sich zuschlagen, doch die junge Frau war schneller.

So hurtig sie konnte, stürmte sie die letzten Stufen hinauf, und es gelang ihr tatsächlich auf den letzten Drücker, einen Fuß in die Tür zu bekommen. Gegen alle Widerstände von Frau Ottenschläger, die mit aller Vehemenz versuchte, den Fuß durch wuchtige Schläge mit der Tür zum Rückzug zu bewegen, schaffte es Helga schließlich, über die Türschwelle zu gelangen.

Sie schob die Tür mit der Schulter zu und stand der Fürsorgerin, die vor Fassungslosigkeit für den Bruchteil von Sekunden zur Salzsäule erstarrte, Auge in Auge gegenüber. Noch bevor Frau Ottenschläger dazu kam, lauthals um Hilfe zu schreien, steckte ihr Helga grob den Lauf der Pistole in den Mund und drohte ihr, keinen Muckser von sich zu geben, denn das sei ihr letzter. Was bei der Fürsorgerin offenbar glaubwürdig rüberkam, deren glasige, vom Alkohol gerötete Augäpfel vor Panik schier aus den Höhlen quollen.

»Du sagst mir jetzt auf der Stelle, wo mein Junge ist, du Drachen, oder dein letztes Stündchen hat geschlagen, das schwöre ich dir.« Helga zog den Lauf der *Browning* aus dem vor Todesangst sabbernden Mund der Fürsorgerin und presste ihn auf ihre Stirn.

»Los jetzt, und erzähl mir bloß nicht, du weißt es nicht, denn du hast dir den Namen und die Anschrift der Adoptiveltern genauso gut eingeprägt wie ich mir deine Adresse, die ich auf der Lohnsteuerkarte in deiner Schreibtischschublade gefunden habe, da gehe ich jede Wette ein.«

Irmgards Miene verriet ihr, dass sie damit ins Schwarze getroffen hatte. Während die Fürsorgerin am ganzen Leib zitterte wie Espenlaub, murmelte sie mit bebender Stimme: »Mr. and Mrs. Kurt Lindemann, 44 Avebury Street, Rockford, Illinois 61109 – Mister Lindemann hat deutschstämmige Vorfahren, sie stammen von der Schwäbischen Alb. Er spricht sogar ein bisschen Deutsch.«

»Du schreibst mir das jetzt auf und dann erzählst du mir alles, was du von diesem amerikanischen Ehepaar weißt. Hast du gehört: alles! Selbst das kleinste Detail ist wichtig für mich, kapiert?«, raunzte ihr Helga ins Gesicht, deren Nase nur etwa eine Handbreit von Irmgards entfernt war, sodass die Fürsorgerin ihre Speicheltropfen auf der Haut spüren konnte und als jemand, der überaus reinlich war und panische Angst vor Krankheitskeimen hatte, angewidert zurückschreckte – was den Druck der Pistole auf ihrer Stirn nur erhöhte.

»Ein Notizblock ist in der Diele auf dem Telefontischchen, und da liegt auch ein Kugelschreiber«, gab Frau Ottenschläger keuchend von sich und ließ sich folgsam von Helga in die Richtung schieben, wo sie zitternd Stift und Block aufklaubte und mit krakeliger Schrift Namen und Adresse der Adoptiveltern von Helgas Kind notierte.

»Mr. und Mrs. Lindemann waren gerade auf einer Deutschland-Rundreise, als sie von unserem Kontaktmann bei der US-Armee den Hinweis zu der Adoption erhielten. Sie stehen schon länger auf der Adoptionsliste, weil Mrs. Lindemann bedauerlicherweise keine Kinder bekommen kann. Sie sind sehr wohlhabend, haben in den Staaten eine Textil-Reinigungskette speziell für Herrenhemden, wo die Kragen und Manschetten mit *Lindeman's Super-Power-Wäschestärke* gestärkt werden, die Mister Lindemann selbst entwickelt hat. Er hat mir sogar ein Fläschchen davon geschenkt«, erläuterte Frau Ottenschläger, die vor Angst immer überdrehter wurde. »Die Lindemanns sind ganz reizende Leute und durch und durch anständig. Bessere Adoptiveltern hätte Ihr Kleiner gar nicht kriegen können«, brach es zu allem Überfluss aus ihr heraus, worauf Helga sie anfuhr, den Mund zu halten. Dann fixierte sie die Fürsorgerin, die für ihr ganzes Unheil verantwortlich war, mit einem hasserfüllten Blick.

»Ich warne dich, falls du mir was vorgelogen hast und deine grundanständigen Adoptiveltern gar nicht da wohnen, wo du gesagt hast, komme ich zurück und bringe dich um, das schwöre ich beim Leben meines Kindes!«

Irmgard fuhr angstvoll zusammen und presste wimmernd hervor, dass alles die reine Wahrheit sei, so wahr ihr Gott helfe.

»Lass mich bloß mit Gott in Ruhe, du hundsgemeines Scheusal! Eigentlich hättest du für das, was du mir und meinem Kleinen angetan hast, verdient, dass ich dir ein Loch in dein Spatzenhirn schieße. Aber wenn's danach ging, wem ich alles was heimzuzahlen hätte, würde ich zur Massenmörderin werden.

Doch für deine üblen Beleidigungen wie Bankert und Bastard, mit denen du mein Kind tituliert hast, hast du schon eine ordentliche Abreibung verdient«, spie ihr Helga mit vernichtender Miene entgegen und schlug der Fürsorgerin wütend den Pistolenlauf gegen die Schläfe, sodass diese ohnmächtig zusammenbrach.

*

Nachdem die harten Jungs von der Military Police kurzen Prozess gemacht hatten und die Randalierer, allesamt um einige Zähne weniger und etliche blaue Flecken mehr, handzahm das *Rheingold* verlassen hatten, hatte Elfi den Laden dichtgemacht und Käthe und Max noch zu einem Absacker an der Theke eingeladen.

An Schlaf war für sie ohnehin nicht zu denken, nach dem Zerwürfnis mit Freddy und dem Krawall im Lokal, die ihr erheblich auf dem Magen lagen. Am meisten kränkte sie jedoch, dass es Freddy noch nicht mal für nötig befunden hatte, sie anzurufen, obwohl er ihr das eigentlich zugesagt hatte. Wahrscheinlich spielt er jetzt die beleidigte Leberwurst und erwartet von mir, dass ich mich entschuldige, ging es ihr durch den Sinn, und sie schenkte den beiden anderen und sich selbst noch einen *Asbach* ein. Sie wollten gerade miteinander anstoßen, als Max Caspers Funkgerät, das er am Gürtel trug, einen kratzenden Piepston von sich gab. Er nahm das Gerät sofort aus der Halterung und meldete sich mit einem verklausulierten Kauderwelsch, das Elfi wie Chinesisch dünkte. So verhielt es sich auch mit der quäkenden Stimme aus dem Funkgerät, die in zerhacktem Englisch Meldung erstattete, von der Elfi ebenfalls nur Bahnhof verstand.

»Etwas Schlimmes?«, fragte sie, nachdem er das Funkgerät wieder an seinem Gürtel verstaut hatte.

»Das kann man wohl sagen«, gab er zur Antwort und kippte den Weinbrand in einem Zug herunter. »Im Gefängnis in Bad Nauheim hat es einen Ausbruch gegeben, und ein Polizist ist schwer verletzt ins Krankenaus gebracht worden.«

Elfi fuhr zusammen wie vom Blitz getroffen. »Das ist ja schrecklich!«, stieß sie schockiert hervor und musste sofort an Freddy denken. »Ist denn sonst noch jemand zu Schaden gekommen?«, erkundigte sie sich besorgt.

Max Caspers zuckte mit den breiten Schultern. »Davon hat

mein Kollege nichts gesagt. Aber es herrscht trotzdem Alarmstufe Rot, denn die Gefangene hat die Dienstpistole des Polizisten und den Autoschlüssel des Streifenwagens entwendet. Eine Fahndung nach der Flüchtigen wurde von den Kollegen bereits in die Wege geleitet, und ich muss auch auf der Stelle losfahren, denn eine Fürsorgerin vom Jugendamt ist in ihrer Wohnung in Friedberg von der Flüchtigen niedergeschlagen worden«, erklärte der Lieutenant alarmiert. »Die gesamte Friedberger Polizei ist bereits vor Ort, und die Kollegen vermuten, dass die Täterin inzwischen unterwegs zum Frankfurter Flughafen ist, um sich nach Amerika abzusetzen. Die Autobahnpolizei weiß schon Bescheid, und die Flughafenpolizei hat bereits Verstärkung angefordert. Now ladies, sleep well and see you later«, verabschiedete sich Max Caspers eilig und stürmte aus der Tür hinaus, die Elfi ihm zuvor aufgeschlossen hatte.

»Geben Sie gut auf sich acht, Max«, gab sie ihm mit auf den Weg und spürte, dass es ihr vor Aufregung ganz übel wurde. Sie konnte die Hiobsbotschaften, die sie soeben vernommen hatte, noch gar nicht richtig fassen.

Um das Schreckensszenario der unheilvollen Nacht noch zu verstärken, rasten mehrere Streifenwagen mit Blaulicht und Sirenen die Frankfurter Straße entlang, und auch Käthe wurde es beim Gedanken, noch mit dem Fahrrad nach Hause fahren zu müssen, angst und bange.

»Ich fahre dich besser mit dem Wagen nach Hause«, erbot sich Elfi zuvorkommend, ein Angebot, das Käthe dankbar annahm.

»Ich kenne diese Helga ja nicht, aber nach allem, was man so von ihr hört, scheint sie ja über Leichen zu gehen«, bemerkte Käthe kopfschüttelnd, während sie in ihren Mantel schlüpfte und Elfi nach draußen folgte, die anschließend sorgsam die gläserne Eingangstür abschloss und das Metallgitter herunterließ.

Nachdem Käthe in der Elisabethenstraße 5 im benachbarten Nieder-Mörlen ausgestiegen war, saß Elfi noch eine ganze Weile im Auto und starrte nur gedankenversunken vor sich hin.

Sie war von den schockierenden Vorkommnissen wie vor den Kopf gestoßen. Dass Helga eine Kämpferin war, war ihr klar, aber eine derartige Brutalität und Skrupellosigkeit hätte sie der empfindsamen jungen Frau nicht zugetraut. Die tut wirklich alles, um ihr Kind wiederzukriegen, ging es ihr durch den Sinn. – Dabei bietet sich ihr wahrscheinlich die Möglichkeit, ihr Kind auf ganz legale Weise wieder zurück zu bekommen, nur das weiß sie leider nicht, überlegte Elfi erbittert und versuchte weiterhin mit äußerster Konzentration, sich in Helga hineinzuversetzen.

Helga ist schlau, sie weiß genau, dass die Fahndung nach ihr bereits auf Hochtouren läuft und ihre Chancen, unbehelligt in ein Flugzeug nach Amerika zu steigen, verschwindend gering sind. Sie könnte erst einmal abtauchen und es später mit verändertem Aussehen und gefälschtem Reisepass versuchen. Doch das wäre mehr als riskant und sie müsste ihren Plan, für den sie so lichterloh brennt, auf unbestimmte Zeit verschieben. Aber letztendlich wird ihr nichts anderes übrig bleiben, denn alleine schon mit einem gestohlenen Polizeiauto über die Autobahn in Richtung Frankfurt zu rasen, wäre nichts anderes, als ins offene Messer zu rennen – ganz zu schweigen vom Flughafen, in dem es inzwischen von Polizisten sicher nur so wimmelt. Da müsste es ja einer schon drauf anlegen, gefasst zu werden, wenn er sich auf so etwas einlässt. Nein, das passt nicht zu Helga. Sie ist zwar mehr als tollkühn und geht aufs Ganze, aber nicht, wenn es derart aussichtlos ist. Denn wenn sie jetzt geschnappt wird, kann sie den Amerikaflug und ihren Jungen vergessen – und das weiß sie genau.

»Von daher ist eher davon auszugehen, dass Helga inzwischen ganz andere Pläne hat«, platzte es aus Elfi heraus, und sie fluchte innerlich, dass Freddy nur noch über Funk zu erreichen war. Auf jeden Fall braucht sie Bargeld und die entsprechende Kleidung, um sich auf eine Reise ins Ungewisse zu begeben, und die verschiedenen Dinge, die eine Frau halt so dabei haben muss, sinnierte sie und gelangte zu dem Schluss, dass Helga mit hoher Wahrscheinlichkeit zu ihrer Wohnung gefahren war. Und die Polizei fahndet auf der Autobahn und am Flughafen nach ihr!

Sie entschied sich, zur nahegelegenen Zahnfabrik zu fahren, vor der ein Telefonhäuschen stand. Ihre Hände zitterten, als sie nach dem Telefonhörer griff und die Nummer der Bad Nauheimer Polizeiwache wählte. Doch die Leitung war besetzt – und das auch noch beim zweiten, dritten und vierten Versuch. Was mach ich jetzt nur?, fragte sich Elfi verzweifelt, da ihr die Vorstellung, tatenlos zu Hause zu sitzen und sich den Kopf zu zermartern, unerträglich war. Sich jetzt ins Bett zu legen, erschien ihr als völliges Absurdum, so aufgedreht, wie sie war.

Sie wusste zwar Helgas Adresse nicht, außer dass sie in Langenhain-Ziegenberg wohnte. Das waren gerade einmal 15 Kilometer, in einer halben Stunde würde sie dort sein.

Elfi kannte die kleine Ortschaft von früheren Wandertouren und Ausflügen. Langenhain-Ziegenberg war ein kleines Straßendörfchen, das in der Nazizeit durch das am Rande der Ortschaft errichtete Führerhauptquartier *Adlerhorst* zweifelhaften Ruhm erlangt hatte. Die monumentale Anlage befand sich zwar noch immer auf dem weitläufigen Gelände, war jedoch durch einen hohen Zaun von der Öffentlichkeit abgeschirmt.

Als Elfi wenig später hinter der Ortschaft Nieder-Mörlen an dem Autobahnzubringer vorbeifuhr, hörte sie von der

A5 die Martinshörner der Einsatzwagen durch die Nacht hallen. Den Blaulichtblitzen nach, die in der Ferne zu erkennen waren, mussten es etliche sein, und sie bewegten sich alle in Richtung Frankfurt.

Und hier ist weit und breit keine *Grüne Minna* zu sehen, dachte Elfi unwirsch und steuerte ihren Opel Kapitän die finstere Landstraße entlang, auf der keine Menschenseele unterwegs war, in Richtung der Ortschaft Ober-Mörlen.

Sie presste schuldbewusst die Lippen zusammen, da sie ahnte, wie ärgerlich Freddy darüber sein würde, dass sie zu nachtschlafender Zeit solche Alleingänge unternahm und nach Langenhain-Ziegenberg kutschierte, wo sie Helga vermutete – was jedoch nicht mehr als ein vager Verdacht war.

Während der nächtlichen Autofahrt durch die tiefste Wetterau überschlugen sich Elfis Gedanken förmlich. Einerseits war ihr bewusst, dass Helga nicht nur mit hoher Wahrscheinlichkeit für den Tod von Rita Scheugraben verantwortlich war und, wie sich anhand der jüngsten Ereignisse gezeigt hatte, vor Gewalt nicht zurückschreckte, andererseits war die junge Frau zweifellos ein Opfer unglücklicher Umstände.

Denn bei Helgas unglückseligen Verstrickungen zeichnete sich doch eines überdeutlich ab: Sie war einzig davon getrieben, ihr Kind wieder zurückzubekommen. Und jetzt, wo Elfi herausgefunden hatte, dass die Adoption möglicherweise illegal war, waren Helgas Chancen, die Adoption rückgängig zu machen, größer denn je.

Genau das war es, was Elfi der Unglücklichen unbedingt mitteilen wollte. Hätte ich das schon früher getan, dann wäre es nie zu Helgas Gefängnisausbruch und ihren Gewalttaten gekommen, überlegte sie aufgebracht und hätte Freddy für seine Sturheit auf den Mond schießen können. Andererseits mochte sie ihm auch keineswegs die Schuld an dem ganzen Desaster anlasten, denn das wäre absolut vermessen.

Sie liebte ihn unsagbar und es schnitt ihr ins Herz, dass es Unstimmigkeiten zwischen ihnen gegeben hatte, an denen sie selber maßgeblich beteiligt war. So kann man auch einen Mann vergraulen, du blöde Kuh, schalt sie sich und richtete ihre Gedanken wieder auf Helga.

Sie war sich sicher, dass Helga nicht mehr länger gegen Gott und die Welt kämpfen würde, wenn sie wüsste, dass das Recht auf ihrer Seite wäre, und sie möglicherweise dazu bewegen würde, sich zu stellen. Zumindest hoffte Elfi das inständig. Natürlich würden der Tod von Rita und die anderen Vergehen, deren sie sich schuldig gemacht hatte, dadurch nicht ungeschehen gemacht werden, doch sie konnte es vielleicht verhindern, dass Helga vor lauter Bedrängnis noch mehr Unheil anrichtete und sich immer weiter ins Unglück stürzte.

Elfi konnte sich auch nicht vorstellen, dass ihr Helga Gewalt antun würde. Sie hatte ihr immer Respekt und Achtung entgegengebracht, sie war für das Mädchen so etwas wie eine Autoritätsperson, daher rechnete sie sich auch für ihr Vorhaben, mit Helga gütlich zu reden, gewisse Chancen aus. Dennoch spürte sie, dass nicht nur ihre Hände am Lenkrad zitterten, sondern auch ihre Knie bis hinunter zu den Füßen, mit denen sie Gaspedal und Kupplung bediente.

Wird schon schiefgehen, altes Mädchen, suchte sie sich Mut zuzusprechen. Vielleicht war Helga ja auch schon längst über alle Berge, und sie war umsonst hierhergefahren, beschied sie sich, als sie gleich darauf in das stille, verschlafene Langenhain-Ziegenberg einfuhr.

Sie schaltete in den zweiten Gang herunter und passierte die Hauptstraße in Schrittgeschwindigkeit, während ihre müden Augen unablässig über die dunklen Häuser und Bauernhöfe schweiften, in denen kein einziges Fenster erleuchtet war. Lediglich von den Straßenlaternen drang ein schwacher Lichtschein zu ihr herunter.

Elfis Opel passierte einen Zeitungskiosk, eine Metzgerei, eine Bäckerei, zwei Gastwirtschaften und war fast schon am Ende des kleinen Straßendorfs angelangt, an dessen Ortsausgang eine Tankstelle lag. Ihre Hoffnung, Ritas Wohnung in einem der Häuser ausfindig zu machen, schwand bereits dahin, als sie in einem kleinen windschiefen Fachwerkhaus tatsächlich gleich mehrere beleuchtete Fenster bemerkte.

Sie war angespannt bis zum Anschlag, als sie das Auto ein Stück vor dem Haus parkte und mit der Taschenlampe in der Hand zur Haustür schlich, um die Namensschilder an der Klingel zu lesen. Schon während sie mit eingezogenem Kopf dorthin huschte, hörte sie das laute Babygeschrei aus dem Haus dringen und ahnte bereits, dass sich ein Blick auf das Klingelschild erübrigen würde, denn bei der Mieterin konnte es sich schwerlich um Helga handeln. »Oswald Kappes« stand in säuberlich geschriebenen Druckbuchstaben auf dem Namensschild, womit sich die Sache erledigt hatte.

Elfi stieg wieder in den Wagen und fuhr langsam weiter. Sie war schon fast aus dem Dorf draußen, als sie sah, dass hinter dem kleinen Mansardenfester des Eckhauses Licht brannte. Doch schon im nächsten Augenblick war das Fenster wieder dunkel, stattdessen ging an den zwei Seitenfenstern der Stockwerke darunter das Licht an, wo sich nach Elfis Vermutung wahrscheinlich das Treppenhaus befand.

Sie schaffte es gerade noch, den Wagen vor dem Bürgersteig unweit der Haustür zu parken, den Motor abzustellen und das Licht auszuschalten. Mit angehaltenem Atem saß sie im Auto, die Nerven bis zum Zerreißen gespannt, und starrte wie hypnotisiert auf die Haustür.

Da gewahrte sie plötzlich an der Hauswand neben der Tür einen dunklen Schatten, und ihr stockte förmlich das Blut in den Adern.

KAPITEL 21

»Bum-Budi-Bum, das kann gefährlich sein.«

(Peter Frankenfeld & Lonny Kellner, 1961)

Josef Brauburger parkte seinen hellblauen NSU Prinz auf dem noch nahezu leeren Besucherparkplatz des Frankfurter Flughafens und eilte gemeinsam mit seinem Kollegen, Polizeihauptwachmeister Birkenstock, zu dem neu eröffneten Passagierabfertigungsgebäude.

Als die beiden Kriminalbeamten die futuristisch anmutende, hell erleuchtete Passagierabfertigungshalle betraten, in der verschlafen dreinblickende Passagiere ihre Koffer auf Gepäckwagen vor sich herschoben und sich suchend umblickten, vernahmen sie eine Lautsprecherdurchsage, die sie sofort in Alarmbereitschaft versetzte:

»Guten Morgen, Passagiere des Fluges der *Pan American Airways* nach New York, Abflug 4.35 Uhr«, verkündete eine sonore Frauenstimme. »Ihr Flug ist am Ausgang 5B für Sie zum Einsteigen bereit, und wir beginnen nun unser Boarding. Wir bitten Sie, Ihre Bordkarten und Reisepässe schon am Eingang bereit zu halten und Ihre Reisepässe zur Seite mit dem Bild zu öffnen. Solange Ihre Sitzreihe nicht aufgerufen worden ist, möchten wir Sie bitten, den Eingang für andere Passagiere nicht zu versperren. Nun bitten wir die Businessclass-Passagiere einzusteigen. Economyclass-Passagiere werden in Kürze aufgerufen …«

»Da müssen wir hin«, sagte Josef, der erheblich unter

Strom stand. »Doch wo zum Teufel ist dieser verdammte Ausgang 5B?«

Er blickte sich irritiert um und gewahrte, wie sich ein Trupp Reisender, aus verschiedenen Richtungen kommend, in eiligem Tempo durch die Halle bewegte, wo der Ausgang 5B durch einen roten Pfeil nach rechts ausgeschildert war.

»Da ist es«, war es auch dem Hauptwachtmeister aufgefallen, und sie folgten dem Markierungspfeil, während der Kriminalinspektor sich unentwegt im Strom der Reisenden nach der flüchtigen Helga Köppel umblickte.

Doch er konnte die blonde junge Frau nirgendwo ausmachen. Allerdings stellte er zu seiner Beruhigung fest, dass die Schar der Polizeibeamten, die ebenfalls dem Ausgang 5B zustrebte, unaufhörlich anwuchs. Josef ließ suchend seine Blicke umherschweifen, ob vielleicht die Kollegen aus Friedberg in dem Pulk zu sehen waren, als im nächsten Moment eine Blondine in einem anthrazitfarbenen Kleppermantel an ihnen vorbeihuschte. »Das ist sie«, stieß Josef hervor und heftete sich gemeinsam mit Hauptwachtmeister Birkenstock mit ausladenden Schritten an ihre Fersen.

Sie hatten bereits den Ausgang zum Rollfeld erreicht, wo die Blondhaarige kurz innehielt, um ihre Papiere aus der Handtasche zu nesteln, was Josef sehr gelegen kam.

»Helga Köppel, keinen Schritt weiter! Sie sind festgenommen!«, rief er in scharfem Befehlston und baute sich mit gezogener Pistole vor der blonden Frau im Regenmantel auf, die ihn aus schreckensgeweiteten Augen anstarrte.

*

Nachdem Helga in ihrer Wohnung rasch das Notwendigste in einen Tornister gepackt hatte, in dem sie auch das verräterische Tagebuch deponiert hatte, nahm sie den Ersatzschlüssel des

Cadillacs aus dem Blumentopf des Usambara-Veilchens auf der Fensterbank und versenkte ihn im Seitenfach des Rucksacks. Er war blitzsauber, denn sie hatte ihn gründlich von den Blutspuren gereinigt, nachdem sie damit die Großbuchstaben V D mehr schlecht als recht in Ritas Bauch geritzt hatte. Sie würde den Schlüssel nachher auf ihrer Wanderung entlang der Obstwiesen in Richtung Butzbach in die Wetter werfen.

Mit einem gewissen Triumphgefühl musste sie an ihren gelungenen Gefängnisausbruch denken, bei dem ihr das Taschentuch des Psychiaters aus Gießen gute Dienste geleistet hatte. Der Gummiklebstoff von dem Fahrradflickzeug, mit dem sie es vor ihrer fingierten Ohnmacht getränkt hatte, hatte wahre Wunder bewirkt.

Trotz der brenzligen Lage, in der sie steckte, musste sie unwillkürlich grinsen. Das sollte ihr erst mal einer nachmachen! Vorausschauend und umsichtig, wie sie nun einmal war, hatte sie das Fahrradflickzeug mit dem Gummiklebstoff für Notfälle in der Satteltasche ihres Fahrrads verwahrt.

In der Nacht der Zeugengegenüberstellung vor und auf dem zerbombten Villengrundstück war es ihr glücklicherweise gelungen, die kleine Blechdose mit dem Flickzeug unbemerkt aus der Satteltasche zu nehmen, als sie das Fahrrad anschließend an die Mauer gelehnt hatte. Zu diesem Zeitpunkt hatte sie zwar noch nicht genau gewusst, für was sie es gebrauchen konnte und hatte es dezent in ihrem Schlüpfer verschwinden lassen – wo hoffentlich niemand nachschauen würde. Aber so verschlafen wie diese Provinzpolizisten waren, hatte sich die Untersuchung der Gefangenen, bevor sie zurück in ihre Zelle kam, nur aufs flüchtige Abtasten nach Schusswaffen und Messern konzentriert, die man einer zarten jungen Frau wie ihr ohnehin nicht zutraute.

So war ihre Rechnung gottlob aufgegangen, und das Döschen mit dem Flickzeug, das sie sich im Polizeiauto flink in den Schritt geschoben hatte, war den Polizeibeamten tatsächlich nicht aufgefallen.

Helga vergewisserte sich noch einmal, ob sie auch das Kuvert mit den Geldscheinen in ihre Handtasche gepackt hatte, das sie für ein Flugticket nach Amerika zusammengespart hatte und das sie nun für ihre Flucht und falsche Papiere benötigte.

Sie würde ihr Äußeres so gut es ging kaschieren und sich zu Fuß in die Kleinstadt Butzbach durchschlagen, wo sie sich eine Unterkunft suchen, sich das verräterische Blondhaar färben und kurz schneiden würde, um sich dann nach Hamburg abzusetzen.

In den Menschenmassen einer Metropole würde sie noch am wenigsten auffallen, und dort böte sich auch am ehesten die Möglichkeit, an einen gefälschten Pass heranzukommen. Denn ihre Hoffnung, nach Amerika zu reisen, um ihren Kleinen wieder an ihr Herz drücken zu können, würde sie auf keinen Fall fahren lassen. Einzig dafür lebte sie.

Von Hamburg aus konnte sie nämlich mit dem Schiff nach Amerika fahren, da waren die Polizeikontrollen vielleicht nicht ganz so scharf wie am Flughafen.

Auch jetzt sandte Helga wieder Stoßgebete an die Jungfrau Maria, dass nichts und niemand sie von ihrer Amerikareise abhalten möge.

Momentan musste sie aber unbedingt einen kühlen Kopf bewahren und durfte sich auch nicht den kleinsten Fehler erlauben. Deswegen hatte sie den auffälligen Streifenwagen auch vor dem Ortsschild von Langenhain-Ziegenberg in einem Waldweg geparkt, wo er von der Landstraße nicht zu sehen war, und war zu Fuß in ihre kleine Mansardenwohnung am Eckhaus der Straße nach Wiesental gelaufen, wo sich gegenüber das umzäunte Gelände des ehemaligen Führerhauptquartiers *Adlerhorst* befand.

Helga, der sehr wohl bewusst war, wie gewagt es war, sich in ihrer Wohnung aufzuhalten, denn jede Minute konnte die Polizei kommen, schlüpfte in ihren unauffälligen beigen Popelinemantel. Dann zog sie sich den braunen Hut mit der breiten Krempe tief in die Stirn und überprüfte noch einmal am Garderobenspiegel, ob auch keine Strähne ihres blonden Haares unter der Hutkrempe hervorlugte.

Zum Abschluss streifte sie sich die Trageriemen des Tornisters über die Schultern, nahm die *Browning* vom Garderobenschrank und vergewisserte sich, dass sie gesichert war, bevor sie die Pistole in ihre Manteltasche steckte.

Sie hatte den festen Vorsatz, die Waffe nur im äußersten Notfall einzusetzen, und wollte unbedingt vermeiden, noch ein weiteres Menschenleben auszulöschen. Sie tastete in der anderen Manteltasche nach der Taschenlampe, knipste das Licht aus und verließ auf leisen Sohlen ihre Wohnung.

Beim Zuziehen der Wohnungstür gab sie sich größte Mühe, keinen Lärm zu machen, und schlich wie auf Katzenpfoten die Holztreppe hinunter, um die anderen Hausbewohner, die um diese Uhrzeit allesamt schlafend in ihren Betten lagen, nicht aufzuwecken.

*

Von seinem Schlupfwinkel neben der Haustür, wo Freddy mit gezogener Dienstpistole in Stellung gegangen war, sah er zu seiner heillosen Bestürzung, dass am Bürgersteig unweit des Hauses ein Auto parkte. Als er gleich darauf Elfis Opel Kapitän erkannte und schemenhaft Elfis Profil im Wageninneren ausmachen konnte, biss er sich so heftig auf die Unterlippe, um einen Fluch zu unterdrücken, dass es schmerzte.

»Die ist doch nicht ganz gescheit!«, echauffierte er sich,

doch ihm blieb nicht viel Zeit, sich aufzuregen, denn, wie nicht anders zu erwarten, ging nun alles Knall auf Fall:

Die Haustür wurde geöffnet und Helga kam heraus. Während sie Freddy noch den Rücken zukehrte, um vorsichtig die Eingangstür zu schließen, drückte ihr der Kriminalkommissar den Lauf der Pistole an den Hinterkopf und teilte ihr in scharfem Tonfall mit, dass sie verhaftet sei.

»Dann mache ich jetzt Schluß«, stieß Helga mit bebender Stimme hervor, zog die *Browning* aus der Manteltasche und presste sich den Pistolenlauf an die Schläfe.

Freddy war mehr als verstört. Damit hatte er überhaupt nicht gerechnet. »Lassen Sie sofort die Waffe fallen und hören Sie mit diesem Unsinn auf!«, befahl er der jungen Frau mit allem Nachdruck. »Sie können doch ihr Leben nicht einfach so wegwerfen.«

»Welches Leben?«, fragte Helga bitter. »Bei mir hat es nur zum Überleben gereicht und jetzt ist endgültig alles verloren.«

Freddy überlegte krampfhaft, wie er sie davon abhalten konnte, abzudrücken. »Das würde ich an Ihrer Stelle nicht so sehen, es gibt immer eine Lösung, selbst dann, wenn man glaubt, es geht nicht mehr. Außerdem haben sie doch ein Kind, das sie unbedingt wiedersehen wollen.«

Helga gab ein höhnisches Auflachen von sich. »Jetzt, wo sie mich ins Kittchen stecken, kann ich das doch komplett vergessen. Ich habe nicht mal mehr den Hauch einer Chance, meinen Jungen jemals wieder zu Gesicht zu kriegen.«

Helgas Hand, mit der sie sich den Pistolenlauf an die Schläfe presste, zitterte so stark, dass Freddy fürchtete, das Beben könnte versehentlich einen Schuss auslösen.

»Ganz ruhig, junge Dame, nur weil ich Sie jetzt verhafte, geht doch die Welt nicht unter. Wir können auch noch mal in Ruhe über alles reden, aber tun Sie mir bitte den Gefallen und übergeben mir Ihre Waffe. Sie haben mein Wort, dass ich mich dafür einsetzen werde, dass Sie mildernde Umstände kriegen.«

Freddy, der genau wusste, wie unberechenbar ein Mensch sein konnte, der am Rande der Verzweiflung war – erst recht, wenn sich die Schlinge um seinen Hals unaufhaltsam zuzog – war in höchster Anspannung. Selbst das kleinste Geräusch, jede unvorhergesehene Bewegung konnte bewirken, dass Helga den Abzug betätigte.

Elfi, die das aberwitzige Szenario mit angehaltenem Atem beobachtet hatte, stieg wie in Zeitlupe aus ihrem Wagen und ließ die Autotür offen, um keinen Lärm zu machen.

Sie hatte ihre Schuhe abgestreift und schlich geräuschlos auf Freddy und Helga zu, deren keuchende Atemzüge die nächtliche Stille durchbrachen.

An Freddys Rücken konnte sie erkennen, dass er in höchster Alarmbereitschaft war. Sein ganzer Körper war angespannt wie eine Bogensehne.

Elfi, die nur noch wenige Schritte von Freddy und Helga entfernt war, konnte im diffusen Licht der Straßenbeleuchtung sehen, wie Helga sich die Pistole an die Stirn hielt und ihr sträubten sich sämtliche Nackenhaare. Doch das Adrenalin machte sie erstaunlich ruhig.

»Ich habe gute Nachrichten für dich, Helga!«, sagte sie eindringlich und war erstaunt über die eigene Stimme, die ihr seltsam fremd erschien und wie aus dem Nichts zu kommen schien. »Du hast gute Chancen, dein Kind wieder zurückzukriegen, ich habe mich gestern bei einem Notar erkundigt. Deswegen flehe ich dich jetzt auch an, hör auf mit diesem Unfug und nimm die Pistole herunter, du wirst doch noch gebraucht!«

Helga fuhr zusammen wie vom Blitz getroffen.

»Was sagen Sie da? Ich kann mein Kind wieder zurückkriegen? Stimmt das auch, oder sagen Sie das nur, um mich zu beschwichtigen?«

»Das ist die reine Wahrheit, Helga, das schwöre ich Dir«, erwiderte Elfi inständig.

»Gut, dann will ich Ihnen das mal glauben«, sagte Helga leise, ließ langsam die Hand mit der Pistole sinken und reichte sie Freddy mit den Worten, die brauche sie jetzt nicht mehr.

»Gut gemacht, junge Dame«, stieß er atemlos hervor. »Trotzdem muss ich Sie jetzt festnehmen und Ihnen Handschellen anlegen«, fügte er erläuternd hinzu, ehe er in amtlichen Tonfall verkündete:

»Helga Köppel, Sie sind vorläufig festgenommen. Sie haben das Recht zu schweigen und einen Rechtsanwalt hinzuzuziehen.« Während er Helga anschließend Handschellen anlegte, konnte er nicht verhindern, dass seine Hände zitterten. Helga ließ sich von ihm ohne jeglichen Widerstand zum Auto führen.

Freddy bedachte Elfi, die ihm in geflissentlichem Abstand und mit betretener Miene zum Dienstmercedes folgte, mit einem erleichterten Blick.

»Na, das ist ja gerade noch mal gut gegangen«, raunte er mit gesenkter Stimme.

»Zum Glück«, erwiderte Elfi und lächelte befreit, obgleich ihr der Schreck noch gehörig im Nacken saß.

Freddy ließ sie mit einiger Zerknirschung wissen, über alles andere unterhalte man sich zu einem späteren Zeitpunkt.

»Darf ich mitfahren?«, fragte sie, nachdem Freddy Helga auf den Rücksitz geschoben und die Tür geschlossen hatte. »Ich habe Helga nämlich noch einiges zu sagen, was die Adoption ihres Kindes anbetrifft.«

»Von mir aus«, entgegnete Freddy mürrisch, dem Elfis unerwartetes Auftauchen bei Helgas Verhaftung, die auch genauso gut hätte schiefgehen können, noch erheblich zu schaffen machte. Just in diesem Moment waren von der Landstraße her Polizeisirenen zu hören.

»Das sind die Kollegen aus Usingen, ich habe sie vorhin um Unterstützung gebeten«, erläuterte der Kriminalkommissar und musste bei Elfis Anblick, die mit den wirren Haarsträhnen, die sich im Eifer des Gefechts aus ihrer Hochfrisur gelöst hatten, wild und verwegen anmutete und noch immer auf Strümpfen herumlief, unwillkürlich grinsen.

»Du hast übrigens eine Laufmasche am Strumpf«, spöttelte er, als Elfi ihn anschaute wie einen Geist und mit einem Mal ins Straucheln geriet. Sie hielt sich fahrig die Hand an die Stirn. Freddy eilte sofort zu ihr hin und stützte sie fürsorglich.

»Mir … mir ist auf einmal ganz schwindelig, Liebster«, seufzte sie und nahm gerade noch wahr, dass es ihr schwarz vor Augen wurde, ehe sie ohnmächtig in Freddys Arme sank.

»Das war wohl alles etwas zu viel für dich, wie konntest du auch nur so unvernünftig sein!«, tadelte Freddy Elfi, die neben Helga auf dem Rücksitz des Dienstmercedes saß, und startete den Motor. Zur gleichen Zeit fuhren auch die beiden Streifenwagen der Usinger Polizei los und boten dem Kollegen mit Martinshorn und eingeschaltetem Blaulicht Begleitschutz auf der Strecke nach Bad Nauheim, denn es handelte sich bei der jungen Frau in Handschellen, die der Kriminalkommissar nach erfolgreicher Festnahme in seinem Auto zur Polizeiwache überführte, um eine gemeingefährliche Verbrecherin, nach der bundesweit gefahndet worden war.

»Ich kann nur hoffen, dass du dein Versprechen hältst, das du mir vorhin gegeben hast, und dich gleich zu Hause hinlegst – und das *Rheingold* bleibt heute geschlossen, denn du musst dich nach deiner Ohnmacht unbedingt noch schonen, hast du mich verstanden?«

»Ja, darauf kannst du dich verlassen, und mir geht es auch schon wieder viel besser, es war nur ein kurzer Schwächeanfall, mehr nicht«, erwiderte Elfi beschwichtigend. »Kein Grund zur Aufregung, und es war auch wirklich nicht nötig, mich ins Usinger Krankenhaus zu bringen. Zum Glück konnte ich dir das ausreden …«

»Trotzdem solltest du deine Ohnmacht nicht auf die leichte Schulter nehmen, Elfi. Und vergiss bitte nicht, nachher deinen Arzt anzurufen, damit er dir einen Hausbesuch abstattet und dich gründlich untersucht. Das ist sehr, sehr wichtig«, beschwor Freddy sie eindringlich.

Elfi war ganz gerührt über seine Fürsorglichkeit und versprach ihm noch einmal aufrichtig, auf sich zu achten. Dann richtete sie ihre Aufmerksamkeit auf Helga, die sie voller Ungeduld anschaute und unbedingt alles wissen wollte, was Elfi bei dem Notar in Erfahrung gebracht hatte.

»Also, Helga, es gibt da nämlich eine Frist, die unbedingt eingehalten werden muss, ansonsten ist die Adoption ungültig«, erläuterte Elfi der jungen Frau in bemüht ruhigem Tonfall.

Helga musterte sie begriffsstutzig. »Was denn für eine Frist? Davon habe ich nie etwas gehört.«

Elfi versuchte sich mit aller Kraft auf den genauen Wortlaut des Gesetzesparagrafen zu konzentrieren, den sie sich bei Doktor Weinhold auf ein Blatt Papier geschrieben hatte. Und auf wundersame Weise obsiegte das Adrenalin gegen ihre Müdigkeit und Erschöpfung, und sie erinnerte sich plötzlich an jedes Wort, als hätte sie die Passage auswendig gelernt – und das hatte sie ja, wenn auch eher unbewusst.

»Die endgültige Freigabe des Kindes zur Adoption ist erst acht Wochen nach der Geburt durch eine von einem Notar beglaubigte Einwilligungserklärung der leiblichen Mutter möglich. Mit dem Eingang der unterschriebenen Einwilli-

gung beim Familiengericht wird die Freigabe des Kindes zur Adoption wirksam und kann nicht mehr rückgängig gemacht werden.«

Elfi hatte kaum zu Ende gesprochen, da ging Helga förmlich durch die Decke. »Acht Wochen nach der Geburt, das ist doch der blanke Hohn! Als ich mein Kind auf die Welt gebracht habe, hat es noch keine fünf Minuten gedauert, da haben sie es mir weggenommen!«, schrie sie außer sich.

»Mäßigen Sie sich bitte, Fräulein Köppel«, ermahnte Freddy die junge Frau. »Ich verstehe ja Ihren Unmut, aber nicht ganz so laut, wenn's geht.«

»Das ist ja auch zum Haare raufen«, nahm Elfi Helga in Schutz und beschwor sie resolut, ihr weiter zuzuhören, was diese schließlich auch tat.

»Nach dem, was du eben gesagt hast, steht es außer Zweifel, dass die Fürsorgerin vom Jugendamt in Friedberg gegen die gesetzlichen Vorschriften verstoßen hat, weil sie die vorgeschriebene Frist von acht Wochen nicht eingehalten hat. Die Adoption von deinem Sohn war demnach illegal und kann angefochten werden!«

Helga schien es nicht fassen zu können, was Elfi eben gesagt hatte, und blickte sie skeptisch an. »Sind Sie sich da sicher?«

»Absolut, so hat es mir Herr Doktor Weinhold gesagt, ein erfahrener Notar, der inzwischen im Ruhestand ist. Er hat früher selber die Unterschriften der Mütter beglaubigt, die ihre Kinder zur Adoption freigegeben haben, und hat dabei stets darauf geachtet, dass die vom Gesetz vorgeschriebene Frist von acht Wochen, von der Geburt des Kindes ab gerechnet, eingehalten wurde.«

Helga fing so herzzerreißend an zu weinen, dass auch Elfi die Tränen kamen. »Nichts habe ich mir sehnlicher gewünscht, als dass mein kleiner Schatz endlich wieder bei mir ist, aber wie soll das denn gehen? Ich muss doch ins Gefängnis«, schluchzte die junge Frau verzweifelt. »Ich habe alles falsch gemacht habe, was man nur falsch machen kann!«

»Du warst halb wahnsinnig vor Schmerz, dass du dein Kind verloren hast. In so einer Situation ist man nicht mehr Herr seiner selbst. Ich weiß, wovon ich spreche«, stieß Elfi mit bebender Stimme hervor und sprach über den Tod ihrer kleinen Tochter. »Ein Verlust, über den ich niemals hinwegkommen werde, das ist nun einmal so. Aber im Gegensatz zu meinem lebt dein Kind, und das ist ein unglaubliches Glück. Deswegen solltest du auch jetzt nicht mit dir hadern. Was passiert ist, ist passiert, auch wenn es schrecklich ist, was du anderen Menschen angetan hast. Du kannst es leider nicht mehr ungeschehen machen und wirst dafür zur Rechenschaft gezogen werden.«

»Dem kann ich nur beipflichten«, meldete sich nun auch Freddy zu Wort. »Wenn Sie geständig sind und wahrheitsgemäß berichten, unter welchen Umständen Rita Scheugraben zu Tode gekommen ist, wirkt sich das mit Sicherheit strafmildernd auf das Urteil aus.«

Helga senkte schuldbewusst den Kopf. »Sie glauben ja gar nicht, wie sehr ich mich schäme, dass mein Sohn eine Verbrecherin zur Mutter hat. Von daher denke ich manchmal, dass es besser ist, wenn er nichts von mir weiß und weit weg ist. Andererseits halte ich es vor Sehnsucht nach meinem Kind kaum noch aus. Ich würde alles dafür geben, wenn ich es wieder in meinen Armen halten könnte, alles …« Helga wurde erneut von einem heftigen Schluchzen geschüttelt.

»Dann lass uns zu gegebener Zeit den Rechtsweg gehen und schauen, was es diesbezüglich für Möglichkeiten gibt«, schlug Elfi Helga vor. »Wenn du möchtest, helfe ich dir dabei. Es lässt sich bestimmt eine Lösung finden, die dir und deinem Kind gerecht wird. Doch als Erstes musst du jetzt für das geradestehen, was du verbrochen hast. Bevor du nicht weißt, wie deine Strafe aussieht, kannst du auch keine Pläne fassen, was mit deinem Jungen geschieht.«

Helga dankte Elfi aufrichtig. »Auch wenn Sie mir das wahrscheinlich nicht glauben, ich bereue sehr, was ich getan habe«, murmelte sie schuldbewusst. »Das mit Rita war ein Unfall, ich hatte überhaupt nicht vor, sie umzubringen, und war auch total schockiert, als sie mit dem Kopf auf das Mäuerchen gefallen ist und kurze Zeit später tot war. Natürlich habe ich sie gehasst, weil sie mir Ray ausgespannt hat, und als sie meinen Jungen dann auch noch als Bastard bezeichnet hat, den ich doch am besten hätte abtreiben lassen, da habe ich eine solche Wut auf sie gekriegt, dass ich auf sie eingeprügelt habe. Helga hat sich das nicht gefallen lassen und hat zurückgeschlagen, und dabei ist es dann passiert. Sie ist mit ihren hochhackigen Stöckelschuhen auf dem unebenen Boden, wo lauter Schotter und Steine herumlagen, umgeknickt und nach hinten gefallen, mit dem Kopf genau auf die Kante des Gartenmäuerchens. Da ist ganz viel Blut aus ihrem Kopf gelaufen und dann war sie tot … Aber das habe ich doch nicht gewollt, bitte glauben Sie mir das«, stammelte sie mit tränenerstickter Stimme.

»Sind Sie bereit, das nachher auf der Wache alles zu Protokoll zu geben?«, erkundigte sich Freddy bei ihr.

»Ja, das bin ich«, gab Helga zur Antwort. »Wie geht es eigentlich Ihrem Kollegen? Ich hoffe nicht, dass er einen bleibenden Schaden an den Augen zurückbehält …«

»Das hoffen wir auch«, erwiderte Freddy ernst. »Polizeioberwachtmeister Schätzle ist nach Ihrem Ausbrauch ins Hochwaldkrankenhaus gebracht worden und gottlob wieder bei Bewusstsein. Anhand der leeren Tube, die sein Vorgesetzter zusammen mit dem Fahrradflickzeug unter der Matratze gefunden hat, war klar, dass es sich bei dem Gummiklebstoff um ätzende Vulkanisierflüssigkeit handelt, die schwere Haut- und Augenreizungen hervorrufen kann. Die Ärzte haben die Augen des Kollegen gründlich ausgespült und versorgt. Der Polizeioberwachtmeister hat einen Schock erlitten, der wohl noch eine Weile anhalten wird.«

»Das tut mir sehr leid«, erklärte Helga gepresst. »Ich war einfach nicht mehr Herr meiner selbst. Für mich gab es nur noch den einen Gedanken: alle Hindernisse überwinden, die mich von meinem Kind trennen. Davon war ich regelrecht besessen. Erst jetzt dämmert es mir langsam, dass ich völlig von Sinnen war und gewütet habe wie die Axt im Walde. Das verzeihe ich mir niemals, wenn ich deshalb meinen Kleinen nicht mehr zurückkriege. Niemals …«, brach es aus ihr heraus, und sie schien wieder in ein tiefes schwarzes Loch zu stürzen wie unmittelbar nach ihrer Festnahme.

»Das wird man alles sehen, da gibt es bestimmt eine Chance, Helga. Jetzt verliere bloß nicht den Mut und werde endlich mal vernünftig, Mädel!«, beschwor Elfi sie streng.

Helga seufzte tief auf und streifte Elfi mit einem seltsamen Blick. Die weitere Fahrt durch die nächtliche Wetterau verlief überwiegend schweigend und wurde lediglich durch die kratzenden Durchsagen aus dem Polizeifunk unterbrochen, nachdem Freddy den Kollegen die Festnahme der flüchtigen Helga Köppel gemeldet hatte.

Kurz bevor der Dienstmercedes vor dem *Rheingold* anhielt, um Elfi hinauszulassen, neigte Helga ihren Kopf zu Elfi herüber und flüsterte ihr etwas ins Ohr.

»Was gibt's denn da zu tuscheln?«, knurrte Freddy ungehalten vom Fahrersitz.

»Nichts Wichtiges«, wiegelte Elfi ab. »Sie hat sich nur noch einmal bedankt.«

Als sie sich anschließend von Freddy verabschiedete und sich ihre Blicke trafen, trat in Freddys Augen trotz Müdigkeit und Erschöpfung ein warmer Glanz, der Elfis Herz höher schlagen ließ.

»Ich melde mich«, sagte Freddy, ehe Elfi die Hintertür schloss.

»Bitte mach das«, erwiderte sie und deutete mit den Lippen einen Kuss an.

KAPITEL 22

»Que Sera, Sera«

(Doris Day, 1956 – Lied aus dem Film *The Man Who Knew Too Much* von Alfred Hitchcock)

Der Beamte der Deutschen Bundespost-Filiale in der Bahnhofsallee, der an diesem regnerischen Morgen um Punkt 8 Uhr die Eingangstür aufschloss, um die Dame mit der fliederfarbenen Cellophan-Regenhaube auf der Hochfrisur eintreten zu lassen, legte grüßend die ausgestreckte Hand an die dunkelblaue Schirmmütze.

»Ich habe ein Telegramm nach Amerika aufzugeben«, erklärte die Frau mit der Hochfrisur lächelnd und folgte dem netten Postbeamten, der dienstbeflissen erwiderte: »Sehr gerne, die Dame!«, zu dem Telegrafenschalter.

Der Beamte staunte nicht schlecht, als die Kundin daraufhin ein weißes Kuvert aus ihrer Handtasche zog, dem sie gleich mehrere säuberlich beschriftete Briefbögen entnahm, die sie ihm mit der Bemerkung überreichte: »Ich hoffe, Sie können meine Schrift lesen.«

Als der Postangestellte sah, dass es sich um drei eng beschriebene Blätter handelte, runzelte er konsterniert die Stirn. »Das wird teuer für Sie, gnädige Frau, denn der Preis eines Telegramms richtet sich nach der Anzahl der Wörter, wie Ihnen sicherlich bekannt sein dürfte – und außerdem geht die Depesche nach Übersee, da muss ich Ihnen noch einen Extrazuschlag berechnen.«

»Das ist es mir wert«, entgegnete Elfi gelassen und erkundigte sich bei dem Mann in der dunkelblauen Uniform mit dem gelben Postemblem auf dem Revers, wie lange es etwa dauere, bis das Telegramm den Adressaten erreiche.

»Vier bis fünf Stunden ungefähr, dann ist es in Amerika. Sie müssen nur den Zeitunterschied mit einrechnen. Wo genau muss es denn hin?«, fragte der Postbeamte entgegenkommend.

»Nach Rockford in Illinois«, lautete Elfis prompte Antwort, die, nachdem sie aus Freddys Auto gestiegen war, Name und Adresse der Adoptiveltern von Helgas Kind so lange vor sich hingemurmelt hatte, bis sie in ihrer Wohnung war, wo sie sie rasch auf den nächstbesten Zettel gekritzelt hatte.

Der Mann schaute auf eine Liste. »Illinois liegt auf dem gleichen Breitengrad wie Washington D.C. Da ist es jetzt 2 Uhr und noch rabenschwarze Nacht, also werden Sie mit der Zustellung des Telegramms noch gute sechs Stunden warten müssen, Gnädigste.«

Elfi winkte ab. »Das ist völlig in Ordnung«, sagte sie und schob dem Beamten das Kuvert mit Namen und Anschrift der Lindemanns durch den Schalter, der sich sogleich hinter dem wuchtigen Fernschreiber niederließ und zu tippen anfing. Da er offenbar keinen Schreibmaschinenkurs absolviert hatte, und nur mit einzelnen Fingern tippte, wofür er recht lange brauchte, weil er auf der Tastatur erst noch die entsprechenden Buchstaben finden musste, wurde die Schlange der Postkunden hinter Elfi länger und länger.

Die ersten Leute fingen bereits an zu murren, doch Fräulein Prinz, wie Elfi amüsiert auf dem Namensschild am Telegraphenschalter lesen konnte, ließ sich davon nicht aus der Ruhe bringen.

In keinster Weise, denn der freundliche Postbeamte setzte sein Adlersuchsystem, wie man die weniger geübte Nutzung von Schreibmaschinen durch Personen, die das Zehnfingersystem nicht beherrschten, gemeinhin zu nennen pflegte, unverdrossen fort.

Was die Geduld der Wartenden, Elfi mit eingeschlossen, die sich immer häufiger dabei ertappte, wie sie auf ihre Armbanduhr schielte, erheblich auf die Probe stellte. Ständig musste sie ein Gähnen unterdrücken, und zu behaupten, sie hätte längst die nötige Bettschwere, war deutlich untertrieben.

Nachdem dergestalt für nahezu alle Beteiligten qualvolle 30 Minuten verstrichen waren und Elfi schon unruhig von einem Bein auf das andere trippelte, da sie ein reichliches Quantum an starkem Bohnenkaffee zu sich genommen hatte, um sich wach zu halten und nun dringend auf die Toilette musste, erklärte der Mann hinterm Schalter mit strahlendem Lächeln, dass er fertig sei.

Just in diesem Moment ging die Ladentür auf, und eine junge Frau in Hut und Mantel stürmte herein und eilte an der Schlange vorbei an den Telegrafenschalter.

Während sich schon die ersten über das Vordrängeln beschwerten, entschuldigte sich die junge Dame wortreich bei dem Postbeamten für ihr Zuspätkommen. »Der Wetterauer Bus hatte Verspätung, weil es in Dorheim einen Wasserrohrbruch gegeben hat und die Hauptstraße gesperrt war …«, erläuterte sie aufgedreht, während sie gleich darauf im Personalraum verschwand, um ihre Postuniform anzuziehen.

»Das macht dann insgesamt 153 Mark und 85 Pfennig, die Dame«, richtete der frohgemute Postbeamte das Wort an Elfi, die in Anbetracht der Höhe erst einmal schlucken musste. Das war früher einmal ein Monatslohn, dachte sie pikiert und nahm sich fest vor, in nächster Zeit den Gürtel enger zu schnallen, was Schuh- und Kleidungsanschaffungen betraf, für die Elfi, wie die meisten Frauen, eine Schwäche hegte. Sie zahlte den Betrag ohne zu murren und rundete ihn sogar noch auf 155 Mark auf, für die Kaffekasse der Postangestellten.

Beim Hinausgehen gewahrte sie Oberstudienrat Doktor Etzel in der Schlange stehen, ein älterer Hagestolz aus der Nachbarschaft, der gelegentlich zum Essen ins *Rheingold* kam, wo er sich den ganzen Abend mit einem kleinen Bier begnügte und auch, was etwaiges Trinkgeld betraf, knickrig bis ins Mark war.

»Schönen guten Morgen, Frau Kunz«, grüßte er und lüftete höflich den Hut vom nahezu kahlen Haupt. »Ihr Telegramm eben hat ja sogar noch das legendäre ›Lange Telegramm‹ in den Schatten gestellt, wenn ich das einmal so sagen darf, gnädige Frau«, witzelte er mit gewohnt steifem Humor.

»Na, dann bin ich ja beruhigt«, erwiderte Elfi trocken und stimmte unumwunden zu, als der Oberstudienrat ihr anschließend unterstellte, dass sie davon bestimmt noch nichts gehört habe.

»Das sogenannte ›Lange Telegramm‹ schickte der amerikanische Diplomat George Frost Kennan am 22.2.1946 von der Moskauer Botschaft nach Washington D.C. an die Truman-Regierung. Es war von ausschlaggebender Bedeutung für den anschließenden Kalten Krieg und betrug sage und schreibe rund 8.000 Zeichen«, dozierte der Geschichtslehrer gewichtig und genoss es sichtlich, dass ihm, ganz anders als seine Schüler, alle Anwesenden der Postfiliale aufmerksam zuhörten.

Es war schon fast 9.30 Uhr morgens, als Elfi sich hundemüde in ihr weiches Daunenbett vergrub und alsbald so tief und fest schlief wie das sprichwörtliche Murmeltier.

*

Helga Köppel schien seit ihrer Festnahme vor ihrer Wohnung in Langenhain-Ziegenberg eine tiefgreifende innere

Wandlung erfahren zu haben. Da waren Freddy, sein Assistent Josef Brauburger und der leitende Oberstaatsanwalt aus Wiesbaden, Doktor Noisser, während des Verhörs auf der Polizeiwache in Bad Nauheim bald einer Meinung.

Wahrheitsgemäß und ausführlich, ohne etwas auszulassen, berichtete sie den Herren von der Nacht zum 19. Oktober 1958, in der Rita Scheugraben durch einen unglücklichen Sturz auf den Hinterkopf zu Tode gekommen war.

»Es war demnach so, dass Sie die Bemerkung von Fräulein Scheugraben, ich zitiere: ›Warum hast du denn den kleinen Drecksbankert nicht gleich abgetrieben, dann hättest du jetzt eine Sorge weniger‹, derart in Rage versetzt hat, dass Sie ihr daraufhin eine schallende Ohrfeige verpasst haben. Worauf Fräulein Scheugraben mit ihren hochhackigen Schuhen auf dem Schotterboden umgeknickt und nach hinten gefallen ist«, insistierte Doktor Noisser und musterte Helga eindringlich.

»Genauso war es, Herr Oberstaatsanwalt«, bekräftigte Helga. »Ich war außer mir vor Zorn, als sie das gesagt hat.«

Doktor Noisser nickte und machte sich Notizen.

Auf ihre ursprüngliche Falschaussage und die des Filmvorführers Gerd-Peter Sippel angesprochen, der ihr für die Nacht des Todes von Rita Scheugraben ein falsches Alibi gegeben hatte, äußerte Helga abbittend, den Kollegen treffe keine Schuld. Sie habe ihn zu der Falschaussage regelrecht genötigt und dabei skrupellos ausgenutzt, dass er in sie verliebt gewesen sei.

»Bitte berücksichtigen Sie das und drehen Sie ihm keinen Strick daraus«, fügte Helga mit einem menschlichen Anstand hinzu, der sowohl dem Staatsanwalt als auch den Kriminalisten imponierte.

Als sie im Anschluss schonungslos bekannte, dass ihr nach Ritas Tod, an dem sie sich schuldig fühlte, plötzlich die Idee gekommen sei, die Leiche in Brians rosa Cadillac zu verfrachten, um den Verdacht von sich abzulenken, gewann sie in den Augen der Staatsdiener weitere Anerkennung für ihre Offenheit.

»Ich hatte den Ersatzschlüssel ja immer als Talisman in meiner Handtasche dabei. Er lag in einer leeren Puderdose. Als ich dann mit dem Fahrrad zum *Rheingold* gefahren bin, um das Auto zu holen, habe ich das große auf Holz gemalte Plakat an der Straße zur amerikanischen Housing Area gesehen. Es wird sogar von zwei Extrastrahlern beleuchtet. Darauf ist eine Frau abgebildet, die sich in der Nähe einer Kaserne herumdrückt und aussieht wie eine Prostituierte. ›V D walks this road tonight‹ steht in dicken weißen Buchstaben daneben, als Warnung für die GIs vor ›Venereal Diseases ‹, Geschlechtskrankheiten, die ja unter gewissen Frauen, zu denen ich auch Rita zählte, weit verbreitet sind. Ich war ja über Ritas Tod total aus dem Häuschen und krampfhaft darum bemüht, den Verdacht auf jemand anderen zu lenken. Jedenfalls habe ich ihr dann die Buchstaben V D mit dem Autoschlüssel des Cadillacs auf den Bauch geritzt, damit es so aussieht, als ob der Täter Rita gehasst hat, weil sie ein Amiliebchen war. Dann habe ich Ritas Leiche auf den Beifahrersitz gehievt, was so ungefähr das Anstrengendste war, das ich je gemacht habe, denn sie war schwerer als ein Sack Zement. Anschließend bin ich mit der Leiche im Auto zum *Rheingold* zurückgefahren und habe das Auto wieder genau dort geparkt, wo es vorher gestanden hat. Alles war dunkel und still, und keine Menschenseele war mehr unterwegs, das muss so gegen 1.30 Uhr gewesen sein. Dann bin ich auf mein Fahrrad gestiegen und zum Kino zurückgefahren, weil ich ja wusste, dass dort eine Spätvorstellung lief und dann hätte ich wenigstens ein Alibi, wenn es tatsächlich einmal nötig sein sollte, habe ich mir vorausschauend gedacht.«

»Warum haben Sie denn nicht die Polizei verständigt? Es war doch ein Unfall, da hätte Ihnen ja nicht viel passieren können«, richtete der Kriminalkommissar das Wort an Helga, die ihn verwundert anschaute.

»Tatsächlich?«, fragte sie erstaunt. »Ich dachte immer, man würde mir anlasten, dass ich Ritas Tod verschuldet hätte. Ich kam mir vor wie eine Mörderin, und wenn mein Kind nicht gewesen wäre, hätte ich mir aus lauter Verzweiflung etwas angetan«, brach es aus Helga heraus, die schwer mit sich zu ringen hatte, nicht die Fassung zu verlieren und in Tränen auszubrechen, was Freddy und seinen Mitstreitern nicht entging. »Einzig der Gedanke an mein Kind, das ich ja dann niemals wiedersehen würde, hat mich am Leben gehalten«, bekannte Helga offenherzig und blickte die Herren aus tränenumflorten Augen an.

»Sie werden es mir wahrscheinlich nicht glauben, aber alle Straftaten, derer ich mich nach Ritas Tod schuldig gemacht habe: der Einbruch ins Jugendamt, die Tätlichkeit gegen die Polizeibeamten bei der Festnahme, die Attacke gegen den Polizeibeamten bei meinem Ausbruch aus der Arrestzelle, die Bedrohungen mit der gestohlenen Dienstwaffe, der Widerstand bei meiner Verhaftung – das alles habe ich aus purer Verzweiflung getan. Denn für mich gab es seit der Geburt meines Kleinen, den sie mir gleich darauf weggenommen haben, nur noch den einen Gedanken: Wie kann ich nur mein Kind wieder zurückkriegen – und alles, was mich daran gehindert hat, habe ich aus dem Weg geräumt und zwar auf Teufel komm raus!«

»Da kann ich Ihnen nur beipflichten«, erwiderte Freddy ernst. »Wenn man Ihnen seitens des Jugendamtes nicht so übel mitgespielt hätte und Ihnen die vorgeschriebene Bedenkzeit von acht Wochen eingeräumt hätte, bis das Kind endgültig zur Adoption freigegeben werden kann, wie es ja auch vom Gesetz vorgeschrieben ist, dann wäre alles anders gekommen«, bemerkte er mit Blick auf den Oberstaatsanwalt, der konsterniert die Stirn runzelte.

»Das erwähnten Sie ja bereits vorhin bei unserem Telefonat, Herr Kriminalhauptkommissar. Das wird auch ein Nachspiel für das Jugendamt haben, das kann ich Ihnen versichern, doch das steht auf einem ganz anderen Blatt. Jetzt müssen wir erst mal sehen, wie wir mit der jungen Dame hier weiter verfahren. Dass Sie sich inzwischen strafeinsichtig und reumütig zeigen, ist ja schon mal ein guter Anfang, Fräulein Köppel«, wandte sich der Oberstaatsanwalt wohlwollend an die junge Frau mit den hellblonden Haaren, die etwa im gleichen Alter war wie seine Tochter Monika, eine angehende Lehrerin, und er musste unwillkürlich daran denken, dass aus der ledigen jungen Mutter bestimmt etwas Anständiges hätte werden können, wenn sie mehr vom Glück begünstigt gewesen wäre.

Wenngleich er schon von Berufs wegen nicht dazu neigte, mit Straftätern Mitleid zu haben, so hegte er doch einen Anflug von Bedauern für die zarte junge Frau und kam nicht umhin, einen diffusen väterlichen Beschützerinstinkt für sie zu empfinden. Auch wenn sie zweifellos eine Übeltäterin war – allerdings eine kreuzunglückliche.

Als die Befragung von Helga Köppel beendet war, ordnete der Oberstaatsanwalt an, die Gefangene in das Frauengefängnis nach Frankfurt-Preungesheim zu überstellen.

»Herr Oberstaatsanwalt, darf ich Ihnen noch eine Frage stellen?«, erkundigte sich Helga höflich bei dem würdevollen Herrn im feinen Zwirn.

»Bitte sehr, Fräulein Köppel«, erwiderte der Jurist entgegenkommend.

»Mit welchem Strafmaß muss ich denn etwa rechnen? Das ist sehr wichtig für mich, auch wegen meinem Kind«, erläuterte sie mit brüchiger Stimme.

Der Mann mit dem grau melierten Messerschnitt dachte kurz nach.

»Selbst wenn wir den Affekt als Milderungsgrund für den tödlichen Unfall anerkennen und auch bei den anderen Straftaten gewisse mildernde Umstände geltend machen, wird von einem Strafmaß von bis zu fünf Jahren Gefängnis, wenn Sie Glück haben mit Bewährung, ausgegangen werden müssen.«

»Ach Gott, da kommt mein Junge ja schon bald in die Schule, wenn ich aus dem Gefängnis entlassen werde«, seufzte Helga bedrückt.

Der Oberstaatsanwalt musterte sie nachdenklich.

»Wenn ich Ihnen einen guten Rat geben darf: Sie sollten sich unbedingt einen fähigen Anwalt zulegen.«

Helga erinnerte sich plötzlich daran, dass sie ja noch das zusammengesparte Geld für ein Flugticket nach Amerika auf der hohen Kante hatte und fragte, ob er ihr vielleicht eine Empfehlung aussprechen könne.

Worauf Doktor Noisser nicht lange überlegen musste und Name und Telefonnummer eines aufstrebenden jungen Anwalts, der ihm mehrfach bei Strafprozessen durch seine Scharfsinnigkeit aufgefallen war und der im letzten Jahr in München seine eigene Kanzlei eröffnet hatte, auf einen Zettel seines Notizblocks schrieb.

*

An diesem herrlichen Sonntagnachmittag, an dem der Oktober, ehe er sich dem Ende zuneigte, noch einmal sein schönstes Gesicht zeigte, indem er alles in das warme goldene Licht des Spätherbstes tauchte, war Elfi aufgeregt wie ein Backfisch, als Freddy den Dienstmercedes vor dem Fachwerkhaus in Ockstadt parkte. Sie umklammerte den duftenden rosa Nelkenstrauß, der in Seidenpapier eingeschlagen war, noch etwas fester, während Freddy ihr die Beifahrertür aufhielt und ihr galant beim Aussteigen behilflich war. Bevor sie durch das Gartentor traten, küssten sie sich noch einmal und tauschten verliebte Blicke.

An der Haustür wurden sie schon von Freddys Eltern erwartet, die das Paar freudig begrüßten.

Elfis Anspannung begann sich zunehmend zu lösen angesichts der Herzlichkeit, die ihr die einfachen Leute vom Lande entgegenbrachten.

»Nenn uns einfach Karl und Gertrud«, bot Freddys Mutter, der Freddy sehr ähnlich sah, Elfi an und geleitete die Besucher in die kleine Wohnstube, wo die Kaffeetafel bereits festlich gedeckt war. Elfis Blick fiel auf die prächtige Schwarzwälder Kirschtorte, die auf der blütenweißen gestärkten Damasttischdecke thronte wie eine Ikone der Konditorkunst.

»Mit original Ockstädter Herzkirschen gemacht, die musst du unbedingt probieren«, empfahl Getrud, die auf die 70 zuging und sich ausnehmend gut gehalten hatte, Elfi freundlich. Elfi gefiel die alte Dame, die auch im Alter noch Wert auf ihr Aussehen legte und schick frisiert und geschmackvoll gekleidet war, ausnehmend gut.

Ihr Gatte Karl, ein Polizist im Ruhestand, wie Elfi wusste, war offenbar ein Gemütsmensch, dessen Stimme sich genauso anhörte wie die von Freddy, was im Übrigen auch für sein Lachen galt, wie Elfi bald feststellte.

»Ich habe die anderen heute extra nicht eingeladen«, erläuterte die Mutter, »sonst wäre die ganze Bude voll und wir kämen gar nicht zu Wort, wo wir uns ja heute zum ersten Mal sehen und uns auch ein bisschen kennenlernen möchten.«

»Wenn meine drei Schwestern und mein älterer Bruder Fritz mit ihren insgesamt zehn Bälgern da wären, wäre hier der Teufel los, und nach allem, was wir in letzter Zeit auszustehen hatten, wollen wir es doch lieber ein bisschen geruhsamer angehen lassen, oder?«, wandte sich Freddy an Elfi und legte liebevoll den Arm um sie.

Elfi hatte sich zur Feier des Tages besonders fein gemacht und trug ein cognacfarbenes Seidenkleid mit einem weiten vom Petticoat gebauschten Rock und einem eng anliegenden Oberteil, das mit glitzernden schwarzen Perlen bestickt war. Dazu trug sie schillernde schwarze Paillettenohrringe, die an den Ohrschmuck einer russischen Großfürstin gemahnten, und elegante schwarze Lederpumps mit bleistiftdünnen Pfennigabsätzen. Denn Freddy sollte sich ja mit ihr bei seinen Eltern nicht blamieren.

»Du bist schön wie eine Königin«, hatte er ihr vorhin in ihrer Wohnung zugeraunt, als sie sich ihm nach dem Ankleiden präsentiert hatte, und dann hatte er sie in die Arme genommen und so wild geküsst, dass nicht mehr viel gefehlt hätte, und sie hätten zum zehnten Mal Versöhnung gefeiert.

Die Torte schmeckte famos und war das köstlichste Gebäck, das Elfi jemals zu sich genommen hatte. Daher ließ sie sich sogar ausnahmsweise dazu hinreißen, sehr zur Freude von Freddys Mutter, noch ein zweites Stück davon zu verspeisen.

Zu Elfis Erleichterung wurde beim Kaffeetrinken darauf verzichtet, sich gegenseitig mit Schilderungen umfangreicher Lebensgeschichten zu ermüden; stattdessen war der Kriminalfall der allseits bekannten ehemaligen Steinfurter Rosenkönigin Rita Scheugraben das große Gesprächsthema, und Freddy und Elfi wurden es nicht müde zu betonen, wie froh sie darüber waren, dass der Fall endlich gelöst war.

»Heilige Maria und Josephchen«, seufzte Gertrud und schlug pathetisch die Hände zusammen, den Blick himmelwärts gerichtet, »wie sehr würde ich es dem armen Ding wünschen, dass es wieder mit seinem Kind vereint sein könnte!«

»Das hoffe ich auch«, stieß Elfi händeringend hervor und berichtete Freddys Eltern von dem ellenlangen Telegramm, das sie auf Helgas Bitte hin an die Adoptiveltern in Amerika geschickt hatte.

»Bislang haben sie sich noch nicht gemeldet«, erläuterte sie angespannt mit Blick auf Freddy, der in gespielter Empörung den Kopf schüttelte und seinen Eltern davon berichtete, dass Elfi ihn beim Aussteigen nicht nur frech belogen habe, sondern das ganze Procedere gewissermaßen hinter seinem Rücken eingefädelt habe.

»Obwohl sie mir hoch und heilig versprochen hat, sich zu Hause hinzulegen, anstatt in der Weltgeschichte herumzurennen, wo sie doch kurz davor noch in Ohnmacht gefallen ist«, knurrte er augenrollend.

»Deine Liebste hat wohl ihren eigenen Kopf, genauso wie du, na das kann ja heiter werden mit euch beiden«, flachste Karl grinsend und schenkte der Tischgesellschaft eine Kostprobe seines selbstgemachten Kirschlikörs in kleine Schnapsgläschen.

»Das haben wir schon gemerkt. Zanken gehört bei uns zur Tagesordnung, doch die Versöhnung ist auch nicht zu verachten«, scherzte Elfi, während sie einander zuprosteten.

»Langweilig wird es bei uns bestimmt nicht«, pflichtete ihr Freddy bei. »Wir ergänzen uns prächtig, bringen uns immer wieder auf die Palme und lieben uns wahnsinnig – das sind doch die besten Voraussetzungen für eine lange und glückliche Ehe«, mokierte er sich launig, ergriff zärtlich Elfis Hand und küsste sie.

*

Elvis, der erst vor Kurzem von der *Villa Grunewald* in eine Villa in der Goethestraße 14 gezogen war, die er komplett gemietet hatte, war heilfroh, dass er seine Großmutter Minnie Mae nach dem Abendessen mit Engelszungen überreden konnte, zu Hause zu bleiben.

Da die neue Villa groß genug war, um über mehrere feudal

ausgestattete Gästezimmer zu verfügen, war Dodger unmittelbar nach Elvis' Umzug gemeinsam mit ihrem Sohn Vernon in das nächste Flugzeug gestiegen, um ihrem Enkel bei den tückischen Krauts beizustehen.

Wozu natürlich auch gehörte, dafür zu sorgen, dass er etwas Anständiges zwischen die Kiemen bekam, denn das kleine Zuckerpüppchen, das er sich unlängst angelacht hatte, hatte ja von Kochen keine Ahnung. – Und wenn die Kleine am Wochenende bei Elvis zu Besuch war, gab Dodger zudem noch den Anstandswauwau – so war es auch mit Priscillas Vater, Luftwaffenoffizier Paul Beaulieu, der in Wiesbaden stationiert war, abgesprochen.

Sehr zum Verdruss von Elvis, der gerne einmal mit der zauberhaften Priscilla alleine gewesen wäre, die den süßen Duft von Pfirsichen verströmte und einen Teint wie Milch und Honig hatte. Er war irrsinnig verliebt in sie und hätte auf den Wachhund gut und gerne verzichten können, mit dem sie das ganze Wochenende beisammensitzen mussten, Puzzles und andere Gesellschaftsspiele spielten und sich dabei von Dodger mit ihren Spezialsandwiches mit Speck und Hackbraten verwöhnen ließen, die so dick waren, dass man beim Hineinbeißen eine Maulsperre bekam.

Mit der Erklärung, mit Priscilla noch einen kleinen Abendspaziergang auf dem Johannisberg zu machen, wo sie von den Fans nicht so behelligt werden würden wie unten in der Stadt, war es dem King tatsächlich gelungen, sich von Dodger und ihren Argusaugen loszueisen.

Denn im Gegensatz zu seiner Großmutter, die immerzu darauf bedacht war, dass zwischen ihm und Priscilla alles im Rahmen des Anstands blieb – hatte Elvis eine unbändige Lust, endlich einmal unanständig zu werden: *I Need Your Love So Bad!* – und sein süßes Baby Doll wenigstens einmal zu küssen.

Das taten sie dann auch ausgiebig in Elvis' rotem BMW auf einem Waldweg unweit des Johannisbergs, nachdem sie Elvis' Leibwächter Red und Lamar unterwegs an der *Auguste-Viktoria-Bar* abgesetzt hatten.

Elvis, der wusste, dass Priscilla erst 14 Jahre alt und selbstredend noch Jungfrau war – und das sollte auch so bleiben, bis sie volljährig war, musste sich schwer zusammenreißen, in diesen saftigen Pfirsich nicht hineinzubeißen, und war ganz vernarrt in Priscillas weiße Schneewittchenhaut.

»I love you so much, my beautiful Snowwhite«, flüsterte er ihr lüstern ins Ohr.

»You're everything to me, Elvis«, seufzte Priscilla verliebt.

Als seine Küsse immer drängender und sinnlicher wurden, ermahnte ihn das Schneewittchen sanft, innezuhalten.

»Noch ein Kuss, wie du ihn magst, und dann ein Kuss, wie ich ihn gerne habe, und dann gehen wir ein bisschen spazieren«, schlug Priscilla vor, worin der King, der seinem betörenden Baby Doll ohnehin nichts abschlagen konnte, lächelnd einwilligte.

Denn der Kuss, den Priscilla erst kürzlich durch Elvis kennengelernt hatte, war der sittsamen Vierzehnjährigen eher suspekt, und sie fürchtete sich vor der ihm innewohnenden animalischen Wildheit und Sinnlichkeit.

Ihr Kuss hingegen, der klassische Kuss auf die Lippen, wie sie ihn auch ihren Eltern und Geschwistern gab, war einfach nur liebevoll und zärtlich, ohne auch nur eine Spur »unanständig« zu sein.

Nachdem Elvis' Kuss wieder eine Ewigkeit gedauert hatte und sie ihm mit ihrem züchtigen Kuss gewissermaßen die Lippen versiegelt hatte, einstweilen zumindest, parkte Elvis den knallroten BMW vor dem *Restaurant Johannisberg*.

Sie stiegen aus und schlenderten ein Stück Hand in Hand die gekieste Aussichtsplattform entlang, blieben an dem weißen Holzgeländer stehen und genossen den prachtvollen Ausblick auf die malerische Kurstadt, in der in ihrer glanzvollen Vergangenheit die russische Zarin Alexandra und andere gekrönte Häupter gekurt hatten.

»Wenn du möchtest, können wir ins Restaurant gehen und etwas zu uns nehmen«, schlug Elvis vor.

»Etwas Süßes vielleicht«, erwiderte das junge Mädchen mit den reizenden Pausbäckchen und der modischen schwarzen Lockenfrisur.

»Nach den Minnie-Mae-Burgern deiner Großmutter bin ich eigentlich noch satt. – Außerdem habe ich ein bisschen Angst, dass sich dort gleich wieder deine Fans auf dich stürzen und dich in Beschlag nehmen. Du hast ja selbst gehört, was ich mir von den eifersüchtigen Girls für Beleidigungen anhören muss.«

Priscilla stöhnte gequält, doch Elvis versicherte ihr, dass sich an diesen abgelegenen Ort bestimmt keine Fans und Reporter verirrt hätten. Er setzte seine Sonnenbrille auf und zog sich die Schirmmütze tiefer in die Stirn.

»So erkennt mich bestimmt niemand«, sagte er, hakte Priscilla unter und strebte gemeinsam mit ihr der Eingangstür zu.

»Hoffentlich«, erwiderte Priscilla beschwörend, als sie unversehens hinter sich eine weibliche Stimme hörte, die ihnen dezent und verhalten, dass nur Elvis und sie es hören konnten, auf Englisch einen guten Abend wünschte – für Priscilla ein sicheres Zeichen im Land der Krauts, dass die Grüßende den King erkannt hatte.

Verärgert wandte sich Priscilla um, als sie jedoch zu ihrer Verwunderung gewahrte, dass Elvis die elegante Dame mit der Farah-Diba-Frisur, die in Begleitung eines attraktiven Herrn war, freudig begrüßte und Priscilla die Frau als die »berühmte Mrs. Kunz« vorstellte, verflüchtigte sich ihr Unmut.

Zum einen, da sie davon ausging, dass es sich bei der gepflegten, gut aussehenden Dame tatsächlich um eine Berühmtheit aus dem german Showbusiness handelte, zum anderen, weil ihr Frau Kunz, die Priscilla herzlich die Hand drückte, auf Anhieb sympathisch war.

Erst recht, als sie mit echter Begeisterung an Elvis gerichtet hinzufügte, dass Priscilla ein wahrer Ausbund an Liebreiz sei und sie den King absolut verstehen könne, dass er sich unsagbar in sie verliebt habe.

Seltsamerweise war die Offenheit, mit der Mrs. Kunz das geäußert hatte, weder plump noch auf irgendeine Weise peinlich, wie das bei den meisten anderen Menschen der Fall gewesen wäre, sondern einfach nur offen und nett, von entwaffnender Ehrlichkeit.

Priscilla errötete und lächelte geschmeichelt. »Thank you, Ma'am«, lispelte sie erfreut, und das Eis zwischen ihr und der freundlichen Dame war gebrochen.

Daher stimmte Priscilla auch, ihrem jugendlichen Alter geschuldet, mit fast kindlicher Begeisterung zu, als der Herr mit dem markanten Gesicht unter der Hutkrempe, der sie an Humphrey Bogart erinnerte, allerdings gut zwei Köpfe größer war, sie und Elvis zu einem Glas Champagner einlud.

»Wir haben nämlich etwas zu feiern«, erläuterte er geheimnisvoll, hielt den Damen galant die Eingangstür auf und folgte ihnen an der Seite des Kings in das weitläufige Restaurant, wo sie von einem livrierten Kellner in Empfang genommen wurden.

»Wir hätten gerne einen Tisch vorne an einem der Panoramafenster«, richtete der Mann mit dem Hut, der nach Priscillas Dafürhalten bestimmt auch eine Berühmtheit aus dem Showgeschäft war, höflich das Wort an den Ober.

Nachdem sich die beiden Paare gut gelaunt auf den weichgepolsterten Clubsesseln an dem nierenförmigen Tisch mit der schillernden Mosaikplatte niedergelassen hatten, bestellte Freddy eine Flasche Champagner und für Elfi und sich einen Hawaii-Toast bei dem Kellner.

Als der Ober anschließend Priscilla und Elvis nach ihren Wünschen fragte, bestellten die jungen Leute das Gleiche.

»Der Toast Hawaii wurde 1955 von dem deutschen Fernsehkoch Clemens Wilmenrod erfunden«, erläuterte Freddy Elvis und Priscilla, wogegen Elfi sogleich protestierte.

»Mit Verlaub, Liebling, aber das ist nicht ganz richtig«, bemerkte sie mit charmantem Lächeln an Freddy gewandt. »Wilmenrod hat das Rezept von seinem Konkurrenten Hans Karl Adam übernommen und es fälschlicherweise als seines ausgegeben.«

»Was die Frau Besserwisser da wieder behauptet«, schnaubte Freddy in gespielter Empörung.

»Doch, Herr Neunmalklug, das ist die reine Wahrheit, auch wenn dir das überhaupt nicht in den Kram passt«, konterte Elfi ironisch und fügte, an Elvis und Priscilla gerichtet, die den kleinen Disput amüsiert verfolgt hatten, hinzu, so etwas geschehe eben, wenn zwei Dickschädel aneinandergerieten. »Zu allem Übel sind wir auch noch beide Steinböcke, ein Sternzeichen, das für seine Dickköpfigkeit berüchtigt ist.«

»Dem kann ich mich nur anschließen«, erklärte Elvis grinsend, der ebenfalls im Zeichen des Steinbocks geboren war. »Wenn ich mir etwas in den Kopf gesetzt habe, muss ich es haben, koste es, was es wolle. Das war schon immer so – und das ist mir auch bei Priscilla so gegangen. Als ich sie zum ersten Mal gesehen habe, wusste ich sofort: die oder keine.«

Priscilla errötete und kicherte verlegen. Auf ihren samtigen Pausbäckchen zeigten sich zwei reizende Grübchen. »Mein Daddy sagt immer, Elvis Presley kann doch alle

Frauen der Welt haben. Warum will er ausgerechnet meine Tochter?«

»Weil niemand diese herrliche Schneewittchenhaut hat wie du, mein Engel«, säuselte der King verzückt und küsste Priscilla auf die Wange.

Als der Kellner den beiden Paaren Champagner in die Kristallkelche gefüllt hatte und die Flasche anschließend in einen Eiskübel gestellt und sich wieder entfernt hatte, nestelte Elfi ein zusammengefaltetes Taschentuch aus ihrer Handtasche hervor, dem sie zwei Ringe entnahm, die sie weihevoll auf das Tuch legte.

Wie unschwer zu erkennen war, handelte es sich bei den beiden Blechringen mit dem roten und dem blauen Glasstein um billigen Tand, der bei Kindern wegen der bunten Glitzersteine sehr beliebt war.

»Die haben wir vorhin am Kaugummi-Automat gezogen, wir haben nämlich spontan beschlossen, uns zu … na, Freddy, wie sagt man im Englischen dazu?«

Freddy zuckte nur ratlos mit den Schultern. »Das fällt mir jetzt aber auch nicht ein.«

»To marry?«, platzte es aus Priscilla heraus.

Elfi, die immer noch angestrengt am Nachdenken war, schüttelte zerknirscht den Kopf, als bei Elvis der Groschen fiel:

»This are your engagement rings!«

»YEESSS!«, erwiderten Elfi und Freddy begeistert im Chor. »We want to celebrate our engagement – with you!«

Wenngleich es nur billige Blechringe aus dem Kaugummiautomaten waren, streiften sich Freddy und Elfi die Ringe gegenseitig so feierlich über den kleinen Finger, als wären es kostbare Brillantringe, und vor Ergriffenheit kamen ihnen die Tränen, als sie sich anschließend küssten.

»Das möchte ich auch«, sagte Priscilla mit glänzenden

Augen zu Elvis, und nachdem die vier ausgelassen miteinander angestoßen hatten, ließ es sich der King nicht nehmen, Elfi und Freddy mit gesenkter Stimme ein Ständchen zu bringen:

»Love me tender, love me sweet,
Never let me go.
You have made my life complete,
And I love you so.«

EPILOG

»I Need Your Love Tonight.«

(Elvis Presley, 1959)

In einem spektakulären Strafprozess am 25. November 1958 vor dem Wiesbadener Landgericht, wurde **Helga Köppel** wegen Körperverletzung mit Todesfolge und weiterer Straftaten zu einer Gefängnisstrafe von drei Jahren im Frauengefängnis in Frankfurt-Preungesheim verurteilt.

Dem Münchner Rechtsanwalt Ralf Busse war es durch seine atemberaubende Verteidigung gelungen, in sämtlichen der Angeklagten angelasteten Verbrechen mildernde Umstände geltend zu machen.

Das milde Urteil wurde nicht zuletzt auch von der Staatsanwaltschaft, vertreten durch Herrn Oberstaatsanwalt Doktor Noisser, begünstigt. Laut Oberstaatsanwalt sei ein wie immer gearteter Tötungsvorsatz der Angeklagten nicht nachweisbar. Die Angeklagte Köppel sei von der tödlich verunglückten Rita Scheugraben bei einem Wortgefecht so in Zorn versetzt worden, dass ihr die Hand ausgerutscht sei, was schlussendlich den tödlichen Sturz von Rita Scheugraben verursacht habe.

Auch die anderen Straftaten, wie die Bedrohung mit der Waffe gegen die Staatsgewalt im Zusammenhang mit schwerer Körperverletzung, der Diebstahl von Staatseigentum und Widerstand gegen die Staatsgewalt, habe die Angeklagte im Affekt begangen.

In seinem brillanten Schlussplädoyer ließ Busse nicht

unerwähnt, dass die Angeklagte selber Opfer von Unrecht geworden sei, mit verhängnisvollen Folgen für sie selbst und das Leben ihres Kindes.

Die Strafverfolgung der Fürsorgerin des Jugendamtes in Friedberg laufe bereits auf Hochtouren und habe neben schwerem Amtsmissbrauchs auch unerlaubte Vorteilsannahme durch Amtsträger in beträchtlichem Ausmaße zutage gefördert.

Elfi, die bei dem Prozess, ebenso wie Freddy, als Zeugin geladen war, besuchte Helga regelmäßig im Gefängnis. Da Elfi auf ihr Telegramm nie eine Nachricht der Adoptiveltern von Helgas Kind erhalten hatte, schwand die Hoffnung auf eine gütliche Einigung mit den Lindemanns von Tag zu Tag dahin.

Obgleich Helga wusste, dass die Adoption unrechtmäßig war und rückgängig gemacht werden konnte, was sich jedoch in zähen, qualvollen Prozessen noch lange hinziehen konnte, war sie aufs Höchste angespannt und ging, was die Adoptiveltern anbetraf, vom Schlimmsten aus, als sich in der Vorweihnachtszeit ein wahres Wunder ereignete: Helga erhielt unerwarteten Besuch von Mr. und Mrs. Lindemann, die in einer luxuriösen, weich gepolsterten Babytragetasche aus himmelblauem Samt, auf der die goldenen Initialen K. L. prangten, ein properes Kleinkind bei sich trugen, das seiner leiblichen Mutter auf verblüffende Weise ähnelte.

Die Freude von Helga beim Anblick ihres Sohnes war so unbeschreiblich, dass nicht nur die hartgesottenen Gefängniswärterinnen in dem weitläufigen Besucherraum feuchte Augen bekamen, sondern auch die nicht minder abgebrühten weiblichen Gefangenen. Alle, auch die Adoptiveltern und Helga, weinten vor Ergriffenheit, nur der kleine Kurti quäkte vor Vergnügen, als ihn seine Mutter innig an ihr Herz drückte, und haschte mit seinen Patschhändchen fasziniert nach ihren hellblonden Haarsträhnen, die ihn im Gesicht kitzelten wie Sonnenstrahlen.

Zum Segen aller Beteiligten waren sich Kurtis Adoptiveltern und seine junge Mutter auf Anhieb sympathisch, sodass die Lindemanns den Kontakt aufrechterhielten und so oft es ging mit dem Baby zu Besuch kamen.

Nachdem Helga Köppel wegen guter Führung die Hälfte ihrer Strafe erlassen wurde, zog sie zu den Lindemanns und ihrem Kind nach Amerika. Glücklich, in Helga eine Tochter hinzugewonnen zu haben, adoptierten sie die junge Frau, die selig war, für sich und ihr Kind eine liebevolle neue Familie gefunden zu haben.

Am 9. Januar 1959 fand im *Rheingold* die feierliche Verlobungsfeier von **Elfi und Freddy** statt. An dem rauschenden Fest nahmen zahlreiche deutsche und amerikanische Gäste teil. Auch Elvis und Priscilla waren eingeladen, doch Elvis war es leider nicht möglich, zu der Feier zu kommen.

An seiner statt erschienen seine Leibwächter Red West und Lamar Pike und übergaben dem Verlobungspaar einen riesigen Rosenstrauß, eine Schokoladentorte aus dem *Café Bienenkorb* und die noch unveröffentlichte Single mit dem Song »I Need Your Love Tonight«, der eine von Elvis und Priscilla persönlich unterzeichnete Glückwunschkarte beigefügt war.

Darin brachte Elvis zum Ausdruck, wie gerne er und Priscilla zu der Verlobungsparty gekommen wären. Doch wegen seiner neuen Filmverträge, die sein Manager kürzlich für ihn abgeschlossen habe, sei ihm dies leider aus Sicherheitsgründen ausdrücklich verboten, was Elfi und Freddy sehr bedauerten.

Für die frisch Verlobten folgte eine Zeit überbordenden Glücks, und Freddy siedelte im Sommer in die *Villa Rhein-*

gold über, wo er offiziell ein Zimmer in der Künstlerpension bewohnte, da es unverheirateten Paaren gesetzlich verboten war, in einer gemeinsamen Wohnung zu leben. Inoffiziell wohnte er bei Elfi in der behaglichen Beletage der Villa, wo er sich bald ein eigenes Arbeitszimmer einrichtete, da er sich, angestachelt von Elfi, mit Haut und Haaren der Aufklärung eines alten Kriminalfalls verschrieben hatte.

Doch das Jahr 1959 sollte auch für andere ein schicksalsträchtiges Jahr werden:

Nach **Karl-Ottos** Entlassung aus der psychiatrischen Klinik in Gießen war es seiner Mutter gelungen, einen Psychiater für die Weiterbehandlung ihres Sohnes zu gewinnen, der für seine fortschrittlichen Behandlungsmethoden bekannt war. Er diagnostizierte bei Karl-Otto lediglich eine milde Form des Autismus, die aber seiner psychischen Gesundheit insgesamt nicht abträglich sei. Nach dem Absetzen der starken Psychopharmaka und mehreren psychotherapeutischen Sitzungen war Karl-Otto soweit hergestellt, dass er wieder am Schulunterricht teilnehmen konnte.

Kurze Zeit nach seinem glänzenden Abitur immatrikulierte er im Fachbereich Physik der Johann-Wolfgang-Goethe-Universität Frankfurt für das Sommersemester 1959. Dank des Stipendiums des Bad Nauheimer Max-Planck-Instituts konnte er sich sogar ein Zimmer im Studentenwohnheim leisten. Sein Studium trug erheblich zu seiner seelischen Genesung bei und vertrieb die düsteren Gedanken an Rita. Kurze Zeit später lernte er im Studentenwohnheim die angehende Mathematiklehrerin Edeltraud Meyer kennen, die im Nebenfach Physik studierte und sich wie Karl-Otto für die Quantenphysik interessierte. Karl-Otto und Edeltraud wurden unzertrennliche Freunde, und wenn sie nicht gerade über die Quantentheorie debattierten, lösten sie Gleichungen oder spielten Schach – eine Seelenverwandtschaft, aus der bald Liebe wurde.

Lottie von Chomsky, die auf der Verlobungsfeier von Elfi und Freddy Herrn Doktor Weinhold kennengelernt hatte, kündigte kurzfristig ihre Stellung als Putzfrau in der Housing Area und zog in die *Villa Cecilia*, um für den alten Herrn als Haushälterin zu arbeiten, woraus sich rasch eine enge familiäre Bindung zwischen den beiden entwickelte. Der alleinstehende alte Herr, für den Lottie wie eine Tochter war, setzte Lottie in seinem Testament als Alleinerbin ein, was der vom Schicksal so hart gebeutelten Frau nach seinem Tod ein komfortables, sorgenfreies Leben ermöglichen sollte.

Elfis Schwester **Gerti** lernte im *Tanzcafé König*, wo sie mit ihrem Sohn Karl-Heinz regelmäßig hinging, da sich dieser mit dem Tanzen etwas schwer tat und sich auf den bevorstehenden Abschlussball in der *Tanzschule Bollinger* vorbereiten wollte, einen verwitweten Geschäftsmann aus dem Schwarzwald kennen, der sich im *Kurhotel Bristol* einer Heilbehandlung unterzog. Der gut situierte Eierteigwarenfabrikant war von Gertis dominanter Art derart hingerissen, dass er ihr schon bald einen Heiratsantrag machte.

Bei der Trauung im Oktober 1959 in der Kirche von Hinterzarten war Elfi, die ihrer Schwester ihr Glück von Herzen gönnte, Trauzeugin.

Asta Lagrin und **Renato Schmidt** waren auch weiterhin ohne Trauschein glücklich und führten die Künstlerpension mit großer Begeisterung, wo sie im neuen Jahr einen jungen Sänger aus Berlin beherbergten, der als Interpret osteuropäischen Liedguts sehr erfolgreich war.

Er bot Asta und Renato an, ihn auf seinen Tourneen als künstlerische Berater zu begleiten. Für das in die Jahre gekommene Künstlerpaar war es sehr verlockend, wieder Bühnenluft zu schnuppern und das unstete Vagabundenleben zu führen, das sie einst so geliebt hatten. Aber sie konnten doch unmöglich ihre beste Freundin Elfi im Stich lassen?

Zu ihrer Erleichterung nahm es Elfi den Freunden nicht übel, einen Neuanfang zu wagen, und wünschte ihnen viel Glück für ihr Vorhaben. Sie blieben auch weiterhin gute Freunde.

Für die Künstlerpension fand sich auch bald ein Nachfolger:

Elfis Neffe, **Karl-Heinz**, der seine Lehre als Einzelhandelskaufmann abgeschlossen hatte, übernahm die Pension als Geschäftsführer, und der Laden florierte wie in besten Zeiten.

Zu Elfis großem Bedauern ließ sich **Elvis** nicht mehr im *Rheingold* blicken. Ab und zu tauchten seine Bodyguards bei Elfi auf und bestellten Schnitzel zum Mitnehmen. Als Elfi sich bei ihnen erkundigte, warum Elvis nicht mehr persönlich komme, ließen diese sie wissen, dass der Manager von Elvis, Colonel Tom Parker, Elvis den Besuch im *Rheingold* aus Sicherheitsgründen untersagt habe.

Der Colonel habe kürzlich für den King mehrere Filmverträge in Millionenhöhe abgeschlossen, für die Zeit nach seinem Militärdienst. Seither seien seine Bodyguards dazu verpflichtet, Elvis auf Schritt und Tritt zu begleiten und dafür zu sorgen, dass ihm nichts zustoße, damit er diese Verträge auch erfüllen könne.

Jegliche Privatvergnügungen, die mit einem gewissen Risiko verbunden seien, seien dem King genauso verboten wie der Konsum von Alkohol.

Worauf Elfi äußerte, Elvis tue ihr leid, er führe ja das Leben eines Gefangenen.

Trotzdem ließ es sich der King nicht nehmen, sich vor seiner Rückkehr in die Staaten von Elfi zu verabschieden, denn am 2. März 1960 war der Militärdienst von Sergeant **Elvis Presley** in Deutschland zu Ende.

Die Single von Elvis und ihre Erinnerungen an den einzigartigen Musiker hütete Elfi Zeit ihres Lebens wie einen kostbaren Schatz.

Priscilla Beaulieu und Elvis blieben weiterhin ein Paar. Von ihren Eltern erhielt Priscilla schließlich das Einverständnis, auf dem Landsitz von Elvis in Graceland in Memphis zu leben, nachdem ihnen der King versprochen hatte, Priscilla zu heiraten, sobald sie volljährig sei.

Die Hochzeit fand am 1. Mai 1967 in Las Vegas im *Hotel Aladdin* statt. Ein Jahr später wurde ihre Tochter Lisa Marie geboren.

Am 9. Oktober 1973 wurde die Ehe von Elvis und Priscilla geschieden.

ELFIS ERINNERUNGEN:

(Fortsetzung von Seite 59)

»In der Nachkriegszeit erlebte das Denunziantentum in Bad Nauheim eine regelrechte Blüte. Viele Personen wurden bei den Besatzern angezeigt, worauf sie ohne Anhörung oder Verhandlung inhaftiert wurden. Bürgermeister Bräutigam sah sich veranlaßt, in einem Amtsblatt darauf hinzuweisen, dass gewisse Subjekte ihre englischen Sprachkenntnisse benutzten, um bei amerikanischen Dienststellen Verdächtigungen oder Anzeigen gegen hiesige Einwohner vorzubringen. So wurden auch zwei Männer bezichtigt und im örtlichen Gefängnis in der Johannisstraße 3 inhaftiert, die angeblich in einer Steinfurther Scheune ein verstecktes Warenlager aus gestohlenen amerikanischen Beständen angelegt hatten. Es erwies sich jedoch, daß besagtes Depot zum Hotel Kaiserhof *gehörte, das von den Amerikanern besetzt worden war. Der amerikanische Küchenchef war dafür verantwortlich, die beiden Inhaftierten hatten überhaupt keine Kenntnis davon gehabt. Einer der Männer, der ehrenwerte Adolf Eilermann und frühere Besitzer des* Hotels Kaiserhof, *zog als Ehrenmann die Konsequenz und erhängte sich in seiner Gefängniszelle. Darüber war die ganze Stadt schockiert.*

Kurze Zeit später kam es zu einer spektakulären Festnahme: Auf den Hinweis von Kriminalkommissar Freddy Graf hin verhaftete die Military Police den Küchenchef des Hotels Kaiserhof, *Sergeant John Hirst, der eifrig dabei war, Hotelsilber, Wäsche und andere Güter mithilfe deutscher*

Schieber auf dem Schwarzmarkt zu verkaufen. Hirst terrorisierte alle seine Mitarbeiter, Kollegen und auch die Deutschen, die für ihn arbeiteten, fürchteten sich vor ihm.

Nicht so »Pistolen Freddy«, der den wehrhaften Burschen überwältigte und ihn solange in Schach hielt, bis die MP ihn verhaftete.

Nicht nur ich, sondern auch andere Bad Nauheimer zollten dem aufrechten Kommissar höchsten Respekt für sein hartes Durchgreifen, nicht zuletzt auch, da der bedauernswerte Adolf Eilermann, auch wenn er es nicht mehr erleben konnte, dadurch vollständig rehabilitiert war.

Es war eine Zeit von Hunger und Not, unter denen die vom Krieg gebeutelte Bevölkerung zu leiden hatte, aber die im Dienst der Amerikaner stehenden Deutschen hatten immer genug zu essen und waren deutlich privilegierter als die anderen.

Eines Tages vollzog sich vor dem Grand Hotel *eine echte Sensation. Ich sehe es noch deutlich vor mir, wie der kleine Kurt Schuch vor dem Eingangsportal des Hotels die verlorene Diamantbrosche einer amerikanischen Offiziersgattin fand und von dieser als Finderlohn zehn Päckchen amerikanische* Chesterfield-*Zigaretten erhielt. Kurt war stolz wie Oskar, und seine Mutter freute sich wie eine Schneekönigin. Ich gönnte es den armen Leutchen von Herzen.*

In den Folgejahren veranstalteten die Amis regelmäßig Weihnachtsfeiern im Grand Hotel *für die notleidenden Bad Nauheimer Kinder und Jugendlichen, die dort Geschenke und Erfrischungen erhielten. Auch mein Neffe und der Sohn meiner Freundin waren dabei. Ich meldete mich immer freiwillig zum Dienst an Heiligabend, weil ich ja alleinstehend und kinderlos war. Wenn ich sah, wie die Kinder sich freuten, kamen mir jedes Mal die Tränen – vor allem, weil ich dabei an mein kleines Urselchen denken mußte.*

Als 1947 das Kino Viktoria-Theater *in der Kurstraße wieder öffnete und zweimal am Tag Hollywoodfilme zu sehen waren, waren Lottie und ich überglücklich. Mit Lottie, die genau wie ich Kriegswitwe war und der ich eine Arbeit in der Hotelwäscherei im Kellergeschoß vermittelt hatte, ging ich so oft wie möglich dorthin, und dann träumten wir uns gemeinsam in die glanzvolle Welt der amerikanischen Traumfabriken. Praktischerweise konnte Lottie ihren siebenjährigen Sohn Karl-Otto an ihren Kinoabenden immer ins* Haus der Deutschen Jugend *im Gasthaus* Zur Krone *bringen, wo den Kleinen amerikanische Märchenfilme gezeigt wurden.*

Obgleich ich von den amerikanischen Besatzern nur Positives sagen konnte, wußte ich doch genau, daß längst nicht alle das so sahen. Vor allem die begüterten Villen- und Hotelbesitzer waren nicht sonderlich gut auf die Amerikaner zu sprechen. Denn rund ein Drittel der luxuriösesten und komfortabelsten Wohnräume in der Stadt, die allesamt über Bäder und Zentralheizung verfügten, hatten die neuen Besatzer beschlagnahmt, darunter 40 Hotels und Pensionen.

In von Amerikanern bewohnten Häusern hatten nächtliche Diebstähle und Einbrüche erheblich zugenommen. Auch wurden amerikanische Autos aufgebrochen und oftmals total ausgeschlachtet.

Der junge Kriminalkommissar Freddy Graf schloß sich mit der Military Police zusammen, um gegen die »dunklen Elemente« vorzugehen. Die Besatzer drohten mit empfindlichen Strafen. »Pistolen-Freddy«, von dem gemunkelt wurde, er habe im Krieg als Scharfschütze gedient, und der als ganz harter Hund galt, gelang es, fünf Personen wegen fortgesetzten Bandendiebstahls festzunehmen.

Vier der Jugendlichen zwischen 15 und 18 Jahren stammten aus Bad Nauheim. Ich war unheimlich schockiert, als ich erfuhr, daß einer davon der Sohn meiner Schwester Gerti, mein 16-jähriger Neffe Karl-Heinz, war, dessen Vater noch immer vermißt wurde. Gerti bat mich, mit dem Jungen zu reden.

Kurze Zeit später wurde im großen Teich im Kurpark die Leiche einer jungen Frau gefunden, eine stadtbekannte Prostituierte, die sich vor allem mit amerikanischen Besatzern einließ, um Essen oder Zigaretten »anzuschlafen«. Cornelia F., genannt Conny, war mit ihren hellblonden Haaren ein echtes deutsches »Fräuleinwunder«. Angeblich sollte sie in General Pattons Domizil, einer prunkvollen Villa im Höhenweg 21, regelmäßig aus und ein gegangen sein, wie in Bad Nauheim gemunkelt wurde.

Da ich den General mit den brutalen Gesichtszügen, den ich im Grand Hotel schon mehrfach bedient hatte, nicht sonderlich sympathisch fand, hätte ich dem Mann mit dem grausamen, unbarmherzigen Blick jede Schandtat zugetraut, wie ich Lottie hinter vorgehaltener Hand wissen ließ. Seinen weißen Bullterrier Willy, den Patton immer mit sich führte, fand ich hingegen drollig und ließ ihm das eine oder andere Mal ein Stückchen Wurst zukommen.

Es juckte mich richtig in den Fingern, eigene Ermittlungen in dem Fall anzustellen, der meiner Meinung nach viel zu rasch zu den Akten gelegt wurde, als der General wenig später an den Folgen eines ominösen Autounfalls starb. Ich nahm schließlich meinen ganzen Mut zusammen und suchte Kriminalkommissar Graf in der Polizeiwache in der Parkstraße 36 auf, um mit ihm über den »Fall Conny« zu sprechen. Er erklärte abweisend, es habe an der Leiche keinerlei Hinweise auf Gewalteinwirkungen gegeben, und machte mir unmißverständlich klar, daß für ihn die Angelegenheit damit erledigt sei. Ich war ziemlich sauer auf den eingebildeten Lackaffen, wie ich bei Lottie über ihn wetterte.

In den luxuriösen Gesellschaftsräumen des Grand Hotels *fanden zahlreiche Feiern für die Offiziere statt, bei denen die feinsten Speisen serviert wurden.*

Da ich ein gutes Verhältnis zum Koch hatte, bekam ich von ihm die Erlaubnis, übrig gebliebenes Essen mit nach Hause zu nehmen, natürlich nur das, was er mir überlassen hatte. So traf es sich, daß Lottie, meine Schwester Gerti, die beiden Jungen und ich zuweilen in den Genuß von köstlichen Tortenstücken aus der beschlagnahmten Bäckerei Ohl, *Filetsteaks und Pommes Frites kamen, was für uns alle ein Freudenfest war.*

Als gute Beobachterin lernte ich eine Menge über die amerikanischen Offiziere. Wenngleich unter ihnen ein deutlich gepflegterer Umgangston herrschte als unter den einfach GIs, gab es doch zwischen denjenigen, die aus den Nordstaaten stammten, und ihren Kameraden aus den Südstaaten deutliche Animositäten.

Meine Cousine Helga aus Friedberg, die mit einem schwarzen GI liiert war, konnte überdies bestätigen, daß innerhalb der amerikanischen Armee eine ausgeprägte Rassentrennung herrschte. Es gab eine strikte Separation zwischen Schwarz und Weiß, auch hinsichtlich der von ihnen frequentierten Kneipen.

Der letzte Schrei in der Stadt war der 15th US Army Ice Cream Plant *in der Stresemannstraße 14 im ehemaligen* Eissalon Eberle, *den die Amerikaner beschlagnahmt hatten, um ihr geliebtes amerikanisches Eis nach gehüteten Originalrezepten herstellen zu können.*

Deutsche hatten dort, ähnlich wie in den PX-Läden, leider keinen Zutritt. Doch es gab immer irgendwelche dunklen Kanäle für die Germans, um an die Köstlichkeit heranzukommen, mit der nötigen Schmiere, versteht sich.

Im Mai 1948 besuchten Lottie und ich die Vorstellung Lachprogramm *des beliebten hessischen Humoristen Heinz*

Schenk im Großen Saal des Kerckhoff-Instituts – an jenem Abend lernte ich im Teichhaus meinen zukünftigen Ehemann Alfons Kunz kennen, den Inhaber der gleichnamigen Künstleragentur, der auch Heinz Schenks Agent war.

Es war Liebe auf den ersten Blick, und ich war von Anfang an fasziniert von dem kultivierten, humorvollen Mann mit dem markanten Gesicht, der ein Herz aus Gold hatte. Nachdem der Krieg mich meiner beiden Liebsten beraubt hatte, fühlte ich mich manchmal unsagbar leer und verlassen und vermochte dem Leben kaum noch etwas Schönes abzugewinnen. Daher tat es mir wohl, in dem 20 Jahre älteren Alfons einen Gefährten gefunden zu haben, der mich auf Händen trug und mir Liebe und Geborgenheit schenkte.

Alfons, der recht begütert war, kaufte den Besatzern die aus beschlagnahmtem Besitztum stammende Villa Rheingold *in der Frankfurter Straße ab, um dort ein Kurhotel für Künstler zu betreiben. Da die Amerikaner sein Vorhaben überzeugte und sie dem renommierten Künstleragenten große Anerkennung zollten, der nicht nur jüdischen Künstlern, sondern auch mehreren Zirkusfamilien und Artisten, die den Sinti und Roma angehörten, die Flucht vor den Nationalsozialisten ermöglicht hatte, machten sie Alfons einen guten Preis.*

Der aus dem ostpreußischen Königsberg stammende Alfons, dessen Künstleragentur noch über Altlizenzen aus der Weimarer Republik verfügte, erhielt von der amerikanischen Militärregierung eine Folgelizenz, die es ihm ermöglichte, seine Agentur weiterzubetreiben.

Am Montag, dem 21. Juni 1948, einen Tag nach der Währungsreform, bei der jeder Berechtigte 40 Mark erhielt, ließen wir uns im engsten Familien- und Freundeskreis standesamtlich trauen. An der anschließenden Hochzeitsfeier in der Villa Rheingold, *die die Hochseilgruppe Wilhelm Lagrin für Alfons und mich ausrichtete, da Alfons zwei Sinti-Artisten* aus der Zirkusfamilie vor den Nazis gerettet hatte, indem er sie als Kunstreiter im österreichischen Zirkus Belli untertauchen ließ, nahmen auch zahlreiche andere Künstler und Artisten teil. Unter den Hochzeitsgästen waren auch die reizende Asta Lagrin aus Königsberg, die als »Prinzessin Wanda« auf dem Hochseil triumphale Erfolge gefeiert hatte, und der in Ostpreußen einst sehr erfolgreiche Tenor Renato Schmidt, die zu den ersten Künstlern zählten, die Alfons unter Vertrag genommen hatte.

Da ich durch meine Heirat keine Geldsorgen mehr hatte, kündigte ich im Grand Hotel und unterstützte meinen Ehemann mit seinem Kurhotel. Bald mieteten sich viele Künstler, die in Bad Nauheim auftraten, im Künstlerhotel Rheingold ein. Dadurch war ich in der Lage, meiner Schwester Gerti einen Abendkurs in Stenografie und Maschinschreiben in der Kaufmännischen Berufsschule in der Karlstraße 35 zu finanzieren.

Zu dieser Zeit durften auch die verschiedenen Geschäfte und Dienstleister in Bad Nauheim wieder ihre Tätigkeit aufnehmen, und durch meine Vermittlung erhielt mein Neffe Karl-Heinz eine Lehrstelle als Einzelhandelskaufmann im traditionellen Schuhhaus Häuser-Stoll.

Als der aus Friedberg stammende Humorist Wolf Schmidt, besser bekannt als »Babba Hesselbach« mit Ehefrau Gretl Pilz im Rahmen einer Samstagabend-Unterhaltung im Kurhaus auftrat, stieg das Ehepaar bei uns ab. Am nächsten Tag zeigten Alfons und ich dem sympathischen Paar die Stadt und luden es in den neu eröffneten Eissalon in der Parkstraße 28 ein.

Da sich auch das neu erbaute Eisstadion regen Zulaufs erfreute, arrangierte es Alfons, daß das Eiskunstlaufpaar Maxi und Ernst Baier, die siebenfachen Weltmeister und Olympiasieger, die er als Agent betreute, am ersten Weihnachtsfeier-

tag eine Kunstlaufvorstellung gaben, zu der ich meinen Ehemann begleitete und Lottie, Gerti und meine Cousine Helga mit im Schlepptau hatte. Mit glänzenden Augen verfolgten wir die Eisrevue, über die in der am 24. Dezember 1948 neu erschienen Tageszeitung Wetterauer Nachrichten *ausführlich berichtet wurde.*

Mit dem offiziellen Ende des Fraternisierungsverbots vom 1. Oktober 1945 kam es 1948 in Bad Nauheim auch zur ersten Heirat zwischen einem Amerikaner und einer Deutschen.

Im Folgejahr heiratete auch meine Cousine Helga in Friedberg ihren Freund Marcellus Pinter aus Detroit. Helga war bereits im dritten Monat schwanger und überglücklich darüber, daß sie in nicht allzu ferner Zukunft mit ihrem frischgebackenen Ehemann ins Wunderland Amerika abreisen würde – nicht ahnend, daß Mischehen im Land der unbegrenzten Möglichkeiten noch viel mehr Feindseligkeit entgegenschlug als in Deutschland.

Im Teichhaus *wurde erstmals wieder eine Modenschau veranstaltet, die das weltstädtische Flair der Modemetropolen Amsterdam, Berlin und Paris nach Bad Nauheim bringen sollte. Das berühmte Mannequin Renée Breton präsentierte unter anderem auch den* New Look *des Hauses Dior.*

Die kurze Barjacke mit dem ausgestellten Rock wurde zum unerläßlichen Kleidungsstück für die Dame von Welt. Mademoiselle Breton und ihre schönen Kolleginnen stiegen allesamt bei uns im Rheingold *ab und waren ganz hingerissen von ihren komfortablen Zimmern, denn Alfons, dem sehr daran gelegen war, daß sich die Künstler bei uns wohlfühlten, hatte einiges investiert bei der Ausstattung der Räume.*

Die Zimmer im zweiten Stock – der erste, die Beletage, war uns beiden vorbehalten – enthielten Himmelbetten mit weichen Daunendecken, einen Biedermeierschreibtisch mit passendem Stuhl und auf dem Boden zartrosa Seidenteppiche. Neben dem Schrank standen ein Polstersessel und ein bequemes Sofa an einem runden Mahagonitisch, an den hohen Decken hingen Kronleuchter.

Anfang der 50er-Jahre, mit dem Beginn des Wirtschaftswunders, zog es auch die ersten Kurgäste wieder in unser Herz-Heilbad. Der Eissalon Eberle *wurde 1951 wieder freigegeben und erweiterte sein Angebot durch das Modegetränk* Coca-Cola *sowie durch tägliche Fernsehvorstellungen.*

Die Beschlagnahmung des Parkhotels *endete am 1. Februar 1951, doch nach der amerikanischen Besatzung war das Gebäude sehr heruntergekommen. Der Besitzer, Carl Hilbert, mußte einiges in die Renovierung stecken, doch es lohnte sich, wie Alfons und ich bei der glanzvollen Eröffnungsfeier fanden, zu der uns der Hotelbesitzer eingeladen hatte: Eine farbenfrohe Empfangshalle erwartete die internationalen Gäste, eine weitere Besonderheit waren Polstermöbel aus Teakholz und die trapezförmigen Tische.*

Am 9. September 1951 demonstrierten die von der Beschlagnahme betroffenen Hausbesitzer in einem groß angelegten Protestmarsch für die Freigabe ihrer Häuser. »Laßt uns in unsere Häuser rein, dann wollen wir eure Freunde sein!«, war auf einem großen Transparent zu lesen.

Doch die Besatzer ließen sich nicht so leicht unter Druck setzen. Trotzdem kursierten Gerüchte, daß die Besatzungsbehörden bereits damit befaßt seien, ein langfristiges Wohnungsbauprogramm für die amerikanischen Soldaten und ihre Familien zu planen, damit sie die beschlagnahmten Häuser ihren Eigentümern wieder zurückgeben könnten. Denn immerhin lebten im Jahre 1952 rund 1.800 Amerikaner in Bad Nauheim, das 12.700 Einwohner hatte.

Und dann war es endlich soweit: Zwischen 1952 und 1954 entstand auf den Wiesen- und Ackerflächen zwischen

Bad Nauheim und Nieder-Mörlen mit dem klangvollen Namen Am Hurenbrunnen, *die amerikanische Wohnsiedlung* Alvin-York-Village *mit Schulneubau und einem großen PX-Store. Im Volksmund wurde die Siedlung schlicht »Ami-Siedlung« oder »Klein-Texas« genannt – vom Künstlerhotel* Rheingold *in der Frankfurter Straße nur einen Steinwurf entfernt, so daß der Baulärm uns schließlich die Gäste vergraulte.*

Alfons, der schon länger ein schwaches Herz hatte, grämte sich darüber so sehr, daß er im Frühjahr 1954, kurz bevor die Bauarbeiten abgeschlossen waren, einen schweren Herzinfarkt erlitt. Nachdem er drei Tage in der Kerckhoff-Klinik im Koma gelegen hatte, verstarb er – und mir brach es das Herz. Obwohl ich schon immer eine sehr eigenständige Frau war – ebenso wie meine verstorbene Mutter Heidi Fauerbach war ich gelernte Schneiderin und mußte früh lernen, auf eigenen Beinen zu stehen – war Alfons doch mein Fels in der Brandung gewesen, und ich hatte nach seinem Tod das Gefühl, jeden Halt zu verlieren und ins Bodenlose zu stürzen.

Ich schottete mich völlig von der Welt ab, vergrub mich nur noch im Bett und fing zu trinken an, um meinen Schmerz zu betäuben. Asta und Kammersänger Schmidt, die dauerhaft in unserem zur Pension geschrumpften Künstlerhotel lebten und den Betrieb nach Leibeskräften am Laufen hielten, kümmerten sich rührend um mich. Auch meine Schwester Gerti und meine beste Freundin Lottie standen mir liebevoll zur Seite – soweit ich das zuließ.

Nachdem ich mich dergestalt monatelang hatte gehen lassen und nur noch ein Schatten meiner selbst war, sprach meine Schwester, der ich nicht von ungefähr den Spitznamen »Eiserne Trudel« gegeben hatte, ein strenges Machtwort, das sich gewaschen hatte.

Sie traf damit bei mir auf offene Ohren, denn im Grunde genommen wußte ich selbst, daß es so nicht mehr weitergehen konnte. Im Nachhinein erkannte ich, daß ich nicht nur um Alfons getrauert hatte, sondern auch um mein kleines Mädchen und um Fritz. In der Zeit des Krieges, wo es nur ums nackte Überleben ging, hatte ich einfach keine Zeit gehabt, mich meiner Trauer zu ergeben, die sich nun endlich Bahn gebrochen hatte.

Ich kippte den Weinbrand ins Waschbecken, nahm ein Bad und zog mich manierlich an, dann ging ich in die katholische Bonifatius-Kirche und zündete am Marienaltar Kerzen für meine Toten an, um damit symbolisch die Zeit der Trauer abzuschließen.

Gerti kam das sehr gelegen, denn sie hatte bereits Pläne für mich geschmiedet. Dank ihrer Stenografie- und Schreibmaschinenkurse war es ihr, gepaart mit der ihr eigenen Pfiffigkeit, nämlich gelungen, von der Wäscherin zur Sekretärin aufzusteigen, indem sie in der für den PX-Store und der Commissary zuständigen Verwaltung unweit der Frankfurter Straße eine gut dotierte Anstellung fand.

Bevor sie ihre Stelle antrat, schickte sie ihr neuer Arbeitgeber für einige Tage nach Frankfurt, wo eine autorisierte Firma den jungen Frauen aus der hessischen Provinz in einem Schnellkurs Englisch beibrachte.

Da der Bedarf an Mitarbeitern im neuerbauten PX-Store, der angegliederten Snackbar und dem »Fruit Counter« groß war und Gerti wußte, daß in der PX händeringend deutsche Frauen für Bedienung und Verkauf gesucht wurden, sorgte sie mit der nötigen Durchsetzungskraft dafür, daß ich mich nicht nur in der PX um einen Job bewarb, sondern ihn auch bekam. So wurde ich im Frühjahr 1955 von der 15. US Army als »PX Sales-Girl« eingestellt. Aufgrund meiner guten Englischkenntnisse erübrigte sich bei mir ein Sprachkurs.

»Die Arbeit wird dir guttun und dir helfen, wieder auf den Boden der Tatsachen zurückzukehren. Genug getrauert und

geflennt, das Leben geht weiter!«, gab Gerti mir mit auf den Weg – und sie sollte damit rechtbehalten.

Langsam fand ich ins Leben zurück und wurde wieder zu der Frau, die ich einmal gewesen war, mit dem unerschütterlichen Kampfgeist und der unbändigen Lebensfreude, mit der ich stets allen Widernissen getrotzt hatte. Und so, wie die Männer mich anschauten, mußte auch meine Attraktivität wieder zurückgekehrt sein, die man mir oftmals bescheinigte, auf die ich mir aber nie größer etwas eingebildet hatte, denn ich mag keine eingebildeten Leute.

Die Arbeit in der PX hat mir großen Spaß gemacht und war sehr abwechslungsreich.

Die Angestellten der Amerikaner erhielten in der benachbarten Gaststätte Lindemann *ein herzhaftes Mittagessen, Rippchen mit Kraut und Kartoffelpüree oder Erbsensuppe mit Bockwurst.*

An Weihnachten kam bei mir ein Truthahn aus der PX auf die Festtafel, und Gerti und Karl-Heinz, Lottie und Karl-Otto und meine Pensionsgäste Asta und Kammersänger Schmidt wurden eingeladen. Jeder brachte Geschenke und Speisen mit, und es war fast wieder so schön wie damals, als Alfons noch am Leben war.

Die beiden Jungs erhielten von Tante Elfi die ersten Blue Jeans aus Amerika, worüber sie sich vor Freude kaum noch einkriegten, die Frauen bekamen feine Nylonstrümpfe, und Kammersänger Schmidt, der eine hoffnungslose Naschkatze war, überreichte ich eine Tafel Hershey's *und* Marshmallows.

Als ich in den Folgejahren mitbekam, wie stark die an die amerikanische Housing Area angrenzenden Geschäfte und Lokale von der amerikanischen Kundschaft profitierten, die mit dem Geld nicht zu geizen brauchte, zog ich es erstmals für mich in Erwägung, ob ich in der Villa Rheingold *nicht auch ein kleines Geschäft oder eine Gaststätte eröffnen sollte, denn da sich der Hotelbetrieb deutlich verkleinert hatte, hatte ich Platz genug dafür.*

Ich sprach mit meiner Schwester und Lottie, die inzwischen in Klein-Texas als Putzfrau arbeitete, über mein Vorhaben, und wir dachten uns bei etlichen Gläschen Eierlikör gemeinsam einen Plan aus, von dem ich so begeistert und überzeugt war, daß ich förmlich darauf brannte, die Idee in die Tat umzusetzen.

Anfang 1957, kurz nach meinem 47. Geburtstag, kam es zur Neueröffnung meines kleinen Restaurants Rheingold *im Kellergeschoß der Gründerzeitvilla, und der Andrang war groß bei der Eröffnungsparty, zu der es Freibier und* Coca-Cola *für alle gab und meine leckeren Frikadellen.*

Obgleich es mir großen Spaß gemacht hatte, in der PX zu arbeiten, spürte ich doch sofort, daß ich erst in meiner eigenen Kneipe so richtig in meinem Element war, und ich genoß den Kontakt mit meinen Gästen ebenso grenzenlos wie meine neue Eigenständigkeit.«

Elfriede Kunz – Bad Nauheim im Winter 1958

DICHTUNG:

Ich habe mir erlaubt, die erste Begegnung von **Elvis** und **Priscilla** nicht nur auf das Jahr 1958 vorzuverlegen, sondern diese auch in der **Villa Grunewald** stattfinden zu lassen, was nicht der Wahrheit entspricht.

Elvis Presley zog erst am 3. Februar 1959 in die **Villa in der Goethestraße 14** in Bad Nauheim. Dort lernte er am Sonntag, dem 13. September 1959, auf einer Party seine spätere Frau **Priscilla Ann Beaulieu** kennen.

Frei erfunden ist ebenfalls, dass der King im Rheingold verkehrte. Das *Rheingold* hat es zwar tatsächlich gegeben, aber es war eher eine Kneipe als ein Restaurant, wo es angeblich die »besten German Snitzel in town« gab.

Es trifft ebenfalls nicht zu, dass Rita Scheugraben eine **Steinfurther Rosenkönigin** war. Sie ist eine fiktive Figur, die nie existierte.

Außerdem befand sich das **Bad Nauheimer Gefängnis** in der Johannisstraße 3 und nicht in der Parkstraße 36, wo auch die **Polizeiwache** war.

Meine Protagonistin **Elfriede Kunz** ist genauso erdichtet wie **Freddy Graf** und alle anderen Figuren, und die Handlung des Kriminalromans ist frei erfunden. Das gilt auch für die Szenen mit Elvis, die reine Fiktionen sind.

Auch die **Fürsorgerin des Jungendamts in Friedberg**, Irmgard Ottenschläger, hat es nie gegeben.

WAHRHEIT:

Das **Steinfurther Rosenfest** ist ein viertägiges Volksfest im **Rosendorf Steinfurth** im Wetteraukreis in Hessen, das alle zwei Jahre an einem Wochenende im Juli stattfindet. Veranstaltet wird das Fest vom Magistrat der Stadt **Bad Nauheim.**

Die Anfänge des Rosenfestes reichten bis ins Jahr 1911 zurück. Bis 1970 wurde das Steinfurther Rosenfest jedes Jahr gefeiert.

Die **Steinfurther Rosenkönigin** hält bei der Eröffnung des Festes neben dem Bürgermeister eine Rede und eröffnet im Anschluss die Rosenschau im Rosensaal. Zusammen mit ihren zwei Rosenprinzessinnen vertritt sie während des Rosenfestes und ihrer zweijährigen Regentschaft Steinfurth und die Stadt Bad Nauheim bei einer Vielzahl von Festen im Aus- und Umland.

Traditionell findet die Inthronisation der Rosenkönigin im Frühjahr des Rosenfestjahres statt. Die Rosenkönigin wird von einem Ausschuss gewählt.

ELVIS PRESLEY IN BAD NAUHEIM

Am Mittwoch, dem 1. Oktober 1958, traf **Elvis Presley** auf dem Army-Gelände in **Friedberg/Hessen** ein, um dort in den kommenden 17 Monaten seinen Militärdienst in den **Ray Barracks** zu verrichten, wo er der Panzerdivision zugeteilt war.

Am 5. Oktober 1958 zog Elvis Presley mit seinem Vater Vernon, seiner Großmutter Minnie Mae und seinen Freunden und Leibwächtern Lamar Fike und Red West in eine Suite von **Hilberts Parkhotel** in Bad Nauheim. Da der **saudische König Saud** das komplette Hotel für seinen Kuraufenthalt gemietet hatte, zogen Elvis und sein Anhang am 11. Oktober 1958 ins **Hotel Grunewald** um, wo der King das Zimmer Nummer 10 bewohnte, das noch heute im Originalzustand erhalten ist.

Da es mit dem Hotelbesitzer Otto Schmidt immer häufiger Ärger gab – wegen Ruhestörung und dem lauten Musizieren von Elvis sowie der ständigen Belagerungen des Hotels durch Fans und Presse, mietete der King die **Villa in der Goethestraße 14.**

Auch das neue Domizil wurde rund um die Uhr von Fans aus aller Welt belagert, die darauf hofften, ihrem Idol leibhaftig zu begegnen. Da Elvis immer seine Mittagspause zu Hause verbrachte, kam es häufiger zu Fankontakten. Er hielt zudem täglich zwischen 19.30 und 20 Uhr eine Autogrammstunde ab. An den Sonntagnachmittagen liebte es der King, auf der dem Haus gegenüberliegenden Wiese mit seinen Freunden Football zu spielen.

Die Hauseigentümerin, die im Dachgeschoss des Hauses lebte, verlangte von Elvis die überhöhte Monatsmiete von

3.200 Mark. Elvis zeigte sich ihr gegenüber sehr großzügig und machte ihr viele Präsente. Trotzdem stellte die Vermieterin Elvis bei seinem Auszug jeden Kratzer in Rechnung, den sie im Haus finden konnte.

Die Fans wurden zuweilen zu einer echten Plage. Sie versuchten immer wieder, ins Haus zu gelangen, klingelten bei Tag und bei Nacht, kletterten über den Gartenzaun und entwendeten die Wäsche des Kings, die auf der Wäscheleine hing. Aufgrund der zahlreichen Liebes- und Grußbotschaften, die die Fans auf den Gartenzaun schrieben, musste Elvis häufig den Zaun streichen lassen.

Elvis besuchte mit seinen Freunden gerne die **Bar der Gaststätte Schützenhaus** gegenüber dem Rathaus. Laut Zeitzeugen verkehrte er auch in der von mir erwähnten Auguste-Viktoria-Bar, die ein beliebter Treffpunkt von GIs war.

Obgleich die Kurstadt Bad Nauheim die Zarenfamilie und andere gekrönte Häupter und Berühmtheiten in ihrer glanzvollen Vergangenheit als Badegäste begrüßen durfte, ist die Stadt doch besonders stolz, den King of Rock'n'Roll für den Zeitraum von 17 Monaten beherbergt zu haben.

Davon künden nicht nur der »Elvis Presley Verein Bad Nauheim – Friedberg e.V.« und die »Initiative Elvis in Bad Nauheim«, sondern auch die **Elvis Stele** auf dem **Elvis-Presley-Platz** vor der *Villa Grunewald*, die zu einem Wallfahrtsort von Fans aus aller Welt geworden ist.

Außerdem gibt es zwei »Elvis-Ampeln« in Bad Nauheim und eine Bushaltestelle mit Elvis-Motiven an der Burgpforte, welche im Hintergrund des berühmten Plattencovers »A Big Hunk O' Love« zu sehen ist.

Andere beliebte Orte für Elvis-Fans sind die **Brücke über den Fluss Usa**, wo Elvis seinerzeit fotografiert wurde und die Fans von einer lebensgroßen Elvis-Statue begrüßt werden, und die **Burgpforte**, die auf dem Plattencover von »A Big Hunk O' Love« abgebildet ist.

Weitere berühmte Elvis-Stätten:

Die Gaststätte Sportheim in der Hauptstraße 102, in der Elvis am 19.12.1959 mit seinen Kameraden eine Weihnachtsparty feierte. Hier zeigte er sich auch zum ersten Mal mit Priscilla in der Öffentlichkeit.

Die Bäckerei Stark/Das Café Bienenkorb in der Hauptstraße 3, wo die Schokoladentorte zu Elvis 24. Geburtstag gebacken wurde.

Radio Gries in der Kurstraße 11, hier kaufte Elvis Schallplatten und einen Gitarrenkoffer.

Frisiersalon Jean Hemer in der Kurstraße 11, wo sich Elvis die Haare schneiden ließ.

Restaurant Pfälzer Hof, dorthin wurde Elvis am 23.1.1959 von der deutsch-amerikanischen Gesellschaft eingeladen.

Das Zigarrenhaus Krieger in der Parkstraße 10 belieferte Elvis mit seinen geliebten *Tiparillos*.

Musikhaus Arendt in der Reinhardstraße 8, wo Elvis ein Tonbandgerät, einen Plattenspieler und Schallplatten kaufte.

Seit 2002 findet in Bad Nauheim jährlich um die Zeit von Elvis' Todestag am 16. August das European Elvis Festival statt.

ERGÄNZUNG:

Elvis hatte während seines Aufenthalts in Bad Nauheim außer Priscilla noch eine andere Freundin, die 15-jährige Heli Priemel.

Unter dem Namen *Heli von Westrem* hat sie ein Buch über die gemeinsame Zeit mit Elvis Presley geschrieben, in dem sie behauptet, die einzige Frau gewesen zu sein, die Elvis wirklich geliebt habe. (Heli von Westrem, »Elvis & Heli«, Herausgeber: Beatrix van Ooyen, Booy-Verlag 2020)

Für meinen Krimi, in dem Elvis eher eine Nebenrolle spielt, wenn auch eine bedeutsame, ist das relativ unerheblich, da die geschilderten Szenen mit dem King ohnehin reine Fiktion sind.

Dennoch würde ich es Frau von Westrem, deren Buch ich erst gelesen habe, nachdem mein Roman bereits abgeschlossen war, sehr wünschen, dass es tatsächlich so war. Wenngleich ich Heli in meinem Roman nicht erwähnte und dem King lediglich Priscilla zur Seite stellte, möchte ich Heli aber keinesfalls »totschweigen«, wie sie es ihrer Rivalin Priscilla vorwirft. In den Augen von Frau von Westrem ist die angeblich »große Liebe« zwischen Elvis und Priscilla nichts anderes als ein Mythos, oder besser gesagt: ein ausgeklügelter Komplott.

In diesem Kontext sei auf die ZDF History-Sendung von 2014 »Elvis und Priscilla – Der King und das Mädchen« hingewiesen, die ähnliche Fragen aufwirft und mich als Krimischriftstellerin und Alfred-Hitchcock-Fan anstachelt, der Sache weiter nachzugehen.

Da ich mir jedoch keineswegs anmaße, eine Elvis-Expertin zu sein, vermag ich nicht zu beurteilen, was daran Wahrheit ist, und was Legende. Jedenfalls sind Frau von Westrems Schilderungen sehr aufschlussreich und geben mir zu denken.

In ihrer Kritik an der gnadenlosen Vermarktung des Kings, der für seinen Manager und alle möglichen Leute zum Goldesel degradiert wurde, spricht sie mir aus dem Herzen.

Zu meiner großen Freude erwähnt die Autorin in ihrem Buch auch meine persönliche Lieblingsszene von Elvis Presley:

Der bahnbrechende Auftritt von Elvis im Sommer 1968 in den NBC Studios in Kalifornien, im hautengen schwarzen Lederanzug, der die ganze musikalische Genialität und das atemberaubende Charisma des großartigen Künstlers auf beeindruckende Weise widerspiegelt.

Vom Bewunderer längst zum Fan geworden, bleibt mir nur noch, dem King am Ende meines Buches zuzurufen:

Elvis, I love you!

Ursula Neeb, im Sommer 2023

QUELLEN:

Elfis Erinnerungen und andere historische Einzelheiten meines Romans basieren auf den folgenden Publikationen: »**Amerikanische Spuren in Bad Nauheim**«, **Teil 1 - 4**, Brigitte Faatz, Stadtarchiv Bad Nauheim, Herausgeber: Bürgerstiftung »Ein Herz für Bad Nauheim«.

Außerdem wurde ich selbst in Bad Nauheim geboren, kenne die beschriebenen Örtlichkeiten und verfüge über einen **Fundus lebendiger Erinnerungen**, die durch die Berichte meines Vaters und anderer **Zeitzeugen** ergänzt wurden, die Elvis Presley persönlich begegneten.

Die **Erlebnisführung** auf den Spuren von Elvis Presley durch die Kurstadt war ein großes Vergnügen für mich, dort erfuhr ich beispielsweise, warum Elvis seinen ursprünglich weißen BMW rot lackieren ließ, und vieles mehr.

Abgerundet wurde das Ganze durch meinen Besuch des **European Elvis Festivals** am 13.8.2022, das jedes Jahr um die Zeit des Todestages von Elvis, dem 16. August, für zwei Tage in Bad Nauheim stattfindet. Fans aus aller Welt feiern den King und ich fühlte mich zurückversetzt in die 1950er-Jahre, mit Rock'n'Roll, bonbonfarbenen Cadillacs und Petticoats.

Die **Filmbiografie Elvis** (Baz Luhrmann, Regie, USA 2022, mit dem grandiosen Austin Butler in der Titelrolle), die ich meinen Lesern ganz besonders empfehlen möchte, hat mich dem großartigen Künstler und seiner persönlichen Tragik ein bedeutendes Stück näher gebracht.

ZUM THEMA »BESATZUNGSKINDER« UND ADOPTION:

Silke Satjukow, Rainer Giese: **»Bankerte – Besatzungskinder in Deutschland nach 1945«**, Campus Verlag, Frankfurt/M. 2015

Sonya Winterberg: **»Besatzungskinder – Die vergessene Generation nach 1945«**, Rotbuchverlag, Berlin 2014

Henry Bernhard: **»Besatzungskinder – Keine Hilfe, nur Verachtung«**, Deutschlandfunk, 27.7.2015

Elke Kleinau: **»Besatzungskinder in Deutschland nach 1945«**, Zeitschrift für Pädagogik, S. 224 - 240, März/April 2016

DANKSAGUNG

Mein besonderer Dank gilt meiner Lektorin Claudia Senghaas, der Programmleiterin des Gemeiner-Verlags und dem gesamten Verlagsteam, bei denen ich auch dieses Mal wieder mein Werk in besten Händen weiß.

Meiner Agentin Bettina Querfurth und meinem Freund Gerold Hens danke ich ganz herzlich für die klugen wie kritischen Anregungen und Korrekturen.

Danken möchte ich ebenfalls meinem Lebensgefährten Markus Wild und meinem Freund Jürgen Blümel, die »Elvis und die Tote im Amischlitten« von der Idee bis zur Vollendung so wunderbar begleitet haben.

Der Bad Nauheimer Elvis-Expertin, Verlegerin und Innenarchitektin Beatrix van Ooyen danke ich vielmals für Ihre fachkundige Beratung und Unterstützung bei der Fotobeschaffung.

Weitere Titel finden Sie auf den folgenden Seiten und im Internet:

WWW.GMEINER-VERLAG.DE

Ella Theiss
Das Darmstädter Mörderliebchen
Wahre Verbrechen
320 Seiten, 12,5 x 20,5 cm,
Paperback
ISBN 978-3-8392-0567-9

Darmstadt, 1847. Gräfin Emilie von Görlitz stirbt bei einem Brand in ihren Gemächern. Während Polizei und Justiz von einem Unfall ausgehen, wittert die Öffentlichkeit einen Gattenmord. Kurz darauf wird Kammerdiener Johann verhaftet, ihm droht die Todesstrafe. Seine Braut Christina ist von seiner Unschuld überzeugt, gerät aber als Mörderliebchen selbst an den Pranger. Dann bricht die Revolution aus, und die Welt steht Kopf. Christina wittert eine Chance für Johann und schließt sich dem Radikaldemokraten Paul an. Aber ist dem tollkühnen Kerl zu trauen?

GMEINER SPANNUNG

WWW.GMEINER-VERLAG.DE
Wir machen's spannend